王都奪還

架空歴史ロマン

アルスラーン戦《せん》記《き》⑦⑧

王《おう》都《と》奪《だっ》還《かん》⚜仮《か》面《めん》兵《へい》団《だん》

田《た》中《なか》芳《よし》樹《き》

KOBUNSHA

カッパ・ノベルス

⑦王都奪還

アルスラーン戦記

⑧仮面兵団

目次・扉デザイン　泉沢光雄
口絵・本文イラスト　丹野忍
図版作成　神北恵太

王都奪還

アルスラーン戦記 7

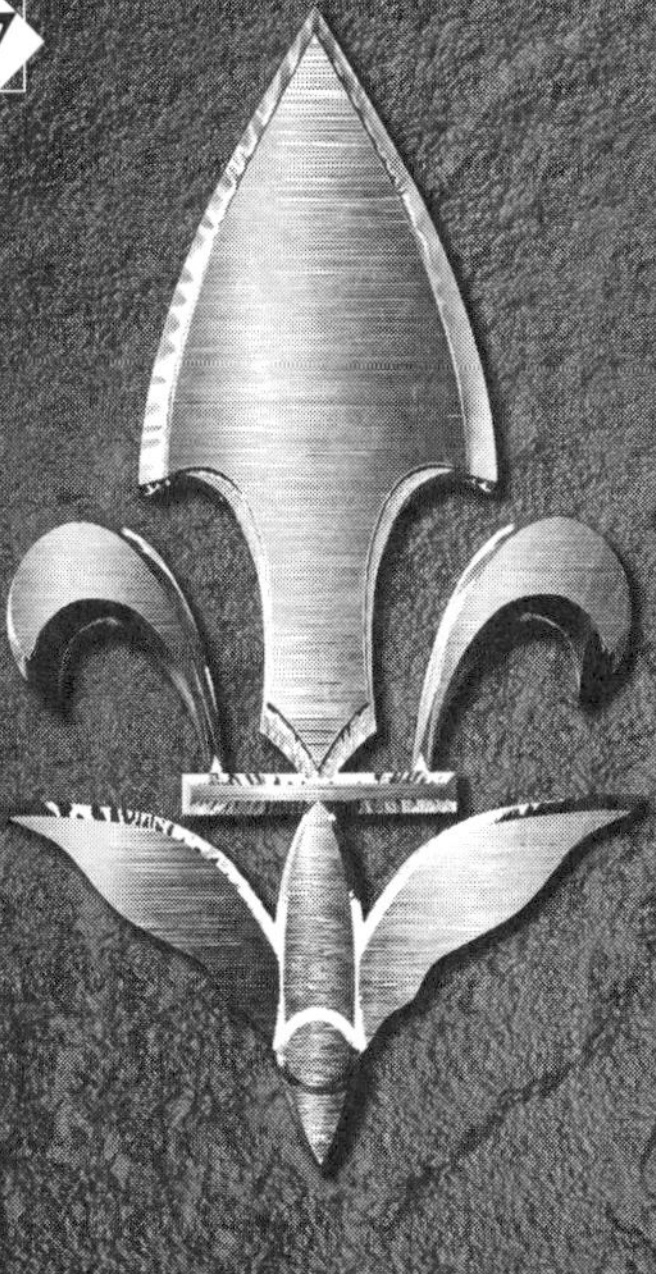

主要登場人物

＊パルス

アルスラーン……パルス王国第十八代国王《シャーオ》アンドラゴラス三世の王子

アンドラゴラス三世……パルス国王

タハミーネ……アンドラゴラスの妻でアルスラーンの母

ダリューン……アルスラーンにつかえる万騎長《マルズバーン》。異称《いしょう》「戦士《マルダーンフ》のなかの戦士《マルダーン》」

ナルサス……アルスラーンにつかえる、もとダイラム領主《りょうしゅ》。未来の宮廷《きゅうてい》画家

ギーヴ……アルスラーンにつかえる、自称「旅の楽士《がくし》」

ファランギース……アルスラーンにつかえる女神官《カーヒーナ》

エラム……ナルサスの侍童《レータク》

ヒルメス……銀仮面の男。パルス第十七代国王オスロエス五世の子。アンドラゴラスの甥《おい》

ザンデ……ヒルメスの部下

サーム……ヒルメスにつかえる元万騎長

暗灰色《あんかいしょく》の衣の魔道士《まどうし》……？

ザッハーク……蛇王《へびおう》

キシュワード……パルスの万騎長。「双刀将軍《ターヒール》」の異称

告死天使《アズライール》……キシュワードの飼《か》っている鷹《シャヒーン》

クバード……パルスの万騎長。片目の偉丈夫《いじょうふ》

アルフリード……ゾット族の族長の娘

メルレイン……アルフリードの兄

ルーシャン
イスファーン
ザラーヴァント
トゥース
｝アンドラゴラス王につかえる武将たち

グラーゼ……ギランの海上商人

＊ルシタニア

イノケンティス七世……パルスを侵略《しんりゃく》したルシタニアの国王

ギスカール……ルシタニアの王弟

モンフェラート……将軍

エトワール……本名エステル。ルシタニアの騎士見習の少女

＊シンドゥラ

ジャスワント……アルスラーンにつかえるシンドゥラ人

＊トゥラーン

ジムサ……パルス軍にとらわれた将軍

＊マルヤム

イリーナ……マルヤム王国の内親王

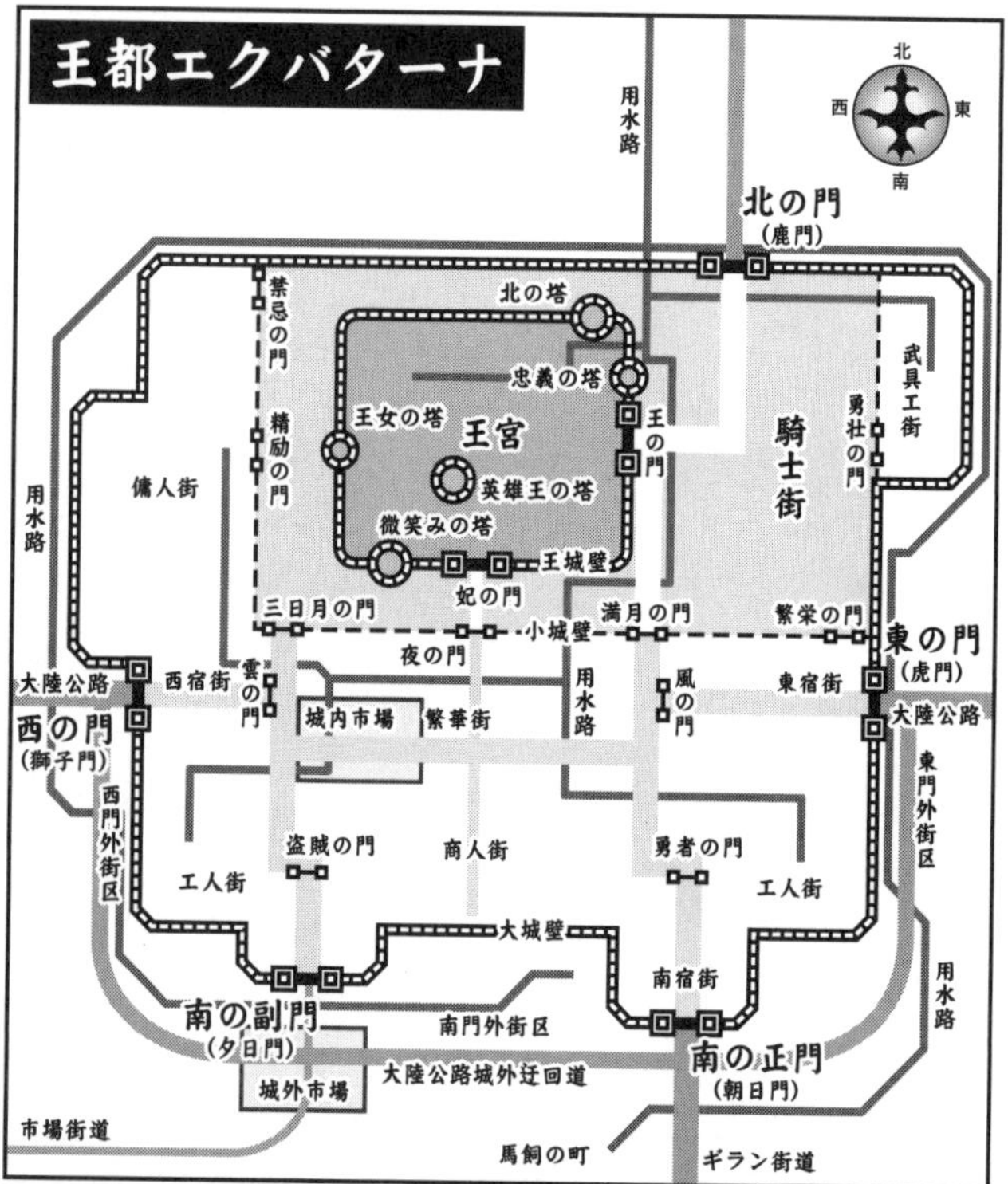

エクバターナの都は、東西南北に五門を有する城郭都市で、市内のほぼ中央部を大陸公路が貫いている。各門は、水源を抱える北の門を、狩りの豊猟を意味する鹿。東の外敵を防ぐ門を虎。西の守りの門を獅子と、それぞれ動物の名が付けられている。ただし、かつて旧い公路が通り、現在も城外迂回道となっている南の門は、それぞれ、ギラン街道に繋がる東側が朝日門、近隣諸村に繋がる西側が夕日門と名付けられている。食料を表す鹿や日々の暮らしを表す朝日・夕日のつく南北と、外敵との激しい戦いを意味する虎・獅子の名をもつ東西。これは、南北を海に守られ、東西に大陸の列強と相まみえるパルスの地政学的特質の反映と言われる。

城内は基本的に、政治や軍事に関わるものは北に、庶民は南にという住み分けがなされており、王宮を含むその一角は、騎士街と呼ばれ、都市全体を取り囲む大城壁ほどではないが、敵の侵入を阻む小城壁を持ち、王宮を守っている。その一角を大きく占める王宮は、五つの塔と二つの正門を構え、広く大陸公路に気品と美を知られた名建築として知られる。

王宮中央にある塔を英雄王カイ・ホスローの塔と呼ぶ以外、王宮のすべての塔は、建築当初、単に東西南北の名をもってその名称とされていたが、王政三百年の間に、起こった様々な悲劇や慶事によって通り名を与えられ、いつしか独特の名で呼ばれれるものが多い。これは、塔に限らず、城塞都市内の各区域を繋ぐ門に関しても同じことが言える。

百年ほど前には既に、人口が城塞の範囲を超え、多くの人が危険を承知で門外に集落を作った。またこれは、夜明けから日の入りまでとされる開門時刻に間に合わず、城外泊を余儀なくされた旅人たちの宿屋街でもあった。

王都奪還

第一章

熱風は血の匂い

I

強風が去った後、大気と大地は熱をはらんで静まりかえった。夜は地上に黒い帳《とばり》をおろしたが、それが焦《こ》げついて、来《きた》るべき朝の光を汚してしまうのではないかとさえ思われる。珍しいことであった。パルスの夏は、日中こそ耐えがたい暑熱《しょねつ》をもたらすものの、夜になれば急速に涼気《りょうき》を帯《お》び、人間にも鳥獣《ちょうじゅう》にも草花にも、ひとしく安らぎを与えてくれるのである。それが、パルス暦《れき》三二一年八月五日の夜は、生物《いきもの》たちの願いをあざ笑うかのように、熱気はわだかまり、目に見えぬ不快な腕で万物をかかえこんでいた。

パルスの王都エクバターナの東方に、征服者であるルシタニア軍は陣を布《し》き、来るべきパルス軍との決戦を待ち受けている。パルス軍の主力は東方にあったが、じつは西と南からもパルス軍は王都に接近しつつあった。

「エクバターナという美女ひとりに、甲冑《かっちゅう》の騎士四人がむらがって、その愛を独占しようとしている」

すべての事情を知る者がいれば、現在の状況をそう喩えたかもしれない。ルシタニア軍は、むろん、すべての事情を知っているわけではなかった。ことに、南方のギランから王都へと北上してくるアルスラーン王子の軍について、まったく無知であった。そして、その無知が、一段と不安をそそるのである。

ルシタニア軍の総帥《そうすい》は、王弟殿下と呼ばれるギスカール公爵であった。三十六歳の彼は知力と気力と体力との均整がとれ、政治と軍事に充実した手腕を有し、将兵の人望もあつい。惰弱《だじゃく》で無能な兄王イノケンティス七世など、玉座の飾りものであるにすぎなかった。いま彼は二十万の大軍をひきいて敵を討とうとしているのだが、暑熱に耐えかねて甲冑をぬぎ、薄い絹服だけをまとっている。剣だけは腰に帯びているが、その表情には翳《かげ》りがあった。

戦意がおとろえているわけではないが、勝利への確信が万全なわけではない。妻と子を、また他の一族を故国に残して、自分たちは異郷《いきょう》に屍《しかばね》をさらし、異教徒どもの歓呼を葬いの歌と聞いて滅び去るしかないのであろうか。

この年にはいって以来、ルシタニア軍の士気は低下する一方だった。歴史あるマルヤム王国を滅ぼし、偉大なるパルス王国の都を占領し、つい先日まで兇暴で無慈悲《むじひ》な征服者として勝ち誇っていたというのに。いまや占領地の半分をパルス軍に奪回され、いくつもの城塞《じょうさい》を陥《おと》され、ボードワン将軍をはじめとする名だたる騎士たちを失った。その間に、ひとたびは虜囚《りょしゅう》としたパルス国王《シャーオ》アンドラゴラスも逃がしてしまった。敗北と失地があいつぎ、ギスカールひとりの力ではルシタニアの国運をささえることは不可能となりつつあった。

ギスカールの耳に、兵士たちの祈る声が流れこんでくる。天幕のむこうがわで、兵士たちは不安に駆《か》られ、地にひざまずき、夜空の彼方《かなた》へと祈りをささげているのだった。

「イアルダボートの神よ！　御身の哀れなる僕《しもべ》を救いたまえ。その御力《みちから》もて、僕たちの運命にみ恵みを垂《た》れたまえ……！」

その台詞《せりふ》に、ギスカールは舌打ちしたくなる。神がこれまで何をしてくれたというのだ。決死の覚悟で故国ルシタニアを離れ、遠征をつづけ、領土と財宝を奪ってきた。神ではなく、ギスカールが全知全能をかたむけてやってきたことである。その証拠に、ギスカールの能力のおよばぬところでは失策もあり、敗北もあったではないか。

そう思いつつも、口に出すことはできぬ。彼は形の上ではイアルダボート教の忠実な信徒であったし、失策や敗北のひとつひとつを算《かぞ》えあげるのも不快なことであった。まして兵士たちに、祈るのをやめろと命じるわけにもいかぬ。ギスカールは不機嫌そうにパルス葡萄酒《ナビード》の栓《せん》をあけ、熱気のためにすっかりなまぬるくなった紅酒《こうしゅ》をあおった。ひと息つき、にわかに表情を変えて身がまえる。

「何者だ、そこにおるのは」

ギスカールの誰何《すいか》は、はなはだしい非礼によって報われた。彼の声を無視するような沈黙がつづき、それに耐えかねてギスカールがふたたび口を開こうとしたとき、夜の奥から人語が流れ出してきた。低くかすれたパルス語であった。

「悩みが深いようだな、ルシタニアの王弟よ。地位は責任をともなうとはいえ、重い荷を背負って、ふふふ、気の毒なことよな」

天幕の一隅《いちぐう》に何かがうごめいた。影に溶《と》けこんでいた何者かが輪郭をあらわにしつつあった。甲冑を着こんでいないことが、ギスカールに後悔の思いをいだかせた。天幕の外にいるはずの衛兵どもを呼ぼうとしたが、なぜか咽喉《のど》をふさがれたように大声が出ぬ。

暗灰色《あんかいしょく》の衣を着こんだ男がギスカールの前にたたずんだ。この暑熱のなかにあって、一滴の汗すら浮かべていないようであった。

「何の用だ。都を奪われた負け犬のパルス人が、怨《うら》みごとでもいいに来たか」

かすれ声で虚勢《きょせい》を張るギスカールに、男は嘲弄《ちょうろう》の波動を送りつけた。

「怨みごとだと？　とんでもない。汝《なんじ》らルシタニア人に対しては感謝の念を禁じえぬところだ」

「感謝だと？」

「さよう、汝らルシタニア人は、まことによく役だってくれた。蛇王《へびおう》ザッハークさまの、地上における神の鞭《むち》としてな」

ザッハークという名を聞いたとき、ギスカールは全身の皮膚が鳥肌だつのを感じた。はじめて聞く名である。それにもかかわらず、ギスカールは得体の知れぬ恐怖と嫌悪を感じずにいられなかった。それは幼児が暗闇《くらやみ》をのぞきこむときに感じる恐怖と、きわめて似ていたかもしれぬ。まったく同一とはいえないのが、奇怪な嫌悪の念であった。

「イアルダボートの神など実在せぬ」

ギスカールの表情をさぐりながら、正体不明のパルス人は嘲弄をつづけた。

「実在すれば、汝らを救いに降臨するはず。神の栄光のために故国を離れ、万里の道を遠征してきた汝らではないか。賛《たた》うべき忠実なる信徒どもよ。然《しか》るに、なぜ、神は汝らを危難から救おうとせぬのだ？」

ギスカールは返答できなかった。彼自身がそう考えていたからである。ルシタニア最大の実力者である彼が、被征服者であるパルス人に対して反論できぬありさまだった。

「イアルダボートの神は実在せぬ。だが、蛇王ザッハークさまは実在したもう。ゆえに使者としてこの身を遣《つか》わしたもうた」

暗灰色の衣が大きく揺れ、熱い夜気をギスカールにむかって吹きつけてきた。

「わが名はプーラード。ザッハークさまにつかえる僕《しもべ》のひとりだ。わが尊師の命により、邪教徒の首《しゅ》魁《かい》たる汝におもしろいものを見せてくれる。おとなしく来るがよい」

「だ、だまれ、口巧者《くちごうしゃ》なパルスの狐めが！」

ギスカールは腰の剣を抜こうとしたが、にわかに眩暈《めまい》をおぼえた。パルス人がすばやく手を動かすと、色も匂いもない瘴気《しょうき》が勢いよく彼の身体《からだ》にまつわりつき、絞《し》めあげてきたのである。目に見えない蛇が巻きついてくるのだ。ギスカールは苦痛の呻《うめ》きをあげ、その呻きに恐怖と嫌悪がこもった。彼はこの世ならぬものを見たのだ。彼の服の表面に、蛇が巻きつく形で、皺《しわ》が寄り、音をたてて絹糸《きぬいと》の縫目《ぬいめ》がはじけた。

「目に見えぬ蛇」というのは比喩《ひゆ》ではなかった。実際に、そこには蛇が存在して、ギスカールの身に見えない胴体を巻きつけ、強く強く絞めあげてくるのである。ルシタニア人の驚愕《きょうがく》するさまを見やって、パルス人は心地よげに笑った。

「ザッハークさまの僕《しもべ》たる身に与えられし術のひとつだ。操空蛇術《グールイラムッ》という。空気が蛇となって人に巻きつき、絞め殺すのよ。どうだ、お望みなら汝の全身の骨を砕《くだ》き、生きながらに地上の海月《くらげ》としてくれようか」

暗灰色の衣をまとった男が、単なる異教徒ではなく、おぞましい魔道士であることを、ギスカールは知った。恐怖を圧倒するほどの怒りに駆られて彼は身体を動かそうとしたが、目に見えぬ蛇はさらに強く巻きつき、ギスカールを地に横転させた。

横転した瞬間、だが、ギスカールは、強烈な絞めつけから解放されていた。目に見えない蛇は魔道士の手もとに帰り、魔道士はやや狼狽《ろうばい》した視線を周囲に放っている。彼にとっても意外な事態が生じたのだった。

「敵だ、夜襲《やしゅう》だ！」

悲鳴まじりのルシタニア語に、パルス語の喊声《かんせい》がかさなった。剣を打ちかわす音、弓弦《ゆんづる》のひびき、馬蹄《ばてい》のとどろきが同時に湧《わ》きおこって、ルシタニア軍の陣営はたちまち混乱の渦にたたきこまれていた。

この夜襲隊を指揮していたのは、パルス軍の若い勇将イスファーンである。「狼に育てられた者」という異名を持つ彼は、国王アンドラゴラス三世の命令を受け、騎兵のみ二千騎をひきいてルシタニア軍に夜襲をかけてきたのだった。

単なる夜襲ではなく、これはパルス軍がめぐらした壮大な作戦の一部であった。イスファーンの隊は、乗馬の口に板をくわえさせ、馬蹄を布の袋でつつんで鳴声と足音を消し、夜の闇にまぎれてルシタニア軍の本陣に迫ったのである。

「うろたえるな！　本格的な攻撃ではない。落ちついて敵の退路を絶て！」

モンフェラート将軍の声を混乱のなかに聴きながら、ギスカールはようやく身をおこした。青く鬱血《うっけつ》した腕を見おろして身ぶるいし、呼吸をととのえる。剣を杖《つえ》にして立ちあがったとき、眼前に勢いよく躍《おど》りたった騎影《きえい》があった。パルスの甲冑をまとった騎士が、彼らの国の言葉で鋭く烈《はげ》しく呼びかける。

「そこにいたか、侵略者の頭目！」

まさしく若い狼のような剽悍《ひょうかん》さで、イスファーンがギスカールに襲いかかった。むろん彼はギスカールの名も顔も知らないが、このようなとき、もっとも華麗なよそおいをした騎士が全軍の総帥であることはいうまでもない。たとえ平服であれ、絹服の光沢《こうたく》は、松明《たいまつ》の灯《ひ》に明らかであった。

パルス騎士の長剣が、流星に似た光芒《こうぼう》をえがいてギスカールの頭上に落下した。刃が鳴りひびき、鉄の灼《や》ける匂いがたちこめる。

ギスカールはよろめいた。魔道士にかけられた術のなごりが、彼の手足をまだ軽く縛っていた。全力を出すことができず、ルシタニアの王弟は敵手の剣勢《せい》に押されて体勢をくずし、地に片ひざをついた。

いったんその傍《かたわら》を駆けぬけたイスファーンが馬首をめぐらして再度攻撃をかけようとする。

目に見えぬ蛇が、イスファーンの乗馬の前肢《まえあし》にからみついた。よく訓練された良馬であったが、これにはおどろき、恐怖して、高々といななきながら横転してしまった。イスファーンは地に投げだされた。

II

すでにこのとき、本陣の周囲では敵と味方が入り乱れ、二か国語の怒号《どごう》と悲鳴が刃鳴《はな》りにまじって、激しい混乱におちいっている。ルシタニア軍は完全に虚をつかれ、総帥ギスカールの身辺も無人だった。本陣に突入したイスファーン自身、まさか敵の総帥がただひとりでいるとは思わなかった。そうと知っていれば、数十騎をひきいて乱入し、ギスカールを斬りきざんだことであろう。

一方、これまでギスカールは全軍の指揮官という大役に徹《てっ》してきた。自《みずか》ら剣をふるって敵兵と戦うということはなかった。だが、このような状況では、ひとりの騎士として行動せざるをえぬ。つまり、彼の眼前に存在するふたりの敵を、ふたりとも剣によって斃《たお》すことである。

「出会え、者ども!」

どなりながら、ギスカールは剣をかざしてパルス騎士に駆けよった。両手で剣の柄《つか》をつかみ、全身の力をこめて撃ちおろす。イスファーンが地上で身を一転させる。強烈な斬撃《ざんげき》は、パルス人の甲冑《かっちゅう》をかすめ、表面に亀裂《きれつ》を走らせながら地をえぐった。

ギスカールが怒りと失望の叫びを発した瞬間、はね起きたイスファーンが長剣を突きだした。ギスカールは身をひねって避けようとしたが、今度は彼の胸甲《きょうこう》から火花が散った。さらに第二撃を加えようと、イスファーンは躍りかかったが、にわかによろめき、地に片ひざを突いてしまった。胴に何か目に見えぬものが巻きつき、絞めあげてきたのだ。すかさずギスカールが足を踏みしめ、反撃の一閃をあびせる。イスファーンは強靭《きょうじん》な手首をひねってそれを受け、ギスカールの剣を巻きこんで地上にたたき落とした。ギスカールが跳《と》びすさる。と、このとき、イスファーンの目が魔道士の姿をとらえた。

イスファーンは直観的に真実をさとった。さとると同時に、彼は行動にうつっていた。イスファーンは手にした剣を握りなおすと、彼の胴を絞めあげる見えない蛇などにはかまわず、魔道士めがけて投じたのである。

魔道士プーラードの口から絶叫がほとばしった。かわそうとして失敗した彼は、雷光のようにひらめいて飛来した剣に、頸《くび》すじをつらぬかれたのである。

細身の白刃《はくじん》は、プーラードの左頸に突き立ち、気管と動脈を切断して尖端を右頸から飛び出させた。おそるべき魔道の業《わざ》をふるう間もなかった。開いた口と鼻孔《びこう》から赤黒い血が大量に噴き出し、プーラードは小さく揺らした身体《からだ》を前方に倒して地に這《は》った。倒れたとき、すでに絶息している。

ようやくイスファーンは胴を絞めつける苦痛から解放された。あらい呼吸をととのえたとき、ギスカールが剣をひろいあげるのが見えた。イスファーンは短剣を持つだけであり、対抗しようもない。

「退却！　退却！」

イスファーンは松明《たいまつ》の火を横顔に反射させながら、混戦中の味方にむけてどなった。彼の声を打ち消すような雄叫《おたけ》びを放って、二騎のルシタニア騎士がその場に躍りこんできた。

「王弟殿下、ご無事でござったか」

「異教徒の曲者《くせもの》、これをくらえ！」

馬上から白刃を伸ばして、イスファーンの頭上に振りおろそうとする。だが、振りおろされる長剣よ

り、投げあげられる短剣のほうが速かった。斜《なな》めに顎をつらぬかれたルシタニア騎士が、血の噴水をあげて転落し、かわってパルス人の姿が鞍上《あんじょう》にある。一瞬のことであった。

いまひとりの騎士が王弟をかばって身がまえたとき、イスファーンは無言のまま馬首をめぐらし、本陣から駆け去っていった。彼の部下たちがそれにつづき、パルス軍は来襲したときと同様、じつにすばやく逃げ出していく。むちゃな攻撃を断念したようであった。それを追ってルシタニア軍も駆け出した。

すべてパルス軍の計略であった。イスファーンの任務は、敵陣に突入してしばらく戦った後で逃げ出すことだったのだ。興奮した敵軍が追ってくれば、その陣形はくずれる。イスファーンは逃げる速度をたくみに調節して、ルシタニア軍を引きずりまわした。ルシタニア軍は自分たちの陣営を守ることを、つい忘れて、熱狂的にパルス軍を追いまわした。

この作戦を考案したのは、王太子アルスラーンの軍師として知られるナルサス卿《きょう》であり、むろん彼はこの場にいない。実行の体制をととのえたのは万騎長《マルズバーン》キシュワード卿であった。

王弟ギスカール公や魔道士プーラードなどにかかわりあったため、イスファーンはあやうく全軍の戦機を失わせるところであった。だが、かろうじてまにあった。疾駆《しっく》するイスファーンの左右で闇が沸《わ》きたって、ルシタニア軍の突出を待ち受けていたパルス軍が敵勢の前に立ちはだかる。数千の矢叫《やたけ》びに馬蹄《ばてい》のとどろきがかさなり、松明に火がともされて夜の領域を削りとった。たちまちルシタニア軍は攻勢をせきとめられ、パルス軍の逆撃《ぎゃくげき》の前に百騎以上が撃ち倒された。にわかな混乱のなかに、ようやくモンフェラート将軍からの伝令が追いついて、深追いをせぬよう命令を伝えた。

戦場にそびえるパルス松の大樹《たいじゅ》の枝に梟《ふくろう》がとまっている。人間どもの愚かしい争いを無視して、のんびりと羽を休めていたが、ふいに羽ばたいて小さく啼声《なきごえ》をあげた。隣の太い枝の上で、ひとりの魔道士が身動きしたのだ。

「プーラード、未熟者めが！」

怒りと失望を舌先に乗せて、魔道士は荒々しく吐きすてた。若い顔、月光に照らしだされた雪花石膏《せっかせっこう》のように青白い顔は、グルガーンという名で呼ばれる男のものであった。彼は尊師と称される指導者の命を受け、プーラードとともに、ルシタニアの王弟ギスカールを誘拐するべく、王都の地下から立ち現われたのである。それが功に逸《はや》ったプーラードの独行によって失敗したのであった。

「尊師に見《まみ》える顔がない。だが事を隠すわけにはいかぬ。お叱りを受けた後、あらたなご指示をいただいて罪を償うしかあるまい」

眼下に展開される酸鼻《さんび》な流血の光景を、無感動にながめやると、グルガーンは暗灰色の衣の裾《すそ》をひるがえした。つぎの瞬間、その姿は闇の一部と化して溶《と》けさってしまい、梟の目をおどろかせたのであった。

この年八月五日深夜から六日未明にかけて、パルス軍とルシタニア軍との間におこなわれた戦いは、激しくはあったが長くはつづかなかった。ギスカールとモンフェラートは苦労しつつも致命的な損害をどうにか回避することができたのである。本陣に斬りこまれたのは、不名誉のかぎりであったが、形としてはとにかく撃退したのだ。

六日の朝が完全に明け放たれたとき、すでに大地には四千をこす戦死者の群れが横たわり、刻々と死《し》臭《しゅう》を濃くしつつある。遺棄《いき》された死者の数は、パルス軍が六百、それ以外はルシタニア軍に属するものであった。この夜戦が、終始パルス軍の主導においておこなわれたことが、誰の目にも明らかであった。正式の大会戦を前にして、パルス軍は「幸先よし」と勇みたち、ルシタニア軍は不安と不快の念を禁じえなかった。

総帥である王弟ギスカールは、朝食の場にモンフェラート将軍を同席させ、パルス葡萄酒《ナビード》でパンを咽《の》喉《ど》に流しこみながら告げた。

「兵士どもには死戦させねばならぬ。生命をすてる気で戦わせねばならん」

「むろん兵士どもは死戦するに相違ございらぬ。ルシタニアの国とイアルダボートの神のため、いまさら誰ひとり生命を惜しむ者などおりますまい」

モンフェラート将軍の声に、ギスカールはうなずいたが、それは形式だけのことであった。もはやギスカールは、兵士の戦意などまったく信用していなかった。昨夜の戦いは、しかけたパルス軍にとっては単なる前哨戦にすぎなかったが、ルシタニア軍には大きな傷を残したのだ。もっとも重要な部分に。全軍の総帥たるギスカール公爵の心理に、であった。

「督戦隊《とくせんたい》をつくる」

ギスカールは宣告した。とまどったように、モンフェラートは王弟の顔を見返した。ギスカールの顔には、疲労ともいらだちともつかぬ不快そうな表情があった。ためらいつつも、モンフェラートは問うた。

「督戦隊と申されますと、どのような」

「もし兵士どもが臆病風に吹かれて逃げ出すようなことがあれば、督戦隊に命じて斬り殺させる。味方に殺されるのがいやなら、兵士どもは死物ぐるいで敵と戦うしかあるまいて」

「お、王弟殿下……！」

モンフェラートは絶句した。ギスカールが断行しようとしているのは、恐怖によって全軍を律することであった。軍律を厳しくして虐殺や掠奪を禁じる、などということと事情《わけ》がちがう。ギスカールは兵士たちの勇気と忠誠心を信じることができなくなっていた。モンフェラートの蒼ざめた顔をながめやって、ギスカールは笑う形に唇をゆがめた。

「おぬしの意見は聞かずともわかっておる。いっておくが、おれが必要としておるのは、おぬしの意見ではなく、おぬしの服従だ。わかったな、モンフェラート」

「殿下……」

「ただちに督戦隊を編成せよ。人数は五千人でよかろう。指揮者については心あたりがあるゆえ、おぬしは人数をそろえてくれ」

「かしこまりました」

暗然としつつ、モンフェラートは一礼して王弟の命を承《うけたま》わった。そして胸中に歎《なげ》かざるをえなかった。……何と、わが軍は伝説にあらわれる海中の大章魚《おおだこ》にひとしいではないか。生きながらえるために自《みずか》らの足を喰《くら》おうとしている……。

III

夜の熱気が朝の光と覇を争って、空の半分に血を流出させたかと見える。それほどに不吉な印象をもたらす朝焼けが、パルス軍の背後に鮮血色の幕をひろげていた。

パルス軍十万はよく統率されていた。双刀将軍《ターヒール》と尊称される万騎長《マルズバーン》キシュワードの力量もだが、国王《シャーオ》アンドラゴラスの他者を圧倒する迫力もその一因であった。彼は息子《むすこ》である王太子アルスラーンを追放して、その軍を乗っとったのだが、面と向かってその行為を非難できる者はいなかった。「カイ・ホスロー武勲詩抄」にも記されているように、「地上に国王《シャーオ》はただひとり」なのである。

陣頭に馬を立てて、アンドラゴラスは敵陣を遠望している。半馬身さがって、双刀将軍《ターヒール》キシュワードがひかえていた。国王は甲冑を鳴らして、キシュワードをかえりみた。

「ナルサスあたりは考えておろうよ。予とルシタニア軍とが相撃《あいう》ちとなり、ともに倒れて起《た》つことができぬ。そうなればしめたものだとな。だが、ふふふ、そうそう青二才の思いどおりに世は動かぬて」

アンドラゴラス王の冷笑は、対象を斬《き》りすてるというより撃《う》ち砕《くだ》くようであった。キシュワードはわずかに身ぶるいした。

「ナルサス卿はひとえに王太子殿下への忠誠を励んでおるものと思われます。王太子殿下への忠誠は、すなわち国王陛下への忠誠ではございますまいか」

「忠誠か」

アンドラゴラスは乾いた笑声をくぐもらせた。キシュワードの耳に、それは不吉なひびきを感じさせる。

「アトロパテネの会戦で予を裏ぎったカーラーンめも、己れのことを無比の忠臣と思いこんでおったようだ」

「陛下……」

「ふふ、誰にとっての忠臣かな。忠臣どもが寄ってたかってパルスを押しつぶそうとしておるように、予には思える。笑うべきことよな」

キシュワードは返答ができず、視線を国王の横顔から敵陣の方角へ移したのだった。

このときパルス軍には、いまひとりの万騎長《マルズバーン》がいる。「ほら吹き」と異名をとる片目の偉丈夫《いじょうふ》で、本名をクバードという。一万の騎兵を中心に、パルス軍の右翼《うよく》部隊全体が彼の指揮下にあった。パルス軍は朝焼けを背にして西を向いているので、その右翼を占めるクバード隊は、戦場全体のなかで北東部に位置することになる。半ファルサング（約二・五キロ）の距離をへだてて、茫漠《ぼうばく》たる野の西方には、ルシタニア軍の左翼《さよく》が布陣していた。朝焼けの彩《いろど》りを受けて、ルシタニア軍の甲冑や盾は、すでに血をあびたような色あいにきらめいている。それを遠望するクバードの片目に、恐怖や不安はない。

「さて、始まりの終わりか、終わりの始まりか」

片目の偉丈夫は、一瞬ごとに熱くなる朝風に向かってうそぶいた。

「イアルダボート教の神はただひとり。それに較べて、パルスには多くの神々がいたもう。数だけならわが軍の勝利だがな」

傍にひかえた千騎長のバルハイが何かいいたそうな表情をした。何とも神々に対して不敬な言葉に思えたのである。バルハイの表情に気づいて、クバードは一笑した。

「心配するな、バルハイ。ここはアトロパテネではない。われらが国王《シャーオ》も、あのときのようなまねはなさるまいて」

陽気な大声である。だが語る内容は辛辣《しんらつ》をきわめた。クバードがあてこすっているのは、アトロパテネの戦い半ば、死闘する将兵を見すてて戦場を離脱した国王《シャーオ》の行為についてであった。死闘のさなかに

「国王逃亡!」の報を受けたクバードは、主君を見放したのである。

　思えば、アトロパテネの会戦を経験したパルス人といえば、この場にはアンドラゴラス王とクバードが存在するのみである。無敵であるはずのパルス騎兵隊が無残な潰滅《かいめつ》をとげるありさまを、クバードは見たのだ。今回も何がおこるかわからぬ。そう思いつつ、自分が死ぬかもしれぬとはこの男は考えていないのだった。

　角笛《つのぶえ》が鳴りひびいた。国王の本陣から湧きおこった角笛の音は、波うって各処にひろがり、それがなお波及するなかで、規則ただしい騎馬の足音にとってかわられた。

　パルス軍の前進と呼応するように、ルシタニア軍も前進を開始している。血を溶かしたような朝焼けにむかって、人と馬とが歩みよっていくのだった。

「アトロパテネのときとは、気象がまるでちがいますな」

　モンフェラート将軍の言葉に、ギスカールはむっつりとうなずいた。彼らもまた、アトロパテネの会戦を思い出さずにいられなかったのである。そしていま、「サハルード平原の会戦」は両軍のどちらに吉をもたらすだろうか。

　この戦いに参加した兵力は、パルス軍が約十万、ルシタニア軍が約二十一万であった。エクバターナを進発したとき、ルシタニア軍の総勢は二十五万であったが、七月末にボードワン将軍をふくむ二万五千を失い、逃亡者や脱落者も出て、その兵力は当初より減少していたのである。

　それでもなお、ルシタニア軍はパルス軍の二倍を算《かぞ》えており、正面から戦えば負けるはずはないと思われた。だが総帥のギスカール自身、勝利の確信を欠いていたのだ。だからこそ督戦隊などという「暗い知恵」を発揮せざるをえなかったのである。

　督戦隊の指揮官に任じられた人物は、エルマンゴーという騎士である。昨夜ギスカールが本陣でパルス人に襲撃されたときに、救いに駆けつけたふたりの騎士の片われであった。彼の仲間はパルス人に斬り殺されたが、生き残った彼は、王弟殿下にほめたたえられ、思いもかけぬ栄誉をさずかった。「おぬしにまかせるぞ」と王弟殿下にいわれて、エルマンゴーは感激し、忠実に命令にしたがうつもりだった。それは、逃げようとする味方を殺すという、おぞましい任務であったのだが、エルマンゴーはそのことに気づいていない。

両軍の距離は、矢がとどくほどの数字になった。まず矢戦《やいくさ》がはじまった。

数億の蝗《いなご》がいっせいに飛び立ったかのように思われた。両軍の矢は風となって空の下を走り、雨となって地上に降りそそいだ。死と苦痛をもたらす銀色の雨である。両軍ともに盾《たて》をあげて矢を防いだが、盾と盾の隙間《すきま》に矢が落ちると、そこから悲鳴やうめき声が湧きあがるのだった。

矢の雨が降りつづけるなかで、両軍の距離はさらに縮まっている。そして矢に埋められていた空が開け放たれ、両軍の戦士たちは盾をさげて前方を見すえた。たがいの顔がはっきりと見えるほどに、彼らは近づいていた。

パルス軍の陣頭で、アンドラゴラス王が高々と右手をあげ、振りおろした。ルシタニア軍の陣中で、ギスカールが同じ動作をした。この瞬間、「サハルードの会戦」は、白兵戦に移行したのである。

パルス軍十万のなかで、もっとも迅速な動きで敵に襲いかかったのは、クバードのひきいる右翼部隊であった。クバードは抜き放った大剣の尖先《きっさき》で朝空をさしながら、全軍の先頭に立ち、長槍《ちょうそう》の穂先をそろえた部下たちが彼につづいた。四万個の馬蹄《ばてい》が地軸をゆるがして敵陣へと殺到する。

クバードは国王のために戦う意思にはとぼしかったが、パルスの大地からルシタニア人をたたき出すのは望むところであった。悍馬《かんば》を駆り、大剣をひっさげて戦場を疾駆するのは、さらに好むところだった。片目の偉丈夫は、無造作に馬を敵勢のまっただなかへ躍りこませた。殺戮《さつりく》がはじまった。

クバードは厚刃《あつば》の大剣を振りおろした。強烈な手ごたえがあって、ルシタニア騎士の冑《かぶと》が割れ、眼球と鼻血が犠牲者の顔から飛び出した。死者が地上へ落下するより早く、クバードの大剣は反対方向へ光の軌跡を描き、槍をつかんだままの手首を宙高くはねあげた。重く鋭い斬撃が熱気を割ると、飛散する人血によって、大気はさらに熱さを増した。落馬した騎士は敵味方の馬蹄に踏みにじられ、みるみる血みどろの肉塊と化してしまう。クバードの長身は血煙《ちけむり》につつまれ、大剣の一閃《いっせん》ごとに敵の軍馬は鞍《くら》を空《から》にした。

片目の偉丈夫は、ルシタニア人の肉体を斬り裂いただけでなく、勇気と敵愾心《てきがいしん》をも斬り裂いたのだ。イアルダボート神の信徒たちは恐怖と敗北感に打ちのめされ、浮足だった。神の加護も、この片目の邪教徒に対しては通じないように見えた。クバードと彼の部下はルシタニア軍を押しまくり、蹴《け》散《ち》らし、ルシタニア軍の戦線は左翼から崩壊するかに見えた。

ギスカールは、まだ沈着さをたもっていた。督戦隊に出動を命じる時機が来ていないことを、王弟は正しく判断した。くずれかけた左翼をささえるために、ギスカールは援軍を送ることにしたのである。このような際には、ルシタニア軍の人数が意義を持つのだった。

あらたに三千の騎兵と七千の歩兵が、ルシタニア軍の左翼に投入された。指揮官はファン・カリエロ男爵という人で、モンフェラート将軍の腹心であった。

Ⅳ

敵の陣容が厚みを増してくる。クバードは大剣に付着した人血を振り落とし、一本だけの不敵な視線を敵勢に放った。まだ彼は死ぬつもりはなかったし、部下を道づれにするつもりもなかった。彼は千騎長のバルハイを呼び、後退を命じた。ほどなく十数本の角笛《つのぶえ》がおなじひとつの曲を吹き鳴らしはじめた。

パルス軍の右翼部隊は前進から後退にうつった。

途中に停滞というものがない。進むのも速かったが、退《しりぞ》くのも速かった。戦場の一部に血なまぐさい空白が生じた。パルス軍が退き、ルシタニア軍が急速に前進する。そのときであった。イスファーンのひきいる部隊が急進して、ルシタニア軍の側面に襲いかかったのは。

「全軍突撃《ヤシャスイーン》!」

叫びざま、イスファーンは頭上で剣を回転させた。磨きあげられた刃は、若い勇将の頭上で、銀色の車輪さながらにきらめきわたった。彼がひきいるのは騎兵ばかり四千騎で、おどろくべき速度と勢いでルシタニア軍に喰いついた。

出会った最初の敵を、イスファーンは斬りむすぶこともなく鞍上《あんじょう》から転落させた。すれちがう一瞬に、顎《あご》の下を深く斬られて、ルシタニア騎士は宙を斬りながら地表へ落ちていったのだ。甲冑と大地とが衝突するひびきは、馬蹄のとどろきにかき消されて、誰の耳にもとどかなかった。

両軍は激突し、揉みあい、殺しあった。剣が首を切断し、槍が胴をつらぬき、戦斧《せんぷ》が頭を撃ち砕き、血の匂いが戦士たちの鼻孔《びこう》になだれこんで彼らを窒《ちっ》息《そく》させんばかりである。イスファーンはふたりめの咽喉《のど》をつらぬき、引きぬいた刀身を水平に走らせて、三人めの肩を斬り裂いた。

パルス軍の連係は巧妙をきわめ、ルシタニア軍の左翼部隊を危機におとしいれた。クバードの後退に引きずられる形でルシタニア軍は突出してしまい、長く伸びた隊列の右側面にイスファーンの強烈な横《おう》撃《げき》を受けてしまったのである。

ルシタニア軍は引き裂かれた。やわらかく煮こんだ羊肉が厚刃の剣で両断されるように、前後にちぎられてしまったのである。それを遠望したモンフェラート将軍が、ギスカールの傍《かたわら》で思わず絶望の呻《うめ》きをもらした。

さらにこのとき、五千騎ほどの兵力が戦場の外縁部から出現して、ファン・カリエロ男爵の軍を左後方から斬りくずしはじめたのである。

それはトゥースの部隊であった。もともと寡黙《かもく》であったこの鉄鎖術《てつさじゅつ》の名人は、王太子アルスラーンが追放されて以来、さらに寡黙になり、アンドラゴラス王に対して礼節をおこたるようなことはなかったものの、明らかに、見えない壁をへだてて主君に接するようになっていた。それでもなお、トゥースは勇敢な、信頼に値する男で、自己に課せられた責務をつねに果たしてきたのである。

　イスファーンに対して苦闘を強いられていたルシタニア軍は、後方からの苛烈な攻撃におどろき、かつ狼狽《ろうばい》した。パルス人はまさしく騎馬の民であって、トゥラーン人を除いては大陸公路に比類ない機動力を持っていた。そして、個人戦闘においてはともかく、集団戦術において、パルス軍はトゥラーン軍を凌駕《りょうが》していたのである。

　ルシタニア軍の戦列は、一瞬ごとに削りとられていった。彼らの戦列の左右で、血と火花と刃音《はおと》が無慈悲な壁をつくり、ルシタニア軍はそれを突き破ることができなかった。

　ルシタニアの軍馬が悲痛ないななきを発して横転し、鞍上から騎手の死体が地に投げだされる。砂と血が舞いあがり、赤と黄の縞が戦士たちの視界にひろがった。刀身が激突し、槍身《そうしん》がからみあい、血が大地に吸いこまれていった。

　ルシタニア軍の苦境は左翼部隊だけではなかった。右翼部隊は、キシュワード指揮下のパルス軍と激突し、大きな損害を出していたのだ。

　ルシタニア軍の右翼部隊は、たたきのめされ、斬りきざまれ、潰乱《かいらん》寸前となっていた。キシュワードの指揮は巧妙をきわめ、ルシタニア軍を分断し、孤立させてはたたきつぶし、ルシタニア軍に数の優位を誇らせなかった。しかもキシュワードは、一万騎の部下を完全に統御しつつ、自らも二本の剣をふるってルシタニア兵をつぎつぎとこの世から追い出していた。変幻自在の剣技は、ルシタニア兵の抵抗できるようなものではなかった。

　その雄姿を見はるかしたルシタニア騎士のひとりが、乗馬を駆って王弟ギスカールに注進におよんだ。キシュワードを指さして彼は告げた。二本の剣を魔術のごとくあやつるかの騎士こそ、ボードワン将軍を斬った憎むべき敵将である、と。それを聞いたギスカールは、けわしい怒気と憎悪をこめてキシュワードの姿をにらみつけた。

「よし、ボードワンの仇《かたき》を討ってやる。増援軍を二万、右翼にさしむけろ。指揮官はプレージアン伯だ」

とにかくルシタニア軍は兵数では有利なのだ。惜しみなく兵力を戦場に投入し、パルス軍を疲労させれば戦局全体の勝機もつかめるであろう。ギスカールの傍《かたわら》にいるモンフェラートは腹をすえることにした。督戦隊などというやな手段を使わずに戦って勝ちたいものだ、と、モンフェラートは思ったのである。

王弟殿下の命令を受けたプレージアン伯は、勢いこんで兵を動かしはじめた。彼はあまり深く物事を考える性質《たち》の人物ではなかったので、ギスカールの相談役などをつとめることはできなかった。だが勇敢で、戦いぶりに迫力があったので、このような場合には役だつ武将だった。

「進め、進め！　異教徒どもにルシタニア人の強さを見せてやるのだ！」

プレージアン伯は、兵士たちに耳鳴りをおこさせるほどの大声でどなると、土煙を巻きあげながら戦場へ突入していった。用兵も戦法もあったものではなく、濁流《だくりゅう》が低地にながれこむような勢いの突進であった。

「進め、進め！」

乱戦の渦《うず》のなかで、プレージアン伯はどなりつづけている。彼は一騎士としてもなかなか勇猛な男で、右手に鎚矛《メイス》、左手に盾を振りまわし、神に背く異教徒どもの幾人かを、馬上からたたき落とした。異教徒の頭部がくだけ、血がほとばしって彼の顔にかかると、どなり声はさらに大きく、勢いを増した。

「進め、進め！　進め、進め！」

パルス兵たちはルシタニア語を解さなかったが、巨体に甲冑をよろって猛進するルシタニア人の怒号《どごう》は、きわめて不吉なものに聴こえたであろう。

「あの男は、進め進めという以外のルシタニア語を知らんのかな、モンフェラート」

「どうもそのようで。なれど、このような場合には頼もしい御仁でござる」

戦いが始まってから、ずっと陰気な表情だったギスカール公とモンフェラートが、つい苦笑をかわしあった。それほどに、プレージアン伯の猛戦ぶりはめざましかった。パルス軍もそれに恐れをなし、槍を引き、馬首をめぐらして後退をはじめた。

キシュワードとしては、このようにむちゃくちゃな戦いかたをする敵を相手にして、損害を増やしたくはなかった。どうせ敵は遠からず息切れするに決まっているのだ。

「落ちついて退《ひ》け！　隊列をくずすな」

そう命令し、自らが殿軍《しんがり》をつとめて敵を撃ちはらいながら後退した。ふと彼の目が、敵陣の背後に奇妙なものを見出した。熱気をただよわせる夏空に、黒と灰色の煙が勢いよく立ちのぼったのである。そのことに気づき、ルシタニア軍もおどろいた。

「だ、誰が糧食に火を放った⁉」

モンフェラートは動転した。ギスカールは狼狽のようすこそ見せなかったものの、両眼に怒りと失望のひらめきが走った。彼は鞍上《あんじょう》で身をひねって、たちのぼる黒煙をにらんだ。

「すぐに火を消せ！」

ギスカールは、ようやく声をはりあげた。モンフェラートの指示で、三千人の兵士が消火に駆けつけたが、空気は乾き、近くに水はない。砂や土をかけて消火に努《つと》めたが、ほとんど無力で、膨大《ぼうだい》な糧食は、みるみるうちに燃えつき、ほとんど灰と化してしまった。

パルス軍の万騎長《マルズバーン》キシュワードは、敵陣の背後にあがる黒煙を認めたものの、とっさにどう判断してよいかわからなかった。何ごとかと思ったとき、煙の一部がちぎれたように天空を飛来してくる鳥の影を見つけた。喜びの声をあげて舞いおりてくる鷹《シャヒーン》の姿を確認したとき、沈毅《ちんき》なキシュワードが思わず声をあげた。

「告死天使《アズライール》……！　なぜこのようなところに」

驚愕は一瞬のことでしかなかった。告死天使《アズライール》はキシュワードの代理者として王太子アルスラーンの傍《そば》にいるのだ。ということは、王太子アルスラーンと彼の軍隊が、この近くにいることを意味する。

「帰参《きさん》なさったか、王太子殿下が……」

みごとなひげのなかで、キシュワードは口もとをほころばせた。

「では、おれもそろそろ反撃するとしようか」

ルシタニア軍の後方に火を放ったのがアルスラーンの部隊であることを、キシュワードは悟ったのであった。彼はたちどころに兵に指示を出し、急速な逆撃に転じた。勢いだけで猪突《ちょとつ》してきたプレージアン伯の軍は、巧妙なキシュワードの用兵に翻弄《ほんろう》され、分断されてはたたきのめされた。プレージアン伯は鎚矛《メイス》をうちふって包囲を突破し、ついに抗戦を断念して、丘のひとつへと馬を走らせた。そのあとをキシュワードが追う。

そのとき、嵐にも似た勢いで稜線《りょうせん》を躍りこえてきた騎馬の影がある。

甲冑も黒一色、悍馬《かんば》も黒、熱風にひるがえるマントの裏地だけが朝焼けの色を映したような深紅であった。プレージアン伯はうなり声をあげた。血に染まった鎚矛《メイス》を振りかざし、あらたな敵にむけて突進する。

一合にもおよばず、プレージアン伯は長槍の穂先に鎖骨の上方を突きぬかれ、鞍上からもんどりうった。騎手を失った馬は、ひとついななきを発して、人間どもの戦いから逃がれ去った。

「キシュワード卿、申しわけない。おぬしの獲物を横どりしてしまった」

そう挨拶《あいさつ》する相手の素姓を、キシュワードはむろん知っていた。パルス王国最年少の万騎長《マルズバーン》、「戦士のなかの戦士《マルダーンフ・マルダーン》」と異名を持つダリューンである。彼につづいて、さらにキシュワードの旧知の人物が騎馬の姿をあらわした。

「おう、ナルサス卿もいっしょか」

「おひさしぶりだ、キシュワード卿」

王太子の軍師として知られる青年貴族は、型どおりに礼をほどこした。

「五万の兵を集めねば帰参するにおよばず」

それがアンドラゴラスの宣告であり、王太子は事実上、兵権《へいけん》を解《と》かれて追放されたのである。ダリューン、ナルサスら数騎だけが、国王の命令に背いて王太子にしたがった。王太子一行は南方ギランの町におもむき、そこで兵を集めているはずだった。

「さればだ、キシュワード卿、われらが集めた兵力は三万にたりぬ。未だ五万に満たぬゆえ、アンドラゴラス陛下のもとに帰参することはかなわぬ」

ナルサスはいったが、すこしも残念そうではなかった。僚友《りょうゆう》ダリューンと視線をかわして小さく笑う。

「われらは陛下のもとに帰参するつもりはない。王太子殿下のもとで独自の行動をとるのみ。好んでのことにあらず、陛下の勅命《ちょくめい》にしたがえば、そうならざるをえぬ」

たしかにそのとおりだ。キシュワードはナルサスの論法を認めざるをえなかった。国王からのあらたな命令がないかぎり、帰参すれば勅命に背くことになる。独自の行動をとるしかないわけである。ダリューンも一笑した。

「キシュワード卿、おぬしとこうやって相見《あいまみ》えたのは、王太子殿下の御意によるものよ。告死天使《アズライール》の主人に挨拶なしではすまされぬとおっしゃるので」

それでダリューンとナルサスが「挨拶に立ち寄った」わけである。アルスラーン自身が来なかったのは、キシュワードの立場に配慮したからであった。

「アンドラゴラス陛下は、ルシタニア軍と正面から戦って、武勇を天下に誇示なさるがよろしかろう。その間に、われらは王都エクバターナを掌中《しょうちゅう》におさめさせていただく。請《こ》う、悪く思いたもうな」

ナルサスの貴公子めいた顔に、ふたたび微笑が浮かぶ。いたずらっぽい、と表現するには、鋭いものが含まれた笑いであった。

V

南部海岸を劫掠《ごうりゃく》してきた海賊どもを平定して、王太子アルスラーンは港町ギランに支配権を確立した。ギランの豊かな富がアルスラーンのもとに流れこんできた。集めた兵数は三万にたりなかったが、軍用金と糧食とは、膨大なものであった。アンドラゴラス王も、ルシタニア軍も、その点においてアルスラーンに遠くおよばぬ。

これらの軍用金と糧食を管理し警備していたのは、港町ギラン出身のグラーゼであった。彼はオクサス河の水路を利用して、二十万人の軍隊を半年にわたってささえるほどの物資を最上流部にまで運び、そこに蓄積した。そこから北へ向けては、大いそぎで街道を整備し、要所に百人単位の兵士を配置して警備をかためた。グラーゼ自身は三千の兵をひきいて、オクサス河の最上流部に陣地をかまえた。そこからさらに北上するアルスラーンの軍に対しては、陸路を使って補給をおこなう。さらに兵士や軍用金や糧食の補充が必要になったときには、水路を使ってギランの街と連絡することができるのだ。また手もとに三千の兵があれば、さしあたり盗賊団の襲撃なども恐れる必要がなかった。

グラーゼは武人として勇敢で統率力にすぐれている。それだけではなく、商人としての才覚も兼ねそなえており、軍隊にとって資金と糧食がどれほどたいせつか、それらを用意し、また戦場まで運ぶことがどれほど重要か、よく知っていた。軍師ナルサスにとって、グラーゼの存在は、まことにありがたいものであった。

少年時代、ナルサスは王立学院で兵学の授業を受け、「敵と戦うにあたって必要なものをふたつ記せ」と教師にいわれた。ナルサスが書いた答案は「資金と糧食」であったが、教師の正解は「知恵と勇気」であった。答案に落第点をつけられたナルサスは落胆するどころか、昂然《こうぜん》としてうそぶいたものである。

「世に愚者《ぐしゃ》の多いことがよくわかった。これではぼくが勝ちつづけるのは当然だ。知恵と勇気などいくらでも湧いて出るが、資金と糧食はそうはいかないんだぞ」

　ナルサスには、このように冷徹な現実感覚と、奴隷《ゴラーム》制度の廃止を考えるような理想と、両方が同居している。国王であるアンドラゴラス三世に対する態度は、現実感覚の、かなり手きびしい部分のあらわれであろう。

「陛下には、どうせ誠心をつくしても報われぬのだ。であれば、誠心もほどほどにして、こちらのやりたいことをやっておくほうが、よほどましというものさ」

　それがナルサスの考えであった。彼にいわせれば、忠誠心も慈悲も一方的なものではありえない。忠誠心の通じぬ相手に忠誠をつくしたりするのは、無益というものである。さすがに、そこまで露骨に口に出してアルスラーンをそそのかしたりはしなかったが、王太子が父王から離れて自立するための準備は着々とととのえていた。

　アルスラーンはまだ十五歳に達していない。ほんの少年である。だが、彼には王太子としての巨大な責任があった。パルス国の現在と未来に対する責任である。彼は軍師ナルサスと相談をくりかえし、態度を決めていた。

　どのみちエクバターナはパルス人の手によってルシタニア人の支配から解放されねばならないのである。アルスラーンは決断した。父王に先んじてエクバターナを敵の手からとりもどそう、と。何かを為《な》そうとすれば、万人にほめたたえられ喜ばれるというわけにはいかない。すでに「奴隷制度廃止令」を発布して、パルスの旧《ふる》い社会体制を否定したのだ。そして父王アンドラゴラスは、パルスの旧勢力を代表する人であった。

　アルスラーンが改革の理想をつらぬくとすれば、そしてアンドラゴラス王がそれをはばむとすれば、いつか父子は対立せねばならなかった。そのとき、アンドラゴラス王が武力で対抗するのを断念せざるをえないほどの実力が、アルスラーンにあれば、無用な流血はなくてすむであろう。そのためには、実績をつみ、兵力を集め、財力をたくわえておかねばならない。改革をおこなうには、改革に反対する者をおさえつける力が必要なのだ。それは理想と現実とのせめぎあいであり、地上に「よりましな」国をつくるための、避けがたい矛盾であった。

キシュワードと別れて、戦場の外縁部に馬を走らせながら、ダリューンとナルサスは戦いのありさまを見やった。

「妙だな。ルシタニア軍の動きには解《げ》せぬところがある」

ダリューンが首をかしげた。彼はもともと戦士であるだけに、眼前に展開される光景に不審を感じたのである。

「兵数は圧倒的に多いのだし、もっと戦いようがあるはずだ。なのに……」

「おぬしならどうする、ダリューン」

「おいおい、軍師に対して兵学を説けというのか。おぬしに兵学を説くのと、ギーヴに色事を説くのは、どちらもだいそれたことだと思うがな」

苦笑したが、かさねて問われ、ダリューンは答えた。

「おれがルシタニア軍の総帥であれば、あえて兵力を二分する。そうするだけの兵力差があるからだ。もっとも信頼する宿将に別動隊を指揮させ、戦場の外側を迂回して敵陣の背後に出させる」

別動隊が敵軍の背後から攻撃をかけると同時に、本隊も敵に対して全面攻勢に出、前後から挟撃《きょうげき》する。それまで本隊は陣を堅く守って、ひたすら負けぬよう時間を稼いでいればよいのだ。それがダリューンの意見であった。ナルサスはうなずいて賛意を表した。

「たしかにそれ以外の戦法は考えられんな。敵に対して二倍の兵力があれば、それができるはずだ」

ナルサスも、友と同じ不審を感じていたのであった。

それなのにルシタニア軍は、なぜそうしないのか。いや、それどころか兵力を一万、二万と小出しにしているように見える。小出しにした兵力が、つぎつぎと各個撃破されるだけで、もっとも愚《おろ》かしい用兵といわねばならない。ナルサスには、ルシタニア軍の総帥ギスカール公が無能だとは思えなかった。おそらく何かたくらんでいるに相違ない。

ダリューンとナルサスを待つ間、アルスラーンも丘の上で両軍の戦いを見守っていたが、ときおり小首をかしげずにはいられなかった。どうも納得のいかぬ戦いぶりなのである。

「ギスカール公はルシタニア随一の智恵者と聞くが、追いつめられれば手段を選んではいられぬということか」

アルスラーンがつぶやくと、「流浪の楽士」と自称するギーヴが、にやりと笑った。

「とすれば、われわれがおらずとも、どうにかパルス軍は勝てそうでござるな」

「いずれにしても、これ以上この地におとどまりあるは無用のことでございます。そろそろ立ち退《の》くといたしましょう、殿下」

女神官《カーヒーナ》ファランギースがそう勧《すす》めた。アルスラーンはうなずいた。彼がいだいた疑問に対しては、近いうちにナルサスが解答を与えてくれるだろう。

そのナルサスも、ダリューンとともにもどってきた。「王太子殿下の御武運を祈る」というキシュワードの伝言をたずさえてきたのである。

「では王都へ！」

叫んで、アルスラーンは左手をあげた。黒い鷹《シャヒーン》の影が宙空から舞いおりてそこにとまった。

このときアルスラーンに随従する面々は、ダリューン、ナルサス、ギーヴ、ファランギース、ジャスワント、エラム、アルフリード、そしてメルレインであった。もっとも、ゾット族の若者は、自分が置かれた状況に納得しがたい気分であったようだ。彼は妹であるアルフリードを引きずってゾット族の村に帰るつもりであったのに、妹は王太子の軍師にくっついて離れようともせず、口うるさい兄に向かって提案したのである。

「とにかく王都から侵略者を追い出して、それからのことにしようよ、兄者。ゾット族は王太子殿下と仲よくやっていけそうなんだしさ」

ギランの町で王太子一党と協力して海賊どもを討ち滅ぼし、栄誉の黒旗《こっき》を受けたことも、アルフリードは兄に話した。メルレインとしては、このような状況で妹を残して自分ひとり村に帰るわけにもいかぬ。さしあたり、王都を奪還するまでは、つきあわざるをえないようであった。

こうしてアルスラーンとその軍が、平原の南を王都の方角へと進みはじめた後も、戦いはまだつづいている。

パルス軍の本陣で、アンドラゴラス王は不機嫌そうだった。彼は勝利を確信していたが、それにもかかわらず、表情は晴ればれとしたものにならなかった。あるいは、ルシタニア軍の糧食を焼いたのがアルスラーンではないかと疑い、「よけいなまねをしおって」と思っているのかもしれぬ。

キシュワードとしては、国王に対していいたいことが山脈ひとつ分ほどあるのだが、非難や批判の言葉を口にすることはできなかった。それは何よりも、キシュワードの体内を流れる武門の血によるものであったが、その他にも理由がある。アトロパテネの会戦でルシタニア軍の虜囚《りょしゅう》になったアンドラゴラス王は、半年以上にわたって鎖につながれ、地下牢で虐待されていたのだ。人がらに変化が生じても不思議はない。せめて王都エクバターナを侵略者どもから奪回するまでは、いいたいことも抑えていようと思っていた。

いまひとりの万騎長《マルズバーン》クバードのほうはといえば、国王《シャーオ》の不機嫌など知ったことではなかった。いちいち気にしていられるか、と思うのである。アトロパテネの敗戦以来、苦難を強《し》いられたのは国王ひとりではない。エクバターナの市民も、地方の農民も、ルシタニア軍のためにどれほど悲惨な目にあわされたかわからぬ。すべてはアトロパテネで国王が敵に敗れたためであって、すべての責任は国王が負わねばならぬ。それが国王というものではないか。

ルシタニア軍に動揺が生じ、大きく波紋をひろげた。パルス軍の一部隊がルシタニア軍の後方にまわりこんで王都への退路をたつかに見えたのである。

　この部隊は、アルスラーンのひきいる二万五千の軍であった。ことさらに行動を見せつけて、ルシタニア軍の動揺をさそったのだ。せめてもの、父王に対する協力であった。

「パルス軍の新手《あらて》が戦場の西に出現した！　エクバターナへの道が絶たれる！」

　恐怖に満ちたその叫びは、弓から放たれた矢の速さで、ルシタニア全軍を席捲《せっけん》した。

　これまでルシタニア軍は、幾度もくずれそうになりながら何とか踏みとどまり、よく戦ってきた。だが「退路を絶たれる」という恐怖が彼らの戦意をくじけさせた。彼らは剣を引き、槍をおさめた。馬首をめぐらし、踵《きびす》を返した。意味をなさない叫びを口々にあげて、潰走《かいそう》をはじめた。パルス軍はそのありさまを見のがさなかった。追撃を合図する角笛が音響をかさねる。逃げ走るルシタニア軍に、パルス軍は追いすがった。槍で背中を突き刺し、剣で頭をたたき割り、倒れるところを馬蹄で踏みにじった。ルシタニア軍に対して慈悲を与える理由など、パルス軍にはなかったのである。

　逃げまどい、追撃される味方の姿を見て、ギスカールはついに督戦隊の出動を命じた。モンフェラート将軍が再考を求めようとしたが、王弟はそれに応じなかった。

「かまわぬ、逃げる者は射殺せよ」

「王弟殿下……」

「無用な者は死ね！　浮足だった役たたずどもを養うような余裕は、わが軍にはない。死んで、わが軍の負担を軽くしてもらおうではないか」

　ギスカールは吐きすて、仰天《ぎょうてん》したモンフェラートは声もなく王弟を見つめた。王弟が苦悩の極《きょく》、狂《きょう》したかと彼は思ったのだ。だが、モンフェラートの観察はまちがっていた。ギスカールは狂気と正反対の場所にいたのだ。冷酷なほど徹底した打算を、彼はめぐらしていた。

「この戦いは負けだ。しかたない。だが、敗北をそのまま滅亡に直結させたりはせんぞ。すべてはこれからだ」

口には出さぬ。だがギスカールの意志と野心は不屈だった。もともと大陸西端の貧乏国であったルシタニアを、たけだけしい征服者集団にしたてあげたのは、ギスカールひとりの努力と才能の結果であるといってよいのだ。

ギスカールの命令が伝達された。こうして戦場は、あらたな血なまぐささにおおわれることになった。

エルマンゴーに指揮される督戦隊は、逃げくずれてきた味方に向かって矢の豪雨をあびせかけた。ルシタニア軍の人馬は、ルシタニア軍の矢をあびて、宙空と大地に血をまきながら倒れていった。

「味方だ！　おれたちは味方だ、矢を射かけるな！」

仰天した兵士たちが、悲鳴をあげてそう抗議したが、矢の雨はいっこうに衰えぬ。エルマンゴー以下、督戦隊の兵士たちは、味方と承知の上で矢をあびせているのだから、いくら抗議されても頼まれても、味方を殺す手をゆるめることはなかった。それどころか、大声で罵倒《ばとう》のかぎりをつくしたのである。

「死にたくなければ、引き返して異教徒どもと戦え！　この卑怯者どもめ。神のお怒りが汝らの頭上に落ちかかるぞ！」

その声を聴いたルシタニア兵たちは、一瞬、呆然と立ちすくんだ。それはただちに直観的な理解につながり、絶望的な戦意に転化した。

「わあっ」と彼らは叫んだが、それは喊声《かんせい》というより絶鳴に近かった。だがいずれにしてもルシタニア軍は逃げるのをやめ、戦うためにとってかえしたのである。

パルス軍にとっては、はなはだ意外なことであった。まさに潰乱寸前に見えたルシタニア軍の逃げ足がとまったかと思うと、死物ぐるいの勢いで反撃してきたのだ。ルシタニア軍の剣と槍が、パルス軍のそれを圧倒し、押しまくった。血しぶきがはねあがり、剣が折れ飛び、死体が散乱して、目をおおいたくなるような凄惨《せいさん》な混戦になった。だが、押されつつもパルス軍はくずれはしなかった。

「つづきはせん」

片目のクバードはそう断言した。ルシタニア軍の猛反撃がきわめて不自然なものであることを、彼は見ぬいていたのである。キシュワードの意見も同じであった。

「ルシタニア軍は劇薬の効果で、一時ものぐるっておるだけだ。薬の効きめが切れれば、戦うどころか起《た》つこともできはせぬ。すこしの間だけ耐えればよい」

歴戦の勇将たちは、正しく事態をとらえていた。狂熱《きょうねつ》的なルシタニア軍の反撃は、戦局全体を変えることができぬうちに力つき、停滞してしまった。息が切れ、立ちつくすところへ、パルス軍の再逆《ぎゃく》撃《げき》が始まった。そして今度は流れはとまらなかった。

督戦隊の指揮官であるエルマンゴーが殺されてしまったのだ。馬上で胸を張り、ふたたび味方が逃げくずれてきたら矢をあびせてくれよう、と意気ごんでいた彼は、どこからともなく風を切って飛来した一本の矢に、右耳の下を射ぬかれ、地上に転落してしまったのである。矢羽には、パルス語でミスラ神の名が記されていたが、ルシタニア人にはそれは読めなかった。彼らの目には、遠くの丘から走り去る騎影を、かろうじて確認しただけであった。

ルシタニア軍はついに崩れさった。二十万の大軍は二十万の敗残者と化して西へと逃《の》がれていく。王都エクバターナの方角へと。朝焼けに向かって戦いを始めたルシタニア軍は、いま夕焼けに向かって敗走していくのだった。

督戦隊も逃げだした。いまや彼らは、味方からも憎まれており、包囲されて鏖殺《おうさつ》されるのではないか、という恐怖に駆られて、武器を放り出し、甲冑もぬぎすて、できるだけ身を軽くして夢中で逃げ出していった。いつしか、総帥である王弟ギスカール公も戦場から姿を消してしまい、軍をたてなおすのに必死だったモンフェラート将軍も、わずかな部下に守られて落ちのびていった。

　ルシタニア軍は大敗したが、半分はずるずると自滅したようなものである。この日、朝から夕刻に到る戦闘において、パルス軍の死者は七千二百余、それに対してルシタニア軍の死者は四万二千五百余であった。アンドラゴラス王は、ひとまずアトロパテネの敗戦の屈辱を雪《すす》いだのである。

第二章

王都奪還

7

I

短い期間のうちに、状況は二転三転した。あまりにめまぐるしい変化が連続したため、渦中に置かれた人々は、自分たち自身の立場も歴史の流れもはっきりと把握《はあく》することができず、後日になって、「つまりこういうことであったのか、なるほど」と、はじめてうなずいたものである。

まずルシタニアの王弟ギスカールは、王都エクバターナへの入城を避《さ》け、一時、西北方面へ落ちのびた。パルス軍の分裂と対立を知っていた彼は、エクバターナという美味《びみ》な餌をパルス人どもの前に投げだしてみせたのである。パルス人どもが抗争して共倒《ともだお》れになればよし、そこまでいかずとも対立して弱体化するていどのことは期待できる。そしてルシタニア国王イノケンティス七世の身だ。彼はギスカールの兄である。ギスカールが王位につくには、兄王が死なねばならぬ。マルヤムの王女に刺された兄王は、エクバターナ城内で負傷の身を床《とこ》に横たえていた。パルス軍がエクバターナの城内に侵入すれば、イノケンティス七世を生かしておくはずがない。つまりギスカールは、自分の手を汚さずに兄王を地上から追いはらうことができるのだ。そして、手もとに残されたルシタニア軍を結集し、パルス軍の分裂抗争をあおってそのうち逆撃《ぎゃくげき》に転じ、今度こそ名実ともにルシタニア国王としてパルスを支配するつもりだった。

八月六日。パルス第十七代の国王《シャーオ》オスロエス五世の遺児《いじ》と称するヒルメスは、銀色の仮面をかぶった姿を、王都エクバターナの西方一ファルサング（約五キロ）の地にあらわした。

彼のひきいる将兵は三万を算《かぞ》えた。かつての万騎長《マルズバーン》サームによって訓練され、実戦で鍛《きた》えられた強兵たちである。この兵力に、エクバターナの堅《けん》固《ご》な城壁を加えれば、ヒルメスの勝利は確実なものとなるように思われた。

王都に突入し、全城を占領したら、城門をすべて閉ざし、防御をかためる。同時に、王宮においてただちに即位を宣言するつもりであった。

「おれこそがカイ・ホスローの正嫡《せいちゃく》の子孫であり、パルス軍の真実《まこと》の国王《シャーオ》である」

それがヒルメスの誇りであり、これまでの苦難に満ちた人生をささえてきた信念であった。

すでに七月三十日の時点で、ヒルメスは、エクバターナの西方十六ファルサング（約八十キロ）の距離に迫っていた。まっすぐ進めば、八月二日には王都に突入することができたであろう。だが、ヒルメスは逸《はや》る心をおさえ、慎重に状況をうかがっていたのだ。王弟ギスカールのひきいるルシタニア軍は二十万以上、正面から激突すれば勝算はない。ルシタニア軍がアンドラゴラス王のパルス軍と戦闘状態におちいり、背後で何ごとがおころうとも手出しをする余裕がなくなる。そのような状況になるまで、ヒルメスは待っていたのである。

考えてみれば、いささかめんどうな事態ではある。王都エクバターナを奪還される側はルシタニア軍であるのだが、奪還する側はパルス軍とパルス軍であった。

どのパルス軍がエクバターナを支配下に置いたとき、「王都を奪還した」という表現にふさわしい状態になるのであろうか。

アンドラゴラス王の陣営は、つぎのように主張するであろう。

「アンドラゴラス王はパルス王国第十八代の国王であり、エクバターナの正当な主人である。王太子アルスラーンは国王あっての王太子であり、国王の命にしたがうべき存在である。銀仮面の男に至っては、死去したヒルメス王子の名をかたる不逞《ふてい》な無法者であるにすぎず、何の権利も持たぬ。王国にも王都にも、支配者はただひとり、国王《シャーオ》あるのみ！」

それに対して、ヒルメス王子の陣営は反論するであろう。

「ヒルメス王子はパルス第十七代国王《シャーオ》オスロエス五世の遺児であり、正統の王位継承者である。アンドラゴラスは兄王オスロエス五世を弑逆《しいぎゃく》して王位を簒奪《さんだつ》した極悪人であり、彼の即位は無効である。当然ながら、アルスラーン王子の立太子も無効であり、ヒルメス王子こそがエクバターナの正しい支配者なのである！」

どちらにも、それなりの主張と根拠があるように見える。それでは第三勢力たるアルスラーン陣営の意見はどうであろうか。軍師ナルサスは語る。

「正統論議なんぞ知ったことか。やりたい奴だけ、いつまでもやっているがいいさ」

これは開きなおりというものだが、単なる開きなおりではない。「おれが正統だ。お前僭称者《にせもの》だ」と、アンドラゴラスとヒルメスが争っている隙に、ちゃっかり実質的な支配権をにぎってしまおうというのである。不毛な正統論議でさえ、この自称天才画家は、軍略と政略に利用しようというのであった。

さて、八月にはいって五日まで、ヒルメスは熔岩《ようがん》のように煮えたぎる心をなだめすかしてきた。そしてついにその時が来たのである。六日未明、アンドラゴラス王とギスカール公とが戦場で対峙したことを諜者《ちょうじゃ》によって知ると、ただちにヒルメスは全軍に出動を命じた。もはやギスカールが、王都にとってかえすわけにはいかぬ。そのような行動をとれば、背後からアンドラゴラスの猛襲を受け、全滅してしまうであろう。

三万の兵はサームの指揮を受け、風のように野を移動した。直行して王都の西方にあらわれるのではなく、曲線路をとって王都の北方に迂回《うかい》したのは、サームらしい慎重さであった。このときサームは、陣中の客人であるマルヤム王女イリーナ内親王《ないしんのう》に百騎の護衛をつけ、北方二ファルサング（約十キロ）の森のなかに隠して戦塵《せんじん》を避けさせた。その旨《むね》、事後報告を受けたヒルメスは、だまってうなずいただけである。

白昼堂々と、ヒルメスはエクバターナに入城するつもりであった。そう、威風《いふう》堂々とである。彼は他人の都城を襲うのではなく、自分の都城に凱旋《がいせん》するのだ。馬上、胸を張って城門をくぐるべきであった。

とはいうものの、三万の軍でエクバターナの城壁を突き破ることはできぬ。ルシタニア軍が四十万の大兵力をもってしても、正面からエクバターナを陥すことはできなかったのである。兵数がすくなく、時間も惜しい。とすれば、方法はひとつだった。十か月前、ルシタニア軍がエクバターナを攻略するときに、ヒルメスは秘密の地下道を使って城内に侵入したのである。

今度はヒルメスは自分自身で潜入はせず、城外に待機した。大役をおおせつかったのはザンデである。彼は鎚矛《メイス》をたずさえ、とくに選んだ屈強の兵士五十人をしたがえて地下道に潜入した。ヒルメスが描いた略図を片手に、足首まで水につかりながら進んでいく。いくつか、灯火の下を通りすぎたところで、ルシタニア語の誰何《すいか》がひびいた。守備兵の一団が闇のむこうから姿をあらわす。

ザンデの巨大な鎚矛《メイス》がルシタニア兵の横顔を撃《う》ち砕《くだ》いた。鈍《にぶ》い音とともに血が飛散し、砕かれた歯がそれにまじった。その兵士が水面に転倒したとき、すでにふたりめが鼻柱を割られて血飛沫《ちしぶき》とともにのけぞっている。

ザンデはさらに鎚矛《メイス》をふるいつづけた。すさまじい音がしてルシタニア兵の冑《かぶと》がへこみ、盾《たて》が割れ、甲《よろい》が裂けた。骨がへし折られ、頭蓋《ずがい》が砕け、つぶされた肺から血が噴きあがった。この若い巨漢は、剣技においてはダリューンにおよばなかったが、鎚矛にかけては無双《むそう》であるかもしれなかった。

「そら、鏖殺《おうさつ》しろ」

部下にむかってザンデはどなり、手もとまで人血に濡れた鎚矛を風車のように回転させた。さらに数人がたたきのめされて、水面にはいつくばる。

「ひとりも生かして帰すな」とザンデがいったのは、べつに残忍さから出たことではない。ルシタニア軍全体に知らされたら、計画が失敗してしまうからである。

ザンデは完全に任務に成功した。

やがて王都の北の城門で騒ぎがおこった。重い巨大な扉が内側から開かれはじめたのだ。おどろいて城門上から地上へとつづく階段を駆けおりてきた騎士は、馬を駆って城内に躍りこんできた人物とばったり出会って仰天した。

「ぎ、銀仮面……！」

ルシタニア騎士は悲鳴をあげた。彼の生涯で発した、それが最後の言葉だった。ヒルメスの長剣が宙にうなり、騎士は頸部《けいぶ》から鮮血を噴きあげて階段を転落していった。

殺戮《さつりく》がはじまった。エクバターナ城内のルシタニア兵一万人にとって、最悪の日がはじまったのだ。ヒルメスは長剣を振りかざし、振りおろし、一閃ごとにルシタニア人の血でパルスの城壁を塗装した。

完全に門はあけはなたれた。任務をすませたザンデは、あらためて鎚矛《メイス》をとりあげ、ヒルメスと並んで人血の風を巻きおこしはじめた。鎚矛の一撃を頸すじにくらって横転したルシタニア騎士のひとりは、おそるべき光景を見た。横だおしになった視界を埋めつくすように、数万のパルス軍が城外から殺到してくるのだった。

II

「まさかこのような形で王都の城門をくぐることになろうとはな」

サームは慨歎《がいたん》した。彼はかつてパルス全軍に十二人だけを算《かぞ》える万騎長《マルズバーン》のひとりであった。アトロパテネの戦いには参加せず、同僚のガルシャースフとともに王都の守りについていたのだ。あれから十か月、いまサームは王都を攻撃するがわに身をおいている。国の運命も、短い期間に変転するものであった。

形式として、サームはアンドラゴラス王を裏ぎり、ヒルメスに寝がえった身である。その境遇も心理も複雑なものであった。だが、相手がルシタニア軍であるかぎり、何ら遠慮も迷いもいらぬ。

部下の先頭に立って、サームは城内に突入した。かつてエクバターナを守備していたサームは、城内の地理に精通している。王宮をはじめとする主要な建物、さらに街路や広場を知りつくしていた。石畳《いしだたみ》に馬蹄をとどろかせて、サームは、王宮への最短距離を走りぬけていく。三万の兵がそれにつづき、この人馬の奔流《ほんりゅう》をさえぎろうとするルシタニア兵は、ことごとく殺された。馬上から斬って落とされ、馬蹄に踏みにじられる。人血は紅《あか》い雨となって石畳に降りそそいだ。

疾駆しながら、サームは叫んだ。部下たちにも叫ばせた。「パルス軍が帰ってきたぞ。エクバターナの市民よ、起《た》て。起ってルシタニア兵を殺せ。奴らの数はすくないぞ」と。

「おう、サームが来たか」

うなずいて、ヒルメスは血濡れた長剣を持ちなおした。

「銀仮面め、王弟殿下のお留守をねらうとは卑劣な！」

そう歯ぎしりするルシタニア騎士もいたが、敵の間隙《かんげき》を突くのは兵学の常道である。高々と笑って、ヒルメスは非難をはねかえした。

「おれが隙をうかがうことを知りながら、城外へ出たギスカールこそが愚《おろ》かというものよ。怨《うら》むなら彼奴《きゃつぐ》の愚を怨め！」

「だ、だまれ、味方づらして隙をうかがっていたきさまの邪心が憎いのだ。王弟殿下にかわって成敗してくれるわ！」

ギスカールから王都の留守をあずかったディブラン男爵は、剣先に怒りをこめてヒルメスに斬ってかかった。斬撃の応酬は十合とつづかず、頸部に致命傷を受けたディブラン男爵の絶鳴で終わった。ディブラン男爵は自分がつくった血の池に、甲冑を鳴りひびかせて倒れこんだ。その残響が消えさらないうちに、異様な音が湧きおこった。しだいに音は大きくなって、パルスとルシタニアの騎士たちが立ちつくすうちに、王都全体をつつみこんだ。それは数十万の口から発せられるパルス語の叫びだった。

ついに市民たちが蜂起《ほうき》したのである。

ほぼ十か月にわたってルシタニア軍の圧政と暴虐に苦しめられてきたエクバターナ市民が、怒りと憎悪を爆発させたのだった。

誰が組織したわけでもない。指導したわけでもない。十か月にわたって彼らは耐えてきたのだ。親を殺され、妻を犯され、子をさらわれ、家を焼かれ、生活の糧《かて》を奪われ、信じる神々の像をこわされた。強制労働に駆りたてられ、鞭打《むちう》たれた。さからえば手首を切り落とされ、耳を削ぎおとされ、目をつぶされ、舌をぬかれた。ルシタニア人は無慈悲な恐怖によってエクバターナを支配してきたのだ。だが、どんなことにも終わりがある。とうとうルシタニア軍の暴虐も終わるときがきたのだ。

「パルス軍が帰って来たぞ！　ルシタニア軍を倒せ！」

こうして数十万の口から同じ叫びがあがったのである。ある者は石をひろった。ある者は棒をつかんだ。ある者は牛馬用の革鞭を手にした。手あたりしだいに、武器となるものをつかんで、彼らは集団をつくり、ルシタニア兵に襲いかかった。

「殺せ！　奴らを殺してしまえ」

このような状況になっては、ルシタニア軍も必死であった。降伏したところで助命されるはずもなく、惨死《ざんし》が待つだけである。

ルシタニア兵は剣をふるってパルス人を斬り殺した。だが、ひとりの身体《からだ》に剣を突き刺す間に、五人が棒で殴りつける。目つぶしの砂や土を顔にたたきつける。石を投げる。街路を馬で駆けぬけようとするルシタニア騎士の頭上に、鉄の鍋《なべ》が落下して、頭部を強打された兵士がもんどりうって落馬した。あわてて助けようとしたべつの騎士は、馬の脚もとに籠《かご》を投げつけられた。馬が脚をもつれさせて転倒する。路面にたたきつけられた騎士は、剣を抜きながら叫んだ。

「神よ、御加護をたれたまえ！」

それはすでに、驕《おご》りたかぶった侵略者の豪語《ごうご》ではない。追いつめられた敗者の悲痛な呼びかけであった。自分たちは祖国に妻子を残し、万里の道をこえて苦闘に満ちた遠征をなしとげた。まことの神に背《そむ》く邪悪な異教徒を何百万人も殺し、神の栄光を大陸公路にかがやかせた。これほど忠実にイアルダボートの神につかえてきたというのに、なぜ神は信徒たちを見すてたまうのであろう。

彼の疑問は、彼が生きているうちに解かれることはなかった。剣を抜いてようやく起きあがろうとしたところへ、石が降りそそぎ、数本の重い棒が落ちかかってきたのである。騎士は乱打をあび、自分が誰に殺されるのかもわからずに死んでいった。騎士が血と砂にまみれ、完全に動かなくなるのを見とどけると、市民たちはつぎの獲物を求め、口々にわめきながら駆け去った。

市街の至るところでルシタニア兵は追いつめられ、斬り殺され、殴り殺された。息が絶えても、まだ殴られたり蹴られたりする者が算《かぞ》えきれぬほどいた。甲冑をはぎとられ、革紐《かわひも》で縛《しば》られて、馬や駱駝《らくだ》にひきずりまわされる者もいる。手足の骨をへし折られたあげく、口に砂や土をつめられる者もいた。

「ひいい、助けてくれ、助けて……！」

敗残の侵略者ほど惨めなものはない。これまで蓄積してきた悪業《あくごう》のむくいを受けねばならぬ。それも三十万人分の悪業を、この場にいあわせた一万人ほどが引き受けねばならないのだ。

「おれにも殴らせろ」

「わたしにもやらせとくれ。息子も孫もこいつらに殺されたんだよ！」

「短剣を貸してくれ。おれの親父《おやじ》がやられたように、こいつの目玉をくりぬいてやる」

「おれにも妻の仇《かたき》をとらせてくれ」

「この野郎！　ルシタニア人の悪魔野郎！」

エクバターナの全市民が復讐者と化し、敵国人の血に酔ってしまったようだった。制止しようとする者もいたが、「きさまはルシタニア人の手先か」と、同胞《どうほう》に詰めよられ、殴打《おうだ》の雨をあびてしまう。実際、エクバターナの市民のなかには、侵略者にこびへつらって、同胞を密告したり略奪を手伝ったりした者もいたのだ。そういう人間は、ルシタニア兵と同じ、あるいはそれ以上に惨《みじ》めな姿で同胞たちに殺されていった。広場には、ルシタニア人の死体にまじって、パルス風の衣服を着た血まみれの人体が積みかさねられた。

　それらの凄惨《せいさん》な流血を、ヒルメスは制止しようとしなかった。パルス人の怒りは当然であり、ルシタニア兵が復讐されるのもあたりまえのことだと思っていた。

「ルシタニアの女子供が殺されるわけでもないからな。殺されるのは武器を持った奴らだけだ。せいぜい自分の身を守るがいい」

　城内のルシタニア兵がことごとく殺されてしまえば、エクバターナ市民も流血の酔いからさめる。そうなったときに正統の国王《シャーオ》として名乗りをあげるべき場所はどこか。流血の巷《ちまた》を歩きながらヒルメスは物色していた。「王宮前の露台《バルコニー》がよかろう」そう心に決めると、ヒルメスは肩ごしにザンデをかえりみた。だいじな用件がまだすんでいなかったのだ。

「城頭にカイ・ホスローの軍旗を樹《た》てよ」

　命じるヒルメスの声が、歓喜にうわずる寸前にある。「はっ」と元気よく応じて、ザンデは馬の背から重い大きな布を巻いたものをとりあげた。一歩おくれて、その光景を、サームが見つめている。ものの静かな目の色であった。

III

　兵士も医師もとうに逃げ去ってしまった王宮の一室で、ルシタニア国王イノケンティス七世はひとり寝台に横たわっている。贅《ぜい》をつくしたパルス風の寝台で、南方の高価な香木《こうぼく》を刻んだものだ。だがルシタニア国王にとっては、ありがたいことでもなかった。熱は出るし汗はかくし、咽喉《のど》もかわいている。

「誰か来てくれ」とうめく彼の耳に、病室の扉《とびら》が開いて閉じる音がした。白く霞《かすみ》のかかった視界に人影が映った。

「予はパルス第十八代国王《シャーオ》だ。ヒルメスという。おぬしと言葉をかわすのははじめてだが、気分はどうかな」

　冷笑を含んだ銀仮面の声に、イノケンティス七世はまばたきした。かなり鈍感《どんかん》なルシタニア国王は、事情をのみこむのに時間を要したあげく、やや的はずれの質問をした。

「はて、パルスの国王はアンドラゴラスとやら申すのではなかったか」

パルスの国王《シャーオ》と称するような人物が、なぜこのようなところにいるのか。そう問われると思っていたヒルメスは気分を害した。

「彼奴《きやつ》は簒奪者《さんだつしゃ》だ！」

怒号《どごう》はパルス語で放たれた。イノケンティス七世は、たるんだ首の皮をわずかに慄《ふる》わせたが、それ以上は身動きしなかった。できなかったのだ。彼の身体《からだ》は包帯におおわれており、マルヤムの王女に刺された傷口は熱い痛みをうずかせていた。パルスの王宮は、洗練された建築技術によって、夏でも乾いた涼しさをたもっており、負傷をいやすにはよい環境である。だが、王弟ギスカールの息がかかった医師たちは、治療がおざなりであった。イノケンティス七世は半ば放置されて、死にゆくにまかせられた状態であった。彼は孤独で不幸であったが、自分ではその事実を正確には知らなかった。弟に幽閉されるずっと以前から、自分ひとりの夢の迷路にとじこもっていた人であったから。

とりとめのない対面の後、ヒルメスは病室の外に出た。

「ルシタニア国王の身はいかがなさいますか、ヒルメス殿下」

興奮をおさえる声で、ザンデが問いかけた。彼にとって、ルシタニア国王イノケンティス七世は祖国を侵略した憎むべき敵であった。いますぐにでも八つ裂きにしてやりたいと思っている。

ヒルメスはいささか機嫌が悪かった。ああもルシタニア国王の反応が鈍《にぶ》いのでは、復讐の快感も削《そ》がれるというものである。もっとおびえ、慄《ふる》えあがり、泣きわめいてほしいものであった。

「すぐには殺すな」

ヒルメスは答えたが、むろんそれは慈悲の心からではない。アンドラゴラス三世を虜囚《りょしゅう》としたときも、彼はすぐには殺さなかったのだ。イノケンティス七世個人に対して、それほど深い憎悪があるわけではない。だが、ヒルメスが国王《シャーオ》として即位するとき、パルスを侵略した憎むべき敵国の王として、イノケンティス七世は処刑されるべきであった。おそらく、何万人ものエクバターナ市民が見物するなかで、生きながら火あぶりにされることになろう。これまで多数のパルス人が、ルシタニア軍の手でそうされたように。

正午となった。一万人のルシタニア兵は、百万人に近いエクバターナ市民の手にかかって、ほとんどが血まみれのぼろと化してしまっている。ようやく復讐心を満足させた市民のうち数万人が、王宮の前庭に集まった。彼らは兵士たちから告げられて理由もわからず集まったのだ。前庭にのぞむ大理石の巨大な露台《バルコニー》に姿をあらわした銀仮面の男は、数万の視線を受けて胸をそらした。

「エクバターナの市民たちよ、予の名はヒルメスという。汝《なんじ》らの国王《シャーオ》であったオスロエス五世の嫡子《ちゃくし》であり、パルス正統の後継者である！」

ヒルメスの声が朗々として群衆の頭上にひびきわたったとき、返ってきたのは無言だった。反感ゆえの無言ではない。あまりに意外なことを知らされたので、声が出なかったのである。やがて低いざわめきが波となって群衆の間にひろがっていった。

「ヒルメスさまだとよ。先の国王さまの御子じゃと。だがあの御方は、十何年か前の火事で焼け死になすったのではないか。それが生きておいでじゃと！　いったい、わしらの知らぬところで何があったのじゃろう」

ざわめきは、そのような内容のものであった。ごく若い人のなかには、「オスロエスって誰だ」と首をかしげる者もいたが。

ヒルメスは熱烈な弁舌をふるって、アンドラゴラス王の「悪事」をあばきたてた。そして、ついに自分の顔をおおう銀色の仮面に手をかけた。

「この顔を見よ！　簒奪者《さんだつしゃ》アンドラゴラスに焼かれたこの顔を。これこそ予がヒルメス王子であることの証である！」

とめがねが音高くはずされた。銀色の仮面が夏の陽《ひ》をはね返し、それ自体が地上の光源であるかのように燦然《さんぜん》たるかがやきを発した。群衆は一瞬、まぶしさに目をおおい、目を細めて露台《バルコニー》上の人物を見なおした。投げ出された銀仮面が、ヒルメスの足もとで乾いた音をたてた。

ヒルメスは群衆の前に素顔をさらけだした。右半面が赤黒く焼けただれ、左半面のみ彫刻的な秀麗《しゅうれい》さをたもった顔を。

それをはっきりと見たのは、前方にいた一部の群衆にすぎなかったが、おどろきの声は先刻よりはるかに大きな波となって、広場全体にひろがったのであった。ヒルメスは、自らの忌《い》まわしい傷あとを公表した。国王としての正統性を主張するために、他人の目に傷あとをさらさざるをえなかったのである。

逆にいえば、ヒルメスは、このとき自分の傷あとすら、人心を収攬《しゅうらん》するための武器として使用したのであった。

ひとしきりざわめきが広がると、それはどよめきと化して大きく湧きあがった。「ヒルメス王子ばんざい！」という声がとどろくなかで、サームが心のうちにつぶやいた。

「あれはべつにヒルメス殿下を歓迎している叫びではない。ルシタニア軍に対する憎悪と反感が、裏がえしになっているだけのことだ。もしヒルメス殿下が失政をなされば、たちまち非難の叫びに一変するだろう」

オスロエス五世は、ヒルメスにとってはやさしいよい父親であり、不可侵の存在であるだろう。だが、厳しい見かたをするなら、国王としてそれほど名声や業績のあった人でもないし、とりたてて民衆に好かれていたわけでもなかった。ヒルメスがオスロエス五世の遺児だからといって、べつにありがたがる理由も、民衆にはないのである。

ヒルメスはルシタニア軍を討ち、王都エクバターナをパルス人の手に奪《と》りもどした。だからこそ市民は彼に拍手している。さらには期待している。ふたたびルシタニア軍の魔手にエクバターナを渡さぬこと。食物と水を市民に与えること。王都の繁栄を一日も早く回復することを。それが実現されなければ、ヒルメスに対する期待は、失望に変わってしまうだろう。

じつは早くも、一部の市民から不満の声があがりはじめていた。

「なぜだ。なぜ城門を閉ざすのだ。せっかく王都が解放されたというのに」

その声に対して、サームは説得しなくてはならない。いったん城外に出たルシタニア軍がいつ引き返して攻めよせてくるかわからぬゆえ、用心する必要がある。そういって、いちおうは納得させた。だが、ルシタニア軍でなくパルス軍が攻めよせてきたとき、どう説明すればよいのか。サームとしては、自分自身やヒルメスの前途について、気楽に考えることはできなかった。

「たしかにヒルメス殿下はエクバターナの主人《あるじ》となられた。だが、あるいはただ一日のことかもしれぬな」

そう思いつつ、サームは城内を一巡して守備をととのえた。王宮にもどってくると、ヒルメスが声をかけてきた。

「サームよ、いろいろ御苦労であったな」

「王都奪還の大業をなしとげられ、殿下にはおめでたく存じます」

「うむ、つぎは即位と、そして何よりもアンドラゴラスめを討ち滅ぼすことだ。おれの即位式のときには、おぬしの大将軍《エーラーン》就任をともに祝うとしよう」

ヒルメスはすでに銀仮面をぬぎすてている。白い麻の布を頭に巻いて肩へと垂らし、それで右半面をさりげなく隠していた。颯爽たる若い王者の姿である。これがこの人本来の姿であろう、とサームは思い、ゆがめられた運命の重さを思いやらずにいられなかった。

サームと十人ほどの兵士をともない、ヒルメスは王宮内の宝物庫に足を運んだ。

ヒルメスが宝物庫を訪れた理由はふたつある。ひとつは、ナルサスほど明確ではないにせよ、軍用金の必要性を知っていたからだ。いまエクバターナの市民から税を徴収《ちょうしゅう》すれば、たちまち反感を買うことになる。民衆から税をとりあげるのは国王の特権だとしても、いまはまずい。宝物庫のなかから、金貨《デーナール》をかき集めるほうがよいと思われていた。

ふたつめの理由は、何といってもヒルメスの王者としての意識である。国王《シャーオ》であるからには、王宮の宝物庫は彼のものである。どのような財宝があるか確認しておくのは当然のことであるはずだった。

ところが宝物庫に足を踏みいれて、ヒルメスは愕《がく》然《ぜん》とした。天井も壁も床も巨大な切石で囲まれた宝物庫には、歴代の国王《シャーオ》がたくわえた宝石と黄金が象五十頭分も積みかさねられていたはずである。だが、彼の足もとには、わずかな銀の延棒《のべぼう》が幾本か転がっているだけであった。サームが事情を推測した。

「おそらく王弟ギスカール公は、これまで掠奪してきた財宝のすべてを、陣中に持ち去ったのでございましょう」

「それはわかる。だが何のためにそのようなことをするのだ」

ヒルメスは疑惑に駆られた。掠奪した財宝をすべて持ち去ったということは、ギスカールに、王都へ帰る意思がないという事実をしめしているのではないか。ギスカールは何をたくらんでいるのであろう。不審といえば、ヒルメスが西方で時を待っているのを知りながら、一万に満たぬ守備兵だけを残して王都を空《から》にした。空にしてくれたからこそ、ヒルメスはかなり容易に王都に入城できたのである。かなり容易に。思えば、それこそ怪《あや》しいかぎりではないか。

ヒルメスは胸中に黒雲が湧きおこるのを感じた。ギスカールは油断したのではなく、故意にエクバターナをヒルメスの手に押しつけたのではないか。ヒルメスがどうせエクバターナを永く支配できるはずがない、と、そう見ているのではないか。

たしかに、アンドラゴラスが十万ないしそれ以上の兵力をひきいて王都へ攻めよせたとき、ヒルメスは三万の兵で対抗せねばならぬ。堅固な城壁があり、また市民に武器を持たせて抗戦するとしても、糧食と水はどうするか……。

「即位式どころではない。だが、おれ自身が国王《シャーオ》になっておかねば、市民どももおれの味方にならぬかもしれぬ。どうすればよいか」

夏の陽《ひ》は白くかがやいていたが、ヒルメスは、頭上に陽が翳《かげ》ったことを知った。このときヒルメスの脳裏に、パルス国王アンドラゴラスとルシタニア王弟ギスカールのことはあったが、パルス王太子アルスラーンなどのことは、まったくなかったのである。

IV

ヒルメスに存在を無視されたアルスラーンは、八月八日には王都の東方二ファルサング（約十キロ）の距離にいた。

偵察からもどってきたエラムが告げた。

「エクバターナの城頭にかかげられていたルシタニアの軍旗が引きずりおろされました。この目で確認したことです。城壁上の兵士たちもパルスの軍装をしておりました」

エラムの報告に、アルスラーンの胸が騒いだ。事情は明白だった。ヒルメス王子に先をこされたのだ。

「かの銀仮面の君は、なかなかに腕が長うござるな」

歎息《たんそく》したのはダリューンで、ギーヴは皮肉っぽく紺色《こんいろ》の瞳《ひとみ》をきらめかせて応じた。

「手を伸ばしてつかむまではできるだろうさ。いつまで持ちつづけていられるやら、それが問題だ。どうせすぐに手がしびれだすと思うがね」

軍師ナルサスは、信頼する侍童《レータク》であり弟子である少年に質問した。

「エラム、城門は開いていたか、閉ざされていたか」

「閉ざされていました。東西南北の城門をかたく閉ざし、一兵も入れぬというつもりに見えました」

エラムの観察は正確で精密であった。さらにいくつか質問をかさねた後、ナルサスはアルスラーンに向きなおった。

「銀仮面のつらいところでございます。エクバターナの市民はようやく侵略者の手から解放され、喜んでおりましょう。ところが……」

　ところが、解放者であるはずのヒルメスは、べつにエクバターナ市民の幸福を願っているわけではなく、自分が手に入れた王都の支配権がだいじなのだ。

　アルスラーンたちの頭上で陽がうつろい、影は東に長く伸びた。エラムにつづいて偵察者が帰ってきた。

　今度はジャスワントであった。アンドラゴラス王のパルス軍と、ギスカールのルシタニア軍と、双方の動静を探っていたのである。ジャスワントはシンドゥラ人であり、パルス国内の地理には精通していない。だが、それだけに、中途半端な知識や思いこみにまどわされることなく、事実をそのままに観察することができる。そう判断して、ナルサスは、彼に重要な偵察をさせたのであった。

「パルス軍は戦場から西へ移動しましたが、日没を前にして野営の準備を始めました。いっぽうルシタニア軍は、隊列らしい隊列もなく、ひたすら西北へと進んでおります」

　ジャスワントはそう報告した。ルシタニア軍の中核をなす一万騎ほどが、王旗の周囲をきびしく警護しつつ進んでいた。この一団はくずれを見せず、かなりの量の荷物も守っていたという。報告を聞きながらナルサスは地図に視線を走らせ、何やらしきりにうなずくのであった。

「エクバターナを陥《おと》すのは、いまでは容易なことでござる」

　アルスラーンにむかって、ナルサスはそういう。

　これはべつに奇をてらってのことではない。

　自分たちがエクバターナ市民の味方であるパルス軍であり、市民のために食糧と水を持ってきた。そう城外から呼びかければよいのだ。堅固な城門も、内から開く。それをとめようとすれば、パルス人の統治者であるはずの人物が、パルスの民を殺さねばならなくなる。その矛盾《むじゅん》は、緊迫した状況のなかで急速に拡大し、今度はその恐怖から逃れるために、やはり誰かが城門を内側から開くであろう。

エクバターナは城内から外へむかって崩壊する。それ以外に終わりようがない。そうと判断したとき、ナルサスは、自分たちの武力で王都を陥落させるという考えを放棄した。

「王都の攻防は、アンドラゴラス陛下とヒルメス殿下とにまかせておけばよい。吾々《われわれ》には、他にやるべきことがある」

仲間たちに対して、ナルサスは語る。ダリューンをはじめとする勇者たちは、王都を攻め落とすという当初の計画が中止されて残念そうであったが、「他にやるべきこと」に期待することにした。

ふと、アルスラーンが心づいたように部下たちを見まわした。

「父上と、従兄《いとこ》のヒルメスどのと、両者の間に私が立って和解させてさしあげることはできぬものだろうか」

「殿下のお志《こころざし》は貴《とうと》いものですが、今回はどうにもなりますまい。人の力ではどうにもならないことがございましょう」

ダリューンが言葉を選びながらいうと、べつの人間がそれに声をかさねた。

「人の力というより、現在の殿下のお力ではどうにもなりますまい。口をさしはさめば、かえって事態が悪化いたします」

遠慮のなさすぎることを断言したのはナルサスであった。

「おい、ナルサス……」

「いや、ダリューン、いいのだ。ナルサスのいうとおりだ」

アルスラーンは赤面していた。増長するものではない、と思った。彼はまだ少年であり、一族中の長老などという立場にあるわけでもない。話しあいを提案しても、せせら笑われるのがおちである。

仮にアルスラーンが五十万の大軍を擁《よう》し、その武力を背景として和解を勧《すす》めるのであれば、アンドラゴラス王もヒルメス王子も、いちおう説得に応じる形をとるであろう。だが、現実に彼の兵力は三万にみたない。兵力で相手を圧倒し、話しあいに応じさせるだけの実力もないのだ。

「殿下、ダリューン卿の申しあげたとおりです。人の努力や善意だけでは、どうしようもないことが世の中にはあるのです。せめて、可能なことからひとつずつなさいませ」

ミスラ神につかえる女神官《カーヒーナ》ファランギースが、そう助言した。軍師であると同時に、王者の師としての一面を持つナルサスが、ふたたび口を開いた。

「朝焼けと夕焼けとを同時に見ることはかないませんん」

ナルサスはそういう。何もかもすべてを、同時に手に入れることはできない。改革派の支持があれば、旧守派《きゅうしゅ》からは嫌われる。アルスラーンがパルスの玉座につけば、つけなかった者からは憎まれる。戦いに勝てば、敗れた者からは怨《うら》まれる。才能をふるえば、無能な小人《しょうじん》からは嫉妬される。誰からも嫌われたくない、何もかもやってのけたい、などと考えたら、結局、何ひとつできはしないのである。

「わかった。ひとつずつやっていこう」

声に出して、アルスラーンは自分に言い聞かせた。羽もはえそろわぬ雛鳥《ひなどり》が、いきなり天空へ舞いあがろうとしても、巣から落ちて死ぬだけのことであろう。

女神官《カーヒーナ》ファランギースが、緑色の瞳を王太子の横顔から地図にうつし、さらにナルサスにうつして問いかけた。

「さて、吾々はどうするのじゃ。手をこまねいて、王族どうしの抗争を傍観《ぼうかん》するのかな」

「いやいや、吾々にはちゃんと戦うべき敵がいる」

ナルサスはべつの地図をひろげた。アルスラーンをはじめ、軍の幹部たちが周囲からのぞきこむ。軍師の指が地図上を動きまわり、一同の視線がそれを追った。

「ギスカール公ひきいるルシタニア軍だ。王族どうしが不毛な流血をくりひろげている間に、吾々はルシタニア軍を討つ」

ナルサスは断言した。

ギスカール公の肚《はら》のうちは読めた。彼はパルス軍が分裂していることを知っている。エクバターナという甘美《かんび》な餌をパルス軍の眼前に投げ出せば、パルス軍の各派は目の色を変えて争奪するだろう。その間に、自軍の戦力のむだな部分を削《そ》ぎ落とし、精鋭のみを残して再起をはかろうとしているのだ。

ナルサスの説明を聞いて、ダリューンが、思いあたる表情をした。

「すると、ルシタニア軍の動きに解せない点があったのは、最初からギスカール公とやらには勝つつもりがなかったということか」

「最初から完全に計算ずくということはないと思う。おそらくギスカール公が決断したのは戦い半《なか》ばのことだ」

ナルサスは、つねに複数の事態を想定して、それぞれの場合にそなえている。今回も例外ではなかった。ギスカールという人物を、むろん直接に知っているわけではないが、事実の正確な観察に、節度ある想像力が結びつけば、充分に的《まと》を射た心理洞察ができるのであった。

ギスカールは、アンドラゴラス王との戦いにのぞんで、やや中途半端な心理状態にあった。兵力が圧倒的に多いのだから、勝算は大いにあったのだ。勝てればそれにこしたことはないわけで、戦いの半ばまでは自分自身の計画に決断を下すことができなかったにちがいない。

「それには、おれたちのやったことも、効果が多少あったんだろうな」

ギーヴのいうとおりだった。彼らがルシタニア軍の後方にまわって糧食に火を放ったため、ルシタニア軍は乱れ、ギスカールは決断を強《し》いられたのである。父王のため、アルスラーンは秘《ひそ》かな功をたてたのであった。

「最終的にエクバターナの主人の座を、アルスラーン殿下がお占《し》めになればよい。途中経過はこの際どうでもよいさ。エクバターナの市民には迷惑な話だがな」

ナルサスが言葉を切り、一同は行動に移った。アンドラゴラス王の軍が夜営する間に、こちらは軍を移動させてルシタニア軍を追尾しなくてはならない。方角はわかっているし、途中には落伍したルシタニア兵がいるであろうから追尾はむずかしくはなかった。

エラムに地図をかたづけさせて、ナルサスが馬に乗ると、美しい女神官《カーヒーナ》が声に笑いをこめて語りかけてきた。

「ナルサス卿も王太子殿下にお甘いな。口先とはえらいちがいじゃ」

「どういうことかな、ファランギースどの。おれはいつも殿下に対して厳《きび》しいつもりでいるが」

ダイラムの旧領主はうそぶこうとしたが、完全には成功しなかった。ファランギースは片手で軽く乗馬の頸《くび》をたたいた。

「アンドラゴラス王とヒルメス王子との直接の対立は、パルス王家の血の濁《にご》りをあらわしたもの。いずれが勝つにせよ、凄惨《せいさん》でまことに後味《あとあじ》の悪いものとなろう。そのような血と泥の濁流《だくりゅう》に、王太子殿下を巻きこみたくないと、軍師どのはお考えじゃ」

「……………」

「まったく、口ほどにお人が悪ければ、そのような配慮もなさるまいにな」

「そこがナルサスのいいところだよ！」

突然、本人より熱心にナルサスの長所を持ちあげたのは、水色の布を頭部に巻いたゾット族の少女だった。黒絹の髪をゆらして、ファランギースはうなずいた。ナルサスが視線をさまよわせているのを見て笑みをひらめかせると、アルフリードに話しかける。

「アルフリード、例のルシタニアの騎士見習が、何やら落ちつかぬようすでな。おぬしと仲がよいことじゃし、ようすを見てきてくれぬか」

「べつに仲よくなんてないけど、わかった、ようすを見てくる。考えなしに行動されたら、みんなの迷惑だものね」

自分は考えなしじゃない、ということをさりげなく主張しておいて、アルフリードは馬を走らせていった。かわりに馬を近づけてきたのはギーヴである。

「うるわしのファランギースどの、軍師どのだけでなく、おれについても虚像に惑わされることなく真の姿を見てほしいものだ」

「見ておるとも」

「そうかな」

「ちゃんと見ておる。ほれ、甲《よろい》の端からギーヴならぬ悪鬼《ディーヴ》の黒い尻尾が出ておるぞ」

「おや、苦労して隠しておいたはずだが……」

ギーヴはわざとらしく腕をかかげてその下方をのぞきこんだ。その前方をふたつの騎影がかすめすぎた。ギーヴの視界に映ったのは、ふたりの少女が馬を駆る姿であった。先行するのはルシタニア人のエステルで、アルフリードがそれを追っているのだった。

「わたしはエクバターナへ行く！　国王さまをお救い申しあげねばならぬ」

騎士見習の少女はそう叫び、ゾット族の少女はあきれたように叫びかえした。

「冗談じゃない。いま行ってごらん。殺されてしまうよ。あんた、ひとりで何万人も相手にする気かい」

「わたしの生命など惜しくない」

「このわからず屋！」

アルフリードは叫びにつづいて、自分の馬をエステルの馬に勢いよく体あたりさせた。馬術においては、彼女に一日の長があった。二頭の馬がもつれあって倒れ、ふたりの少女も地に投げ出される。おどろいて馬をおりかけたアルスラーンやエラムを、ナルサスが制した。

「ルシタニアの国王なんてどうでもいいけどさ、あんたはどこかの城からつれて来た病人やら赤ん坊やらを守ってやらなきゃならないんだろ。自分の生命が惜しくないなんて無責任じゃないか。もっと前後を考えなよ！　勇気とやる気さえありゃいいってものじゃないだろ」

アルフリードはついにエステルを説得したが、それは、とっくみあって地上を転がりまわった末のことだった。エステルを起たせ、自分自身より先にエステルの身体《からだ》や髪についた砂や埃《ほこり》を払ってやるアルフリードの姿を見やって、ダリューンがナルサスに笑いかけた。

「アルフリードはいい子だな、軍師どの」

「悪い子だと思ったことは一度もないぞ、おれは」

「だが、冗談はともかく、どう思う。ルシタニア軍の傷病者たちは助かっているだろうか。あの騎士見習には気の毒だが、おれにはそうは思えぬ」

「うむ、じつはおれにもな」

　パルス最大の雄将と最高の智将とは、にがい表情を見あわせた。ヒルメス王子がエクバターナを占拠したとき、城内のルシタニア人たちにことさら寛大《かんだい》な処置をとるとは考えられなかったのである。

V

　八月八日の夜は、重い緊張をはらんで過ぎていった。あらたな流血が展開される可能性はきわめて大きかったが、未発のままに刻《とき》は移ろって、東の地平に薔薇色《ばらいろ》の朝がせりあがった。八月九日が明けたのだ。

　昨日のような血の色はなく、陽《ひ》が高くなるまでの時間は、爽涼《そうりよう》たる心地《ここち》よさが約束される。世が平穏であれば、このような夏の暁《あかつき》に、パルスの王族や貴族は弓矢と剣をたずさえて猟園《りようえん》におもむき、朝食までの一刻を、こころよい汗のうちにすごすものだ。朝食の皿に、その朝の獲物が載ることもある。鹿にせよ猪にせよ、それを斃《たお》した者が短剣で肉を切りわけ、列席者は彼の手練《しゆれん》をほめたたえるのだ。まだ小さな手で鹿肉を切りわけるヒルメスに廷臣たちが賞賛の声を送ってくる。

「……ヒルメス殿下のご手練、まことにおみごと。成人なさったあかつきには、パルス王国随一の剣と弓の達人におなりでしょう。お楽しみですな、陛下！」

「ああ、予はよい後継者を持った。この子は十五年後にはパルス随一の勇者となろう」

ヒルメスの頭をなでるオスロエス五世の視線が意味ありげに動くと、そこには王弟アンドラゴラスの姿があった……。

ヒルメスはめざめた。昨夜半、王宮の玉座にすわったまま寝入ってしまったのだ。めざめると苛酷な現実が彼を待っていた。ヒルメスはあわただしく洗面と朝食をすませると、サームを呼んで相談した。

四つの城門をかため、地下道に兵を配置し王宮を守る。それだけでヒルメスの兵力三万は、ほぼ尽きてしまった。城を守る兵力は、攻める兵力の三分の一以下ですむというのが、いちおう兵学の常識である。その計算でいけば、九万以上の敵軍にも対抗できるはずであった。

だが、アンドラゴラス王が攻城軍の先頭に立ち、開門を呼びかければ、市民がどう反応するかわからない。百万近い市民のすべてがヒルメスに忠誠を誓っているわけではなかった。正統意識が強すぎるヒルメスにとっては不快なことだが、それが事実である。

さらにヒルメスがサームと相談をかさねていると、おもだった騎士のひとりがあらわれて、奇妙《きみょう》な客人の来訪をつげた。

「フスラブという男が面会を求めておりますが、いかがいたしましょうか」

「フスラブ？　知らんな、どんな男だ」

「それが、アンドラゴラス王の宰相《さいしょう》であったと申しておりますが……」

「宰相だと？」

ヒルメスはおどろいたが、国王《シャーオ》アンドラゴラス三世の治世が安定していた当時、宰相がいたのは当然であった。

「会うだけは会ってみよう、つれてまいれ」

ヒルメスはそう命じた。サームはかるく眉をひそめて考えこむようすだったが、口に出しては何もいわなかった。すぐにヒルメスは客人に対面した。汚れてはいるが絹地の服をまとった中年の男であった。

「お前がアンドラゴラスめの宰相だった男か」

「は、はい、さようでございまする。ヒルメス殿下がご幼少のみぎり、宮中で幾度もお会いいたしました。殿下はご幼少のみぎりより、衆《しゅう》にすぐれた御方でいらっしゃいましたな」

そのような記憶はヒルメスにはなかったし、卑屈《ひくつ》な世辞《せじ》を聞かされるのも不快であった。ヒルメスは、あざけるように口もとをゆがめてみせた。

「おれはアンドラゴラスの名を耳にしただけで、憎悪のあまり血がたぎる。奴《やつ》の権力をささえてきた者どもに対して、とうてい好意的にはなれぬ」

「は、はい、殿下のお怒りはまことにごもっともで」

「ほう、もっともだと思うか。では、おれがこの場でおぬしを断罪しても、怨《うら》みには思うまいな」

ヒルメスは脅《おど》しにかかったが、胃弱だとかで貧民のように痩《や》せこけた宰相は、慄《ふる》えあがるようなことはなかった。

「いえ、あえて申しあげますが、ゆめご短気をおこされますな。私めがこうやって殿下の御前《ごぜん》に伺候《しこう》いたしましたのは、殿下のお役に立ちたいからでございます」

「おためごかしを」

ヒルメスは玉座で脚《あし》を組みかえながら冷笑した。

「あえて、というなら、アンドラゴラスめの犬であったきさまをあえて助命せねばならぬだけの価値が、どこにある。申してみよ。おれの意思を変えることができると思うならな」

「私めには知識がございます」

「ふん」

「過ぐる年、殿下の父王たる御方の身に何ごとが生じたか、私めはよく存じあげております。なかなかに、世間の噂など、私めの知るところにおよぶものではございませぬ」

わざとらしくフスラブが口を閉ざしたとき、ヒルメスの表情は完全に変わっていた。無意識のうちに、彼は脚を組むのをやめ、玉座から半ば身を乗り出していた。

「父上の身に何ごとが生じたか知っておると」

「御意《ぎょい》」

せきこむようなヒルメスの問いに対し、宰相フスラブの答えは簡潔をきわめた。その簡潔さがヒルメスの関心をひくことを、狡猾《こうかつ》に計算していた。それを察しながら、ヒルメスは呪縛にかかった。殺すにしても、フスラブの口から聞き出すべきことを聞き出してからのことだ、と思った。

「よし、聞いてやる、話してみろ」

ヒルメスの言葉に、フスラブは満足そうな表情をつくった。にわかに表情が変わる。奇声を発して、宰相は跳びのいた。おどろくべき迅速《じんそく》さ、軽捷《けいしょう》さであった。髪一本にも満たぬ差で彼は生命《いのち》をひろった。サームが剣を抜き、宰相に斬りつけたのである。ヒルメスがおどろき、声をあげてとがめた。

「何をする、サーム!」

「殿下、こやつは宰相フスラブ卿などではございませぬ」

「何……?」

ヒルメスの視線を受けて、宰相フスラブはおどろいた。否、おどろくふりをよそおって、万騎長《マルズバーン》に呼びかけた。

「これはしたり、サーム将軍、おぬしとは旧知の仲であるのに、なぜこのような仕打ちをなさるのじゃ」

サームは剣を持ちかえ、ひややかに答えた。

「たしかに宰相フスラブ卿とは旧知だが、おぬしなどこれまで会《お》うたこともない」

隙のない足どりで宰相に接近する。

「おれが憶えているのはただひとつ。まことのフスラブ卿であれば、おれの斬撃をかわすことなど不可能だということだ。かの御仁は、とんと武芸の心得がおありではなかった」

「………」

「きさま、何奴だ!?」

怒号《どごう》したのはヒルメスで、斬撃をあびせかけたのはサームであった。フスラブはかろうじてそれをかわしたが、鋭い剣尖《けんさき》は着衣の一部を斬り裂いた。と、怪鳥《けちょう》の羽ばたくような音がして、宰相の上衣全体が宙にはためき、床に舞いおちた。暗灰色の衣が、ヒルメスとサームの視界をかすめ、広い謁見室《えっけんしつ》の扉《と》口《ぐち》に人の姿が立った。必殺の斬撃をかわし、宙を飛ぶ間に、皮膚を一枚はがしてしまったようだった。一変した人相、青黒い顔のなかで、笑う形に口が開いてとがりぎみの歯が見えた。

「せっかくパルス宮廷の秘事《ひじ》を教えてやろうと思うたのに、とんだ忠義づらの邪魔がはいったものよ。グンディー、愚《おろ》か者よ、と、尊師のお叱《しか》りをこうむってしまうわ」

「きさま、あの魔道士の弟子か⁉」

ヒルメスが玉座から離れ、腰の剣に手をかけた。左眼に殺意がひらめく。

「尊師はおぬしにとって恩人のはず。それを呼びすてるとは不敬にもほどがあるが、まあよい。尊師はかたじけなくも、おぬしに秘事を教えてやれとおおせじゃ」

「何を知っているというのだ。きさま⁉」

「知りたいか、ふふふ、知りたいか。カイ・ホスローの正嫡《せいちゃく》を自称する御仁は好奇心が強いの」

悦《えつ》に入った笑声がヒルメスの耳をくぐりぬけて心臓にとどいた。翻弄《ほんろう》されていることを充分にさとって、ヒルメスは長剣を抜きはなった。フスラブに化けた魔道士は、緊張したにせよ、表面にはあらわさなかった。

「そういきりたつな。人の世には、知らぬが幸福ということもあるて」

「真物《ほんもの》のフスラブはどうした⁉」

「王都陥落の直後に、のたれ死んだわ。国の大事に、平民に変装して王宮を逃がれようとしたが、ルシタニア軍の馬蹄に踏みつぶされて肉泥《にくでい》となりおった。べつに惜しむにたりまいて」

床が鳴った。サームが躍りかかり、剣を振りおろしたのだ。魔道士は嘲弄《ちょうろう》の表情を凍りつかせ、ふたたびかろうじて死を回避した。だが汚《けが》れた道術を使う間もなく壁ぎわに追いこまれた。

「やめろ、サーム！」

ヒルメスがどなり、サームの剣は魔道士の頸部《けいぶ》の寸前で停止した。

「ヒルメス殿下、このような魔性の者に耳をかたむけるのはおやめください。この者がたくらみおることは、殿下の御心をまどわす、ただそれのみでござる」

サームの声は烈《はげ》しい。

「おうおう、またしても忠義づらしおるわ」

魔道士はようやく呼吸をととのえ、奇怪な笑声をくぐもらせると、いまひとりの剣士に向きなおった。

「ヒルメス王子よ！　こやつの忠義づらにだまされぬがよいぞ。こやつは、サームは、アンドラゴラスめに叙任《じよにん》されて万騎長《マルズバーン》の栄職につきながら、いまではおぬしにつかえて信任されておる。変節者じゃ。いまつぎはおぬしを捨ててアンドラゴラスめのもとに帰《き》参《さん》するかもしれぬぞ。信じてよいのかな」

それは薄よごれた讒言《ざんげん》であり、他者の心を腐敗させる毒に満ちていた。人と人との信頼を酸のように侵す毒言であった。

ヒルメスは心理的な弱点を突かれた。これまでサームを高く評価し、彼の忠誠心や節義や将才に信頼を寄せてきたヒルメスであったのに、得体の知れぬ魔道士の毒言に動揺してしまったのである。それは、自分や亡父《ぼうふ》やアンドラゴラスに関することをもっと知りたいという欲求の強さが裏返しになったものであったろうか。

「サーム、室外《そと》へ出ておれ。この者とふたりだけで話がしたい」

「殿下！」

「おれの命じたとおりにすると、何かまずいことでもあるのか、サーム」

ヒルメスはいらだっており、言葉を選ぶことができなかった。もともと、この十七年間、自分の不幸と不遇を、この世で最大のものと思いこんできたのである。サームの内心を思いやる余裕がなかった。

サームは剣を鞘《さや》におさめ、黙然《もくねん》と一礼して退出した。石畳の回廊《かいろう》を歩みながら、うなだれもせず、歎《たん》息《そく》もせぬ。サームは自分の不幸や不遇にひたるような男ではなかった。十歩ほど足を運んだとき、回廊の角からザンデが姿をあらわした。

「おう、サーム卿、ヒルメス殿下はいずこにおわす。いよいよアンドラゴラスめの軍が、これに寄せて来るぞ」

「そうか、来るか」

サームは落ちついてうなずき、ザンデに対してヒルメスの居場所を指ししめした。

VI

一夜の休息の後、アンドラゴラス王ひきいるパルス軍九万余は、王都エクバターナの東方に迫った。朝の光を受けて、王都の城壁はあわい紫色に霞《かす》んでいる。「大陸のかぐわしき花」と四行詩《ルバイヤート》に謳《うた》われる都城の美しさだが、城壁に近づけば血の匂いが鼻孔《びこう》を刺すであろう。

「城門は四方とも固く閉ざされております。そして城頭には旗が高くかかげられ、それはどうやら英雄王カイ・ホスローの名を記した旗と見えまする」


偵察の報告を聞いて興味をおぼえた万騎長《マルズバーン》キシュワードは、愛馬を駆って城壁に近づいた。片目のクバードが同行した。ふたりとも大胆であったが、城内の軍隊が突出してくるはずがない、という確信がある。城頭にひるがえる三角旗を、一アマージ（約二百五十メートル）の距離から彼らはながめやった。

「ヒルメス王子の軍か」

「であろうな」

カイ・ホスローの軍旗を城頭にかかげつつ、国王《シャーオ》の軍に対して城門を閉ざす。王太子アルスラーンの軍ではありえない。アルスラーンの性格にも反するし、軍師ナルサスの策とも思われぬ。とすると、王太子の軍は国王《シャーオ》の軍に先行し、いまいずこにいるのであろうか。

「やれやれ、どうやら万騎長《マルズバーン》どうしで剣をまじえねばならんと見える」

「どういう意味だ、クバード卿」

「ヒルメス王子の軍には、サームがいる」

「サーム卿が⁉」

キシュワードは声をのみ、クバードはおもしろくもなさそうな表情で、くわえた草の葉をかみ裂いた。城壁上に黒く小さく人影がうごめいている。二騎だけで城に接近する者を、先方は怪《あや》しんでいるのであろう。

「さまざまな事情があるにせよ、国王《シャーオ》から見ればサームは裏ぎり者だ。かならず、殺せとおっしゃるだろうな」

「サーム卿は死なせるには惜しい男だ」

「同感だな」

クバードは草を吹きとばし、朝の光に片目を細くした。

「だが、サーム本人がどうも死にたがっているのではないか、と、おれは思っている。アトロパテネが陥《お》ちて以来、あの男は、生きのびようなどと一日でも思ったことはないのではないかな」

キシュワードが返答できずにいると、クバードは、たくましいあごをひとつなでてうそぶいた。

「おれは戦いが好きだが、陰気な戦いは好かん。今回は昼寝してすごすから、おぬしに城攻めはまかせた」

クバードが馬首をめぐらしたので、キシュワードもそれに倣《なら》いながら抗議した。

「サーム卿と刃《やいば》をまじえるなど、私も遠慮したい。そもそもクバード卿は、何やら面倒なことがあると、いつも年少である私に押しつける。いささか虫がよいではないか」

「それはおぬしに敬意を表してのことだ。だいたい、おれに苦労や努力が似あうと思うか」

「似あう似あわぬの問題ではあるまい」

「いや、やはり人は、おのおの分に応じて生きるべきさ。苦労はおぬしに譲《ゆず》る」

このとき城壁上からぱらぱらと矢が降りそそいできたが、ふたりの勇将の影にさえ触れることはできなかった。

クバードとキシュワードが陣にもどってきたころ、彼らの主君でありパルス全軍を親率《しんそつ》する人物は、本陣の天幕のなかに甲冑をまとった姿で坐《ざ》していた。

「王都を奪還する。ルシタニア軍からも叛逆者《はんぎゃくしゃ》からもな」

アンドラゴラス王の声が天幕のなかに流れる。ひとりごとをいっているのではなかった。朝の陽《ひ》をさえぎって、天幕の内部は薄ぐらい。そのなかに、いまひとりの人物がいた。武装もしておらず、涼しげな薄絹の服に身をつつみ、ヴェールをかぶっていた。やわらかげな肢体《したい》は、だが、国王《シャーオ》の声をはじき返して、硬質《こうしつ》の沈黙をたゆたわせている。

「タハミーネよ」

呼びかけて、アンドラゴラス王もそれきり沈黙に落ちた。言葉の無力さを実感したゆえかどうかはわからぬ。その沈黙を破ったのは天幕外からおそるおそる呼びかけられた従者の声で、将軍たちがご指示を求めている、という内容のものであった。それには応《こた》えず、国王は妃《きさき》に呼びかけた。

「すべては王都に入城してからだ。タハミーネよ、このことに関わったすべての人間が傷口に塩水をあびせられる刻《とき》が近づいておる。道化役のルシタニア軍が退場しても、なかなかに喜劇の幕はおりぬわ」

「妾《わたくし》にとっては喜劇ではございません」

冬の砂漠さながらに乾いた冷たさで、王妃タハミーネは夫たる国王《シャーオ》の言葉を否定した。ヴェールにつつまれて、その表情は不分明であった。アンドラゴラスは鉄甲によろわれた分厚い肩をゆすった。

「そうか、そなたも笑うしかないと思っておったがな。バダフシャーン公国の滅亡とともに、そなたの涙の泉も涸《か》れたというたではないか。泣けねば笑うしかあるまいに」

高々と甲冑を鳴らして立ちあがると、アンドラゴラスは大股《おおまた》に天幕を出ていった。一瞬天幕のなかに夏の陽が差しこんで、地上に白くかがやく長方形が浮きあがった。それが消えると、天幕のなかはもとどおりの薄暗さにもどった。

天幕の外に出たアンドラゴラス王は、キシュワード、クバード、トゥース、イスファーンらの有力な将軍たちを集め、エクバターナ城内にたてこもる叛逆者たちをことごとく討ち滅ぼすよう、あらためて命じた。

　こうして、パルス暦三二一年八月九日は、多くの人々にとって、これまでもっとも長い日となったのである。

王都奪還

第三章

アトロパテネ再戦

7

Ⅰ

灼《や》けつく熱気が無数の波となって大地をたたき、草木は死に絶えてしまったように見える。正確には、それらは眠っているのであり、無慈悲な夏の陽が活動を終えた後、やさしい夜の手に守られて生気をとりもどすのだ。

このような酷暑《こくしよ》の季節には、旅人たちも昼間の行動をさける。昼は旅宿で寝《やす》み、夜に旅をするのだ。盗賊どもに襲われぬよう、いくつかの隊商が集まり、千人もの大集団となって、涼しい夜を旅する。平和な時代の、それが知恵であった。だが、人の世が乱れると、たちのぼる熱気のなかを騎行《きこう》する、ものずきな二人組もあらわれる。

パルス人ザラーヴァント卿とトゥラーン人ジムサ卿であった。現在、地上において、パルス人とトゥラーン人とがいっしょに行動しているのは、このふたりだけである。彼らはアンドラゴラス王のもとを離れ、予定としてはとうに王太子アルスラーンの軍に合流しているはずであった。だが事実としては、いまだに王太子に出会うことができず、むなしく旅をつづけている。

彼らが地理に精通し、どこか一か所にとどまって、しんぼうづよく王太子の軍を待っていたら、目的を果たすことができただろう。ところがふたりとも気が短いほうで、じっと一か所で待っていることができない。あちこちと移動してまわり、結果としてことごとくすれちがいになってしまったのである。

ジムサはトゥラーン人であるから、パルスの地理には当然くわしくない。ザラーヴァントはパルス人であるが、東部地方の生まれで、王都エクバターナあたりから西のことはほとんど知らない。街道を行く旅人も、平和な世にくらべて減っており、道を問うのもたいへんである。そして、ルシタニア軍や、アンドラゴラス王のパルス軍が近づけば、あわてて身を隠さなければならない。こういったさまざまな条件がかさなって、彼らは、長々と旅をするはめになった。ザラーヴァントが歎《なげ》いた。

「ああ、つまらん旅だ。うるわしい乙女《おとめ》と同行するならともかく、なんでおぬしのようなむさくるしい男と、こんな不毛な土地を旅せねばならんのか」

「それはこちらのいいたいことだ。この旅、どうにも運にめぐまれておらぬのは、おぬしに悪運がとりついているからではないのか」

「何をいうか。おれに悪運がとりついているとしたら、それはおれの目の前にいる奴だ。他人《ひと》のせいにするな」

　馬を歩ませながら、非友好的な会話をかわすふたりであった。普通なら、いきりたって剣を抜きあわせるところだが、これまで失望をかさねてきたので、ふたりともいささか元気をなくしている。彼らは勇者の名に値する戦士で、敵と刃をまじえることを恐れはしない。だが、こんな場所で同行者を失ってひとりぼっちになるのは妙に心ぼそいことであった。したがって、悪口をたたきあいながらも、彼らはつれだって、旅をつづけなくてはならなかった。

　それにも限度がある。やる気は一日ごとに奮いおこすとしても、旅費が残りすくない。ジムサはパルスの通貨など持っていないので、ザラーヴァントがふたりぶんの旅費を出さねばならなかった。もしジムサがザラーヴァントより大食漢であったら、たぶんもめごとの種になったであろう。

　彼らが奇妙な光景に出会ったのは、八月九日、陽が西にかたむいたころである。とぼとぼと西北へ歩いていく、よごれきった男たちの群をふたりは見た。それも何千人という数である。地に倒れたりすわりこんだりして脱落する者もいたし、すでに死者となった者もいた。地に棄てられた甲冑や軍旗などから、彼らがルシタニア人であることがわかった。

　そうなると、若いながら戦場経験の豊かなふたりである。

「さてはパルス軍とルシタニア軍との間に大きな戦いがあり、ルシタニア軍が敗れたな」

　そう見ぬいた。見ぬいて、ことにくやしがったのはザラーヴァントである。

「ちっ、手もとに千騎もいれば、夜襲をかけてルシタニア軍をかきまわしてくれようものを。いくら何でも、二騎だけでは手も足も出ぬわ」

するとジムサが軽く手を振った。

「いや、そう悲観したものでもない。ルシタニア軍のようすをよく観察していれば、後日になって役にたつこともあろうさ」

「なるほど、ああも秩序のない状態では、おれたちに気づくこともなかろうな」

パルスとトゥラーンと、二か国の若い騎士は、疲れたようすの馬をなだめながら、ルシタニア軍に近づいていった。何か功績をたてて王太子に再会できれば、けっこうなことだ。

ルシタニア軍の半分は武器も馬も甲冑《かっちゅう》もなく、流亡《るぼう》の群と化していた。疲れ、飢え、かわき、苛烈な太陽の下にへたりこんで動けなくなるありさまだ。飢えをいやすために、倒れた馬の肉を爪で引き裂《さ》いて生《なま》のままむさぼり食い、その生肉を奪いあって戦友どうしで殴りあうのだった。


だがルシタニア軍のもう半分は、どうにかまだ軍隊としての形をたもっている。総帥ギスカール公爵は健在であったし、実戦の責任者モンフェラート将軍も無事だった。彼らが、アトロパテネに到着して陣をかまえたのは、前日のことであった。

ギスカールは、この地に布陣し、軍を再編するつもりだった。その間に、パルス軍どうしが戦って共《とも》倒《だお》れになれば、めでたしめでたしというものである。むろん、なかなかそううまくいくはずもないが、軍を再編することは必要であったし、そのために時間もほしかった。

「この地はアトロパテネだ。昨年の秋、われらルシタニア軍はこの地において異教徒の大軍を撃滅し、神の栄光を地上にかがやかせた。まことに記憶されるべき土地だ。ここを根拠地として、一時の勝利に驕《おご》る異教徒どもに神の鉄鎚《てっつい》をたたきつけてやろうぞ」

じつはルシタニア軍は、アトロパテネで勝ち、王都エクバターナの占領を果たして以来、負けっぱな

しなのである。モンフェラート将軍にいわせると、

「一度の勝利でえた成果を、あいつぐ敗北で喰いつぶしている」

ということになる。それは逆にいえば、アトロパテネの戦いが、どれほど巨大なものをルシタニア軍にもたらしたか、ということであった。おかげで、その後何度敗れても、ルシタニア軍にはまだ後《あと》があったのである。

だが、それも今度でおしまいだ。

ギスカールとしては、この地からしりぞくわけにはいかなかった。ここを失えば、パルスの境から追い落とされ、西北方のマルヤム王国にでも逃げこむしかない。マルヤムは先年来ルシタニア人の支配下にある。ただ、その指導者は、総大主教ボダンであった。ギスカールにとっては、絶対に赦《ゆる》すことができぬ政敵である。敗北したギスカールがマルヤムに逃げこんだりしたら、「神と聖職者にさからった罰だ」と手を拍《う》って喜び、とらえてどこかの城塞《じょうさい》か僧院にでも幽閉してしまうであろう。いや、何か罪をでっちあげて殺してしまうかもしれぬ。

そうはいくものか、と、ギスカールは思う。このアトロパテネで時をかせぎ、パルス軍の内紛《ないふん》と自滅を待って最後の反撃に出るのだ。

反撃に不必要なものは切りすてる。弱兵はいらぬ。だいたい余分な糧食も、もはやない。

灼《や》けただれるような暑さのなかで倒れていく脱落者たちを、ギスカールは見すてた。生きてアトロパテネの本営にたどりつく者だけを迎えいれ、水と食物と武器を与える。文字どおり生死を分かつやりかたで、ギスカールはほぼ十万の兵を集めなおした。彼の考えでは、これでもまだ多い。五万までしぼりこんで、真の精鋭ぞろいにしたかった。

本陣でギスカールがすっかり温《ぬる》くなった葡萄酒《ナビード》をまずそうにすすっていると、天幕の外であわただしい人声と物音がした。どうやら刃鳴《はな》りらしいひびきも生じたので、もしや謀反《むほん》であろうか、と、ギスカールは緊張したが、宿営の騎士の報告でそれは否定された。

これは、偵察をつづけるうちにうっかり深入りしたザラーヴァントが、ルシタニア兵に発見されたのであった。あわてて逃げ出しながら、ジムサが馬上で舌打ちする。

「まずいではないか、パルス人」

「いや、見つかるつもりはなかったのだ」

「あたりまえだ。誰が見つかるつもりで見つかることを望んで見つかるか！」

ジムサはどなったが、異国人なので、興奮するとパルス語がややおかしくなる。めんどうになって、彼はトゥラーン語で叫んだ。

「このまぬけ！」

ルシタニア騎士のなかに、たまたまトゥラーン語を解する者がいて、おどろき、かつ不安に思ってモンフェラートに報告した。

「トゥラーン軍が攻めよせてきたのかもしれませぬ。ご用心あれ」

モンフェラートは叱咤《しった》した。

「このような西のほうまで、トゥラーン軍が進出しているはずはない。でたらめだ。惑わされずに追え！」

モンフェラートの判断は正しかった。アトロパテネの野に、トゥラーン軍はいなかった。いたのはパルス軍であった。アルスラーンのひきいる二万五千は、このとき、ルシタニア軍の本営から四ファルサング（約二十キロ）の距離にまで迫っていたのである。

II

逃げながら、ザラーヴァントとジムサは、あわせて八人ほどの敵を斬って落とした。得意の武器である毒の吹矢《ふきや》を、ジムサは使わなかった。こんなところで、貴重な武器を使うわけにいかぬ。襲いかかる白刃をはじきかえし、長旅に疲れた馬をはげまして疾走する。

そのうちに前方に砂塵《さじん》が舞いあがり、黄褐色《おうかっしょく》の落日めがけて殺到する騎馬の影を見た。一瞬、ジムサモザラーヴァントも胆《きも》をひやしたが、迫《せま》ってくる騎影の先頭に立つ一騎が、ひときわ黒々とした影を近よせて、不審そうな声をかけてきた。

「ザラーヴァント卿ではないか」

「やっ、ダリューン卿、めずらしいところでお目にかかる。王太子殿下はご壮健《そうけん》でござろうか」

久闊《きゅうかつ》を叙《じょ》するより先に、やるべきことがあった。ダリューンは左右の兵をさしまねき、袋の口を閉ざすような形に隊形をしぼりこんで、ルシタニア軍をしめつけた。ごく短いが激烈な小戦闘の末に、ルシタニア軍は四十人、パルス軍は六人を失って、それぞれ兵を返すことになった。

撃ちへらされて帰ってきたルシタニア軍の報告は、総帥たる王弟殿下をおどろかせた。

「そうか、王太子アルスラーンの軍がいたか……！」

ギスカール公はうめいた。アルスラーンの存在を、彼はすっかり失念していたのだ。うかつといえばうかつである。だが人間の思考力にも限界がある。アンドラゴラス王とヒルメス王子のことだけで、さすが精力的なギスカールも頭がいっぱいになっていたのであった。どうやらアルスラーンの軍が迫っていることはわかったが、それが独立した動きであるのか国王と連動したものかまではわからぬ。

このとき、アルスラーンのパルス軍は二万五千。ギスカールのルシタニア軍はほぼ十万であった。まともに戦えばルシタニア軍が負けるはずはない。ただ、ルシタニア軍はパルス軍の総兵力を知らない。さらにこのところ負けぐせがついてしまったようで、戦闘中にすこしでも不利な状況になると、浮足だって逃げくずれるかもしれぬ。そのあたりが何とも不安であった。

「とにかく、これまでよけいな配慮や計算を働かせすぎた。ここはひとつ、眼前のパルス軍をたたきつぶすことだけ考えよう」

決心をかためると、ギスカールはモンフェラート将軍ほかの有力な騎士たちを呼び、さまざまに指示を与えた。まず二万の兵を割《さ》いて、後方の糧食や財宝を守らせる。財宝はパルスの王宮から持ち出した莫大《ばくだい》なもので、ギスカールとしては絶対に他人には渡せないのである。そして残り八万の兵を慎重に配置し、柵《さく》をつくらせ、陣地をかためて、パルス軍を待ち受けたのであった。

いっぽうパルス軍である。

アルスラーンはともかく、作戦面の最高責任者であるナルサスの思惑は、ギスカールよりいささか欲ばりであった。

この戦いの意義は、ふたつある。ひとつは純粋に、ルシタニア軍を撃破して、パルスにとって最大最悪の外敵をたたきつぶすこと。そしてもうひとつは、政略的な効果をえることであった。アンドラゴラス王とヒルメス王子とが、パルス軍どうし王都の支配権をめぐって争っている間に、アルスラーン王子がルシタニア軍を撃つ。真にパルス国を侵略者の手から解放した者はアルスラーンである、ということを満天下に知らしめるのだ。それあってこそ、アルスラーンの立場も発言権も強化されるというものである。

ナルサスは、ルシタニア軍の人数を、ほぼ正確に把握していた。ジムサらの偵察にくわえ、脱落者や死者の数、残された糧食の量などを計算すると、ほぼ十万という人数になるのだ。

ここでひとつの布石《ふせき》が生きてくる。

先日、ギスカールはアンドラゴラス王と正面から戦っているとき、後方にたくわえていた糧食をアルスラーンに焼かれてしまった。今度の戦いで、ギスカールとしては、同じことをくりかえすわけにいかない。残りの糧食を守るために、かなりの兵数を割《さ》かねばならないだろう。つまり、実戦に投入されるルシタニア軍の兵力は、その分すくなくなるわけだ。「八万というところかな」とナルサスは推測していた。

さらにナルサスのすさまじいところは、味方の兵力がすくないことを逆用して武器にしようとしていることだ。「パルス軍の兵力はどう見てもすくなすぎる。どこかに多数の伏兵《ふくへい》がひそんでいるのではないか」と、ルシタニア軍に疑惑をいだかせ、兵力の一挙投入をためらわせるつもりだった。

　ザラーヴァントとジムサは王太子および一党との再会を果たした。アルスラーンが喜んで彼らの手をとったのはむろんのことだ。ジャスワントはかつてザラーヴァントとけんかして「黒犬」と罵倒《ばとう》されたが、その点に関してザラーヴァントはきちんと謝罪し、以後王太子陣営の先輩として立てるからゆるしてくれと頭をさげたものである。

　こう頭を下げられては、ジャスワントも、いつまでも過去のことを根に持ってはいられない。ザラーヴァント自身、ジムサに毒の吹矢で負傷させられたことを根に持っていないので、その態度をジャスワントは見習うことにした。こうして、ジャスワントとザラーヴァントは和解した。

　ジムサはといえば、王太子の部将として迎えられた後、ダリューンとナルサスに対して、つぎのように告《つ》げている。

「おれはトゥラーンに帰ることもならず、天地の間に身を置く場所もない。アルスラーン殿下の力が強くなれば、おれのいる場所も広くなろう。つまり、おれはおれのために殿下におつかえするつもりだ」

　これは正直な発言であるのだが、同時に、いささか屈折しているようでもある。さらにジムサは語っていう。

「おれはパルス人ではない。パルスの国にも宮廷《きゅうてい》にも、何のしがらみもないのだ。そのことが有利に働くこともあろうゆえ、おれが役だつと思われるときには、遠慮なく申しつけてほしい」

　するとナルサスが声を低めもせず答えた。

「それはアンドラゴラス王を暗殺するということかな」

　強い視線をダリューンからあびせられて、ジムサはいささか居心地《いごこち》の悪い思いをするはめになった。

「そうだ。王太子殿下のご命令さえあれば。どう考えても、あの国王は、王太子にとって邪魔者ではないか」

「殿下はご命令なさるまいよ。そうは思わぬか、おぬし。これまで殿下のお人柄を見てきただろう。そのあたり、わからぬかな」

「いや、わかるつもりだ」

しぶしぶという感じでジムサはうなずいた。

「そのような手段を採る御仁《ごじん》でないことは、おれに対する態度からもわかる。だが、どうにも歯がゆくてならん」

ついこの間、トゥラーンの親王《ジノン》イルテリシュは、国王《カガーン》トクトミシュを自《みずか》ら弑殺《しいさつ》して王位を簒《うば》ったのであった。ジムサにとってはそれが当然なのである。

「アルスラーン殿下は、もしかしてあほうではないのか」

ジムサは声を高めた。アルスラーンを罵倒《ばとう》しているのではなく、彼のパルス語の表現力では、そうとしかいえないのである。

「つまり、きれいごとだけで王権をにぎることができる、と、そう思っておいでではないのか。どうもそういう気がしてならん。あの御仁は、その、何というか……」

「トゥラーンでは、そうはいかんか」

「そうだ。アルスラーン殿下のような御仁は、とうに殺されて、墓のありかもわからなくなっておるだろうさ」

「ところがパルスではちと事情が異《こと》なる」

ナルサスは、ジムサの表現をおもしろがっていた。ダリューンは無言でジムサをにらんでいる。「殿下はあほうか」とジムサがいったとき、黒衣の騎士はあやうく長剣を鞘《さや》ばしらせるところであった。ジムサのパルス語の表現力では、そういうしかないということは承知している。それでもやはり瞬間的に腹がたってしまうのだった。

ジムサは話を転じていた。いまルシタニア軍と戦って勝てるか、と、ナルサスに尋《たず》ねたのである。

「味方は二万五千というが、おれが見たところ、敵は十万人はおるぞ」

「十万人全部に戦わせはせんよ」

軽く笑ってナルサスはいい、ジムサとしては、異国の軍師がしめすさりげない自信を信頼するしかなかった。

トゥラーン人から「あほうではないか」といわれた王太子アルスラーンはといえば、最初からナルサスに全面的な信頼を寄せている。ナルサスの才幹《さいかん》を疑うくらいなら、アルスラーンは、太陽が四角いということを信じるであろう。

南方の港町ギランを進発して以来、アルスラーンは半ば夢中《なか》で行動してきた。父王たるアンドラゴラス王や、従兄《いとこ》であるはずのヒルメス王子、彼らが何を考え、何をしようとしているか、気にならないこともなかったが、いまそんなことを考えてもしかたないと思っていた。暑いのがいやだと思っても夏は来るし、寒いのをきらっても冬は来るのだ。いつかかならず、自分の運命と対立せねばならないときが来る。それまでは、当面の敵だけを見すえていよう。ルシタニア軍を。

こうして、間を一日おいた八月十一日。戦機は完全に熟したと両軍は判断した。

第二次アトロパテネ会戦が、ここにはじまる。

III

夜の最後の涼気《りょうき》が去り、気温は鳥が飛びたつように上昇しはじめた。前方を偵察に出かけたエラムとアルフリードが駆けもどってきた。馬を乗りしずめつつエラムが報告する。

「ルシタニア軍の騎兵、突入してきます！　数は五千」

「三千だよ」

と、アルフリードがエラムの数字を訂正した。エラムはむっとしたようにアルフリードをにらみつける。うなずいて、ナルサスは王太子アルスラーンに進言した。

「騎兵四千が突入して来るとのこと。数からいって、最初の探りかと見えます。当初の予定どおりでよろしいと存じます」

「わかった」

アルスラーンはうなずいた。彼が片手をあげると、軍旗をかかげたジャスワントが、それを打ち振った。甲冑の群が整然として移動をはじめると、光の波が音もなく野を埋めていく。前進ではなく後退がはじまった。ルシタニア軍が進む分、パルス軍はしりぞいていくのだ。

四千騎のルシタニア軍は、さえぎる者もないままに、起伏に富んだアトロパテネの野を突進していった。パルス軍は、海岸から潮がひくように、さらにしりぞいていく。それは完璧に計算された作戦行動であって、すべての兵士が見えない糸に引かれるように動いているかのようだった。

「どうもおかしい。手ごたえがなさすぎるぞ」

ルシタニア軍は不安になった。この部隊を指揮していたのは、スフォルツァ、ブラマンテ、モンテセッコなどという騎士たちである。彼らはなかなか勇敢で、戦いにも慣れていた。パルス軍の強さもよく知っている。これほど手ごたえがないと、パルス軍は何かたくらんでいるにちがいない、と思ってしまうのだ。

背後を振りかえってみると、味方の本軍からはすっかり離れてしまっている。突出したのはよいが、これでは孤立してしまう。すこし馬の足をゆるめようか。そう思いはじめたところへ、突然、兇報《きょうほう》が投げこまれた。不意にあらわれたパルス軍の騎馬隊が、彼らの後方にまわりこもうとしているというのだ。

「いかん、退路を絶たれるぞ」

「引き返せ！　味方と合流する」

あわてて馬首をめぐらしかけたとき、左右でどっと喊声《かんせい》があがった。ルシタニア軍の隊列が乱れたった。葦毛《あしげ》の馬が宙に躍《おど》り、よくひびく音楽的な声が投げつけられた。

「おや、ルシタニアの勇者たちよ、異教徒どもを地上から一掃しようとて突進してきたのではないか。一戦もまじえず引き返すなど、つれないにもほどがあろうぞ」

黒絹のような髪が夏の陽《ひ》にかがやく。ミスラ神につかえる女神官《カーヒーナ》ファランギースであった。どよめいたルシタニア騎士の数人が、馬首をむけて殺到しようとする。

ファランギースが矢を射放した。銀色の線が熱風を裂《さ》いて、よけようもない速さでルシタニア騎士に命中する。冑と甲のつなぎめを射抜かれて、騎士は馬上からもんどりうった。人間と甲冑の重さから解放され、馬は狂ったように走り去る。

最初の戦死者が出るとともに状況は一変して、静から動へとなだれこんでいった。

「雑兵《ぞうひょう》はどくがよい。主将の首が所望《しょもう》じゃ」

ファランギースの手に、今度は細身の長剣がきらめいた。

剣というより光の鞭をあやつるようであった。重い戦斧《せんぷ》を振りあげた騎士は、それを振りおろしたとき、すでに死んでいる。馬が躍《おど》り、死者を地上に投げ落とした。彼女の周囲では、優美さでは劣るものの激しさでは匹敵する戦いがくりひろげられていた。剣が盾にくいこみ、槍が甲を突き刺し、斬り裂かれた傷口から血が噴き出す。怒号と悲鳴がいりみだれ、乾ききった大地は人馬の血によってうるおされた。死体と、それが着こんだ甲冑によって、丘は高さを増すかのようであった。

ルシタニア軍の本陣では。

「先発の四千騎が苦戦しております」

モンフェラートの報告に、ギスカールは、声をいらだたせていた。

「苦戦はわかっておる。パルス軍の陣容はどうだ。厚いか薄いか」

「それが、よくわかりませぬ」

モンフェラートもその点を気にしたのだが、パルス軍の動きは柔軟で、ルシタニア軍の動きをたくみに封じこめ、しかも自分たちの陣容を隠しているのだった。

「綿のようにやわらかく、蛭《ひる》のように吸いついてはなれず」

それがナルサスの指示であり、ファランギースはそのとおりに実行してのけたのである。ちなみに、ナルサスの指示を聞いて、ギーヴは「美女の胸のようにやわらかく、甘き唇のように吸いついて離れず」と自己流にいいなおしたものである。

いずれにしても、緒戦でルシタニア軍の前衛部隊はパルス軍のたくみな迎撃《げいげき》を受けてあしらわれ、みるみる兵力を削ぎとられていった。馬を飛ばして、ふたたび前方を偵察に出たアルフリードが、ややあわてたように帰ってきてナルサスに報告した。

「ルシタニアの本隊が前進してくるよ!」

たしかにルシタニア軍の本隊が動きはじめていた。孤立した前衛の四千騎を見殺しにするわけにいかなかったのである。騎兵と歩兵をあわせて七万六千の大軍が、起伏に富んだ丘陵を埋《う》めて前進をはじめた。烈日《れつじつ》に照りわたる甲冑の群が、四本の幅広《はばひろ》い河となって動いている。巨大な鉄の蛇が這《は》うようであった。

「よろしい、予測どおり」

ナルサスはつぶやいた。ルシタニア軍が大軍であることはわかっている。その大軍の兵力を生かさせぬまま敗退に追いこむのが、ナルサスの基本的な作戦であった。ルシタニア軍の鉄の蛇は、すぐにも、この世でもっとも強固な防壁によって前進をはばまれることになる。

突然のことであった。ルシタニア兵たちは息をのんだ。前方のなだらかな稜線上に、パルス軍の甲冑が銀色の壁となって立ちはだかったのである。ルシタニア軍の驚愕《きょうがく》が静まらぬうちに、ダリューンの命令がとどろいた。

「撃ちおろせ!」

つぎの瞬間、ルシタニア軍の頭上に、大小の石と砂が音をたてて降りそそいだ。百をこす投石車が、いっせいにそれらを放出したのだ。ルシタニア兵たちは石に打たれ、砂をかぶり、怒声と悲鳴をあげながら斜面をすべり落ちていった。濛々《もうもう》と砂塵《さじん》がたちこめ、ルシタニア兵たちの視界をさえぎる。目と鼻と咽喉《のど》を痛め、兵士たちはせきこみ、涙を流して苦悶した。

「何ごとだ、あれは」

ルシタニア軍の本陣で、ギスカールは唖然《あぜん》としてつぶやいた。いっぽう、パルス軍の本陣では、ひとりのルシタニア人が、事情を知りつつ落ち着けずにいる。

騎士見習エトワール、本名をエステルというルシタニア人の少女にとって、状況も心情も複雑をきわめていた。彼女はパルス軍の本陣に馬を立てていたが、もともと彼女がいるべきは、パルスに敵対する陣営である。だが、いまエステルは異教徒たちのなかにいて、王太子の客人あつかいされていた。エステル自身に、やましいところはないのだが、ものごとの表面しか見ない者にとっては、背教者としか思われぬであろう。

どう思われても、それはかまわぬ。かまうのは、彼女の同国人たちが殺されていくということだった。むろん一方的に殺されるのではなく、異教徒たちも殺されるのだ。母国にいたころ、エステルにとって世のなかの構造は単純だった。正しいイアルダボート教徒と邪悪な異教徒。ただそれだけ区別していればよかったのに。

ところがパルス軍に身をおく異国人で、世のなかをけっこう単純に割りきってすませている男もいる。トゥラーン人のジムサである。

ジムサにしてみれば、あたらしい主君と仲間たちに、役だつ男であることをしめさなくてはならぬ。でなければ、異国人である身が、パルス人の部隊を指揮することもけっしてできないだろう。

トゥラーン人の若い勇将は、無謀《むぼう》なほど激しい突進を、何度もルシタニア軍に対してこころみ、そのつど騎士たちを討ちとっては引きあげてきた。モンテセッコ卿も、彼の刃にかかった。パルス人に対しても、ルシタニア人に対しても、まったく遠慮する必要を彼は持たない。ジムサは何よりも自分が生きやすい状況をつくらなくてはならなかった。そのためにアルスラーンのために働く。よけいなことを考えて悩んだりする必要はないのであった。

IV

ゾット族の族長ヘイルターシュの息子であるメル

レインは、王太子の本陣の前方にひとり馬を立てていた。

自分のおかれている状況に不満ではあったが、メルレインは、臆病者とのそしりを甘受《かんじゅ》する気はなかった。とにかく、戦う相手は侵略者であるルシタニア人なのだ。勇戦を、パルスの神々も嘉《よみ》したもうであろう。

そこでメルレインは、弓に矢をつがえながら、鋭い視線で獲物を探した。彼が見つけたのは、まさにパルス軍の陣列に矢を射こもうとする敵兵であった。メルレインは一瞬のためらいもなく、狙いをさだめて射放した。

矢はルシタニア兵の弓をかすめ、弓を引きしぼった腕の下をくぐって、深々と左脇に突き刺さった。弓と矢がべつべつの方向に弧を描いて飛び、その持主は宙を蹴りつけながら真下に落ちていった。

意外に敵が近くにいることがわかったので、王太子の側近たちは危険を感じた。ジャスワントが叫んだ。

「殿下、おさがりください。流れ矢にでもあたったら、ばからしゅうございます」

アルスラーンは頬を紅潮させて拒《こば》んだ。

「いやだ、私は動かないぞ」

「危のうございますから、殿下」

今度はエラムがいい、ジャスワントとかわるがわる後退を勧めたが、めずらしくアルスラーンは頭《かぶり》を振りつづけた。責任感と興奮の両方が、彼をそうさせた。軍師ナルサスは、正確に王太子の心情を察した。

ルシタニア軍はパルス王国の敵ではあるが、アルスラーンにとって真の敵ではない。それこそがアルスラーンにおおいかぶさる運命の苛酷《かこく》さであった。

アルスラーンはその苛酷さから逃《のが》れることができぬ。誰もアルスラーンに替わってはやれぬ。周囲の者は、いくらかの手助けをしてやることもできぬ。同情はする。激励はする。だが、結局のところ、アルスラーンは孤独な戦いを孤独にやりぬくしかないのだ。

それに比べれば、戦場で敵の攻撃を引き受けることなど容易なことであった。作戦を立てることも、大剣をふるうことも、能力の問題であって、勇気の問題ではない。

軍師ナルサスは、王太子のそばに馬を寄せた。アルスラーンの烈気《れっき》をやわらげるよう、おだやかに話しかける。

「殿下、勇気をむだ遣いなさいますな。矢は甲冑と盾があれば防げます。ですが、そのようなものが役だたぬ場合にこそ、勇気が必要になりましょう」

ナルサスの台詞《せりふ》は抽象的なものだった。あえてそうしたのだ。アルスラーンは、はっとしたように軍師を見返した。

「……そうだな、私はみんなの邪魔をしないようにしよう」

つぶやいて馬首を返すと、王太子の側近たちがそれにつづいた。ナルサス、エラム、アルフリード、それにジャスワントである。一アマージ（約二百五十メートル）をしりぞいて、ひとつの丘に馬を立てると、アルスラーンは、黒豹《くろひょう》のようにしなやかな印象のシンドゥラ人に声をかけた。

「ジャスワント、武勲《ぶくん》をたててくるとよい」

「私めの武勲は、殿下のご無事にあります。雄敵《ゆうてき》の首をとるのはダリューン卿やギーヴ卿におまかせします」

どこまでもきまじめなシンドゥラ人であった。アルスラーンは、晴れわたった夜空の色の瞳に微笑をたたえた。

「そんなことをいっていると、ダリューンひとりで敵の首を全部刈りとってしまうぞ。これからいよいよ戦士のなかの戦士《マルダーンフ・マルダーン》の実力が発揮されるのだから」

アルスラーンの指摘は正確だった。ダリューンはこれまでパルス軍の実戦総指揮官として、指示を出すだけにとどまっていた。だが、両軍が剣や槍をもって接しあい、いよいよ白兵戦がくりひろげられることになったのだ。

石や砂をあびながら、なおルシタニア軍は前進する。大軍であるだけに、動き出すと、そう簡単に動きを変えることができないのだ。

「射よ！」

矢風が咆《ほ》えて、ルシタニア軍の隊列をつつみこんだ。馬が横転し、人が落ちる。苦痛の悲鳴と死の沈黙が、まだら模様に入りみだれ、それを人馬の血が一色に染めあげていった。

血の匂いが鼻腔になだれこみ、生者の嗅覚を麻痺させてしまう。あまりに強烈な刺激で、鼻血を流す者までいるありさまだ。矢風がいったんおさまったとき、ダリューンを先頭にパルス軍が突進を開始していた。

「全軍突撃《ヤシャスイーン》！」

砂塵《さじん》が巻きおこり、地軸が揺らいだ。万をこす馬蹄が暴風のごとくとどろきを発した。堤防を破った濁流《だくりゅう》が、速く、強く、無限にひろがっていくようだった。本陣からそれを望んだエラムとアルフリードが異口同音に「すごい、すごい」と口走ったほどの、それは壮観だった。それに対してルシタニア軍も、喊声《かんせい》と角笛《つのぶえ》も高らかに迎えうった。だが明らかに勢いにのまれ、機先を制された。パルス軍は甲冑の波濤《はとう》となって襲いかかった。

まずダリューンは、水牛の革を巻いたポプラの剛《ごう》弓《きゅう》をとりあげ、黒羽の矢を射放した。矢はたけだけしい唸《うな》りを生じて飛び、ひとりの騎士の胸甲をつらぬいた。おそるべき剛弓であることは、血ぬられた鏃《やじり》が背中に頭を出したことで、見る者すべてが思い知らされた。

つぎの瞬間、両軍の距離は、弓矢を役たたずの武器にしていた。すでにダリューンの手には弓ではなく長槍《ちょうそう》があって、黒馬は勢いよく敵勢のなかに躍りこんでいった。

赤い頬髯《ほおひげ》をはやした騎士が、まずダリューンの槍先にかけられ、鞍上《あんじょう》から血の尾をひいて突き落とされた。べつの騎士がべつの角度からダリューンに槍先を突きこんでくる。ダリューンは馬上でたくみに姿勢を変え、甲の肩の部分で相手の槍先をすべらせた。そして彼自身の長槍は、銀色の閃光と化してルシタニア騎士の甲をつらぬきとおし、相手の喊声を永久に絶ちきった。

　騎手を失った馬が前肢を高くあげてのけぞり、パルスの雄将とルシタニアの騎士たちの間で生きた城壁となった。生みだされたわずかの時間に、ダリューンは長槍を犠牲者の身体《からだ》から引きぬき、彼の黒馬にも高く前肢をあげて方向を変えさせた。三たび長槍がきらめきわたり、三人めの死者を馬上からたたきおとした。

　黒い甲冑に血が降りそそぎ、熱せられた鉄の表面でたちまち乾いてこびりつく。ルシタニア兵の間から恐怖の叫びがあがった。だが、意外なことがおこった。四人めが頸すじをつらぬかれたとき、べつの一騎がダリューンにむかって決死の体あたりをくらわせたのだ。さらにべつの歩兵が黒馬に斬りつけ、刃が鞍に喰いこんだ。黒馬がはねあがり、ダリューンは体あたりしてきたルシタニア騎士と組みあって地上に落ちた。

　すさまじい叫喚《きょうかん》をあげて、ルシタニア兵が殺到する。乱刃《らんじん》が黒衣の騎士を斬りきざむかと見えた。


だが、はねあがった白刃《はくじん》が雷光の風車と化して、ルシタニア兵をなぎはらった。血と絶鳴の渦のなかで、ダリューンは巍然《ぎぜん》たる花崗岩《かこうがん》の塔のように立ちあがっている。

「黒影号《シャブラング》！　黒影号《シャブラング》！」

　ダリューンが愛馬の名を呼ぶ。パルス最大の雄将を騎手とするパルス随一の名馬は、剛弓から放たれた矢の勢いで駆けもどってきた。

　ダリューンは黒馬の右側面に並行して二歩走った。手綱《たづな》をつかみ、三歩めには自分の長身を鞍上にはねあげている。鞍にまたがったとき、ダリューンの右手には血ぬられた長大な剣がにぎられていた。ひるがえったマントの裏地も血の色であった。

　ふたたび馬上の人となったダリューンは、敵中に躍りこむや、右に左に斬撃《ざんげき》を振りおろした。突き出された槍の柄を斬りとばし、冑をたたき割り、悍馬《かんば》に乗って血の海を泳ぎわたる勢いだった。

　攻撃は反撃をまねき、反撃は再反撃を呼んだ。一瞬ごとに戦闘は苛烈さを増し、人の生命を供物として要求した。

　血の上に血が降りそそぎ、死体の上に死体が折りかさなった。ダリューンの剣はいよいよ激しく、空と地の間に人血の嵐を巻きおこした。彼のひきいた騎兵たちも、剣と槍を縦横にふるい、ルシタニア軍の隊列を赤いぼろ布のように引き裂いた。

　数が同じであるかぎり、パルス軍はつねにルシタニア軍を圧倒していた。ルシタニア軍が数を増すと見るや、パルス軍は巧妙にしりぞいて距離をとり、陣形をととのえる。

　ダリューンが一個の戦士としてだけでなく、一軍の指揮官としても死の使者であることは、いまや万人の目に明らかだった。

「ダリューンは強いな、ほんとうに」

　王太子の感歎《かんたん》に、軍師が答えた。

「ダリューンに指揮されれば、羊の群も一国を征服できるでしょう」

　大地は死者と負傷者で埋めつくされるかと見えた。血と砂にまみれて横たわる彼らの八割まではルシタニア人であった。

　いまさらのようにパルス軍の強さに舌を巻いたモンフェラート将軍は、王弟ギスカール公爵に進言した。後方に二万もの兵を置いているのは、あまりにももったいない。その兵力を敵の側面に移動させ、一挙に側面をついて敵を潰乱《かいらん》させようというのである。

　ギスカールがためらっているのを見て、モンフェラートは声をはげました。

「王弟殿下、財宝などパルス軍にくれておやりなさいませ。わが軍にとって必要なのは金銀ではなく鉄でございますぞ」

　鉄とは武器のことであり、また、それを持った兵士たちのことである。そこまでいわれて、さすがにギスカールも決断した。財宝を放置し、二万の兵力のほとんどを敵の側面に移動させるよう命じた。大胆な決断であったが、時すでにおそかった。結果として、これはルシタニア軍中枢部の判断の失敗ということになった。

後方にひかえた無傷の二万が、のろのろと動きはじめたとき、想像もつかぬことが主戦場ではおこっていた。

ルシタニアの甲冑をまとった一隊が、いきなりルシタニア軍に矢をあびせ、槍を投じはじめたのだ。これはアトロパテネに至るまでの野で、死者たちから甲冑を拝借して、パルス軍が編成した偽のルシタニア軍であった。

「裏切りだ、裏切りが出たぞ！」

その声が全軍に広まるのと同じ速さで、ルシタニア軍は動揺した。せっかく動きだした二万の軍もうろたえ、ためらい、前進をやめてしまった。

「王弟殿下が逃げた！」

「財宝だけかかえて逃げ出した。吾々《われわれ》は見すてられたぞ」

その声が、ルシタニア軍の中心で爆発して飛び散った。「もうだめだ」という悲鳴があがり、汗と埃《ほこり》にまみれた兵士たちは、絶望と敗北感にまみれた。やはり負けた、と彼らは思った。彼らは異教徒どもの剣に斬りたてられ、背をむけはじめた。

「あのていどの流言《りゅうげん》で崩《くず》れたつか。度しがたい役たたずどもが」

ギスカールは怒りくるったが、内心ぎくりとしていた。彼は敗軍と運命を共にする気はなく、最後の最後には、まず自分の身命をすべてに優先させようとしていたのだから。つまり、パルス軍の放った流言は、ギスカールの内心を暴露したようなものであった。

ギスカールの内心とかかわりなく、ルシタニア軍はくずれたった。昨年秋に、アトロパテネでパルス軍が敗滅したときとそっくりの状況になりつつあった。全軍の総帥が部下を見すてて逃げ出したとき、誰が生命をかけて敵と戦うというのであろう。

「逃げるな、とってかえせ。おぬしらの勇気と忠誠を、神は試しておられるのだぞ！」

モンフェラート将軍が馬を乗りまわしながら兵士たちを叱咤《しった》したが、後退をかさねる兵士たちの足をとめることはできなかった。

「殿下、いまこそ」

軍師ナルサスが進言した。アルスラーンが手を振る。それに応じて三千の騎兵が動いた。ザラーヴァントがあずかった無傷の精鋭であった。巨大な戦斧《せんぷ》をうちふって、ザラーヴァントは部隊の先頭に立ち、猛然とルシタニア軍に斬りこんでいった。

この一撃が致命傷となった。ルシタニア軍は横腹の急所を喰い破られ、内臓を傷つけられたのだ。多量の血がほとばしった。ルシタニア軍は死と滅亡への急斜面をころげおちていった。

V

この日の激戦で、ダリューンは四本の槍を折り、二本の戦斧を使いつぶした。彼がイアルダボート神のもとに送りこんだルシタニアの戦士たちは、有名無名をあわせて幾人にのぼるか、算《かぞ》えることもできぬ。彼は最初から戦場のただなかにあり、そして最後までそのままであるようだった。


流血と破壊の旋風《せんぷう》は、いまや急速に移動して、ギスカールの本陣に迫っていた。押しまくられて本陣に逃げこんでくるルシタニア兵の背後から、黒衣の騎士がパルス兵をひきいて殺到した。

「ルシタニア軍の総帥はどこにいる⁉」

黒一色の甲冑がルシタニア兵の血でまだらに染まっている。ギスカールは戦慄《せんりつ》した。昨年秋のアトロパテネの戦いで、ルシタニア軍のただなかを単騎突破した黒衣の騎士。ギスカールもひとかどの剣士ではあるが、この相手には、とうてい敵対できないことは明らかだった。

「討ちとれ！」

左右にむかってどなったが、その眼前で、たちまちふたりの騎士が血煙をあげてのけぞった。さらに横あいで絶叫があがり、ふたりが地に転落した。前面の危険に気をとられているうちに、より近くに、やはり危険な敵があらわれたのだ。ギーヴであった。

「王弟殿下、お逃げあそばせ！」

叫んだのはモンフェラートである。部下たちを黒衣のパルス人にむけて殺到させながら、自分自身はギーヴに斬りかかろうとした。彼よりはやく、若いルシタニア騎士が咆《ほ》えるような声をあげてギーヴに組みついていった。

「じゃまだ、どけ！」

どなりざま、ギーヴは、長剣を一閃《いっせん》させて先頭の騎士を斬り落とした。ところがその騎士は生命《いのち》がけで彼をさまたげたのだ。斬られながら、ギーヴの剣を両腕でかかえこみ、そのまま馬上からずり落ちた。ギーヴは剣をもぎとられてしまった。騎士が大地とだきあって絶息すると、ギーヴの手から奪われた剣は地に突き立った。

ギーヴは馬からおりるようなことはしなかった。そんなことをすれば、地面におり立ったところを、ルシタニア人の剣に斬りさげられるだけのことだ。「流浪の楽士」は、鞍上から身体《からだ》を伸ばした。彼の身体はほとんど地面と水平になった。絶妙の身ごなしで、走る馬と自分自身との均衡《きんこう》をとりながら、ギーヴはさらに手を伸ばし、地面に突き刺さった剣の柄《つか》をすくいあげた。

その瞬間に、モンフェラートが斬りかかってきた。強烈な剣勢だった。完全に剣の柄をにぎりそこねたギーヴは、あわや剣をはじき飛ばされそうになった。とっさに彼は片足を鐙《あぶみ》からはずし、ルシタニア人の馬の横腹を蹴った。馬が躍り、モンフェラートの第二撃は空を斬った。

両者ともに体勢をたてなおしてにらみあう。

「イアルダボートの神よ！」

「うるわしの女神アシよ、守りたまえ！」

二本の剣が激突し、火花が青くはねあがった。刃はいったん離れ、ふたたびモンフェラートが斬りかかる。ギーヴが斬りかえす。刃鳴りがたてつづけにひびき、その残響が消えさらぬうちにギーヴが決定的な一閃を放った。

刃先がモンフェラートの頸《くび》すじをとらえ、宙に走りぬけた。鋭く笛を吹き鳴らすような音がして、宙に血の虹がかかっただ。ルシタニアでもっとも高潔な騎士といわれた武将は、死へと至る一瞬のうちに、天使の微笑を見たのかもしれない。鞍上から投げだされて地にたたきつけられ、血と砂にまみれながら、彼の表情には、異教徒には理解できぬおだやかさが浮かんでいたのである。

とにかく強敵を斃《たお》して、ギーヴは息を吐きだした。彼はルシタニア全軍の副将ともいうべき大物を討ちとり、かがやかしい武勲《ぶくん》をたてたのだ。

「モンフェラート将軍、戦死！」

悲報はルシタニア全軍に伝わり、なお戦いつづける将兵の戦意をくじいた。しかも悲報はとぎれることなくつづいた。それはむろんパルス軍にとっては吉報だった。

ファランギースは、ルシタニア王室の姻戚《いんせき》であるボノリオ公爵を馬上から射落とした。ザラーヴァントは、ゴンザガ男爵と名乗る大男の騎士と格闘して、その首級《しゅきゅう》をあげた。ゴンザガの弟である騎士フォーラは、ダリューンに討ちとられた。スフォルツァも同じくダリューンと戦って首をとられた。ブラマンテはメルレインに斃された。アンドラゴラス王との戦いで生き残った、名だたる勇士たちのほとんどが、アトロパテネの野に、首のない屍《しかばね》をさらすことになった。十か月の刻《とき》をへて、かつてのパルス軍の悲歎《ひたん》は、ルシタニア軍の悲歎となったのである。

ひとりのルシタニア騎士が大声をあげた。パルス王宮から掠奪した財宝が革袋や麻袋にいれられて積みかさねられている。その前でのことだ。

「もう終わりだ。ばかばかしい、他人の財宝を生命《いのち》がけで守ってなどいられるか。おれはおれの道を行くぞ！」

わっと悲鳴があがった。騎士のひとりが、にわかに腰の大剣を抜き放ち、となりにいた仲間を馬上から斬り落としたのである。麻の袋に赤く人血が飛散った。

「何をする、ゲルトマー！」

戦友たちの驚愕と非難に、ゲルトマーと呼ばれた騎士は、ふてぶてしい笑いで応じた。

「ふん、見てわからぬか。パルスの財宝をこの手にいただこうとしておるのよ」

神をも主君をも恐れぬ言種《いいぐさ》に、騎士たちはいきりたった。

「きさま、それでも名誉あるルシタニア騎士か！王弟殿下のご命令をうけたまわったからには、この財宝を異教徒の手から守りぬくべきではないか。それを私欲に駆られて、おのれの手におさめようとは。恥を知れ！」

「恥だと、そんなもの見たこともないわ。どんな色をしているか教えてくれ」

「この痴者《しれもの》……！」

勢い激しく斬ってかかった騎士は、ただ一合を撃ちあっただけで、ゲルトマーの刃にかけられた。財宝の守護を命じられた騎士たちのなかで、たしかに彼が一番強かったのである。

たじろぐ仲間たちを前に、傲然《ごうぜん》と笑ったゲルトマーの表情が、いきなり凍りついた。声もなく落馬したゲルトマーの頸すじに矢が突き立っている。騎士たちは息をのみ、矢の軌跡を目で追った。小高い岩場の上に、パルスの騎士が馬を立てていた。鞍の前輪に弓を横たえている。「流浪の詩人」ギーヴであった。

「だ、誰だ、きさま⁉」

その質問はルシタニア語で発せられたが、このような場合の質問は万国共通であったから、ギーヴはためらいもせず答えた。

「自分が得をするのは赦《ゆる》せるが、他人が得をすると、つい正義を口にしたくなるずうずうしい男さ」

ルシタニア人の半ばはパルス語を解する。ふざけた言種《いいぐさ》に、彼らはあらためていきりたった。

「神の怒りが恐ろしくないか。それとも、イアルダボートとやらいう神は、盗賊や仲間ごろしの守り神か」

ギーヴの言葉が、ルシタニア兵たちの怒りに油をそそいだ。彼らは抜きつれた剣の林で、不敵すぎるパルス人を包囲しようとしたが、紺色の瞳は冷笑のきらめきを浮かべた。

「いいのか、ぬけめない仲間に財宝を持っていかれるぞ。お前らは生命を失い、奴らは富をえる。ちっとばかし不公平ではないか」

ギーヴの毒舌は真実をついた。騎士たちは顔を見あわせ、とっさにどうしてよいかわからぬ。彼らが顔を見あわせていたのは、ほんの二瞬ほどであったが、ギーヴが鋭く指笛を吹き鳴らすと、岩場一帯に甲冑と馬蹄のひびきが湧きおこって数百のパルス騎兵が姿をあらわした。

「そらそら、逃げろ。逃げんと殺されるぞ」

ギーヴがからかった。あざといほどのやりくちだが、これで完全にルシタニア騎士たちの戦意はくじかれてしまった。彼らは馬首をめぐらし、われがちに逃げ去った。数本の矢が彼らの頭上をかすめ飛んだが、本気の攻撃ではなかった。

財宝の周囲は無人となった。ギーヴは優雅な手綱さばきで岩場を降り、財宝の前に馬を立てた。つかんだ弓の先端《せんたん》で、宝石をつめた革袋をつついてみる。

「やれやれ、惜しいことにおれのふところは小さすぎる。これだけの財宝をいれておくだけの余地がないわ」

ギーヴは笑いとばした。彼は財宝が好きだったが、それに目がくらむことはなかった。他の者がどういう目で見ようと、ギーヴは自分が詩人であると思っている。財宝そのものはけっして詩になりえない。だから財宝は、彼にとっては至高のものではなかった。

ギーヴは第二次アトロパテネ会戦においてルシタニアの名将モンフェラートを斬り、パルス王室の財宝が暴兵に奪われるのをふせいだ。いずれ彼自身が、後の世に詩人たちの感興をそそる、詩篇の重要人物になることだろう。

混乱と敗勢のなかで、ギスカールはダリューンに追われて本陣から逃げ出していた。パルスの里程で半ファルサング（約二・五キロ）しりぞいた地点に踏みとどまったが、ギスカールの身辺には百騎ほどしかいなかった。しかも、掠奪してきた財宝をパルス軍に奪いかえされたことまで知らされるはめになった。

敵の総数が三万たらずと知っておれば、ギスカールにはいくらでも打つ策《て》があった。また、軍隊を完全に再編し、少数精鋭化を実現していれば、おのずとべつの戦いようがあった。そのどちらも、ギスカールはできなかったのだ。何とも悔いの残る戦いであった。

あったはずだが、じつはそうではない。この時機になっても、ギスカールは、まだ確実に敵の兵数を知らなかったのだ。だから後悔しようもなかった。ナルサスが細心の配慮と、綱わたりのような技巧とで、パルス軍の兵力をギスカールに気づかせなかったのである。

「王弟殿下、もうだめでございます。脱出のおしたくをなさったほうがよろしいかと」

声を慄わせたのは、宮廷書記官のオルガスである。文書をあつかわせれば役にたつ男だが、このような状況では頼りにならない。いちおう甲冑を着こんではいるが、その紐を半ば解きかけている。いつでも逃げだせるよう用意しているわけだ。

「これほどみじめな負けかたをするとは。おれはそれほど無能な男だったのか」

深刻な疑問であった。むろん、そんなはずはない。ルシタニア一国を宰領《さいりょう》し、四十万の大軍を脱落者なしで渡海させ、マルヤム王国を滅ぼし、パルス王国の半分を支配する。そのような大事業を、無能者がおこなえるはずがなかった。

「だが、いま現に負けつつある。おれが無能でないにしても限界があるということか」

ギスカールは自嘲《じちょう》した。オルガスの逃げじたくを、彼はとがめようとしない。どうせオルガスが傍《そば》にいたところで、最下級の兵士ほども役にたちはしないのである。小物など勝手にしろ、と思っていた。

「ルシタニア軍が全滅しても、おれは負けんぞ。おれのこの身ひとつさえあれば、かならず再起してやる。ボダンめをたたきつぶし、マルヤム王国を根拠地として、ふたたび大陸に覇をとなえてやるぞ」

ギスカールはまだ三十六歳だった。健康で身心ともに精力的で、なお三十年は国事の第一線に立てるはずだった。生きていれば何とでもなる。また何とでもする。その自信と執念が、ギスカールにはあった。

その自信と執念を、徹底的に利用したのがナルサスであった。これまでギスカールは、有能で理性と計算能力にすぐれた男であることを、一年近くにわたって証明しつづけてきた。そして、だからこそ、ナルサスにとっては「得体の知れた」敵手となってしまったのである。

そのあたりの事情を、ナルサスは王太子アルスラーンに説明した。説明するだけの余裕が、パルス軍には生じていた。アルスラーンの本陣はしだいに前進して、最初のころより半ファルサング（約二・五キロ）ほど進んでいた。足もとには死屍《しし》がつみかさなり、さらに前方では、パルス軍に背中をさらしながらルシタニア兵が逃げていく。

「逃げる者は追うな」

アルスラーンは命じ、ナルサスもその命令を諒《りょう》とした。勝敗が決した以上、さらなる殺戮《さつりく》は無益であったし、捕虜を増やしたところでしかたなかった。

死戦のうちに、陽《ひ》はうつろっていた。ルシタニア兵は落日の方角に、敗残者の群となって流れていく。アンドラゴラス王に負け、アルスラーン王子に敗れ、ルシタニア軍はとどめを刺されたように見えた。

VI

ルシタニア全軍は潰《つい》えた。アトロパテネでえた成果は、アトロパテネで完全に失われた。そしてアトロパテネの勝利者であったギスカールは、敗残者となってなお生きている。生き残ったからには、生きのびてやろうとギスカールは心さだめていた。そのために、脱出の方法も考えている。

彼の顔を見知っている者は、パルス軍にはいないはずだ。ギスカールにとって、それが希望の綱であった。彼は短剣をぬくと、自分の甲冑についている豪華な装飾品をつぎつぎと切りとり、削ぎ落とした。

宝石や金銀をとりのぞくと、ごくありふれた質素な騎士の甲冑になる。宝石は甲の下に隠した。どんなときでも、宝石や金貨は必要なのである。

いつかオルガスも姿をくらましてしまっている。まつわりつかれても、かえって迷惑であるから、ギスカールはかまわずに自分の馬にまたがった。まさかオルガスがダリューンにとらえられ、自分の生命とひきかえに王弟の居場所を教えたとは、知る由もなかったのだ。

馬腹を蹴って走り出そうとしたとき、空からギスカールめがけて落ちかかってきたものがある。速く鋭い、黒々とした風のかたまりであった。ギスカールは冑に衝撃を感じた。おどろきの声をあげて、馬が前肢《まえあし》で空を蹴りつける。「あっ」という自分の声を、ギスカールは聴いた。視界が一転し、ギスカールは地にたたきつけられた。

息がつまった。目と口に砂塵がとびこんでくる。地上での回転がとまり、ようやく身をおこしたが、なお視界はまわりつづけていた。その中心に銀色の光がすえられている。それが鼻先につきつけられた長剣の尖端だとわかったとき、ギスカールは動けなくなった。

「おてがらだな、告死天使《アズライール》」

黒衣の騎士がいうと、その頭上ではばたきながら一羽の鷹《シャヒーン》が自慢げな鳴声で応じた。

いつかギスカールの周囲には、パルスの騎士たちが包囲の鉄環《てつかん》を完成させていた。ルシタニアの王弟ギスカール公爵は、父親であるパルス国王アンドラゴラス三世につづいて、息子である王太子アルスラーンの捕虜となったのであった。

パルス軍の本陣に引きすえられたギスカールは、縛《しば》られはしなかった。むろん武器もなく、逃亡など不可能であった。騎士たちを左右にしたがえ、黄金の冑をかぶった少年が王太子アルスラーンであろう。その傍《かたわら》から進み出て、山羊《やぎ》の角《つの》でつくった杯をギスカールに差しだした者がいる。水をくれたのだ。

咽喉《のど》はかわききってるし、この期におよんで毒殺ということもあるまい。杯を受けとったギスカールは、相手の顔を見て思わず声をあげた。

「お前は……あの騎士見習ではないか」

　ギスカールは想いだした。想いだすと、ギスカールにとっては、じつにばつの悪いことになった。先だってこの騎士見習に接見したとき、ギスカールはパルス王宮の支配者であったのに、いまは身を守るべき武器もなく、いっかいの捕虜として地面にすわらされているのだ。

「王弟殿下にお尋《たず》ね申しあげます。国王陛下はいずこにおわしますか。まだ王都に残っておいで/でしょうか」

　礼儀を守りながらエステルは尋ねた。ギスカールはまばたきした。とっさに質問の意味がわからなかったのだ。考えてみれば、当然の質問であった。そもそもルシタニア軍の総帥はルシタニア国王でこそあるべきなのだ。ルシタニア人が国王のことを心配するのは当然なのだ。だが、同時に、これほど実態とかけはなれた質問もなかった。水を飲みほして咽喉を湿すと、ギスカールはそっけなく答えた。

「知ったことではない」

「ご自分の兄君ではございませんか」

　そうとがめられたとき、ついにギスカールの怒りが爆発した。三十六年にわたって蓄積してきた感情を、王弟は一気に吐き出したのだ。その語気は、煮えたぎった熔岩《ようがん》にひとしかった。

「おう、兄だとも。だからこそ、これまで奴につかえてきたのだ。武将としても統治者としても、おれのほうが格段にすぐれていたのに。おれはただ奴より後に生まれたというだけで、奴の下風《かふう》に立たねばならなかったのだ。もうたくさんだ。奴は自分で自分のめんどうを見ればよい。何度でもいってやるぞ。おれの知ったことか！」

　ルシタニア語を解さないパルス人たちも思わず顔を見あわせたほどであった。沈黙してしまったエステルをにらんで、ギスカールは呼吸をととのえ、口調を皮肉なものに変えた。

「で、そういうお前自身はどうなのだ。ルシタニア人でありながら、パルス人どもの陣中にあるではないか。なぜそういうことになった？」

エステルは、その悪意に満ちた反問を予期していた。少女は臆する色もなく王弟殿下を直視して言い放った。

「邪悪な異教徒であるはずのパルス人が、公正な態度をとってくれたからでございます。国王陛下がご無事であれば、両国の間に対等の条約が結ばれましょう。だからこそ、国王陛下のご安否をうかがっているのです」

「……対等の条約？」

ギスカールの頬がゆがんだ。たかが小娘と思っていた相手の言葉に、彼は衝撃を受けていた。彼が見すて切りすてたはずの兄王に、まだそのような政治的価値があったのか。仮に兄王イノケンティス七世が生きており、パルス人たちと条約など結ぶようなことになったら、ギスカールの立場はどうなるのか。そこまで考えて、彼は、死ねば立場も何もあったものではない、ということに気づいた。

「おれをどうするのだ。殺すのか」

ギスカールが王太子に問いかけると、王太子にかわって傍の若い騎士が答えた。軍師のナルサスであった。

「いちいち尋《き》かねばわからぬのか。やっかいな御仁《ごじん》だな」

「そうか、やはり殺すのか」

ギスカールは自分の声がひびわれるのを自覚した。冷たい汗が背中を濡らした。自分はここで死に、無能で惰弱《だじゃく》な兄王が生き残るのか。目がくらみ、その目に水分がしみた。汗か涙か区別がつかぬ。生命《いのち》ごいをしようか、と屈辱の底で思ったとき、王太子の声がした。

「あなたを殺しはしない。放してあげるから、マルヤムへ行くといい」

静かな声であるのに、それは落雷のようにギスカールの耳にとどろいた。

「だが、おれを生かしておいて何の得があるのだ。

おれが感涙にむせび、パルスとの間に永遠の平和を誓うとでも思っているのか」

　あえぐようにギスカールは問いかけた。

「べつにおぬしの感涙など見たくもない。吾々《われわれ》がおぬしに期待するのはただひとつ、マルヤム王国にもどり、例のボダン総大主教とやらと、はでに嚙みあってくれることだ」

　ナルサスの返答に、ギスカールは全身をこわばらせた。パルス人が王弟を生かしておくのは、感傷や偽善からではない。きわめて辛辣《しんらつ》な理由からであった。パルス人どうしが王権をめぐって争っているように、ルシタニア人どうしも争わせようというのである。そして、なお公式には王位にあるイノケンティス七世の身柄をおさえておけば、今後どうにでも口や手を出せる、というところであろう。

「なかなかみごとな算術だ。だがそう思いどおりに事が運ぶと思ってもらっては、おぬしら自身が後でこまるだろう。おれがボダンめと和解し、マルヤムにいる全軍をこぞって復讐戦をいどんできたら、どうするつもりだ」

　威迫《いはく》してやったつもりだが、パルス人たちは、いっこうに動じなかった。まだほんの少年にすぎない王太子アルスラーンは、微笑に風格さえたたえて答えた。

「そのときはあらためて勝敗を決することにいたしましょう。さしあたり、馬と水と食物をさしあげます。どうぞご無事でマルヤムの地にご到着ください」

　奇異な印象を、ギスカールは禁じえなかった。パルス人たちがギスカールを生かしたまま放すのは、彼らの利益と打算のためである。それがわかりきっているのに、アルスラーンの表情を見ていると、心からギスカールの無事を祈っているとしか思えないのだった。むろんアルスラーンは、パルスの政略的な利益のために、ギスカールの無事を祈っているのだ。虜囚《りょしゅう》とせずに解放するのは、ナルサスが考えぬいた結果だった。ギスカールは、マルヤムに行ってボダンを打倒しないかぎり、今後の人生がないのだ。ギスカールが自分のために必死に行動すれば、それがパルスのためになるのだった。

こうしてルシタニアの王弟ギスカール公爵は、未来をのぞくすべてのものを失い、西北マルヤムの方角へと馬を走らせていった。なお傲然《ごうぜん》と胸を張り、自分自身の未来を信じ、大主教ボダンの打倒を誓いながら。

こうして、ルシタニア軍のパルス征服は一年間に満たず、流血と砂塵のなかに終焉《しゅうえん》をとげたのである。

王都奪還

第四章

英雄王の歎《なげ》き

7

I

第二次アトロパテネ会戦が西北方の荒野で展開されているころ。

王都エクバターナにおいては、攻めるアンドラゴラス王と守るヒルメス王子との間に、戦いがくりひろげられていた。ただ、それは全面的なものではなかった。十万の軍は王都の堅固な城壁を包囲し、地下水道でこぜりあいをくりかえしたものの、城壁の内外で激しい殺しあいを全面的に展開するという場面は、まだ見られない。攻めるアンドラゴラス王としても、エクバターナは自分の城である。なるべくなら破壊したくないところであった。

アトロパテネの野で勝利をえたアルスラーンは、主戦場から一ファルサング（約五キロ）ほど南へ移動して宿営した。そこはミルバラン河にほど近い段丘の一帯で、人馬に水を与えることができる。昨年秋の敗戦に際して、ヒルメスがアンドラゴラス王を待ち伏せした場所の近くであったが、むろんアルスラーンはそのような因縁を知る由《よし》もなかった。

王都のようすは、諜者《ちょうじゃ》から一日に二度は伝わってくる。アンドラゴラス王の軍は完全に王都を包囲したものの、攻めあぐねている観がある、と。ここで勝利の余勢を駆って、一気に王都に迫ったらどうか。そういう意見も、アルスラーンの陣営にはあって、ザラーヴァントがその急先鋒であったが、軍師ナルサスは賛同しなかった。

「兵を休養させねばどうにもなりません」

というのがナルサスの意見であった。第二次アトロパテネ会戦において、パルス軍は二万五千を動員し、戦死者は二千であった。ルシタニア軍は十万が戦場に展開し、二万五千が戦死した。むろんパルス軍の大勝利であるのだが、ものごとには両面がある。ナルサスは手段をつくしてルシタニア軍の首脳部を心理的に引きずりまわした。ルシタニア軍は十万といいながら、実戦に参加したのは全体の六割ほどで、総力をあげて戦う機会がないままに、パルス軍の戦術に翻弄《ほんろう》されてしまったのだ。少数のパルス軍によって分断され、かきまわされ、しかも最後まで、相手が少数であることに気づかなかった。

半ばルシタニア軍は自滅したといってよい。それはパルス軍の作戦がすぐれていたことをしめすものだが、逆にいうと、ルシタニア軍はまだ余力があったのだ。後方にひかえていた二万など、ほとんど戦いもせず、敗勢に巻きこまれて逃げだしてしまったのである。彼らが本気で戦っていれば、パルス軍を包囲し、潰滅させることができていたはずだった。

そしてパルス軍のほうはというと、二万五千の兵がひとり残らず実戦に参加した。しかも激戦をかさねて、広大な戦場を走りまわったのである。もっとも働いたのは雄将ダリューンで、愛馬「黒影号《シャブラング》」を駆って、戦場の端から端まで駆けめぐり、その間、食事もとらなかった。

こうして戦いがすむと、疲労しきったパルス軍は、へたりこんで動けなくなってしまった。「黒影号」が疲れはてたその横で、ダリューンも冑をぬいですわりこんでしまい、咽喉《のど》のかわきに、しばらくは声も出ないほどであったのだ。

「もし、いまルシタニア軍が引き返して攻撃をしかけてきたら、あたしたち皆殺しになってしまうね」

アルフリードが深刻な表情でいうと、へたりこんだ味方を見まわしたナルサスが、「まったくだな」と笑いもせずに答えたものであった。

ナルサスが王弟ギスカールを解き放した理由のひとつが、そこにある。なまじ捕虜にしたままでおいて、決死のルシタニア兵に奪還に来られては、ひとたまりもない。ギスカールをマルヤム王国へと追い放てば、彼に忠実な者たちもマルヤムへと落ちのびていくであろう。総大主教ボダンの名を持ち出して、ギスカールに暗示をかけたのも、ナルサスとしては必死の策であった。

「まあ二、三年はマルヤムで勢力争いをしてくれるだろう。仮に短期間で勝負がついても、その後遺症がのこって、すぐにパルスに再侵入することはできぬ。そのころには東のシンドゥラでも、ラジェンドラ王が何かと蠢動《しゅんどう》しはじめるはずだ。だが、さしあたり、いまはこれでよい」

一夜が明けると、アルスラーンは、ルシタニア軍から奪《と》りもどした財宝の一部を、部下たちに分け与えることにした。おもだった将軍だけでなく、すべての兵士たちにもである。

アルスラーンは、宝石や金貨などに関心も未練もなかった。生き残った兵士と、戦死した兵士の遺族とに、それらを分かち与えるようナルサスに指示したとき、王室伝来の冠や錫杖《しゃくじょう》、列王の遺品などを除いて、ほとんどすべてを与えるようにいっている。それはただ、感傷だけでそうしたのではなかった。

「わが軍は掠奪をかたく禁じているから、兵士たちのなかには不満を持つ者もいるかもしれない。刑罰を厳しくするだけでなく、こうやって財貨を分けてやれば、彼らもすすんで軍律を守るだろう」

「御意に存じます」

ナルサスがアルスラーンに対して、「なかなか底の深い御仁だ」という感想をいだくのは、このようなときである。アルスラーンの支配者としての本質が「甘い理想家」であることをナルサスは知っているが、そのくせこのように鋭い現実感覚をそなえているのは、なかなかに尋常なことではなかった。現実を理想に近づけるための方策を、きちんとこころえているとすれば、これは王者として統治技術をりっぱにそなえているということになる。

そうナルサスが感想をもらすと、ダリューンは愉《たの》しそうに笑った。

「何だ、いまさらそんなことをいっておるのか。王太子殿下のご資質など、とうにおれは知っていたぞ」

「知ることと信じることとは、べつのものだと思うが」

「むろん、そうだとも。たとえば、おぬしのある種の才能に対して、おれが知っていることと、おぬしが信じていることとは、えらく差があるからな」

「いいたいことがあるなら、はっきりいったらどうだ、ダリューン」

「これ以上はっきりいえるものか」

　他愛のない憎まれ口をたたきあえるのも、ひとつ大きな事業をすませたという安堵感《あんどかん》があるからだった。すべてが終わったわけではないにせよ、とにかくひとつは終わったのだ。ギーヴの表現を用いるなら、「昼食の心配は昼が近づいてからすればいい」ということになる。

　トゥラーン人であるジムサも、財宝の分配にあずかった。金貨《デーナール》二百枚と、人間の頭ほどの大きさの袋に詰めこまれた砂金、それに大粒の真珠を百個。「何と気前のよい王太子だ」と喜ぶ彼に、皮肉っぽく声をかけた者がいる。シンドゥラ人のジャスワントであった。

「おぬしが主君を評価するのは、気前だけが基準か」

「気前のいい主君のほうが、吝嗇《けち》な主君より臣下にとってはありがたい。当然のことだ」

　ジムサは悪びれない。彼はトゥラーン人である。トゥラーンの国王《カガーン》は、極端にいえば、掠奪した財貨を公平に分配するのが最大の役目なのである。そういうものだ、と、ジムサは思ってきた。だから、物おしみをしないアルスラーンに王者たる資格を認めたわけである。つぎはもっと武勲をたて、もっと恩賞にあずかるよう努《つと》めようと思った。彼なりに、アルスラーンに対して忠節をつくそうと思ったわけだが、その心情を彼が口にすると、つぎのようになる。

「ま、王太子も妙な御仁さね」

「えらい御仁といえ」

　ジャスワントが眉をつりあげた。彼はパルス国人でないという一点で、ジムサと共通しているのだが、どうも性格はずいぶんとちがうようであった。ジャスワントも、ジムサにまさるともおとらない報酬を王太子からもらった。むろん感謝しているが、「殿下もすこし水くさい」という気分がある。恩賞などもらわずとも、ジャスワントは、アルスラーンのためにいくらでも働くつもりであった。

　女神官《カーヒーナ》ファランギースが受けた恩賞は、金貨より宝石を主体にしたものだった。虹の欠片《かけら》をかためたような多彩な宝石の群を見て、ギーヴがいったものである。

「ファランギースどのの美しさには、どのような宝石もおよばぬ。まことに、ファランギースどのは虹の女王ともいうべきご婦人だ」

「おぬしの舌も虹にひとしいな。それぞれに色の異なる舌が、七枚ほど見えるぞ」

「おや、ファランギースどのは、ご存じない。その他に透明な舌が十枚ほどはござるが」

ファランギースは、いずれすべてをミスラ神の神殿に寄進するつもりで、ありがたく王太子の厚意を受けた。それまでは、自分自身を飾るために使うこともあろうが、宝石は減るものでも腐るものでもないから、それはかまわないのである。

ギーヴは金貨のほかに、柄に四種類の宝石をあしらった黄金づくりの短剣《アキナケス》を拝領した。宝石の色は、青、緑、黄、紫で、赤が欠けていたが、それについてギーヴはいった。

「なに、赤い色は刃につくことになっているのさ」


ダリューンとナルサスは、すなおに恩賞を受けた。彼らは宮廷につかえていたので、事情がよくわかっている。功績に対して恩賞がきちんとおこなわれぬのでは、秩序も人心も乱れてしまうのである。ただダリューンは心配した。後日国王《シャーオ》から「勝手に恩賞を与えるとは何ごとか」と王太子が責められるのではないか、と。ナルサスは答えた。「なに、財宝の半分はルシタニア軍が持って逃げたのさ。ここにあるのは幻だ。気にすることはない」と。

ザラーヴァント、エラム、メルレイン、アルフリードも、それぞれ恩賞をいただいた。「これでナルサスと結婚するときの持参金ができたわ」とアルフリードが喜ぶと、むっとしたエラムが口を出した。

「持参金なものか。手切れ金の前渡しだろ」

「うるさいわね。他人が幸福になるのがそんなにねたましいの！」

「お前が幸福になるのはかまわないさ。ナルサスさまが不幸になるのをみすごせないだけだ」

「いったわねえ！　それじゃまずあんたから不幸に

してやろうか」

「お前と知りあっただけで、充分不幸だい」

　そのような無害なもめごとの数々はともかく、恩賞の授与がすむと、アルスラーンは、ダリューンとナルサスを呼んで告げた。

「ダリューン、ナルサス、私は王都に行きたい」

「いま、この時機にでございますか」

「王都に行って、父上やヒルメス卿と話しあってみたいのだ。いや、話すというのがだいそれたことなら、直接ようすを見るだけでもよい」

　王太子の心情はよくわかるが、ダリューンとしては心配である。はっきりと、アンドラゴラス王は敵だとの思いがあるのだ。

「父上のもとにはキシュワードがいる。迷惑かけて悪いが、彼にとりはからってもらえるだろう」

「たしかにキシュワード卿はあてになる御仁ですが、彼にも立場というものがございますぞ」

　ダリューンが首をかしげ、ナルサスを見やった。おぬしも殿下をとめてくれ、と、視線で呼びかけたのである。もともとナルサスは、アンドラゴラス王とヒルメス王子とがさんざん殺しあった後に、アルスラーンが出馬して事態を収拾すればよいと考えていた。だから、ここはダリューンといっしょになって、アルスラーンを制止すべきなのである。ところが、やや間を置いてナルサスはうなずき、アルスラーンに賛意を表した。ダリューンはおどろいたが、ナルサスが声をひそめて理由を説明すると、彼も賛同せざるをえなかった。

　アルスラーンにしたがう者は八人と一羽。ダリューン、ナルサス、ギーヴ、ファランギース、エラム、アルフリード、ジャスワント、そして告死天使《アズライール》とエステル。ザラーヴァントとジムサ、それにメルレインは軍をひきいて南下し、オクサス河最上流でグラーゼと合流することになった。そこで兵を休養させ、近日のうちに王都へと進発する準備をととのえる。全軍を案内するのはメルレインである。ナルサスはグラーゼに事情を説明する手紙を書き、それをメルレインに託した。

「よろしく頼む」

と王太子にいわれて、メルレインはじつに不機嫌そうにうなずいた。誠実さと責任感は充分にあるのだが、生まれるときに「愛想」というものをどこかに落っことしてしまったので、そういう表情になってしまう。また、王太子に「頼む」といわれて嬉しいのだが、独立自尊のゾット族たる者、王者からものを頼まれても嬉しそうな表情《かお》などしてはいけない、と信じているものだから、よけいに不機嫌そうに見えるのであった。

八月十四日、アルスラーン以下九騎と一羽は、軍から離れてエクバターナへと向かった。

II

「蛇王ザッハークさまの御名に栄えあれ。ついにこの日が来た。叛逆者《はんぎゃくしゃ》カイ・ホスローめの子孫どもが、相争って血を流す日がな」

陰々たる声に、奇怪な喜びがこもっていた。それは王都の地下深くにひそむ人物の声で、暗灰色の衣の裡にその声はこもり、うめきとも弔鐘《ちょうしょう》のひびきともつかずに地中を這いまわるのだった。

ただ、その声はまだ地上の人間には聴こえない。彼らは、闇を封じこめた大地の表面を、甲冑や剣環《けんかん》の音も高く歩きまわり、強烈な日光に照らされながら、戦ったり休んだりしている。

ヒルメス王子につかえるザンデは、いろいろと多忙だった。ただ戦闘の指揮をとるだけでなく、城壁を守る兵士たちの間に不安が高まっているようなので、なだめてまわらねばならない。兵士たちの不安は、戦いそれ自体についてではなかった。

もし戦い敗れ、捕虜となったら、彼らは国王に対する叛逆者として処刑されることになるのだろうか。そういう不安なのだ。

「そんなことにはならぬ。ヒルメス殿下こそがパルスの正統な国王《シャーオ》であられるのだからな。近く正式に戴冠《たいかん》なさるし、そうなれば吾々は国王の親衛隊として厚く酬《むく》われるだろう」

熱心に、ザンデは一同の不安を打ち消してまわった。彼自身、万騎長《マルズバーン》や諸侯《シャフルダーラーン》への夢を心に描いている。ヒルメスに対する忠誠心はむろんのことだが、主君が玉座につけば、ザンデが栄達するのも当然のことであった。

　ザンデの激励が効を奏して、兵士たちの士気は回復した。頭ごなしにどなりつければ、かえって反感を買うことを、ザンデはよく知っていたわけである。

　だいたい籠城《ろうじょう》というものは、どこかから援軍が来るという前提のもとでおこなうものだ。ヒルメスの場合、どこからも援軍が来るあてはない。永遠に城門を閉ざしてたてこもっているわけにはいかないのだ。エクバターナは大都市であり、当然、糧食は城外から運びこまねばならない。市民が飢えはじめる前に結着をつけなくてはならなかった。ザンデにそういわれて、ヒルメスは答えた。

「案じるな、短期で結着をつけるための手段がおれにはある」

「とおっしゃいますと？」

　ザンデにはわかっていたが、うやうやしく尋ねてみた。

「おれとアンドラゴラスとが一対一で剣をまじえるのだ。唯一無二の玉座を賭けてな。奴は拒みはすまい。臆病者とそしられたくなければな」

　ヒルメスは声をたてて笑ったが、その笑いは長くつづかなかった。ザンデが何かいいたげな表情をつくったのだ。布に隠されないヒルメスの左目が鋭く光った。

「おれが負けると思うのか、ザンデ」

　勇者としての矜持を傷つけられて、ヒルメスが声をとがらせると、ザンデは恐縮して巨体をちぢめた。

「正々堂々の一騎打なれば、殿下がお敗れになるはずはございません。ですが……」

「ですが、何だ」

「アンドラゴラスめ、血迷うてどのような手段に出てくるやもしれませぬ。ご用心にこしたことはございません」

　ザンデは、ためらいがちに語をつづけた。

「それにアルスラーン王子のことも、いささか気になります。かの王子、いったいどこにおりますのやら。陣中にいるのでしょうか」

「とるにたらんことだ。気に病《や》むな」

　ヒルメスは吐きすてた。

　ザンデの心配が、ヒルメスにはよくわかっている。せっかく奪還した王都が、たちまちヒルメスの重荷になってしまった。アンドラゴラスの攻撃を防ぎつつ、百万の市民に食物を与えねばならぬ。すでに水不足は深刻な状態で、城内の血の痕《あと》を洗い流すこともできない。一部では、屍毒《しどく》による疫病の発生もささやかれている。ルシタニア軍の支配体制がたたきこわされ、パルス旧来の統治体制はまだ復興できておらず、やらねばならぬのに手もつけられない事がらばかりが増えていく。なかでも問題なのは、ヒルメスに対する市民の失望感が増大していることであった。ヒルメスが王都を支配しても、何ひとつよくなっていないのだから、市民が失望するのもむりはない。

　確かなものが、ヒルメスにはほしかった。王都エクバターナの城壁。部下たちの献身的な忠誠。そして何よりも王位の正統性！

　宰相フスラブ卿に化けていた魔道士が、秘密とやらをヒルメスに語るはずであった。ところが、アンドラゴラス王がエクバターナに攻めよせてくると同時に、魔道士は姿を消してしまい、ヒルメスは秘密を聞きそこねた。魔道士の目的は、ヒルメスの心に濁った不安を投げかけること。それを薄々とさとってはいたが、ヒルメスとしては、気にせずにいられぬ。奴は何を知り、何を語ろうとしていたのか。

　ヒルメスは、マルヤムの王女イリーナ内親王に会いたくなった。彼女だけが彼に静穏《せいおん》を与えてくれることを知りながら、彼女に会うことをヒルメスは避けていた。アンドラゴラスとの対決がすむまでは、と思っていたのだ。


　八月十四日以降、地下水道では激烈な斬りあいが展開された。いよいよアンドラゴラスが攻勢に出たのである。一挙に千人をこす兵士を投入して、防御を突破しようとした。

ここを突破されては、ヒルメス陣営に最終的な勝利はない。さいわい、地の利はヒルメス陣営にある。

防御の総指揮はサームがとった。皮肉なことだが、昨年秋にはサームは地下水道の存在を教えられておらず、そこからヒルメスが侵入して、エクバターナを陥落させたのである。いまサームは、地下水道内に網や綱を張りめぐらし、アンドラゴラス王の兵士たちを誘いこんで動きを封じては、そこに油を流しこんだ。

油に火が放たれ、地下水道全体が黄金色にかがやいた。逃げることもままならず、アンドラゴラス軍の兵士たちは炎にまかれ、絶叫を放ってもがきまわる。「網のなかの魚のように」という表現そのままに、火のかたまりと化して跳びはねた。

火影《ほかげ》を見、絶叫を耳にしたアンドラゴラス軍の兵士たちが、さらに押しかけてきたが、網や綱にはばまれ、炎にさえぎられて動けなくなる。味方どうしもみあっているところへ、暗闇から矢が飛び、水と血の飛沫のなかに兵士たちは倒れこんでいった。サームの指揮ぶりは巧妙をきわめ、アンドラゴラス軍はすでに百人単位の死者を出しながら、一歩も奥へ進めないありさまだ。

「おぬしか、サーム卿、そこにいるのは⁉」

キシュワードの声が、石づくりの天井や壁に反響をかさねた。ヒルメス軍の、あまりにも巧妙な防戦ぶりを知ったキシュワードは、自ら地下水道にやってきたのだ。おそらくサーム自身が指揮をとっているにちがいない。そう思ったが、予測は的中した。

「キシュワード卿か」

サームの返答は重く短い。攻撃してくる兵をひとり殺すつど、人としての罪をかさねているという自責の念があるのだった。

ふたりの万騎長《マルズバーン》は、光と闇の交錯する地下水道で対峙した。キシュワードは旧友に、アンドラゴラス王への帰順をすすめた。

「おぬしを万騎長に叙任《じょにん》なさったのは、アンドラゴラス王だぞ。剣を引き、あらためて陛下に忠誠を誓え。僭越だが、おぬしの罪が赦《ゆる》されるよう、おれも口ぞえさせてもらう」

そう旧友にすすめられたサームは、かわいた声で低く答えた。

「キシュワード卿、おれはひとたび、つかえる主君を変えた」

「それは、ゆえあってのことであろう?」

「ひとたび変えたのは、運命に強《し》いられたため。そう弁解することもできよう。だが、ふたたび主君を変えるのは、単なる変節にすぎぬ。他人がどういおうと、そのことをおれは知っている」

サームは剣をかまえなおした。両手に剣を持ちながら、キシュワードは想い出していた。片目のクバードがいった言葉を、である。サームは死にたがっている、と、クバードはいったのだ。クバードは正しかった。キシュワードはそう思った。

もっとも、サームはたぐいまれな勇者であるから、戦って斬られるのはキシュワードのほうであるかもしれぬ。いずれにしても、キシュワードはもういちど言わずにいられなかった。

「考えなおせ。生きていればおぬしの正しさが認められる刻《とき》も来ように」

「生き残ったところで、どうせ骨肉の争いを見せつけられることになるのだ。おれはガルシャースフやシャプールがうらやましい。彼らはパルスの武人として死場所をえた」

サームの剣尖がゆるやかに弧を描いて、キシュワードの両眼の間をねらった。

殺気が薄闇をつらぬく。

ざっ、と水が騒いだ。サームがキシュワードに躍りかかったのだ。灯火をはじきかえしつつ、刃がキシュワードの頭上に落ちかかった。石と水が金属音を乱反射させ、火花と飛沫が刃の周囲に舞い散った。

ふたりの万騎長《マルズバーン》は位置を入れかえた。呼吸をととのえ、戦機をはかり、ふたたび激突した。サームの剣が振りおろされ、額の前でキシュワードが受けとめる。刃鳴りが高くあがった瞬間、キシュワードの右手の剣が斜めに光跡を描いた。刃と甲が激突する。サームはキシュワードの斬撃をかわさなかった。そしてキシュワードもサームに致命的な斬撃をあびせる決心がつかなかった。まことに中途半端な結果となって、サームの甲には亀裂が走り、異様な音をたててキシュワードの一剣はへし折れてしまった。

ふたりの勇将のうち、どちらがより失望したかはわからない。キシュワードの剣の破片が水に落ちたとき、両者はふたたび水を蹴っていたが、撃ちかわす刃のひびきを圧して、制止の声がとどろいた。

「そこまでだ。万騎長《マルズバーン》どうしの決闘、見物人なしでは、もったいなさすぎよう」

「陛下……」

あえいだのは両者同時であった。甲冑をまとったアンドラゴラス王の巨体が、彼らの近くにあった。

「サームよ、そこを通せ」

「お言葉なれど……」

「通さぬか」

「たとえ陛下といえども……」

「ふふふ、忠実なことよな。だが、予がヒルメスと戦うのではなく話しあいたいといったらどうする」

アンドラゴラス王の笑声が、サームの身体を見えない鎖で縛った。あえぐような表情の旧部下を、アンドラゴラスは、重い迫力にみちた声で圧倒した。

「どれほど愚かしい演劇《しばい》にも終わりがある。そのときが近づいたのだ。それとも、サームよ、いまのおぬしの主君は、一対一で相手と話しあうこともできぬ臆病者か」

国王が口を閉ざすと、地下水道には硬い沈黙が満ちて、しばらく破られなかった。

III

気配が動いた。ひそやかな気配ではなく、堂々とした人間の影であった。ヒルメスほどすぐれた武人でなくとも気づいたであろう。

「誰だ、そこにおるのは？」

ヒルメスの声が薄闇をつらぬいた。謁見《えっけん》の間である。顔の右半分を布で隠した王子は、城頭で戦いを指揮していないときには、ほとんどこの広大な部屋にいる。玉座に対する子供っぽい偏執は、ヒルメスの不安のあらわれであった。離れれば玉座を奪われるのではないか、という。少年のころからあれほど渇望《かつぼう》して、ようやく手に入れたのに、玉座はヒルメスに、不安ばかりをもたらすようであった。

不安が驚愕となって爆発したのは、眼前に宿敵の姿を見たからである。ヒルメスは玉座から文字どおり飛びあがって、招かれざる客人を見すえた。

「アンドラゴラス……!」

彼のうめきに、国王《シャーオ》は悪意をもって答えた。

「ひさしぶりだな、ヒルメス、わが弟よ」

「きさまなどに気やすく挨拶されるおぼえはない!」

ヒルメスは、はねつけた。はねつけてからふたたび愕然《がくぜん》として声を失った。アンドラゴラスは彼に何と呼びかけたのだ!? ヒルメスはアンドラゴラスの甥《おい》であって弟などではない。

ヒルメスのおどろきを無視して、アンドラゴラスは力強い歩みを踏みだした。ヒルメスが長剣の柄に手をかけるのを見ながら、べつに感興をもよおしたふうでもない。

「殺しあうのはいつでもできる。だが、その前に話しあってみてもよかろう。いつぞや地下牢《ディーマース》で顔をあわせただけだからな」

直径一ガズ(約一メートル)の大理石の円柱に、アンドラゴラスは巨体をよりかからせた。甲冑のひびきがヒルメスの耳にさわる。

ヒルメスは気押されていた。昨年アトロパテネの野でアンドラゴラスを囚えて以来、ヒルメスはつねに優位に立っているつもりだったのに。

「そもそもの淵源《えんげん》は、わが父、大王ゴタルゼス陛下の御代《みよ》にさかのぼるのだ」

アンドラゴラス王が話しはじめたとき、ヒルメスはさまたげようとしなかった。何かえたいの知れぬものが、粘つく手で彼をおさえつけていたのである。

彼は剣の柄にかけた手をそのままに、生きた彫像と化して立ちつくしていた。

「ゴタルゼス陛下は大王と呼ばれるにふさわしい御方であったが、ひとつ欠点がおありだった。予がいまさら口にすることもないが、とにかく迷信深い御方でな」

　それはたしかに有名な事実だった。ゴタルゼス大王は即位して以後、力強さと聡明さをかねそなえた名君として業績をあげた。外敵の侵入を四度にわたってしりぞけ、街道と用水路を整備し、王立学院を拡張して学芸を保護し、裁判官や地方総督にすぐれた人物を登用した。強欲な諸侯を改易し、無実の者を牢獄から解放し、災害のときは民衆に食物や薬を与えた。

　人々からたたえられる名君も、だが、いつのまにか衰えた。信頼すべき武将や官吏《かんり》より、えたいのしれぬ予言者や呪術師の意見に耳を貸すようになった。不だいじな失せ物を見つけてもらったからという。不利だと思いこんでいた戦いの勝利を予言され、そのとおりになったからだともいう。いずれにしても、国政や兵事の実権は、まともな人々の手から離れていった。忠告した将軍のひとりが、国王の怒りにふれ、罪を着せられて殺されると、もはや他の者は口をつぐむか、王宮を去っていった。

「人の心の黄昏《たそがれ》に踏みこんでくる魔性の者どもがおるのだ」

　アンドラゴラスの声に、にがいひびきがこもった。彼は迷信をきらい、自分の即位後に、あやしげな予言者を手ずから斬りすてたこともある。偉大な父王が心の勁《つよ》さを失い、凡庸な迷信家に落ちぶれていくありさまを見て、若いころのアンドラゴラスは歯ぎしりしていたのである。後に、ダイラム領主ナルサスの忠告を受けいれず、彼を王宮から追い出すことになるアンドラゴラスだが、このときは国と父のことを真剣に憂《うれ》えたのだった。

　アンドラゴラスの兄オスロエスは、弟よりも、父王に従順で、むしろご機嫌をとるようなことをしていた。だが、それも、一夜でひっくりかえった。オスロエスの妃《きさき》を、父王が求めたからだ。オスロエスには子をつくる能力がないと呪術師がいったらしい。パルスの王統を血によって守り、受けつがせるためには、直系の子が必要であった。オスロエスは父を憎みつつも、その要求を拒むことができなかった。全身をわななかせ、目を血走らせながら、彼は自分の妻を父王に差し出したのだ。

声もなくヒルメスは聞きいっている。彼はどなりたかった。「嘘だ」とわめきたかった。「でたらめだ」と決めつけて、火を吹く悪竜のように虚言を吐きちらすアンドラゴラスの口に、剣をたたきこんでやりたかった。だが、どれもヒルメスにとっては不可能なことであった。指一本も動かせぬヒルメスに向かって、アンドラゴラスは話をつづけた。

「予と兄は相談した。そしてひとつの結論に達したのだ。大王と呼ばれた人の名声が、ことごとく無に帰するのを、手をこまねいて見るより、その名声を守ってさしあげようとな」

「………」

「この意味がわかるか、ヒルメス」

アンドラゴラス王の唇がまくれあがり、強靭な歯が白く光った。ヒルメスは口をわずかにあけたきり、やはり声を出すことができぬ。そのことを予測していたらしいアンドラゴラスは、返事を待たず、すぐに話をつづけた。

「わからねば、はっきり教えてやる。兄と予は、父たるゴタルゼス大王を、ひそかに弑《しい》したてまつったのだ」

このときアンドラゴラスの声はあまりに低く、ほとんどささやくようであった。

「父殺しではある。だが、いっておくぞ。熱心だったのは、予より兄オスロエスのほうだった。それも当然のこと。兄は自分の妃を父王に奪われたのだからな」

「ち、父が……」

ようやくヒルメスが声をしぼりだすと、アンドラゴラスは唇の左端だけをつりあげて彼を見すえた。

「おぬしが父と呼んだのは誰のことだ。ゴタルゼス大王か、それともオスロエス五世か。これより将来《さき》、おぬしは誰を父と呼んで自分の正体をたしかめるつもりだ」

「だ、だまれ！」

ヒルメスは声をおののかせた。彼の手は剣の柄にかかったまま、なお、それを引きぬくこともできず、離すこともできなかった。一歩でも動けば、彼の過去は音をたてて崩壊してしまいそうな気がして、ただ彼は立ちつくしていた。彼の脳は煮えたぎり、爆発しそうだった。


アンドラゴラス王とヒルメス王子との間に、おぞましくいとわしい王宮秘話がかわされているころ。

すでに夜は深かった。心ならずも地下水道を出て自分の天幕にもどった双刀将軍《ターヒール》キシュワードは、鳥のはばたきを耳にした。天幕の一部をあけると、勢いよい生物の影が飛びこんできて、嬉しさに耐えかねたように主人にまつわりついた。告死天使《アズライール》という名の鷹《シャヒーン》であった。

むろんキシュワードは仰天した。

「王太子殿下、なぜこのような場所に……！」

告死天使《アズライール》あるところ王太子あり。あるいはその逆か。天幕をくぐって姿をあらわしたのは王太子アルスラーンとその一党であった。それまで無人であった天幕は、たちまち人で埋まった。

アルスラーンは手早く事情を説明した。ザラーヴァントとジムサが彼のもとに帰参したこと。アトロパテネの野でルシタニア軍を破り、王弟ギスカール公をマルヤムに追放して、侵略者を一掃したこと。国王におめにかかりたくてここまでやってきたこと。それらについて語った。キシュワードは大きくうなずいた。

「それはそれは、国民《くにたみ》のためによいことをなさいましたな。ですが、御身にけがなどございませんでしたか」

「私は立っていただけだ。戦ってくれたのはみんなで、私はみんなに守られていたよ。大丈夫、けがひとつしなかった」

　こういうとき、アルスラーンは悪びれない。ナルサス卿の教育で、王者の義務というものをわきまえておいでなのだな、と、キシュワードは思う。

「それにしても、よく陣地を通りぬけてこられましたな」

「トゥースがつれて来てくれたのだ」

　そういわれて、キシュワードは、はじめて気がついた。無口な鉄鎖術の達人が、無言のままに天幕の入口にたたずんでいる。さらにアルスラーンは告げた。

「イスファーンも手伝ってくれた。兵士たちの注意をそらすため、べつの方角に出動している」

「いやはや、わが軍は裏切り者だらけですな」

　キシュワードは冗談めかしたが、アルスラーンの才能に舌を巻く思いだった。士心《ししん》をえるという才能である。アルスラーンに接すると、多くの者が、この人をもりたてていきたいという気分にさせられるのだ。君主として、まことにえがたい資質であるだろう。

　キシュワードは、自分たちのがわの事情を説明した。アンドラゴラス王はヒルメス王子と語りあうためと称して、すでに単身、入城している。王太子が国王と会うことはかなわぬであろう、と。

「では母上にお会いしたい」

「殿下……」

　キシュワードが絶句した。これはアルスラーンとしては当然の欲求なのだが、母君である王妃タハミーネがアルスラーンに対して情が薄いことを、誰もが知っている。ためらうキシュワードの耳を、不意に女の声がたたいた。

「とめることはないでしょう、キシュワード卿。王太子が会いたいと申しているのです。妾《わたくし》も会って話しあいたいことがあるゆえ」

　その声の主を知って、キシュワードは小さく身ぶるいした。むろんそれは王妃タハミーネであった。ヴェールで顔をつつんだ彼女が、天幕の入口にたたずんでいたのだ。トゥースがいそいで入口の位置をあけ、一同はひざまずいたが、ギーヴひとりがやや遅れた。

　ギーヴは皮肉な視線で王妃の顔をながめたが、ヴェールにつつまれた王妃の顔は、表情を隠し去っていた。王妃は一同に対して一言も発しはしなかったが、彼女の要求は明らかであった。キシュワードが手ぶりで一同をうながし、アルスラーンの部下たちは退出した。天幕のなかに、王妃タハミーネと王太子アルスラーンが残された。

IV

　キシュワードの配慮で、アルスラーンの部下たちは隣の天幕に身をうつした。トゥースは自分の陣地にもどり、天幕の周囲はキシュワード自身が選りすぐりの兵士たちをもってかためた。これはむろん王太子一党の身を守るためだが、同時に、彼らを封じこめる鉄環《てつかん》ともなりえる。キシュワードの人格とはべつに、事情が急変するという場合はいくらでもあるのだ。生死の境界を実力で突破してきた戦士たちの認識は、甘くはなかった。

「いざとなれば斬り破るまでだ」

　自分の一剣をもって王都の城壁を鮮紅色に塗りあげてくれる。その決意が、ダリューンにはある。たとえアンドラゴラス王であろうと、もはや遠慮はせぬ。ダリューンは長剣の剣環を一度鳴らしたきり、彫像のようにすわりこんで動かなくなった。

　ダリューンと対照的に、よく動きまわる者もいる。流浪の楽士と自称するギーヴは、そもそも天幕にはいらなかった。移動する一同のなかから、音もなくするりと抜け出して、アルスラーンたちのいる天幕に忍びよった。布一枚をへだてて内部のようすをうかがい、片耳を押しあてる。不意に肩をたたかれて、ギーヴは全身をこわばらせた。大声を出すこともできず、あわてて振りかえると、「うるわしのファランギースどの」がたたずんでいる。

「立ち聞きとは、優美ならぬ趣味じゃな。こちらへ来ておとなしくしているがよい。ダリューン卿をみならって」

「しかしだな、ファランギースどの。あの母子《おやこ》がいったいどういう表情《かお》でどういう話をするか。おれの無邪気な好奇心が知識を欲してやま……いたたた！」

ギーヴの耳は、ファランギースの白い指につまみあげられて、彼の長身は半ば吊りあげられてしまった。

「邪気のかたまりのくせに、無邪気などという言葉をお手軽に使うでない。母子の対面を邪魔するのは無粋《ぶすい》というものじゃぞ」

「つつ……ファランギースどのは、かの王妃さまをご存じないゆえ、そのようにおっしゃる。おれはアルスラーン殿下の身を案じればこそだな」

「存じておる」

ファランギースはあっさりといった。

「わたしのつかえていた神殿は、アルスラーン王子ご誕生のおりに王室より寄進されたもの、と、そう申したであろうが」


それ以上はいわず、ファランギースはギーヴの耳をつまんだまま自分たちの天幕に歩いていった。そのありさまを見た兵士たちは、半《なか》ばは笑い、半《なか》ばは奇異の目を向けている。

天幕のなかにいるアルスラーンは、外に人声を聴きはしたものの、注意は向けなかった。母親との再会のほうが、はるかに重要であった。ぎごちない、居心地の悪い沈黙は、タハミーネ王妃によって破られた。

「アルスラーン、りりしくおなりだこと。見ちがえるようです」

「母上もお元気そうで何よりです」

母親も息子も礼儀ただしかった。礼儀とは、社会の人間関係をなめらかにする古来からの知恵であるはずだ。だが、この場合、礼儀は目に見えない壁となって、母子の間に立ちはだかったようだった。

それがアルスラーンの落ち着きを、かえって強化した。涙とともに母が抱擁《ほうよう》してくれたら、アルスラーンは嬉しかっただろう。だが、同時に、狼狽《ろうばい》してしまって、心ひそかな決意を乱し、どうしてよいかわからなくなっていたであろう。母の態度を見て、「ああ、やっぱり」とアルスラーンは思い、心の準備をととのえることができた。

「アルスラーン、そなたは妾《わたくし》の子ではありません」

投げかけられた声は、アルスラーンの心を撃《う》ち砕《くだ》くことはなかった。最悪の想像は、最悪の事実になった。アルスラーンは取りみだしはしなかった。だが、心は撃ち砕かれはしなかったものの、冷たい水が浸《し》みとおるようにアルスラーンは魂《たましい》が冷えるのを感じずにいられなかった。呼吸と声調をととのえて、彼はふたたび口を開いた。

「あるいはそうではないかと思っておりました。では、私のほんとうの親は誰なのでしょう。ご存じでいらっしゃいますか」

「妾《わたくし》の知るところでは、母親は名もない中ていどの騎士の娘《むすめ》であったそうです」

その娘は、やはり中ていどの騎士と結婚して子を産んだ。もともと病弱な女性で、子を産んだ十日後、自分は力つきて息をひきとった。死ぬとき、乳児《あかんぼう》に乳をふくませていたという。とほうにくれていた若い父親は、王宮からの使者の訪問を受け、わが子を差し出した。彼は金貨《デーナール》の報賞を受け、百騎長に出世して戦場に出、そして帰ってこなかった。家門は断絶し、小さな家はこわされて、跡地にべつの家が建った。すべては忘れられるように細工され、忘れられていった……。

「そうでしたか。はっきりしていればいいと思ったのです。宙ぶらりんになっているのが嫌だったのです。でも、これで落ち着きました」

大きく息をついて、アルスラーンは王妃をまっすぐ見つめた。アルスラーンはこれまで他人に顔を隠したことはなく、これからもけっしてないであろう。

「つまり私はパルス王室の血を引いてはおらず、王位を要求する資格はないのですね」

「ええ、そうです」

「それにしても、なぜ、子を入れかえるようなことになったのですか」

「その子が女だったからです」

ああ、そうだったのか。アルスラーンは得心《とくしん》した。ひとりの子を出産した後、タハミーネは身体《からだ》を害《そこな》い、二度と出産できぬ身となった。パルスでは女児に王位継承権はない。アンドラゴラスは愛する王妃の政治的な立場を守るために、子を入れかえたのだ。あるいは、後日、他の女性に男児を産ませる気があったのだろうか。

「では母上のほんとうの御子《みこ》はどこにいるのですか」

「母上」という呼びかたは、もはや正しくはないであろう。だが他にどういう呼びかたをしてよいかわからないので、しかたなかった。タハミーネも、ことさらに異議をとなえようとはしなかった。

「どこにいるのか妾《わたくし》にもわかりません。幾度も国王陛下にお尋《たず》ねしましたが、教えてはくれませんでした」

怒りきれない怨《うら》みといらだちを、アルスラーンは王妃の声に感じとった。タハミーネは亡国の女性だった。生まれ育った国をアンドラゴラスに滅ぼされ、征服者たちの一方的な愛を受ける身となりながら、「不祥《ふしょう》の女である」と非難された。タハミーネはいつも待っていた。バダフシャーン公、パルス国王、ルシタニア国王。望みもせぬ愛を押しつけられながら彼女は待っていた。何を待っていたのか。彼女にもたぶんわからぬままに。

「アルスラーン、そなたを憎むのは筋がちがう。そのことはわかっております。でも妾《わたくし》は、目に見えるものを憎むしかなかった」

タハミーネの声が揺れた。感情を持たぬ女性であるとさえ思われていた彼女は、けっしてそうではなかった。

「アルスラーンを見るたびに、自分の子はどこでどうしているのか。そう思うと、耐えられぬ気分でした。かわいそうな子。かわいそうな妾《わたくし》の子！」

タハミーネの歎《なげ》きを、アルスラーンは凝然《ぎょうぜん》と見つめていた。私だってかわいそうだ、そう思わぬでもなかったが、それは口に出さなかった。すくなくとも、アルスラーンには忠実な友が幾人もいてくれる。王妃には、失った子供以外に誰もいなかったのだ。そして、タハミーネの子は、ほんとうに気の毒だった。

なおひとつ確認しておかねばならぬことがあった。アルスラーンを育ててくれた乳母夫婦のことだ。葡萄酒《ナビード》の中毒で死んだ彼らは、ほんとうに偶然の死だったのか。

「やはり殺されたのですか」

「そうです。後日、紛糾の種とならぬように」

王妃の言葉が冷たく心に浸《し》みこんできた。アルスラーンの脳裏に、過去がよみがえる。乳母たちの手で育てられた幼い日。温かい血のかよった乳母の手。それが突然たちきられて、豪奢《ごうしゃ》で冷たい運命がアルスラーンに押しつけられた。王位のために。王家の安泰《あんたい》のために。アルスラーンは軽いめまいを感じた。

彼はつぶやいた。

「では、もし私が王位につくことができなかったら、私のために死んだ人たちはどうなりますか」

アルスラーンは無意識のうちに片手を握りしめていた。彼自身おどろいていたのだが、このとき彼を駆りたてていたのは怒りだった。胃が灼《や》けつくような激情に、アルスラーンは耐えなくてはならなかった。

「勝手なことばかりいわないでくれ！」

そうどなりたかった。母と信じていたタハミーネに対してではない。タハミーネもまた犠牲者であったにちがいないのだ。だが、逆にいえば、タハミーネだけが犠牲者というわけではなかった。アルスラーンはどうか。彼のほんとうの両親はどうか。乳母たちはどうか。アルスラーンを真実の王太子と信じて戦場で斃《たお》れていった兵士たちはどうか。

それほど多くの犠牲をはらってまで、王家の血は守らねばならぬのか。王家の血を守るために、多くの無名の人々が殺されたり滅ぼされたりするのは当然のことなのか。そうだとはアルスラーンには思えなかった。

「アルスラーン……？」

王妃タハミーネの表情も声も、やや不分明なものになっていた。アルスラーンの反応が、彼女にとっては意外だったのだ。アルスラーンがもっと取り乱し、わめきたて、逆上して王妃に飛びかかるのではないか。そう思っていた。そしてそのことを王妃は口にした。

「妾《わたくし》を責めないのですか、アルスラーン」

そう問いかけられて、アルスラーンは、晴れわたった夜空の色の瞳を王妃に向けた。王妃はさらにいった。

「どんなに責められてもしかたないと思っていました。そなたが妾《わたくし》に飛びかかって殴りつけてもしかたない、甘んじて受けようと思っていたのですが」

その言葉を聞いて、アルスラーンはさとった。この美しい女性が、ついにアルスラーンという一個の人間を理解してくれなかったことをさとった。タハミーネがいったことは、彼女自身の、彼女なりの誠実さであったろう。だが、それは、まったく彼女が、アルスラーンという人間を知ろうともしなかった事実を証明するものであった。この場にダリューンがいれば、「王太子殿下が、母と呼んだ御方《おかた》を殴るようなかたとお思いか」と怒《いか》って叫んだことであろう。アルスラーンは自制した。両眼をとざし、それを開いたとき、彼はもう迷いもためらいもしなかった。

「母上、お別れを申しあげます」

アルスラーンは微笑した。哀《かな》しみも歎《なげ》きも、怒りも怨《うら》みも、けっして見せまいと思った。とすれば、少年にとっては、笑ってみせるしかなかったのである。

「今後お目にかかれるかどうかわかりませんが、もう母上とお呼びすることはございません。これまでそう呼ばせてくださって、ありがとうございました。どうかご壮健で、ほんとうの御子とご再会なさいますよう」

深く深く一礼し、顔をあげるのとほとんど同時に、アルスラーンは身をひるがえした。タハミーネは声をかける暇《いとま》もなく、天幕を走り出る少年の後姿を見送った。このとき彼女は、アルスラーンという人間の一端に触れたかもしれない。だがそれはほんとうに一瞬だけのことであった。

天幕を走り出たアルスラーンは、黄金の冑に暁《あかつき》の最初の蒼《あお》ざめた光を反射させながら、彼を迎えた部下たちに出立を告げた。

「いずこへ行くとおおせありますか、殿下」

ダリューンの問いに、乗馬に飛び乗ったアルスラーンが答える。

「デマヴァンド山へ」

その名を聞いて、馬にまたがった一同が息をのんだ。アルスラーンは語をつづけた。

「デマヴァンド山へ赴《おもむ》いて、宝剣ルクナバードを探す。もしそれが、王位を継承する資格の証《あかし》であるなら、私はそれを手に入れる。そしてパルスの国《シャ》王《ーオ》になる！」

「よくぞおおせられた。このギーヴが案内役をつとめさせていただきますぞ」

ギーヴの声がはずむ。喜ぶと同時に、けしかけるようなひびきもあった。地上にたたずむキシュワードに別れの挨拶《あいさつ》を投げかけると、アルスラーン以下九騎は暁の空の下を駆けはじめた。

陣地を通過した直後、馬上、ダリューンが友に語りかけた。

「おぬしの考えどおりになったな、ナルサス。殿下はご自分がパルスの王位につかねばならぬと決心なさった。正直どうなることかと思っていたが、いつもながら、おぬしの深慮遠謀《しんりょえんぼう》にはおそれいる」

「じつは、かならずしも自信はなかった」

告白するナルサスの表情は、いたずらこぞうのようでもあった。アルスラーンが国王に会うために陣地を訪れたいと相談したとき、ナルサスはそれに賛成してダリューンをおどろかせた。その件について、ふたりは語っているのだ。

自分がパルス王室の血を引いていないという事実を、国王ないし王妃の口からアルスラーンは知ることになる。そしてその後どうふるまうか。王者の証《あかし》たる宝剣ルクナバードを手に入れるために、決然として魔の山デマヴァンドへ赴くか。それとも世をはかなみ、黄金の冑をなげうって僧院にでもはいるか。

後者であれば、アルスラーンひとりだけ心の平安はえられるかもしれぬ。だが、それによって他の者は誰ひとり救われぬ。奴隷《ゴラーム》の解放もおこなわれず、より公正で清新な社会が生まれる可能性も遠のいてしまう。アルスラーンが、押しつけられた運命に屈伏するか、あるいはそれをはねのけるか。ナルサスにとっても、これはひとつの大きな試練であった。

ナルサスの横で馬を走らせるエラムは、軍師たちの対話を聞きながら、先夜、ふたりでかわした会話を想いおこしていた。

「エラムよ、どれほど強大な王朝でも、三百年もつづけば充分だ。人は老いて死ぬ。樹木も枯れる。満ちた月は欠ける。王朝のみが永遠であるなどということはありえぬさ」

そうナルサスはエラムに語ったのだ。大国の興亡といい、王朝の興亡という。「興」があれば「亡」がある。それは一体のものであって、「興」だけが存在することはありえない。万物は滅びるものなのだ。この天地さえ、いつかは。

「では人の営為《いとなみ》というものは虚しいものなのですか」

エラムには、それが気になる。だが、ナルサスは笑って、「それはちがう」といった。かぎりある生命であるからこそ、人も国も、その範囲で最善をつくすべきなのだ。聖賢王ジャムシードも死んだ。英雄王カイ・ホスローも死んだ。だが彼らの名と、彼らがやったことは、人々の記憶に残り、語りつがれていくだろう。そしていつか、彼らの志《こころざし》をしたい、彼らの事業を受けつごうとする者があらわれる。その意味でこそ、ジャムシード王もカイ・ホスロー王も不死なのだ。

「アルスラーン殿下も、不死の王となられる可能性がある。おれはそれに賭ける」

そうナルサスは断言した。

「おそらく殿下は王家の血をひいておられぬ。だが血統を信仰するなど愚《おろ》かしいことだぞ、エラム。われわれは聖賢王ジャムシードの名を知っている。だが、ジャムシードの父親の名を知っているか？」

エラムは答えられなかった。

「英雄王カイ・ホスローは歴史上に比類ない英雄だった。それでカイ・ホスローの父親はどうだった？」

カイ・ホスローの父親についても、エラムは知らなかった。赤面するエラムの肩を、笑ってナルサスはたたいた。

「英雄の子ならかならず英雄。名君の子ならかならず名君。人の世がそのように定まって動かぬとすれば、まことにつまらぬ。だが、事実はそうではない。だからこそ、生きているのがおもしろいというものさ」

……エラムは、右前方に馬を走らせるアルスラーンの後姿を見やった。胄が夜明けの光にかがやいたとき、エラムは不意に胸が熱くなるのを感じた。歴史の可能性を背負った少年が、エラムのすぐそばにいるのだ。

「殿下、アルスラーン殿下！」

「何だ、エラム？」

アルスラーンがわずかに乗馬の足をゆるめたので、エラムは王太子と馬を並べた。

「ずっと殿下のおともをします。させていただけますか、私は名もない解放奴隷の子にすぎませんが……」

すると、アルスラーンは、左手を手綱《たづな》から離し、それをエラムに向かって伸ばした。

「私も名もない騎士の子だ。でも、身にあまる望みを持ってしまった。望みをささえるのに、エラムが手伝ってくれたら嬉しいな」

馬上でにぎりかわされる手を、さらに後方から、雄将と智将が見やり、こちらは視線をあわせてうなずきかわしたのであった。

V

エクバターナの王宮では、アンドラゴラスとヒルメスとの会話がつづいていた。希望や明るさとは無《む》縁《えん》の会話である。

会話といっても、語るのはアンドラゴラスがほとんどであった。彼の話は、即位の事情にもおよんだ。オスロエス五世の急死、アンドラゴラス三世の登極、そしてヒルメスの「焼死」へとつづく混乱の真相である。オスロエスは病死であった。アンドラゴラスは兄王を殺しはしなかった。熱病による死を、ひややかに見守っただけである。だが、兄王の臨終寸前の願いはきいた。オスロエス五世は弟の手をにぎってささやいたのだ。

「もう、いたしかたない。何もかもお前にくれてやる。だが、これだけは聞きとどけてほしい。ヒルメスを殺してくれ。あれは私の子ではない。国王としての義務と思うて、あれを子として遇してきたが、もはやその必要はない。あれを実の父親のもとに送りとどけてやれ。あのような呪われた子を生かしておくな……」と。

アンドラゴラスが口を閉ざすと、ヒルメスは鉛色に化した顔を片手でおおった。激しい息づかいとうめき声をくりかえし、ようやく手をおろすと、かすれた声をしぼりだす。

「アンドラゴラス、きさまのいったことが仮に事実だとしても、おれがパルスの王族であり、英雄王カイ・ホスローの子孫であることに変わりはない」

「そのとおりだな」

アンドラゴラスは悪意をこめてうなずいた。ヒルメスがどのような思いで言葉を口にしているのか、充分に彼は承知していたのだ。そしてそれはヒルメスにもわかった。

「信じるものか」

ヒルメスは歯がみした。

「きさまのいうことなど信じぬ。どうせきさまの告白には、自分をかばう心算がふくまれているにちがいないからな。誰がうかうかと信じるものかよ！」

「勝手にするがいい。月が太陽より明るいと信じるのも、犬が象より大きいと信じるのも、おぬしの自由だ。予は事実を語っているだけのこと」

「……なぜそのようなことを、おれに教えたのだ」

「知りたかろうと思うてな。ふふふ……半年も鎖につながれれば、多少の報復《おかえし》をしたくなるのも当然。もっとも効果があるのは、事実を告げることだ。だからそうしただけのことよ」

アンドラゴラスは、ことさらに勝ち誇ったようすではなかった。だが、その一言ごとに、ヒルメスは鉄鎚《てっつい》をたたきつけられる思いがする。すさまじいまでの敗北感と孤独感が、足もとの床を石から砂に変え、彼を押し流してしまいそうだった。彼は強烈な圧迫感に耐えながら、ひとつのことを想《おも》いだした。彼は柄《つか》にかけた手の指を、努力して屈伸させつつ口を開いた。

「おれの心にひっかかっていたことがあった。おいぼれのバフマンめが、ペシャワールの城壁の上で口にしたことだ」

昨年の冬の一夜、寒風吹きすさぶペシャワールの城壁上で、ヒルメスは四人の雄敵に包囲された。ダリューン、キシュワード、女神官《カーヒーナ》、そしてへぼ詩人。四人の持つ五本の剣が、銀色の波をつらねて迫ったとき、老将バフマンの沈痛な叫びが一同を凍りつかせたのだ。

「あの方を殺してはならん。パルスの王統がとだえてしまうぞ」と。

そのときは、雄敵たちの剣尖《けんさき》から逃がれるだけで精いっぱいだった。脱出を果たしてから、バフマンの叫びを想いおこしても、さして気にはとめなかった。ヒルメスの正体を知っていたバフマンがそう叫ぶのは当然だと思っていたのだ。だが冷静に考えれば、不思議な言葉ではなかったか。ヒルメスが死んでも、アルスラーンが生きていれば、パルスの王統が絶えるはずはないではないか。バフマンは錯乱《さくらん》していたのだろうか。いや、彼は心理的に追いつめられて、真実を叫んだのだ。そこからみちびきだされる結論はただひとつ。アルスラーンは王家の血をひいていないということだ！

「アルスラーンめの正体は何だ」

ヒルメスはアルスラーンをむごたらしく殺してやるつもりだった。仇敵《きゅうてき》たるアンドラゴラスの血を引く者と思えばこそだ。だが、もしアルスラーンがアンドラゴラスの子でないとしたら？

「欲の深い奴め。おぬしには、おぬしの正体をちゃんと教えてやったではないか。このうえ他人の正体を知ってどうしようというのだ」

アンドラゴラスは身体《からだ》を動かした。甲冑が音をたてぬ。それほどにアンドラゴラスの身動きはなめらかであった。獅子《シール》の動きにひとしく、それは危険なものであった。アンドラゴラスの動きと、その危険とに気づいたヒルメスも、たしかに凡物《ただもの》ではなかった。謁見《えっけん》の間に殺気が満ち、音もなく爆発した。

どちらが先に抜いたか、二本の剣が閃光を発してぶつかりあった。兇暴《きょうぼう》に噛みあった刃は、残響のなかで離れ、ふたたび激突した。


玉座と階段をめぐって、ふたりのパルス王族は剣を撃ちかわした。兄と弟か、叔父《おじ》と甥《おい》か、いずれにせよ英雄王カイ・ホスローの血をひく者どうしが、余人をまじえず斬りあったのだ。勝敗は容易に決しなかった。アンドラゴラスはヒルメスの右側面にまわりこもうとした。ヒルメスの右半面が布に隠されているので死角にまわろうとしたのだ。むろんヒルメスはそうはさせじとばかり、鋭い剣尖《けんさき》でアンドラゴラスの動きを封じこんだ。斬撃《ざんげき》と防御とが、めくるめく速さで交替する。はてしもないかと思われた決闘は、冷酷な嘲弄《ちょうろう》の声によって、にわかに中断を強いられた。

「ひさしいの、アンドラゴラス。ゴタルゼスの世に会《お》うて以来じゃ」

その声が陰々とひびきわたり、目に見えぬ冷たい掌《てのひら》でアンドラゴラスとヒメルスの頸《くび》すじをなでた。反射的に両雄は跳びはなれた。このときすでに彼らは五十合を撃ちあっていた。

彼らにとって、三人めの男はまったく突然にあらわれたように思われた。それまで無人であった空間に、人影が出現したのだ。階段の上、玉座の隣。暗灰色の衣につつまれた人物であった。その姿を確認して、アンドラゴラスは低くうなった。

「ばかな……！」

巨大な岩盤のごとく、揺らぐことのなかったアンドラゴラス王が、はじめて動揺したのである。だが、ヒルメスがつけこむ隙は、ついに与えなかった。

「あれは三十年も昔のこと。かの魔道士は、そのときすでに初老であった。生きておるにしても、よほどの老齢になっておろう」

アンドラゴラスにそう決めつけられた魔道士は、つややかな若々しい顔のなかで唇を三日月形にした。

「おどろくにはあたらぬ。わしは人妖《ばけもの》ゆえな、歳月の古《ふ》りようが常人とはいささか異なるわ」

魔道士は薄く笑った。その笑いに、どれほど邪悪で、しかも真剣な喜びがこめられていたことであろう。

「おぬしら、旧知だったのか」

ヒルメスの、あえぐような問いかけが、さらに魔道士の嘲弄を呼んだ。

「わしはパルスの王室が好きでな、幾人も旧知の者がおる。生き残ったのは、おぬしらふたりだけだがな。ゴタルゼス王も、オスロエス王も、ようわしのいうことを聞いてくれたものよ」

「きさま、いったい誰の味方だ⁉」

ヒルメスの詰問《きつもん》は、彼の立場では当然のものであったが、魔道士は完全に無視した。答える気にもなれなかったのであろう。魔道士の忠誠心は、地上の者に向けられたものではなかったのだ。

「そんなことより、ヒルメス王子よ、教えてやろう。アルスラーンの正体をな」

そして魔道士が語ったのは、アルスラーンが王妃タハミーネの口から聞いたことと同じ内容であった。

「するとアルスラーン王太子には王家の血は一滴も流れていないのか」

うめくようなヒルメスの問いに対して、魔道士は、暗灰色の冷笑で応じた。

「一滴や二滴ぐらいは流れておるやもしれぬな。カイ・ホスロー以来十八代、庶子《しょし》もおれば落胤《らくいん》もおろうて。だが、すくなくともアルスラーンは、公認されるべき王家の正統な血をひいておらぬ」

非情な宣告は、明らかに下された。この瞬間、アルスラーンは、血統による王位継承権をまったく否定されたのである。ヒルメスは低くうめいたが、アンドラゴラスは白々しい表情で沈黙を守っていた。沈黙を守ったまま、彼はいきなり動いた。巨体が躍りあがり、幅の広い光が魔道士めがけて薙ぎこまれた。

魔道士の姿は消失した。

一瞬の空白を置いて、その姿は三十歩ほど離れた円柱の前にふたたび出現した。暗灰色の衣が、深く大きく、刃《やいば》に斬り裂《さ》かれている。そこに手をあてて、魔道士は立ちすくんだ感があった。アンドラゴラスが大股《おおまた》に歩みよる。尖端《せんたん》に衣の繊維をつけた大剣をかまえて。

「待て、アンドラゴラス！」

魔道士の声が微量《びりょう》の狼狽をふくんだ。異様に血色のよい手が、暗灰色の衣をつかんだままである。

「汝《なんじ》の実《じつ》の子に会いとうはないのか。汝の実子の所在を知るのは、わしだけだ。わしが死ねば、汝は永久に実子に会えなくなるぞ」

このときヒルメスは、どちらに味方することもできず、剣を片手に立ちつくしたままである。アンドラゴラス王の声が重々しくひびいた。

「まことにわが子であるなら、どのような境遇にいようと、かならず実力をもって世に出るであろう。汝などに運命を左右される柔弱者《にゅうじゃくもの》であるなら、生きていたとて詮《せん》なきことよ。無名のままに死ねばよいのだ」

さすがに豪毅《ごうき》の国王《シャーオ》と呼ばれた男であった。アンドラゴラスは魔道士の陰湿な脅迫を、みごとに一蹴してのけたのである。アンドラゴラスを憎悪してやまぬヒルメスでさえ、感歎せずにいられなかった。

そのとき、謁見の間の外で甲冑と軍靴《ぐんか》の音が湧きおこった。ヒルメスの安否を問いかける、太い声がする。異変をさとったザンデが、部下をひきつれて押し寄せたのであった。

第五章

永遠なるエクバターナ

I

　アルスラーンの運命は押しつけられたものであった。名もない騎士の家に生まれた彼は、生後十日で母を失った。父は戦場から帰らなかったが、これは明らかに、口封じのため戦死をよそおって殺されたのである。

　その後、十四歳になるまで、アルスラーンは一時期をのぞいてずっと乳母夫婦のもとで養育された。押しつけられた運命のなかで、善良な乳母夫婦の存在が、アルスラーンを救ったといえる。アンドラゴラス王も、ことさらアルスラーンを不幸にする気はなかったのである。アルスラーンの身分は、アトロパテネ会戦の直前まで安定せず、本人の知らぬところで、王太子を廃するような動きもあった。もしルシタニア軍の侵入がなければ、アルスラーンが国王《シャーオ》の出陣にしたがうこともなかったかもしれない。

　これらの事情のすべてが、他人のつごうによってアルスラーンに押しつけられたものであった。

　多くの者が信じたように、アルスラーンが脆弱《ぜいじゃく》な若者であったら、重い運命の軛《くびき》は、アルスラーンの背骨をへし折り、彼を滅ぼしたであろう。だが、アルスラーンは、周囲の誰もが想像していたよりはるかに、強靭《きょうじん》な心を持っていた。

「殿下の心は、乾いた砂が水を吸うように知識と経験を吸収する。しかも、それにご自分の思慮《しりょ》を加えて、より濃いものになさる。何と、大地の豊かさを象徴するような方だ」

　軍師ナルサスは、そういって、自分が王者の師として最高の弟子をえたことを喜んだ。先年まで彼は自分の弟子はエラムひとりと思っていたのだが、パルス全体の不幸と災難は、ひとりのすぐれた弟子をナルサスにもたらした。その点においては、彼はルシタニア軍に心から感謝している。

　デマヴァンド山の奇怪な山容が、十ファルサング（約五十キロ）の東北方に望まれる。その村に到着したアルスラーン一行は、馬を休め、食物を買いこんだ。かつてギーヴがデマヴァンド山に単独行をしたとき、立ちよった村である。村にただ一軒の旅宿で、一同は食事をとることにしたが、そこの主人がギーヴをおぼえていた。何かおもしろい話はないか、とギーヴに問われて、主人は、ひとりの奇妙な男が村に住みついたことを話した。

その男は記憶を失ってこの村にあらわれたという。異国のものとおぼしき汚れた衣服をまとい、異国語としか思えぬ言葉をつぶやいていた。最初はまったく、六十歳をこした老人としか思えなかったのだが、三日ほど食事と休養を与えていたわると、その皮膚や動作は若さを回復した。どうやら四十歳には達しておらぬようだが、髪と髭の白さは老人そのままであった。

このようなことになったのには、何か深い事情があったにちがいないが、そもそも、おたがいの言葉が通じないので、確認することはできなかった。現在も、ごく初歩的なパルス語が通じるだけだが、その男は頑健《がんけん》で、なかなかよく働くので、村人たちも重宝《ちょうほう》に思い、彼に一軒の小屋を与えて住みつかせた。そしていまは、いろいろと村の雑用や力仕事をつとめ、「白鬼《パラフーダ》」という呼び名ももらっているという。

「異国人というと、トゥラーン人か、それともシンドゥラ人かな」

アルスラーン一行は興味をおぼえ、食事の用意がととのう前に、その男に会ってみることにした。ちょうど「白鬼《パラフーダ》」は、宿の裏庭で薪《まき》を割っているという。裏庭に出た一同は、すぐにその姿を見つけた。声をかけられて、白鬼《パラフーダ》はいぶかしそうに振り向いた。

「ルシタニア人だ」

エステルが目をかがやかせた。彼女がかけたルシタニア語に、めざましい反応があったのだ。やがて「白鬼《パラフーダ》」は食事の席に招かれ、葡萄酒《ナビード》と薄パンを口に運びながら、エステルの質問に、ぽつぽつと答えた。

「きちんとしたことは何もおぼえていないといって

いる。ただ、地面が揺れて、必死であの山から逃げだしてきたのは、どうやらたしからしい」

エステルが、そう通訳する。

「あの地震のことかな」

ギーヴが小首をかしげて記憶をたどった。宝剣ルクナバードをめぐってヒルメスと渡りあったとき、彼は巨大な地震にあった。ギーヴの人生でも、あれほど強烈な地震を経験したのは、はじめてのことだった。

「白鬼《パラフーダ》」は、エステルに向かってぎごちない笑顔をつくっている。言葉が通じる相手があらわれて嬉しいのであろう。ときおりエステルが質問すると、首を振ったり考えこんだりするのだった。

「おそらく騎士だろう」

そう観察したのはダリューンで、薪を割る「白鬼《パラフーダ》」の斧をふるう身ごなしに、単なる農夫出身の兵士などではないものを見ぬいたのである。とすれば、脱走したり、偶然に仲間とはぐれて迷いこんできたものとも思えなかった。騎士の身に、何ごとがおこったのであろうか。

「白鬼《パラフーダ》」の答えはぽつぽつであったし、エステルの通訳も水が流れるようになめらかにはいかなかったので、問答はあまり要領よくはすすまなかった。

それがとぎれたのは、意外なことからだった。アルフリードが悲鳴をあげた。彼女の足もとをネズミが走りぬけた。そのネズミを追って、毒のない緑色の草蛇《くさへび》がすばやく床をのたくった。今度あがった悲鳴は、アルフリードの比ではなかった。「白鬼《パラフーダ》」は椅子を蹴たおし、部屋の隅にうずくまって頭をかかえこんだ。恐怖にみちたうめき声が、一同を呆然とさせた。ダリューンが問うた。

「いったいどうしたのだ」

「何か、たいそう恐しい目にあったらしい。落ちついて！　みんながあなたを守ってあげるから安心して……！」

言葉の後半はルシタニア語に変わって、エステルは必死に同胞をなだめた。

恐怖と苦悶に疲れはてたのか、やがて「白鬼《パラフーダ》」

は気を失ってしまった。ダリューンとジャスワントが、彼の身体をかかえて小屋に運びこんだ。ナルサスが「白鬼《パラフーダ》」の脈をはかり、村人を呼んで、病人がめざめたときのために薬をあずけた。旅宿にもどりながら、エステルは当惑げに事情を語った。

「白鬼《パラフーダ》」は何やら奇妙なものを見て、それが彼を恐怖させているらしい、というのである。

「奇妙なものというと？」

「地下で巨人に会った、その巨人は両方の肩から蛇がはえていたというのだ。何とも、子供の悪夢のような話で、笑ってもかまわないぞ」

エステルは肩をすくめてみせたが、パルス人たちは笑わなかった。臆病な者はひとりもいないのに、たがいに見あわせた顔には慄然たる寒気がたちこめていた。シンドゥラ人であるジャスワントをのぞいて、全員が知っていたのである。「白鬼《パラフーダ》」が見たものの正体を。

「ザ、ザッハーク……蛇王の……？」

元気のよいアルフリードが、顔色を失ってナルサスにしがみついてしまった。エラムも、それをとがめようとせず、青ざめた顔で身ぶるいした。パルス人は、生まれて歩きだすときにはすでに蛇王ザッハークの名を知っている。パルス人にとっては、恐怖の源泉であり、邪悪そのものの名であった。

ルシタニア人である「白鬼《パラフーダ》」はザッハークという名を知らぬ。だが、彼が見たものは、ザッハーク以外の何者でもないだろう。知らない者が見たゆえに、それは、先入観によって汚染されていない、たしかな事実なのだ。

もしザッハークが復活したとすると……。

ひとりで魔の山に踏みこんだ経験のあるギーヴでさえ、無意識のうちに胃のあたりをおさえた。異国人であるエステルやジャスワントも、何やらただならぬ雰囲気を感じとって沈黙していた。

アルスラーンも、わずかに顔色を失ったかに見えたが、ナルサスに、引き返すかと問われると、笑顔をつくって答えた。

「蛇王を討ったカイ・ホスローは、魔王でも魔道士でもなく、ただの人間だったな、ナルサス」

「さようです、殿下」

「では蛇王などを恐れることはない。私が恐れるのは、カイ・ホスローの霊が私を容れてくださらぬ、そのことだけだ」

いや、じつはそのことさえも、アルスラーンは恐れてはいない。恐れても意味のないことだった。アルスラーンはナルサスにいって、村の長に一袋の金貨《デーナール》を託した。「白鬼《パラフーダ》」が今後、生活にこまることがないようにである。

食物の調達もすみ、村を出立するというときに、アルスラーンは部下たちにいった。自分は行くが、蛇王を恐れる者はここから引き返すように、と。むろん、それにしたがった者はいなかった。

「白鬼《パラフーダ》」の本名を、アルスラーンたちはついに知ることがなかった。彼はルシタニアの騎士ドン・リカルドといい、かつて王弟ギスカールに信任されていた人物であった。

II

デマヴァンドの山域に進入したとき、ギーヴが一行の先頭に立ったのは当然であった。二番手はエラム。最後尾はダリューンがかため、一行は険《けわ》しい山道を騎行していった。山中にはいりこむにつれ、風は冷たくなり、空は暗さを増し、夏とも思えぬようすになる。吐く息さえ白く見えるほどだ。

「まったく、この山は気象と天候が急変する。善良なる者をたぶらかすこと性悪女のようだ」

ギーヴらしい感想を、ギーヴがもらした。かつて、単騎、魔の山に踏みこんだ大胆不敵なギーヴだが、今回は、後方にパルスきっての勇者たちがひかえているのが心強い。むろん、口に出したりはしなかったが。

女神官《カーヒーナ》のファランギースは、エラムとエステルにはさまれた位置で馬を進めていたが、形のいい眉をひそめてつぶやいた。

「精霊《ジン》たちが逃げてしまった。先ほどから、まったく気配をしめさぬ」

ファランギースが暗い空をあおいだとき、白絹のような頬に水滴が弾けた。「雨か」というまもなく、数万本の細い線が、暗い天と暗い地をつないだ。港町ギランを出て以来、アルスラーンたちがはじめて出会う雨であった。慈雨とはいえない。たちまち強烈な雨勢となって、一同をたたきのめす。

雷鳴がとどろきわたり、世界は無彩色のなかに封じこまれた。甲冑が遠い雷光と近い雨に弾かれて、銀色にかがやきわたる。

「こちらへ！」

ギーヴが叫び、一同を岩壁下のくぼみへとみちびいた。九名の人間と九頭の馬、そして一羽の鳥を収容するだけの広さがあった。

雨はさらに強くなり、その日の騎行は断念するしかなかった。

一夜を明かし、わずかに弱くなった雨のなかを、さらに騎行した。あわや崖くずれにあって生き埋めになりかかり、断崖から馬もろとも転落しかけ、一度ならぬ危険にさらされて、二日がかりでようやくカイ・ホスローの神域にたどりついた。ここで馬をおりた。雨のあたらぬ岩蔭に馬たちを待たせて徒歩になる。一歩すすむごとに、風も雨もさらに強く激しくなった。地震のために裂け割れた大地の間からは泥水が噴き出してくる。

「あれが英雄王の墓だ……！」

そう叫ぶ声すら、風雨にひきちぎられそうである。アルフリードなど、けんめいに足を動かしても、一ガズ（約一メートル）すら進むことができず、かえって後退するありさまだ。道が上りになると、ほとんど滝をよじ登るようなもので、ひざまで泥に沈みこんでしまう。足をすべらせたアルフリードが、あわや水流に押し流されようとしたとき、エラムが彼女の手をつかんだ。アルフリードは雨と泥にまみれた顔をほころばせて感謝した。

「エラム、あんた、いい子ね。ナルサスとあたしの結婚式のときは、王太子殿下のつぎにいい席にすわらせてあげるからね！」

　とたんにエラムが手を離してしまったので、ゾット族の少女は強風に押されて、あやうく後方へ宙がえりしてしまうところだった。ダリューンが腕を伸ばして、アルフリードの襟首《えりくび》をつかんだ。

　ダリューンの豪勇も、ナルサスの智略も、この風雨の前には無力だった。ひたすら忍耐づよく、前に進むしかない。ギーヴでさえ、軽口をたたく余裕もなかった。ファランギースの黒絹の髪は雨を吸って、冑をかぶったほどに重そうである。

　ようやく平坦な場所に達したとき、一同はしばらく起《た》ちあがることもできなかった。神域の中心に近いことを確認して、ギーヴがどうにか軽口をたたいた。

「やれやれ、どんな死にかたをするにしても、かわき死《じに》ということはなさそうだぜ」

「おぬしの場合、むだ口の海で溺死《できし》するほうが可能性が高かろう」

　ファランギースが皮肉っぽく応《こた》え、重そうに髪をゆらした。その傍《かたわら》で、アルフリードやエステルにいたわりの声をかけていたアルスラーンが、まっさきに立ちあがった。ナルサスやダリューンがつづいて立とうとすると、王太子は手をあげて制した。

「剣は道具にすぎない。それによって象徴されるものこそが重要なのだと思う。私ひとりで行くからここで待っていてくれ」

「殿下……」

「大丈夫だ。みんなのおかげでここまで来られた。またもどってくる」

　笑顔を雨に洗わせながらいうと、ためらいなく歩きだした。ナルサスが一同をうながして岩蔭にはいらせる。だがダリューンは雨に打たれたまま、その場を動こうとしない。

「ダリューン」

「おれはいい。殿下が雨に打たれておいでなのに」

「ダリューンよ、誰も手助けすることはできぬ。殿下おひとりの力で宝剣を手に入れねばならぬのだ。それこそがパルスの王者たる証なのだ」

「わかっている。わかっているからこそだ」

ダリューンはうめき、雨の幕をとおして、ひたすら王太子を見守っていた。

「ルクナバード、宝剣ルクナバード……！」

晦冥《かいめい》する天地のなかで、アルスラーンは叫んだ。

彼の姿は雷光に照らしだされ、人間というより、少年神の彫像《ちょうぞう》のように見えた。アルスラーンは滝のような雨のなかで、見えぬものに呼びかけた。

「お前の身に、英雄王カイ・ホスローの霊がほんとうに宿っているなら。そして、私のやろうとしていることが、英雄王の御心にかなうなら、私の手に来てくれ！」

答は、一段と強烈な風雨だった。アルスラーンは半歩よろめいたが倒れず、さらに、天に向かって呼びかけた。彼が王太子として、これまでやってきたことを告げ、英雄王の霊がそれを嘉《よみ》したもうか否かを尋ねた。風雨に負けまいと声をはりあげる必要はない。彼が語りかけるのは、常人にむかってではなかった。

「私は王家の血をひいていない。名もない騎士の子だ。私が玉座につくのは、簒奪《さんだつ》かもしれない。だが、形式などどうでもよい、政事《まつりごと》がどうおこなわれるかがだいじだ、というのであれば、私に力を貸してくれ」

これほど堂々と、玉座を手に入れることをアルスラーンが宣言したのは、むろん初めてであった。

「英雄王の霊が、子孫以外の者が王位につくことを望みたまわぬのであれば、雷霆《らいてい》によって私を打ち倒したまえ。怨みはせぬ。御意のままになされよ！」

風が巻いた。雨滴《うてき》が数億の銀鎖《ぎんさ》となってアルスラーンの身にまつわりつき、王太子は呼吸が困難になった。それでもアルスラーンは風雨のただなかに立ち、けんめいに目をあけていた。彼は足もとの大地の割れ目に、白金色の光が満ちてくるのに気づいていた。

「王太子殿下が危険ではありませんか」

はらはらしながら見守っているエラムが、めずらしくナルサスに向かって、抗議する口調になった。

「だいたい、ナルサスさま、国王になるには民衆の支持こそが必要なのでしょう？　このような、人知《じんち》をこえた力に頼らねばならないのは、おかしくはございませんか」

　ナルサスは怒らなかった。

「そう、そのとおりだ、エラム。だが、民衆に対して大義をしめすために、儀式が必要な場合もあるのだよ」

　英雄王カイ・ホスローがアルスラーンを守護したもうと聞けば、民衆はアルスラーンに熱い支持を送るだろう。その支持を永くつづけさせるには、善政を布《し》かねばならぬ。結局のところ、善《よ》き王たらねばならぬのだから、最初に英雄王カイ・ホスローの霊力を借りても、いっこうにかまわぬのだ。よくないのは、英雄王の権威を振りまわすばかりで、何ひとつ民衆のためにつくさぬ、ということである。残念なことに、パルスの歴代の国王《シャーオ》のうち半数以上はそうだった。アルスラーンはそうではない。そのことがわからぬとすれば、カイ・ホスローの霊とやらも大したことはない！

　不意に大地が揺れた。左右に、ついで上下に、激しい勢いで揺動した。ダリューンでさえ立っておられず、片ひざをついた。アルフリードがナルサスにしがみつこうとして、まちがえてファランギースに抱きつく。女神官《カーヒーナ》の口から低い叫びがもれた。

「何じゃ、あれは……!?」

　巨大な影絵のようなものを、美しい女神官《カーヒーナ》は宙に見たのだ。他の者も見た。それは巨大な人間にも、もつれあう大蛇の影にも見えた。暗い空を背景にして、それはしばらく彼らの眼前をのたうちまわり、一閃の雷光とともに不意に消えてしまった。

　あれは何の影だったのか。後日になっても、その点に関するかぎり、一同は説明しようのない気分にみまわれたのだ。だが、それはまったく後日になってからのことで、そのときはもっと重大なことがあった。

　いまや地の裂けめは白金色のかがやきに満たされており、そのかがやきは一瞬ごとに濃く強くなって、まともに見ることができぬほどであった。そして、そのかがやきがゆっくりと地上へせりあがってくると、反比例して雨の勢いは衰えていった。アルスラーンは、かがやきの強さに目を細めはしたものの、目を閉ざしはしなかった。彼は何か不思議としかいいようのない力を感じて手を差しのべた。両手にずしりと重みがくわわった。自分の両手が、白金色のかがやきをつかんでいることをアルスラーンは知った。

雨がアルスラーンの身体《からだ》をたたくのをやめた。どれほどの時間が経過したことであろう。彼が気づくと、周囲に、彼の部下たちがひざまずいていた。泥で服が汚れることもいとわずに。

「われらが国王《シャーオ》よ……」

ダリューンの声が感銘《かんめい》に慄《ふる》えた。これまでの戦いの日々を、もともと労苦とは思っていなかったが、今日のことで完全に報われた気がする。王太子の手には光りかがやく長大な剣があり、それが「太陽のかけらを鍛《きた》えた」宝剣ルクナバードであることは、パルス人にとって疑う余地もなかった。

ナルサスが両手をアルスラーンに向けて差しのべた。宝剣ルクナバードをおさめる鞘《さや》が彼の手にあった。アルスラーンの手から宝剣ルクナバードを受けとって静かに鞘におさめ、ふたたび王子に差し出す。宝剣を鞘ごと手にしたアルスラーンは、夢からさめたように一同を見わたした。

「私は王家の血をひいていない。血統からいえば、国王《シャーオ》となる権利の一片もない。だけど、地上に完全な正義を布《し》くことはできないとしても、すこしでもましな政事《まつりごと》をおこなえれば、と思っている。力を貸してもらえるか？」

「生命《いのち》に代えましても」とダリューン。

「非才なる身の全力をあげて」とナルサス。

「おれでよければおれなりに」とギーヴ。

「ミスラ神の御名のもとに」とファランギース。

「おともさせていただきます」とエラム。

「ナルサスたちといっしょに」とアルフリード。

「こ、心から！」とジャスワント。

エステルは黙っていた。彼女はアルスラーンの臣下ではなかったからだ。エステルはただ黙って、王子の姿に視線をそそいでいた。

III

アルスラーンがデマヴァンド山に赴いてより、王都エクバターナに帰るまで、往復十日間を要した。その間に、エクバターナの情勢はどのように変化していたであろうか。

あきれたことに、ほとんど何ひとつ変わってはいなかった。

ヒルメスとアンドラゴラスと魔道士との奇怪な三面対立は、ザンデの忠勤によって中途半端に終わってしまったのだ。ザンデたちが乱入したとき、謁見《えっけん》室《しつ》にいたのは、剣を手にしたまま立ちつくすヒルメスだけであった。

宙に消えた魔道士はともかく、地下水路へと脱出したアンドラゴラスを追うことはできたはずだ。だが、そのときヒルメスは、およそ覇王をめざす者とも思えぬ消極的なことを考えてしまった。アンドラゴラスの口から事実がもれるのを恐れ、ザンデを引きとめたのである。かくして、ふたたび城外に出たアンドラゴラスは、国王《シャーオ》の名をもって各地の諸侯に兵を出すよう命じ、王都の攻囲をつづけることになったのである。

そしてヒルメスは。

八月二十五日、ヒルメスは王宮においてパルス第十八代国王《シャーオ》としての戴冠《たいかん》をおこなった。本来、第十八代国王はアンドラゴラスである。だが、ヒルメスは、アンドラゴラスを正式な国王として認めていない。第十七代国王オスロエス五世の後継者は、ヒルメスあるのみというのが、彼の主張であった。

アンドラゴラスの告白が正しければ、ヒルメスはオスロエス王の息子《むすこ》ではない。だが、ヒルメスとしては、オスロエス王の嫡子《ちゃくし》という立場を押しとおすしかなかった。ゴタルゼス大王の庶子《しょし》でアンドラゴラスの弟ということになれば、アンドラゴラスよ

りも王位継承順位が低くなる。アンドラゴラスを簒《さん》奪者《だつしゃ》と決めつけて、彼から王位を「奪回」することができなくなってしまうのだ。アンドラゴラスの告白など聞かなかったふりをして、最初からの野心どおりに事を運ぶしかなかったのである。

戴冠式といっても、歴代の国王がいただいた黄金の宝冠は、ルシタニアの王弟ギスカールに持ち去られてしまっている。城内からかきあつめた金貨をつぶして溶かし、応急につくらせた小さな冠を、ヒルメスは不平満々で頭上にいただかざるをえなかった。また、晴れがましいこの式に参列したのはむろんヒルメスの部下だけであった。そのなかでも、心から喜んだ者はザンデひとりであったろう。彼はいまだに、ヒルメスがオスロエス五世の遺児であることを信じている。アンドラゴラスから聞いた話を、ヒルメスはザンデに伝えなかった。これまでヒルメスは、正義を求める復讐者として堂々と生きてきた。他人の目からは偏執的に見えたとしても、ヒルメス自身、心に恥じることは何もなかった。だが、いま、ヒルメスは、忠実な腹心に隠しごとをしている。

その引け目が、彼に、無意味な行為をさせようとしていた。式の半ばに、ヒルメスは、ひとりの男を病床から引きずり出させたのだ。

「この男を、ルシタニアからのこのことパルスまでやって来たこの道化者を、神々に捧《ささ》げて供儀《くぎ》とする」

ヒルメスの声は冷酷さと残忍さの双方をふくんでいた。その声を受けて、イノケンティス七世は小さいあえぎをくりかえした。しまりのない頬はすっかり血の気を失っている。

もともと肥満ぎみの国王は、酒のかわりに砂糖水を飲むような習慣があり、二重に心臓に負担がかかっていた。イリーナ内親王に下腹部を刺されて以来、病臥して身体を動かさず、さらに心臓に負担がかかった。ルシタニアの医師も、パルスの医師も、おざなりの治療しかほどこさなかった。かくして、不幸で孤独なイノケンティス七世は、すでにして半死者となり、そしてこの日、完全無欠の死者にされようとしていたのである。

イノケンティス七世がつれこまれた場所は、ごく安直に「北の塔」と呼ばれていた。ある事情で、後に「ターヤミーナイリ」と呼ばれるようになる塔である。

「こやつを斬り、屍骸《しがい》を塔から投げ落として犬どもに喰わせてくれよう。パルスの平和をおびやかす者が、どのような最期をとげるか、列国の野心家どもに見せしめにしてくれるのだ」

ヒルメスが宣言を下した。

引き出されたイノケンティス王は、縛《しば》られてはいなかった。逃げる気力も体力もなく、縛る必要がなかったのである。両眼も虚《うつ》ろであった。その皮膚のたるんだ頸をつかんで、ヒルメスがまさに引きたてようとしたとき、扉口《とぐち》で激しい物音と人声がおこった。「その式、待った！」という声に、刃鳴りがもつれる。晴れがましい式典は、たちまち流血の宴と化したかに見えた。

「おのれ、何奴が神聖なる戴冠の儀式をさまたげるか。神々にかけて容赦せぬぞ！」

ヒルメスはどなった。すでに彼の手には愛用の長剣がにぎられている。もともと温和な男ではなかったが、自分の正体をアンドラゴラスから知らされて以来、頼るものは剣しかない、と思いこんだようであった。

ヒルメスの部下たちの列がくずれ、神々も赦《ゆる》さぬ妨害者たちが姿をあらわした。中央にいる少年は、黒衣の騎士をしたがえ、黄金の冑をいただいていた。アルスラーンらは、ギーヴの案内によって地下水道から王宮へはいりこんだのである。サーム自身が防御を指揮していれば、その侵入は成功しなかったかもしれない。だが、サームは戴冠式に列席して広間の隅にいた。

「アンドラゴラスの小せがれ……」

ヒルメスは、うなり声をあげた。アルスラーンの出生の秘密を知ったいま、この呼びかたは正しいものではない。だが、自分自身についてもそうだが、ヒルメスはアルスラーンに対しても、かつて信じこんでいたことを、そのまま適用しようとしていた。それ以外に、彼の選ぶ途《みち》がないかのように。

「小せがれ、おれに殺されるために、わざわざ姿をあらわしたか。きさまの血によって、わが玉座を浄《きよ》めようとでもいうのか」

ことさらにヒルメスが嘲笑《ちょうしょう》する。アルスラーンは動じなかった。ヒルメスの雑言《ぞうごん》に眉をあげて、黒衣の騎士ダリューンがすすみ出ようとする。アルスラーンは片手をあげてそれを制した。ヒルメスに向けて、ものしずかに語りかける。

「いや、玉座は私のものだ。あなたのものではない。玉座から離れるがいい、ヒルメス卿」

「笑止な！」

ヒルメスは唇を吊りあげていまいちど嘲笑し、アルスラーンに向けて足を踏みだした。せめてもの慈悲、一刀で即死させてくれよう。そう思った彼の余裕が吹きとんだのは、アルスラーンが背おって肩にかけた長大な剣を見たときである。ヒルメスはそれを一度は手にしたことがあった。忘れようはずもなかった。

「……宝剣ルクナバード！」

足もとの床が砕《くだ》け散るかと、ヒルメスには思われた。かろうじて、よろめく足を踏みしめると、ヒルメスは剣を見なおした。疑いもなく宝剣ルクナバードの姿を確認し、くらみかけた目をアルスラーンにすえる。彼の体内で心臓は弔鐘のごとく鳴りひびき、血は血管のなかで激しく泡だつかと思われた。

「な、なぜ、きさまがルクナバードを持っている。どうやって手に入れたのだ」

「どうやって？　他に手段のあるはずはない。英雄王カイ・ホスローの霊が私にこの剣を賜《たま》わったのだ。この剣もて英雄王の天命を継《つ》ぐべし、と」

「嘘だ！」

ヒルメスはわめいた。噴きだした汗が、彼の背や頸すじをぬらりと濡らした。

「おれと戦え！　どちらがまことの国王《シャーオ》としてふさわしいか、剣をもってさだめようではないか」

ヒルメスは最後の糸にすがろうとした。ヒルメスはオスロエス五世の嫡子《ちゃくし》ではなく、アルスラーンは憎むべきアンドラゴラスの子ではない。これまで信じこんできたことを、ことごとく否定されたあげくに、アルスラーンの手に宝剣ルクナバードが握られているとあっては、ヒルメスの立つ瀬がなかった。ルクナバードはかつてヒルメスの手に握られるのを拒否したというのに、アルスラーンごとき未熟な孺子《こぞう》を受け容《い》れたというのか！

アルスラーンよりもカイ・ホスローに対する怒りに駆られて、ヒルメスは長剣をかまえた。それを見て、黒衣の騎士ダリューンが一歩を踏み出したとき、横あいから大声で彼に勝負を求めた者がいる。ザンデであった。彼の父カーラーンは、ダリューンの手にかかって死んだのだ。

「ダリューン、きさまとおれとは、倶《とも》に天を戴《いただ》かぬ仇《かたき》どうしだ。ここで結着をつけようではないか。どちらかがこの世から消えるべきなのだからな」

「おぬしがこの世のどこかで生きていても、おれはべつにかまわぬのだがな」

ダリューンは苦笑した。ザンデがむきになっても、ダリューンは正直、さして痛痒《つうよう》を感じぬのである。アンドラゴラス王やヒルメス王子ならともかく、ザンデでは、相手にとって不足であった。

「やかましい、抜け！」

音高く、ザンデが大剣の鞘をはらった。ダリューンは舌打ちしそうな表情だった。ナルサスが友人に声をかけて懸念を打ち消した。

「殿下は大丈夫だ、ダリューン、宝剣ルクナバードが殿下の御身を守る」

「わかった。ではおれはカーラーンの不肖《ふしょう》の息子《むすこ》とかたをつけよう」

ダリューンが長剣を抜き放つと、ザンデが大剣を振りかぶった。こうして二組の剣士が、先年以来の悪因縁を断ちきろうとしたとき、扉口であわただしい足音がして、サームの手に属する騎士のひとりが、転げるように駆けこんできた。

「民衆が北の門を開きました！」

かさねがさねの兇報《きょうほう》であった。

エクバターナ市民の忍耐も底をついたのである。ようやくルシタニア軍の暴政から解放されたと思えば、えたいの知れない男があらわれて、これまでの国王《シャーオ》を簒奪者よばわりし、自分こそ正統の国王と称する。あげくに、城壁をはさんでパルス軍どうしが争いはじめ、おかげで城門は閉ざされたままだ。食物もその他の物資も運びこまれては来ず、水不足もいっこうに解消されない。たまりかねた市民たちは、ついに決起してヒルメスの兵士たちを襲い、内側から城門を開いたのだった。かつて自分たちの手でルシタニア軍をたたきつぶした市民たちは、今度はパルス軍をたたきのめしたわけである。いずれの国の軍隊であろうと、民衆を苦しめる者にしたがう義務などないのだ。

空を割るような喚声《かんせい》が城門の内外で湧きおこった。その声は夏空に反射して、王宮にも流れこみ、北の塔にいる人々に、終わりの近づいていることを知らせたのである。

IV

開いた城門から、まずなだれこんで来たのは、いかにも剽悍《ひょうかん》そうな騎馬の一隊であった。甲冑も重々しいものではなく、馬をあやつる巧みさは、パルス人たちのなかでもきわだった。ヒルメス軍の守備兵を、馬上からの斬撃でつぎつぎと地に這わせ、王宮へと疾駆する。彼らの先頭に、黒い絹の旗がひるがえっていた。

「何だ、あの黒旗は!?」

このときまだ「ゾットの黒旗」は人々に広く知られてはいない。だが、彼らが凡物《ただもの》でないことは誰の目にも明らかだった。

黒旗のそばで馬を走らせているのは、まだ二十歳にはならぬと見える若者だった。前《さき》の族長ヘイルターシュの息子である。彼は一団の指揮者であり、王宮への案内役でもあった。馬を疾駆させながら、鞍上に弓を置き、眼前にあらわれる敵をつぎつぎと射倒す。

城内に乱入したのは、むろんゾット族だけではない。キシュワードやクバードに率いられたアンドラゴラス王の軍も、人馬がもみあうように突入してくる。そして、兵士と武器だけでなく、エクバターナ市民を狂喜させるものも入城してきた。荷車に満載された食物の山である。

「おうい、エクバターナの衆！　食物ならここにあるぞ。王太子アルスラーン殿下のご命令でな、ギランから運んできたのだ。さあ、みんな、思いきり喰って飢えをみたせ」

朗々たる声は、ギランの海上商人グラーゼであった。千台の牛車と千頭の駱駝につんできた小麦、乾肉、茶、葡萄酒《ナビード》、米などを、押しよせる民衆たちに手渡し、放りやる。グラーゼの近くでは、ザラーヴァントが大声をはりあげている。

「王太子さまの御恩を忘れるなよ。みんなを飢えから救ってくださったのは王太子さまだぞ。権力ほしさに戦うばかりの奴らなど、王宮から追い出してしまえ」

多少あざといやりかたではあるが、これほど効果的な方法はないであろう。すべて軍師ナルサスの指示どおりであった。民衆を味方につけるのが、もっとも重要なのだ。彼らの胃袋にアルスラーンの名をきざみこみ、その上で英雄王カイ・ホスローと宝剣ルクナバードの名を持ち出すのである。

「民を飢えさせる王に、王たるの資格なし」

その痛烈な一言を、ナルサスは、アンドラゴラスとヒルメスの頭上に投げつけるつもりであった。食物を求めて何万人もの市民が押し寄せ、街路をふさぎ、なまじ大軍であるだけにアンドラゴラス王の軍は身動きがとれない。ナルサスはそこまで計算していたのである。

すべてがうまくいったわけではなかった。大混乱のなか、エステルは馬を飛ばして一軒の家に駆けつけた。聖《サン》マヌエル城からようやく王都に到着した傷病者たちが、身を寄せあって住んでいる家である。扉口に立ったときエステルは、乾いて木材や石に染みついた血の匂いをかいだ。一瞬のためらいの後、扉をあけて彼女が見たものは、惨殺された同胞《どうほう》たちの姿だった。老人も女も区別なく、血と埃にまみれた死体となって転がっていた。ルシタニア軍の暴虐に対するパルス人たちの怒りと憎悪が爆発したとき、報復の血なまぐさい嵐は、ルシタニア人のもっとも弱い者たちを巻きこんだのである。

エステルはしばらく、その場に立ちつくした。血の匂いが頭のなかで渦まき、それがおさまったとき、彼女は自分が泣いていることを知った。

「個人の善意や勇気では、どうすることもできぬことが人の世にはある。だからこそ、権力が正しく使われることが必要なのだ」

パルスの軍師がいった言葉を、エステルは想いだしていた。ここまで守ってきた傷病者たちが殺されたことで、エステルのやってきたことは、むだになってしまったのだろうか。そうではない、と、エステルは思いたかった。生き残った者が、この不幸をくりかえさぬよう努めるかぎり、流された血は人々の尊い教訓となるだろう。そう思いたかった。

……ヒルメスの長剣が床の上で回転をとめた。死灰《しかい》が積もったような沈黙のなかで、ヒルメスは立ちつくしている。彼は自らの剣を宝剣ルクナバードによってはね飛ばされ、素手になってしまったのであった。

技倆《ぎりょう》においても、力量においても、ヒルメスはアルスラーンを圧倒していたはずであった。剣士として、彼の実力はダリューンに匹敵するのである。未熟で脆弱な「アンドラゴラスの小せがれ」などに負けるはずがなかった。

だが、わずか二、三合撃ちあっただけで、彼の剣は持主の手から飛び去り、敗北の楽《がく》をひびかせて床に落ちたのである。ヒルメスの手には、痛いほどの痺《しび》れだけが残された。ヒルメスは石化したような足をかろうじて動かし、二歩後退して、必死の気力をふるってアルスラーンをにらみつけた。

「き、きさまに負けたわけではないぞ、小せがれ！　ルクナバードにやられたのだ。おれがきさまに負けるわけがない……」

ヒルメスの声がわななないた。

「おれは英雄王カイ・ホスローの正嫡《せいちゃく》の子孫だ。そのおれが、きさまなどに負けるわけがない。き、きさまなど……きさまなど……！」

「見ぐるしいぞ、ヒルメス！」

嘲笑《ちょうしょう》が敗者をたたいた。勝者もおどろいて声の主を見つめた。扉口から力強く威圧的な足どりで歩んでくるのはアンドラゴラス王であった。剣を鞘におさめてはいるが、人血を散らした甲冑が、国王《シャーオ》がここに至る経過を物語っている。

「アンドラゴラス……！」

ヒルメスはそううめいたきり、後をつづけることができなかった。

アルスラーンは沈黙していた。何をいってもヒルメスを傷つけることになるだろう。アルスラーンにはヒルメスを憎む事情こそあれ、同情する理由はないはずであったが、ヒルメスの気持はわかる。事実、アルスラーンがヒルメスに勝ったのではなく、宝剣が邪剣をしりぞけたのだ、ということは、誰よりもアルスラーンが知っていた。

アンドラゴラスは、あらわれただけでその場の主導権を握りおおせるかと見えた。ダリューンに剣をたたきおとされたザンデも、彼の顔前に剣を突きつけた黒衣の騎士も、そしていあわせた者のすべてが、凝然《ぎょうぜん》として、国王をながめやっている。

「孝行息子よな、アルスラーン」

アンドラゴラスは、もはやヒルメスには目もくれず、王太子に向きなおった。

「父のために英雄王の宝剣を手にいれたか。よかろう、宝剣ルクナバードの一剣は五万の兵にまさる。この功績をもって、汝の追放を解くとしよう」

アンドラゴラスの力強い手が、アルスラーンに向けて差し出された。周囲の者は息をのんで国王と王太子を見つめた。

「さあ、宝剣を父によこせ。それは唯一の国王《シャーオ》のみが手にすべき剣だ」

「お渡しできませぬ」

「何？」

「これは英雄王カイ・ホスローよりたまわったもの。私がたまわったものです。誰にも渡すことはできません」

「増長したか、孺子《こぞう》！」

アンドラゴラスが雷喝《らいかつ》した。壁が震《ふる》えるかと思われるほどの迫力をこめた声であった。つい先日までのアルスラーンであれば、魂の底までちぢみあがり、迫力に打たれ、剣を差し出したにちがいない。だが、いまアルスラーンは静かな強さをたたえて、父王からの圧迫に耐えている。

その凍《い》てついたような情景の片隅で、ひとりの影がゆっくりとうごめいていた。

V

およそアンドラゴラスがまともに相手にしていたルシタニア人といえば、王弟ギスカール公爵ただひとりであった。名ばかりの国王イノケンティス七世など、眼中になかったにちがいない。それはヒルメスも、そしてアルスラーンすらも、ほぼ同様だった。

アルスラーンは、もともと他人を低く見る癖《くせ》はなかったし、エステルと話をしてイノケンティス七世を講和の相手とするようさだめてもいた。それでもやはり、最大の実権者であるギスカールにくらべれば、どうしても兄王は存在感に欠ける。第二次アトロパテネ会戦において、ルシタニア軍を敗滅させて以来、アルスラーンはついイノケンティス七世のことを忘れていた。軍師ナルサスでさえ、あらゆる戦略と政略の策《て》を打ちつくした後、イノケンティス七世を考慮からはずしてしまった。どうでもよい存在だ、と思っていたのである。この非才無能の国王をおぼえていたのは、騎士見習エトワールことエステルだけであった。

誰からも忘れられ、無視されていたこの国王が、人生における最後の数十秒において、誰もが信じられないことをやってのけたのである。

　宝剣ルクナバードの守護があっても、なおアルスラーンはアンドラゴラス王の迫力に対抗するため、全身全霊をふるいたたせねばならなかった。そして、ダリューンやナルサスでさえ、動くこともできず、父子の対決を見つめていた。イノケンティス王がそろそろと音もなくアンドラゴラスの背後に近よろうとしていたことなど、誰が気づいたであろうか。

　アンドラゴラスが威迫《いはく》するようにアルスラーンに向けて一歩を進めたとき、高い鳥の鳴声がした。開かれた扉口に向けて告死天使《アズライール》が舞いあがったのだ。キシュワードらアンドラゴラスの麾下《きか》の者たちが、とうとう王宮に達したのだ。

　一同の注意がそちらにそそがれた。瞬間のことであった。イノケンティス王がアンドラゴラス王の背に組みつき、腕を相手の首に巻きつけた。咆《ほ》えるようなアンドラゴラスの声に、はっとして振りむいた一同は、あまりのことに声も出ない。声どころか、唾をのみくだすことさえ忘れ、ただふたりの国王を見守るだけであった。大半の者は、自分が見ている光景の意味を理解することすらできずにいた。

　イノケンティス王が異様な目つきで天井の一角をにらみすえ、涎《よだれ》の光る口を動かした。

「神よ、神よ、あなたの僕《しもべ》として最後のつとめを果たします。異教徒の王を、神の御前にささげます。どうかお受けとり下さい」

「おのれ、何をするか……！」

　アンドラゴラスの声が割れた。豪勇《ごうゆう》の国王《シャーオ》にとって、これほど意外で腹だたしいことはなかったであろう。どれほどの勇者であれ、アンドラゴラスは大剣をもって打ち倒す意気と武勇を持っていたはずであった。ヒルメスでもダリューンでも、ついには実力をもって討ちとる自信があったのだ。

　だが、いま彼の死命を制している者は、勇者でも強者でもなかった。アンドラゴラスから見ればとるにたりぬ男、弱くて愚かな男だった。その男が、信じられぬほどの力でアンドラゴラスの自由を奪い、もつれるように窓のそばまで引きずっていった。とっさに弓に矢をつがえた者は幾人かいたが、アンドラゴラスの巨体が前方にあるため、射放すことができぬ。

アンドラゴラスはもがいた。イノケンティス七世は離れなかった。人間の形をした巨大な蛭《ひる》のように、ルシタニア国王はパルス国王にとりついていた。かつてついに実現しなかった国王どうしの決闘が、このような形でおこなわれるとは、誰が想像しただろうか。

「離せ！」

アンドラゴラスの肘《ひじ》がかろうじて動き、イノケンティスの顔面に肘撃ちをたたきつけた。不気味な音がして、ルシタニア国王の鼻骨と前歯が折れた。血まみれの顔でイノケンティス王は笑ったが、苦痛に耐えるというより、すでに苦痛を感じてはいなかったのであろう。

「神よ、おそばにまいります」

ルシタニア語の叫びは、誰にも理解できなかった。ルシタニア国王は体重を空にあずけた。

ふたりの国王は、塔の窓から落下した。宙に噴きあがった叫びは、おそらくアンドラゴラスの無念をあらわしたのであろう。二十五ガズ（約二十五メートル）の高さを、ふたりは彫像《ちょうぞう》のように落下し、落下をつづけ、石畳に激しくたたきつけられた。窓辺に駆け寄った人々の耳に、重い地ひびきが伝わってきた。地上に小さくかさなりあう国王たちの姿は、奇妙にねじれて、こわれた人形のようにも見えた。

長い長い沈黙の末、ナルサスが溜息をついた。

「何ということだ。地上の列王中もっとも惰弱《だじゃく》な王が、もっとも強剛な王を殺害するのに成功するとは……」

この塔は、これまで単に「北の塔」と呼ばれていた。そして、パルス暦三二一年八月二十五日のおどろくべき事件の後、つぎのように呼ばれることになったのである。

「二王墜死の塔《ターヤミーナイリ》」と。

　この日、あまりに多くの事件がおこり、あまりに大きな衝撃があいついだため、後になって人々は、どういう順序でどういう事件がおこったか、整理するのに苦労したほどであった。

「いうに忍びぬことだが、ルシタニア国王とやらのおかげで吾々は救われたようなものだ」

　そうキシュワードがナルサスに低声《こごえ》で語ったのも、むりはない。アンドラゴラス王がアルスラーンないしダリューンに斃《たお》されたのであれば、キシュワードら国王の廷臣たちとしては、身心を引き裂かれることになったであろう。形式上、アンドラゴラスはまちがいなくパルス唯一の国王《シャーオ》であり、弑逆者をあらたな国王として推戴するというわけにはいかないのだから。

　パルス全体のためにも、これは思いがけぬ恩恵であった。廷臣たちが二派に分かれて殺しあうことがなく、すんだのである。そして、国王が死に、国王を殺害した犯人も死に、王太子が健在である以上、ただひとつの玉座には王太子がすわることになる。事実としても、法律的にも、これがただひとつの可能性であり正統性であった。アルスラーンはまだ呆然とした状態からぬけ出していないが、遠からず立ちなおるであろうし、立ちなおらなくてはならない。

　アンドラゴラス王の死は、当人にとってはさぞ不本意であったろう。だが、彼の死が多くの人々を救った。生きていれば、彼は国を分裂させ、わが子と王位を争った君主として不名誉な名を残すことになったにちがいない。アンドラゴラスはある意味で自分自身をも救ったのである。彼の名は、侵略者であるルシタニア国王を斃して自らも死んだ殉国の王として残るだろう。誰も傷つかない。けっこうな結末ではないか。

　だが、じつはまだ幕はおりてはいなかったし、犠牲も絶えたわけではなかった。

　夜にはいって、エクバターナは奇妙な混沌のなかにある。

　パルス全軍が王太子アルスラーンの指揮に服して、軍事的な混乱はひとまずおさまった。ヒルメス軍三万が統一的な指揮のもとに武器をとれば、なお流血はつづいたであろう。だが、ヒルメスはアルスラーン以上に虚脱してしまい、ザンデはとりあえず一室に放りこまれて監禁され、サームは麾下の全将兵に「武器を放棄せよ」と命じた。王都において三派に分裂したパルス軍どうしが殺しあう事態は回避された。

王都の城門はことごとく開放され、ギランからの物資が運びこまれてくる。そのたびに「王太子アルスラーン殿下」の名が熱狂的に叫ばれる。グラーゼの部下たちによって、アルスラーンがルシタニア軍をアトロパテネの野で撃滅したことが、はでに宣伝され、たちまち王太子は救国の英雄となった。

王宮の回廊を、三人の万騎長《マルズバーン》が肩を並べて歩いている。ダリューン、キシュワード、クバードであった。まかりまちがえば、いまごろは剣をとって殺しあっていたはずの三人であるが、そうならずにすんだ。アンドラゴラス王の横死《おうし》に対し、それぞれの感慨はあるが、あえてそれは口にしない。

夜風に乗って、遠く市民たちの歓声が流れてくる。キシュワードがみごとなひげをなでた。

「たいしたものだ。王太子殿下は一夜にしてエクバターナを掌握《しょうあく》なさった。もはや何者も殿下の権勢をゆるがせることはできまい」

「まったく、みごとな乗っとりだったな。ナルサス卿はバシュル山を出て十か月で天下を乗っとってしまった」

クバードが片目を細めて笑った。「乗っとり」という言葉を使ってはいるが、べつに悪意をもってそう表現しているわけではない。もっとも弱小で、玉座から遠かったはずのアルスラーンに天下をとらせた、ナルサスの手腕を、彼なりに評価しているのである。その証拠に、片目の男はこうつけくわえた。

「結局、おれもあの男のあごに使われることになろう。まあ、しかたあるまいて」

「ナルサスは、人の世を画布《がふ》として絵を描《か》く達人だからな」

ダリューンが答えると、キシュワードが謹厳《きんげん》そうな顔に困惑の表情をたたえた。

「しかし、ナルサス卿はほんとうに宮廷画家になるのか。王太子殿下の人事で、じつはいちばん心配しておるのがその点でな」

「あの男、いつだったかおれの顔を見て、描きやすい顔だといったことがある。頼むから他に犠牲者をさがしてほしいものだ」

クバードが完全に言い終えぬうち、悲鳴が夜気をふるわせた。

方角を確認すると、三人の万騎長《マルズバーン》は回廊から建物のなかへ躍りこんだ。石を敷いた廊下を駆ける。王太子の仮寝所近くで、ナルサス、エラム、ジャスワントらと出会った。薄暗い廊下に彼らが見たものは、長さ四ガズ（約四メートル）ほどもある暗灰色の蛇であった。しかもその胴は一本の剣に巻きついている。その剣は宝剣ルクナバードであった。

「宝剣を……！」

三人の万騎長は突進した。クバードでさえ、王都の攻囲戦がはじまって以来、はじめて本気になった。パルスで最強の戦士が三人、帯剣を抜き放ちながら突進したのだ。一万騎の敵も戦慄するであろう。

だが、蛇はあざけるように、しゅうしゅうと音をたて、宝剣に巻きついたまま、奇怪な姿で床を進んでいく。と、その前方に、ひとりの影が躍り出た。万騎長のサームであった。彼の剣は蛇をめがけて鋭く振りおろされたが、蛇の動きは想像を絶した。ルクナバードに巻きついたまま宙に躍りあがると、長い身体の半分でサームの頸《くび》をしめあげたのだ。サームは剣を落としながら、両手で蛇の胴をつかんだ。

「サーム卿！」

「はやく、はやくこの魔性を斬れ！」

サームの声がひび割れた。彼の頭髪がみるみる黒から灰色へと変わるのを見て、三人の万騎長は声をのんだ。勇敢で誠実な四人めの万騎長が、魔性に生命力を吸いとられつつあるのだ。

ダリューンの長剣がひらめいた。つぎの瞬間、万騎長たちは目をみはった。必殺の斬撃が、蛇の鱗にあたって、音高くはじきかえされたのだ。すかさずクバードが大剣を宙にうならせたが、またしても蛇身はそれをはじきかえして、無傷のままに宝剣とサームの身とをかかえこんでいる。武勇の問題ではない、この奇怪な蛇は、人の世の剣では殺せないのだ。

サームの身が床にくずれ落ちた。蛇は間をおかず、そのときである。王太子アルスラーンが無言のうちに駆けつけた。すでに床についていた彼は、短衣だけで甲冑もまとわず、武器も一本の短剣《アキナケス》をたずさえているだけであった。少年の目と蛇の目とが合った。少年が蛇の前に身をさらすようにした。

「殿下、あぶない！」

ダリューンが叫んだ。蛇の牙がアルスラーンに向けてひらめいたのだ。だが、アルスラーンはすばやく左手を突き出し、短剣《アキナケス》で蛇の牙を受けとめた。右手が伸びて、ルクナバードの柄にかかる。

つぎの瞬間、宝剣ルクナバードはアルスラーンの手に抜き放たれていた。蛇の胴体は鞘に巻きついていたのだから、頭部が柄からはずれてしまえば、刀身は蛇から自由になるのだ。

アルスラーンの計略にしてやられた蛇は、宝剣の鞘をすてた。鞘が音高く床の上ではね、蛇も身をくねらせて床に落ちる。

暗灰色の蛇は床をのたうって逃がれようとした。そののたうった痕《あと》には、ぬるぬるした毒液が光って、酸みをおびた悪臭が鼻を刺した。信じられぬほどの速さで逃げだした蛇が動きをとめた。蛇の行手に、パルスきっての弓の名人ふたりが立ちふさがったのだ。ファランギースとギーヴが、すでに弓に矢をつがえていた。

ファランギースの放った矢が、蛇の片目に突き刺さった。蛇が大きくはねたとき、ギーヴが第二矢を放った。矢は蛇の口に突き刺さり、牙のはえた顎《あご》をつらぬいた。床が板であったら、蛇の頭部はみごとに縫いつけられたであろう。

苦悶する蛇が、床を踊りまわりながら、しゅうしゅうと音をたてる。

アルスラーンが宝剣ルクナバードを振りおろした。

白金色の閃光が、蛇の頭部と胴を両断し、骨を断つ音が石壁を鋭くたたいた。

蛇の胴は床に落ち、三度ほど痙攣《けいれん》の波を走らせて動かなくなった。だが、頭はまだ生きていた。二本の矢につらぬかれながら、アルスラーンめがけて牙をむき、撃ち出される石弾のような勢いで飛びかかった。

「火じゃ！」

ファランギースが叫んだ。意図をさとったエラムが壁に飛びついた。手にした松明《たいまつ》を、蛇の頭めがけて投げつける。宙で蛇の頭と松明が衝突した。火のかたまりとなって蛇の頭が床にたたきつけられる。ルクナバードが二度めの閃光を発し、蛇の頭を粉みじんに撃砕《げきさい》した。

その瞬間、胸の悪くなるような叫び声が人間たちの頭上にひろがった。信じられない光景を彼らは見た。床に横たわっていた蛇の胴体が、みるみるちぢみ、ふくれあがり、変形し、暗灰色の衣をまとった人間の胴体と化したのだ。首のない、奇妙に短身に見える屍体《したい》。

パルスきっての勇者たちが、恐怖と嫌悪の身ぶるいを禁じえなかった。

「何という怪物だ。ザッハークの一党か」

「おぞましいことだ。この首のない屍体はどうする？」

「油をかけて焼きつくせ。灰はまきちらす。それしかあるまい」

万騎長《マルズバーン》たちの会話を聞きながら、アルスラーンは宝剣ルクナバードを鞘におさめた。それをエラムにあずけ、自分は、倒れたサームのそばにひざまずいた。魔性に生命を吸いとられ、瀕死《ひんし》の老人と化したサームの頭を、自分のひざにのせて、やさしく名を呼ぶ。サームは目をあけ、生命の最後の一片を声にこめた。

「殿下、いえ、陛下、善き国王《シャーオ》になられませ。不肖なる身で何ひとつお役にたてませなんだが、パルスの平安が御身の手によってもたらされますよう……」

それだけをかろうじて言い終えると、非運の武将は息をひきとった。アルスラーンは目をとじ、頭を垂れた。生前この人ともっと話しあい、たがいを知りあう機会があればよかったのに。そう思いつつも、サームにとってこれ以上の生が苦痛でしかないことを、アルスラーンは理解してもいたのである。

VI

夜半をとうにすぎ、夜明けが近づいても、エクバターナの城門は四方に向かって開け放たれ、歌い踊る人々の声が城壁に谺《こだま》している。もはや、城門を開放しても、攻めこんでくる敵軍は存在しないのだ。長い屈伏と閉鎖の生活から解放されて、人々の歓喜は爆発し、朝までやみそうにもなかった。百万羽の夜鳴鳥《ブルブル》が鳴きたてるようだ。

明日からは再建の苦労がはじまる。だが、さしあたり今夜だけは喜びに舞おう。みながそう思っていた。男どもが歌い、女たちが踊り、子供たちが走りまわる。犬や鶏《にわとり》でさえ興奮して騒ぎまわり、永遠なるエクバターナは、あらゆる生物たちによって祝福されていた。

二騎の旅人が、騒ぎのなか、ひっそりと南の城門を出た。にぎわいと喜びに背を向けて、光から夜のなかへ、馬の足を進めていく。彼らにとって、安らぎは夜にこそあったかもしれない。二騎は一対の男女であった。男は右半面を布でおおい、女の両眼は自分の意思によらず永久に閉ざされていた。

領土もなく臣下もない。パルスの王子とマルヤムの王女とは、たがいを持つだけであった。かつて人の世に秩序と伝統がたもたれていたころであれば、彼らは、栄光と富と権勢とに埋もれた男女の一組でありえた。だが、いまはちがう。国はすでに彼らのものではない。

「イリーナどの、あなたの髪にはさぞ黄金の冠がふさわしかっただろうに」

「ヒルメスさま、わたしは王冠などいりませぬ。そのようなものが必要ないほど、いまは幸福でございますから」

「おれには、まだ未練がある」

苦笑まじりにつぶやいて、ヒルメスは城門を振りあおいだ。開いた城門から、灯火《とうか》と人声の波がゆるやかに寄せてくる。

自分は何者であったのか。少年のころから信じこんできた虚構がくずれさったとき、ヒルメスは自分の存在意義を見失ってしまった。彼が追い求めてきたものは砂の王冠であったのだ。ヒルメスは、群をぬく武勇と権略をそなえながら、自分ひとりの足で地上に立つことができなかった。他人がつくったものに寄りかかり、それを受けつぐことに執念を燃やし、それが失われたとき、彼は、イリーナ以外のすべてを失ったのである。

重い溜息をついたヒルメスに、イリーナが問いかけた。

「ザンデ卿はどうなさるのです」

「ついてくるといったが、とめた。朝になったらあの男もどこかへ旅だつだろう。これ以上、おれにしたがって、二度とない人生を浪費することもあるまい」

サームの死もまた、ヒルメスには徹《こた》えた。砂の王冠を追い求めて、えがたい人物を死なせてしまった。ヒルメスは悔いあらためたわけではなかったが、敗北を認めないわけにいかなかった。いずれ気をとりなおし、ふたたび野心を燃えたたせることもあろう。だが、いまは寝床が必要であった。いずれめざめて起きあがるための寝床が……。

アンドラゴラス王とイノケンティス王が死に、ヒルメス王子が去った後、王妃タハミーネだけが残った。だが彼女もまた、王都エクバターナを去ることになる。アンドラゴラス王の葬礼をすませたら、パルス南西部の風光のよい地に館をかまえることになろう。そこはかつてバダフシャーンという小さな公国があった場所だ。

王妃の希望についてどうとりはかろうか、王太子に問われたとき、ナルサスは答えた。

「王妃さまの願いどおりになさいませ。人はみな、自分の心の飢《う》えを自分ひとりで耕《たがや》さねばならぬのです。ヒルメス王子もです。失礼ですが、殿下のお力では、かの人たちをお救いすることはできません。放っておいておあげなさい」

「わかった、ナルサスのいうとおりにしよう」

王者でも救えぬ人の心がある。ましてアルスラーンは未熟すぎる王者であった。いまできることをおろそかにせず、すこしずつ、できることを増やしていかねばならないのである。

正式に国王《シャーオ》となる前に、アルスラーンは、最後の人との別れを経験することになった。その日、九月二日、黄昏《たそがれ》のことである。アルスラーンはダリューン、ナルサスら十五騎の部下をしたがえて城外に出た。まだ、夜の旅がふさわしい季節は終わっていなかった。ダリューンらを丘の下に残し、アルスラーンはその人と二騎だけで丘の上に馬を立てた。故国に帰る騎士見習エトワールことエステルを、彼は見送るのだ。

エステルは亡きイノケンティス七世の遺骨を故国ルシタニアに持ち帰るのである。誰からも軽んじられ無視されたあわれな国王にとって、エステルだけが忠実な臣下であった。

エステルの決心を聞いたとき、アルスラーンはとめなかった。とめてはいけないと思ったのである。彼にできることは、エステルが無事に故国に帰れるよう、とりはからうことだけであった。

陸路でマルヤムを通過すれば、王弟ギスカールと総大主教ボダンの抗争に巻きこまれるであろう。隣国ミスルに出て海路をとったほうがよい。充分な旅費も護衛も必要だ。

旅費はむろんアルスラーンが出す。護衛兼案内人としては、ギランの海上商人グラーゼが、信用できる部下をつける。そして、ルシタニア人である「白鬼《パラフーダ》」も、エステルにしたがって故国に帰り、そこで自分の過去をたずねることになるだろう。

「いろいろ世話になった」

エステルは馬上で一礼した。大陸公路をゆっくり西へ歩む騎馬の隊列がある。エステルが参加すべき、ミスルへの隊列であった。アルスラーンも礼を返した。

「気をつけて帰っていってくれ」

別れがたい心情があるのに、言葉にすれば平凡なものになってしまう。自分にギーヴのような詩才があればよいのに、と、アルスラーンは心から思った。そして、ぎごちなくいった。

「またパルスに来てくれるとうれしいな」

むりな話であろう。エステルは故国に帰り、領地や相続や騎士叙任《じょにん》についての問題をかかえこまねばならない。残された家族に対して責任があるのだ。

「お前こそルシタニアに来ればいいのに」

エステルはいい、怒ったように頬を赤らめた。

「もうすこし月日がたてば、お前は一人前の異教徒になって、角《つの》や尻尾《しっぽ》がはえてくるのだろうな。でも、どんな姿になっても、わたしはお前の正体を見破ってやるぞ」

馬の手綱《たづな》をひき、馬首をめぐらしながら、エステルは最後の言葉を投げかけた。

「わたしはお前の正体を知ってるんだからな」

それは、かつてダリューンがアルスラーンにむかっていった言葉とよく似ていた。言い終えたとき、エステルはすでに馬腹を蹴って走り出している。アルスラーンは声をかけなかった。ただ、走り去る後姿に向かって手を振り、一度だけ振り向いたエステルの目に、彼の姿を焼きつけた。彼女が騎馬の列に合流し、線の一部となり、点となって消え去った後、はじめてアルスラーンも馬首をめぐらした。

なすべきことが、何と多くアルスラーンを待っていることであろう。

荒《あ》れはてた王都エクバターナを復興させ、用水路を補修《ほしゅう》する。市民に食物を与える。死者を葬《とむら》う。アンドラゴラス王は国葬に付さねばならぬ。英雄王カイ・ホスローの墓所も修復せねばならぬ。サームも厚く葬ってやりたい。ああ、それにほんとうの両親も、乳母たちも。何だか葬式ばかりしているような気もするが、アルスラーンに生命と未来をくれた人々に対して礼をつくすのは当然のことであった。

それらをすませてから即位の式をあげる。第十九代の国王となり、奴隷《ゴラーム》制度廃止令をはじめとする国内の改革に、いよいよ乗りだすのだ。シンドゥラ国のラジェンドラ王ら、隣国の諸王とも修好せねばならない。ほんとうに、なすべきことはかぎりなくある。

丘の下で待つ仲間たちのもとへ、アルスラーンは馬を駆け下らせていった。その頭上に、告死天使《アズライール》が翼をひろげている。

ダリューン、ナルサス、ギーヴ、ファランギース、エラム、アルフリード、ジャスワント、キシュワード、クバード、メルレイン、グラーゼ、イスファーン、トゥース、ザラーヴァント、ジムサ。後世「解放王アルスラーンの十六翼将」と称される戦士たちのうち、十五人がすでにそろっている。

「解放王の御代」が、まさにはじまろうとしていた。

明るさと喜びに背を向け、暗く湿った自分たちの城塞《じょうさい》にこもって、敗北と呪詛《じゅそ》のうめきを奏《かな》でている者たちがいた。王都エクバターナの地下深く、四人の魔道士たちが、うそ寒げに身を寄せあっている。かつては師弟ともに八人いた人数が半減してしまった。三人の弟子が人間どもに殺され、ついに「尊師」までが最期をとげてしまったのだ。だが、彼らは絶望してはいなかった。グルガーンと名乗る者が口を開いた。

「みな、悲しむでない。尊師は予感しておられた。カイ・ホスローめの霊力とやらが一時の勝利をおさめることもあろうかと。ゆえに、かの狂戦士イルテリシュめの身を所蔵して、復活にそなえられたのだ」

「そうであったか。だが、それでは、蛇王ザッハークさまの憑依《よりしろ》はどうなるのだ」

グンディーと名乗る者が問うと、グルガーンが当然のごとく答えた。

「知れたことだ。アンドラゴラスの肉体は、いまそれを支配する魂を持たぬ」

あっ、という感歎《かんたん》の声を聴きながら、魔道士グルガーンは、暗く湿った熱情をこめて同志たちにささやきかけた。

「蛇王ザッハークさまをおとしめた人間ども、いまは勝ち誇るがよいわ。三年、三年たてば時が満ちる。そのときこそ、奴らは喜びの頂から絶望の谷底に落ちるであろうよ。頂が高いほどに谷は深くなるのだ」

笑声がおこった。その笑声は地下深くから湧きおこり、地上に到達する前に消滅して、人間たちの耳にとどくことはなかったのである。

パルス暦三二一年九月二日のことであった。

仮面兵団

アルスラーン戦記 8

第二部

仮面兵団

仮面兵団

第一章

新旧の敵

8

I

ゆるやかに波うつ大河を暁《あかつき》の光が照らしだすと、河面は百万の鏡を並べたように輝きわたった。その光は河岸に展開する軍隊の甲冑《かっちゅう》にもはねかえり、地上はいちどきに夜の支配を脱して明るくなった。河の名はディジレ。パルス王国とミスル王国との境をなす、水量ゆたかな流れである。

パルス暦三二四年九月二十九日。国王《シャーオ》アルスラーンの十八歳の誕生日であり、三度めの即位記念日である。本来であれば王都エクバターナにおいて祭典がおこなわれ、民衆に葡萄酒《ナビード》がふるまわれ、夜を徹《てっ》して歌舞音曲《かぶおんぎょく》でにぎわうはずであった。

だが若い国王は王都を離れ、西のかたミスル王国との国境にある。

ディジレ河の東がパルス領、西がミスル領。河をはさんで両国はしばしば歴史的な戦いをまじえた。ディジレ河は大河であるわりに水深が浅く、流れもゆるやかなので、渡河《とか》が比較的、容易であった。それだけに両国は河岸に防壁や城砦をつらね、相手の侵攻に備えてきたのである。かつて「双刀将軍《ターヒール》」の異名をもつキシュワード卿は「パルスの生きた城壁」とたたえられ、ミスルは侵攻をあきらめざるをえなかった。だがこの年九月下旬、にわかにミスルは軍を発して夜半にディジレ河を渡り、パルス領内において戦闘態勢にはいったのだ。

ミスル国王ホサイン三世は三十九歳で、即位して八年になる。中背で肥満ぎみ、頭部は禿《は》げあがり、両耳が異常なほど大きい。容姿からいえば傑出しているとはいえないが、統治者としての力量は水準以上であった。パルスがルシタニアに侵略されたとき、国境をかためて中立を守り、宮廷《きゅうてい》内の反国王派を一掃し、道路や運河や港湾《こうわん》を整備して経済活動をさかんにした。行政組織や裁判制度も改革し、学校も建てた。あまり戦争だの遠征だのということには関心がなく、内政につとめる型の王者だと思われていた。

それがこの年に至ってパルス相手に戦端《せんたん》を開いたのには、むろん理由がある。アルスラーン王の即位以来、パルスの海上交易が繁栄し、ミスルが持っていた海上の権益《けんえき》が害されるようになってきたこと。パルスで奴隷制度が廃止され、国際的な奴隷貿易の環《わ》が断《た》ち切られてしまったこと。主として経済上の事情が、ミスルの軍事行動をうながしたのである。

「客人よ、おぬしのいうとおり、ディジレ河は難なく渡ることができた。礼をいうぞ。このさい何か望みがあればかなえてやろうほどに、申してみよ」

ホサイン三世は傍《そば》の男にパルス語で話しかけた。

その男は、年齢は三十歳前後であろう。陽《ひ》と風と砂とにさらされた顔は浅黒く、皮膚も荒《あ》れているが、眉目《びもく》そのものには貴公子の風があった。めだつのは、右の頬《ほお》に残された大きな傷あとである。剣や槍の傷ではない。牙《きば》か爪《つめ》で深くえぐられたような三日月形の傷であった。容貌《ようぼう》といい表情といい、おだやかな人生とは無縁の人物であることを、誰もが納得するであろう。

ミスル国王のありがたい言葉にも、男はさして感動しなかったようである。答える声は砂漠の風のようにかわいていた。

「わが望みはパルスの僭王《せんおう》が滅亡するのを見る、ただその一事でござる。その他に望みとてござらぬ」

「それはわかっておるが、功績ある者に恩賞を与えるは王者としての義務。それを怠《おこた》っては、吝嗇《けち》といわれよう。何でもよいから、恩賞の望みを申してみよ」

「ではお言葉に甘えて……」

「うむ？」

「パルスの宮廷画家ナルサスめの首を」

男の声は淡々としていたが、その底からどす黒い悪意の泡《あわ》が噴《ふ》きあがっている。ホサイン三世は興ざめしたように男を見やり、片手で顔の下半分をつかんだ。

「何やらよほど遺恨《いこん》がありそうじゃな。だが、それは予の知るところではない。ナルサス卿の首が望みであれば、おぬしにそれを与えよう」

「かたじけなく存ずる」

　男の両眼が暗く底光った。その眼光から、ミスル国王は視線をそらした。ミスル国王ホサイン三世はとくに高貴な人格の所有者ではなかったが、復讐心の暗い深みに引きずりこまれるのは好まなかった。彼は気をとりなおしたように姿勢をただし、左右にひかえる将軍たちのひとりに声をかけた。

「マシニッサ！」

　声に応じて、赤銅《しゃくどう》色の肌をした長身の男が国王の前に進み出た。ミスル王国随一の勇名を謳《うた》われる人物で、髪も目も口髯《くちひげ》も黒々と艶《つや》光っている。この年、二十八歳である。

「カラマンデス！」

　そう呼ばれたのは、髪も髯も灰色がかった初老の将軍で、先代の国王以来、かずかずの功績をあげた宿将《しゅくしょう》であった。さらに三名ほどの将軍を呼びよせて、ホサイン三世は親しく語りかけた。

「今日の会戦は、今後わが国の外交だけにとどまらず、大陸公路諸国間の力関係に、すくなからぬ影響を持つであろう。心して戦い、国の栄光とおぬしらの名誉のために武勲《ぶくん》をたてよ」

　ホサイン三世の言葉に、ミスルの将軍たちは、うやうやしい一礼をもって応じた。

「かならず国王陛下のご期待にそい申しあげる所存でございます」

「双刀将軍《ターヒール》などと称するわがミスルの怨敵《おんてき》に、神々の報《むく》いをくれてやりましょう」

　はやりたつ将軍たちに冷水をあびせたのは、頬に傷のある男の声であった。

「パルス軍は兵は強く、将軍は指揮能力に富んでおります。不快なれど認めざるをえない事実でござる。慢心《まんしん》は禁物。ことに全軍の作戦をたてるナルサスめは奇謀《きぼう》と深慮《しんりょ》とを兼ねた男。くれぐれもご用心を」

「わかった、心するとしよう」

　そう応じたのはカラマンデスで、若いマシニッサは不快げに男を横目でにらんだきり、うなずきさえしなかった。

　ほどなくミスル全軍が前進を開始した。ミスルの軍衣《ぐんい》は、赤と緑と黄金と、三色のとりあわせで、単調な砂漠の灰褐色と比較して、まことにはなやかである。ことに、歩兵につづいて行進する部隊は、見ただけでも圧倒的な威容であった。

「ミスルの駱駝《らくだ》部隊か」

頰に傷のある男はつぶやいて、砂塵《さじん》のなかにつらなる人と獣《けもの》の群をながめやった。

砂漠での戦闘ということになれば、パルスの騎兵部隊でさえミスルの駱駝部隊に一歩を譲《ゆず》るであろう。駱駝は耐久力において馬よりすぐれ、砂漠を海にたとえれば駱駝は軽舟《けいしゅう》といってよい。こまかい鎖《くさり》を編《あ》んで駱駝の身に着せかければ、矢を防ぐにも有効なのであった。

一万頭の駱駝部隊が男の眼前を通過していくと、つぎは戦車部隊であった。三頭の馬が二輪の戦車をひき、三名の兵士がそれに乗る。一名は馬を馭《ぎょ》し、一名は槍兵《そうへい》、一名は弓箭兵《きゅうせんへい》である。これが二千台。兵士も馬も全身に香油を塗っており、それに汗や皮《ひ》革《かく》の匂いがまじって、何とも表現しがたい匂いをたちこめさせた。

「ミスル一国で勝てぬときは他国を誘う。奴隷制度の存続を願う国々をすべて糾合《きゅうごう》し、パルス一国を煮えたぎる破滅の大釜《おおがま》にたたきこんでくれるぞ」

男のつぶやきは、ミスルの国王や将軍たちには聴《き》こえなかった。戦闘を開始した時点で、ミスル軍の敗北を予期するようなことを大声で口にするのはまずい。そのていどのことは、充分に承知している男だった。

ミスル軍は整然と布陣《ふじん》を終えた。中央と左右両翼、それに国王の親衛隊を加えて、八万の大軍である。この四、五年、無益な戦いによって兵力を損耗《そんもう》することなく、今日の陣容をととのえたのであった。

パルス軍は千歩の距離をおいて布陣している。ミスル軍の見るところ、兵力は六、七万に達するかと思われたが、陣形に統一性がないように思われた。騎兵と歩兵とが無秩序に混在する感じであり、どのように戦闘をおこなうつもりか、よくわからぬ。

アルスラーン王の即位後、パルスは兵制を大きく変革したという。どのように変革したのか、ミスル軍としては、ぜひとも知りたいところであった。

ミスル軍の楽隊が太鼓を打ち鳴らした。駱駝の革《かわ》をはった太鼓は、こもった音を砂漠にひびかせる。それに応じてパルスの陣営からは角笛《つのぶえ》の音がひびきわたった。そのひびきが終わりかけたとき、両軍から同時に矢の音が湧きおこる。

「前進せよ！」

戦車に乗ったカラマンデス将軍が、三日月型の刀を振りかざして叫ぶと、ミスル軍は喊声《かんせい》を発し、砂《さ》塵《じん》を巻きあげながら前進を開始した。迎えうつパルス軍との間に、刃鳴りと血煙が巻きおこり、激しい揉《も》みあいがおこる。それも長くはなかった。マシニッサ将軍のひきいる駱駝隊が三日月刀を振りかざして突入し、斬りまくると、パルス軍は押されぎみとなり、後退しはじめた。

II

ミスル軍は前進をつづけ、それに応じてパルス軍は退却する。無抵抗というわけではなく、しばしば逆撃《ぎゃくげき》をこころみ、槍や弓矢で応戦するのだが、それもミスル軍の鋭鋒《えいほう》の前には、くずれやすい土の壁でしかなかった。

ひときわ大きな駱駝の背に黄金づくりの鞍《くら》を置き、涼しげな白紗《はくしゃ》の天蓋《てんがい》をかけて、ミスル国王ホサイン三世は戦況を見守っていたが、やがて味方の優勢に満足の声をあげた。

「かつてパルス軍は強かった。アンドラゴラス王の豪勇など、この世の人とも思えなんだくらいじゃ。だがどうやら、武勇の根も枯れはじめたとみえる。客人よ、おぬしはどう思う？」

「ご油断なきよう」

男の返答は短い。ホサイン三世は苦笑ぎみに大きな両耳を慄《ふる》わせた。

「そう不機嫌にならずともよかろう。おぬしの言《げん》を軽《かろ》んじておるわけではないぞ。たまたま今回は事《こと》がうまく運んでおるというだけじゃ。今後、パルスを征するにあたっては、おぬしの手腕を欠くわけにいかぬて」

ホサイン三世は勝利後のことについて思案をめぐらせていた。彼はパルス全土を支配しようなどと考えてはいない。むざんに失敗したルシタニア軍のことを、ホサイン三世はよく憶《おぼ》えていた。要するに、海上交易と奴隷貿易について、ミスル王国の権益を強化することができればよいのである。ミスル王国の権益がそこなわれぬかぎり、パルス国内がどうなろうと知ったことではなかった。否、むしろ、パルスが分裂して秩序を失うようなことがあっては、かえってこまる。ミスルにとってつごうのよい政権が安定してほしいものであった。

夕刻まで、戦闘はミスル軍の優勢をもって終始した。パルス軍は押され押されて、一ファルサング（約五キロ）ほども東へしりぞいた。それが夕刻に至って隊列を建てなおし、ミスル軍の攻勢を受けとめ、さらに総反攻の姿勢をしめしはじめたのである。

「太陽を背にして戦うのが用兵の常道《じょうどう》というものでございます。いまパルス軍はその禁を犯し、落日にむかって攻めかかろうとしております。機先《きせん》を制し、全軍こぞってパルス軍に攻めかかり、一挙に奴らを覆滅《ふくめつ》させたく存じます」

いったん国王の前にもどって、カラマンデスとマシニッサがそう主張した。それに対し、右頬に傷のある客人が異をとなえた。

「ナルサスは詭計《きけい》の名人でござる。ことさら用兵の常道にそむいて動くのは、ミスル軍を罠《わな》におとしいれようとするもの。国王陛下、何とぞご自重あって、軍をお引きくださいませ」

ホサイン三世が答えるより早く、マシニッサが口を開いた。いたけだかなほど自信に満ちて、彼は異国の男をにらみつけた。

「罠というが、このように平坦な土地で、どのように罠のしかけようがあるというのだ。伏兵《ふくへい》を置くような谷も山蔭《やまかげ》もないではないか。おぬし、ナルサス卿の名に恐れて、草を見てもパルス軍の槍と思うのではないか」

嘲笑《ちょうしょう》をあびて、男は底光る目でマシニッサを見やったが、投げやるように応じた。

「では御意《ぎょい》のままになされ。ただ、私がご忠告申しあげたことを、お忘れなきよう願います」

「うむ、おぼえておこう」

不快げにうなずくと、カラマンデスは年少の同僚をうながして、ふたたび陣頭へと出ていった。国王ホサイン三世は、やや決断しかねる表情で戦場をながめやった。彼は国内を統治するほどには、戦場で武略をふるう自信がなかったので、このようなときには将軍たちを信頼して、彼らに万事をゆだねる。ただ、頬に傷のある客人の声が、不吉にひびいたのも事実であった。ホサイン三世はひとつ首を振って不安を追い払った。結局、将軍たちの戦意を優先することにしたのだ。

「突撃！」「突撃！」


ミスル語の号令が連鎖し、大軍は急流のごとく突進をはじめた。剣や甲冑《かっちゅう》が落日にかがやき、地平にかたむく黄金色の巨大な円盤を背にして、ミスル軍は東へと突きすすむ。ディジレ河の洪水《こうずい》を思わせる迫力であった。

パルス軍は狼狽《ろうばい》したようであった。前進しつつあった騎兵部隊が、つぎつぎと馬首をめぐらし、歩兵がつくる盾の壁に身を隠しはじめた。それを見たミスル軍の将兵が勝利と威嚇《いかく》の叫びをあげた。そしてつぎの瞬間、彼らが見たものは、数十列にわたって並べられた盾であった。そして突然、何も見えなくなってしまった。

三万の盾が鏡となって落日を反射したのだ。ミスル軍の前方に長大な光の壁が出現し、全軍の目をくらませた。人も馬も駱駝も、めくるめく光に瞳を灼《や》かれ、一時的に視力を失った。ミスル全軍が盲目《もうもく》となった。

悲鳴とともに兵士たちは顔をおおった。手綱《たづな》が手から離れる。馬や駱駝は制御を失った。疾走する馬や駱駝にとって、視力を失うのは平衡《へいこう》を失うことであった。

馬と馬とがよろめいてぶつかりあう。戦車と戦車とが車体を接触しあう。馬が倒れる。駱駝が横転する。戦車の車軸がくだけ、車輪が宙に躍る。転落した兵士が後続の戦車にひかれ、駱駝の足に踏みつけられる。血と悲鳴は、暮れかかる空の高みへと舞いあがっていった。

暴風のうなりが、このときミスル軍をつつんだ。いっせいにパルス軍が矢を射放ったのだ。落日の光は数万本の矢によって、ぼろ布のように引き裂かれた。豪雨となって降りそそぐ矢の下に、視力を失ったミスル軍が立ちすくみ、倒れてもがきまわっている。

降りそそぐ矢の音と、噴きあがる悲鳴とがぶつかりあって、砂漠は音響の檻《おり》に閉じこめられた。咽喉《のど》を射ぬかれた兵士が戦車から転落し、その上に血まみれの駱駝が倒れこむ。戦車が横転し、その上にべつの戦車が乗りあげる。閃光で盲目となった目に砂《さ》塵《じん》が飛びこみ、彼らは苦痛にのたうちまわった。

百を算《かぞ》える間に、ミスル軍は一万の兵を失っていた。遠望して呆然《ぼうぜん》と声をのむホサイン三世の耳に、客人の声が突きささってきた。

「だから申しあげたはず。ナルサスめの狡猾《こうかつ》なこと、百年を生きた梟《ふくろう》もおよばぬくらいでござる。これを教訓となさるには、まずこの場を逃れることでござるな」

吐きすてるように、男は、ミスル軍の浅慮《せんりょ》を糾弾した。ミスル国王も、側近の将軍たちも返答ができぬ。男のいうことは無礼だが事実であったし、ミスル軍としては怒《いか》るよりも先に、潰滅《かいめつ》しつつある軍をたてなおさなくてはならなかった。

「とにかく後退して軍を再編せよ」

そう命令を伝達させたが、命令を受けるべきカラマンデス将軍は、そのときすでにこの世の住人ではなくなっていた。パルス騎兵部隊の先頭に立って突進してきた黒衣の騎士に一騎打を挑まれ、十合と撃ちあわず、敵将の槍に胸板をつらぬかれたのである。

カラマンデスの戦死が伝えられると、ミスル軍の狼狽《ろうばい》と恐怖はさらに激しく、落日の光を頼りに逃げまどった。

ミスルの勇将マシニッサは折れた剣を投げすてた。逃げだす兵士の手から長槍をひったくり、音たかくしごくと、駱駝《らくだ》を駆って黒衣の騎士に迫《せま》った。相手はまたもミスル騎士のひとりを槍で突き殺したが、あまりに深くつらぬいたので槍が抜けなくなり、それをすてて長剣を抜き放とうとしていた。

駱駝の背に乗るマシニッサは、馬上の騎士より位置が高い。上方から長槍を突きおろすと、銀色の穂先はパルス騎士の黒い冑にあたって、音たかく折れとんだ。黒衣のパルス騎士が鋭くミスル騎士の姿を見あげる。

「ほう、逃げださぬとは殊勝《しゅしょう》な」

「ほざくな、僭王《せんおう》の犬めが！」

槍をすて、駱駝の脇腹にくくりつけられていた鞘《さや》から三日月刀《みかづきとう》を引きぬきながら、マシニッサは叫びかえした。僭王とは、国王となる資格を持たぬ者が国王と称することである。パルス国王アルスラーンは、先王アンドラゴラス三世の王太子であったが、じつは王家の血を引かぬ者であるという事実を、国の内外に明らかにしていた。それゆえに、マシニッサはパルス人を侮辱《ぶじょく》するとき、そう叫んだのである。

マシニッサの罵声《ばせい》は、黒衣の騎士の怒りを誘った。長剣が光の暴風となってマシニッサに襲いかかってきた。三日月刀をふるって、ミスルの勇将はそれを弾《はじ》きかえす。刃鳴りが耳をつらぬき、腕の筋肉がきしんだ。これほどの剣勢を、マシニッサははじめて経験した。反撃しようとしたが、すかさず強烈な第二撃が加えられ、ミスルの勇将は防戦一方に追いこまれた。

二十合を算《かぞ》えたとき、マシニッサの左腕から血《ち》飛沫《しぶき》がはねた。三十合に達したとき、マシニッサの右手から三日月刀が飛び、砂塵《さじん》のなかへ舞い落ちていった。敗北をマシニッサはさとった。彼は駱駝の手綱《たづな》を引き、その横腹を蹴りつけて方向を変えようとした。ここは退却するしかない。

駱駝は馬にくらべて従順さに欠けるといわれる。気にさわることがあれば、騎手の意思にもしたがわない。乱暴なあつかいを受けて、マシニッサの駱駝は気分をそこねた。あらあらしく鼻孔《びこう》から息を吐きだすと、いきなり前肢《まえあし》を投げ出すような姿勢で地上にすわりこんでしまったのである。

短い叫び声を放って、マシニッサの長身は駱駝の背から投げ出された。地上で一転して起きあがったが、敗北感と屈辱《くつじょく》に目がくらんだ。雄敵《ゆうてき》に討たれるのはしかたないが、これほどの醜態《しゅうたい》をさらすことになろうとは。

だがマシニッサの頭上に、剣光は落下してこなかった。それは水平に走って、飛来《ひらい》した矢を空中で両断している。黒衣の騎士は鋭く視線を動かして、あらたな敵手の姿を求めた。

矢を放ったのは、右頬《みぎほお》に傷のある男であった。彼は馬に騎《の》っており、弓を左手にかまえていた。黒衣の騎士が向きなおる間に、マシニッサは、砂塵と汗にまみれながらその場を脱した。正確には、ころがり出たのである。

右頬に傷のある男は、黒衣のパルス騎士めがけて第二の矢を放とうとした。だが弓を引きしぼった瞬間、風が警告の笛を鳴らした。男の弓が折れ、矢は空をすべって地に突き刺さった。パルス軍から放たれた一本の矢が、男の弓に命中したのである。流れ矢ではなく、ねらいすまして放たれたものであった。

「でしゃばりの女神官《カーヒーナ》めが！」

深刻な憎悪をこめて、右頬に傷のある男はつぶやいた。彼は弓を投げすて、馬首をめぐらすと、すばやくミスル軍の隊列のなかに逃げこんだ。乱軍のなかで神技を見せつけた達人の正体を、彼は知っていた。

パルス軍の陣頭では、黒衣の騎士が、弓の達人を賞賛していた。

「あいかわらずおぬしは地上における弓矢の女神でおいでだ、ファランギースどの」

賞賛された相手は、無言でうなずいたのみである。

腰までとどく髪を持つ女であった。彼女は逃げさったミスルの射手を視界のうちに求めた。不審そうな表情が彼女の瞳にたゆたっているようだった。

III

ディジレ河を渡ってパルスの土を踏んだミスル軍は約八万。ふたたび河を渡って国にもどった者は六万。全軍の四分の一を失うという敗北は、ホサイン三世の眉《まゆ》を曇《くも》らせた。もともと、むやみに好戦的な王ではない。出兵は充分に利害を計算した上でのことであった。それがむざむざ失敗しただけに、ホサイン三世は心楽しまなかったが、表情には出さなかった。

惨敗《ざんぱい》した将軍たちがひとりひとり王の御前《ごぜん》にあらわれ、平伏《へいふく》して謝罪する。ホサイン三世は彼らに労《いたわ》りの声をかけた。とくに恥じいったようすのマシニッサに対しても。

「すんだことはもうよい。気にいたすな」

王者の貫禄を見せて、ホサイン三世はマシニッサをとがめなかったのである。

パルスが奴隷制度を廃止して以来、ミスルの奴隷たちが何かと騒がしい。自分たちもパルスの奴隷たちのように解放されたい、と望む者は当然いる。それを煽《あお》りたてる者もあらわれる。これまでは単なる不平不満であったものが、「解放」という目標を見出した。奴隷制度をつづける国々にとってはまずいことであった。いずれパルスとは再戦せざるをえぬ。宿将カラマンデスを失った上に、生き残りの将軍たちを罰したりしては、ミスル軍の陣容が薄くなってしまう。そのような現実的な計算も、ホサイン三世にはあった。

マシニッサのつぎにホサイン三世の前にあらわれたのは、右頬に傷のある男である。マシニッサの危機を救った功績が彼にはあった。

「陛下、ナルサスめの奸知《かんち》、これでよくおわかりいただけたと存じます。なれどパルスの内外には奴めの敵も多うござる。彼らをまとめてナルサスめに対抗させたいと存じますが、いかが?」

「ふむ、おぬしならそれができるか」

「陛下のお許しをいただければ」

「よかろう、何にしてもパルスの勢威《せいい》を削《そ》ぐために は、あらゆる策《て》を打たねばならぬ。計画がととのったら報告にまいれ。資金を用意してつかわす」

謝礼の言葉をのべて、右頬に傷のある男は国王の御前をしりぞいた。ホサイン三世が思案をかさねていると、侍立《じりつ》していた宮廷《きゅうてい》書記官長のグーリイが声をかけた。

「奇妙な暗号をご存じでおいででしょうか、陛下」

「暗号?」

「はい、四年前、ルシタニア軍がパルスに侵攻したときのことでございます。パルスの地理や国内状勢にルシタニア軍は暗うございました。そのとき彼らに地理を教え、作戦をさずけた人物がおりまして」

「ああ、思いだした。奇妙な銀色の仮面をかぶった男であったそうな」

ホサイン三世はうなずいた。その当時、ミスルは対パルス不干渉《ふかんしょう》政策《せいさく》をつらぬいたのだが、その間、パルスの状勢に無関心であったわけはない。外交官や商人や密偵《みってい》がもたらしたさまざまな報告は、ホサイン三世のもとで分析された。そのなかに銀色の仮面をつけた人物の一件もあったのである。その人物がじつはパルスの王族ヒルメスであったという事実も後に伝えられた。

「ヒルメス王子の顔には傷があり、仮面はそれを隠すためであったと申します」

「というと、あの右頬に傷のある男が、ヒルメス王子だとでも、そのほうは申すのか」

「確認はしておりませぬが、ひとつの可能性として……」

「ふむ、どう考えたものであろうかな」

ホサイン三世は禿《は》げあがった額をなでながら考えこんだ。グーリイの憶測《おくそく》が正確であって、右頬に傷のある男がヒルメス王子であるとすれば、事態はどうなるか。ヒルメスは王位を回復するためにルシタニア軍を利用しようとして、結局、失敗した。そして今度はミスル軍を利用し、あくまでも王位を回復しようとしているのであろうか。

一方的に利用されるのはお人よしすぎるというものである。真《まこと》にヒルメス王子であるとすれば、こちらが彼を利用する方法を考えるべきであろう。ホサイン三世は禿げあがった額の奥で思案をめぐらせた。さしあたって、ふたつの利用法が考えられる。ひとつはヒルメス王子の存在を公表し、彼が王位を回復するための手助けをする。めでたく「ヒルメス王」誕生のあかつきには、ディジレ河東岸の領土と、奴隷制度の復活ぐらいは要求できるはずだ。ミスルは大陸公路西部における奴隷貿易の中心地として、以前より大きな位置を占めることになるであろう。

もうひとつの利用法。それはヒルメスを助けるのではなく、逆に虜囚《りょしゅう》としてしまうことだ。とらえたヒルメスをパルスに送還する。あるいは殺害して首を送りつける。王位を奪回しようとする者を排除してやり、アルスラーン王に恩を売る、というわけである。まったく反対の運命が、右頬に傷のある男を待ち受けることになる。

いずれにしても、それは、グーリイの憶測が的中していた場合のことだ。彼が単なる流浪の旅人であれば、何の意味もないことである。

「いや待て、仮にそうだとしても、あの者をヒルメス王子にしたててパルスの国内に波紋を巻きおこすていどのことはできるな。どうせヒルメス王子の素顔を知る者はそう多くあるまい。生かせる駒《こま》なら最大限に生かさなくてはな」

胸中の結論を、ホサイン三世は口には出さなかった。国家規模の政略にはいくらでも選択の余地があるが、ひとつ口に出すたびに、それが減っていくように思われた。

ホサイン三世のもとに、ふたたびマシニッサ将軍が姿を見せたのはこのときである。彼はパルスの黒衣の騎士にあわや討ちとられるところを、右頬に傷のある男によって救われた。感謝すべきところであるが、マシニッサは、生命《いのち》の恩人に対してむしろ反感を募《つの》らせていたのである。

「あのような異国人、しかもえたいの知れぬ男を、かるがるしく信用なさってよいものでしょうか。陛下にはご注意くださいませ」

そう進言するマシニッサの顔を、ホサイン三世はじろりと眺《なが》めやった。

「あの者がミスルに対して忠誠心など持っておらぬことは、予も承知しておる。だがな、それをおぎなって余りあるのは、パルスに対する憎しみじゃ。アルスラーン王とナルサス卿あるかぎり、あの者はパルスを憎みつづけ、したがってわれらの味方でありつづけるだろう」

「ですが、それにいたしましても、陛下」

「いや、むろん、おぬしの危惧《きぐ》はわかっておる。あの者に利用されるつもりはない。あの者がミスルに害をなそうとしたときには、マシニッサよ、おぬしの剣《けん》をもってあの者を斬《き》りすてるがよかろうぞ」

「御意！」

うれしそうにマシニッサは一礼した。ホサイン三世は座から立ちあがり、飾りたてた自分の駱駝へと歩みをすすめた。「マシニッサめ、存外、器量の小さな奴《やつ》。あれではなかなかパルス軍に対抗できまい」と、内心で失望しながら。

IV

この日、パルス国王アルスラーンが検分《けんぶん》したミスル軍の武将の首級《しるし》は、カラマンデスをはじめとして四十におよんだ。十八歳になったばかりの若い国王《シャーオ》は、勝ち誇るでもなく淡々として勝利者の任をはたした後、敗将たちの首を蜜臘《みつろう》に漬《つ》けてミスルに送りとどけるよう命じた。首だけでも送りとどけて葬《とむら》わせてやろう、という心づかいである。侍臣《じしん》のエラムをともなって、アルスラーンは陣地内を歩んだ。黄金の冑はぬいで小脇にかかえ、髪を微風《そよかぜ》になぶらせている。

アルスラーンの身長は、現在では宮廷画家のナルサスにほぼ斉《ひと》しい。一歳年少のエラムのそれは、アルスラーンより指三本分ほど低い。ふたりとも、もはや少年ではなく若者であり、パルス風に表現すれば「夜空の月が満ちるように」成長と充実をとげつつあった。彼らは国王と臣下ではあったが、生死をともにしてきた友人であり、また同じ師ナルサスに学ぶ相弟子《あいでし》でもあった。

歩みをとめて、アルスラーンは黒い髪の友人に肩ごしの視線を投げかけた。

「犠牲なくして勝利はえられぬものだな、エラム。首を送りとどけてやっても、ミスル兵の遺族には悲しみが増すばかりかもしれぬ」

「御意。ですがどうぞ必要以上にお気になさいませんように。あとはミスル人の心しだいでございますから」

十七歳にしては分別《ふんべつ》くさい口をきくのは、師の影響である。アルスラーンが若々しい口もとをほころばせたのは、「エラムはどんどんナルサスに似てくるな」と感じたからであった。おりからふたりの前方に、ナルサスが姿を見せた。陣中にありながら甲冑をまとわず、剣を佩《は》くだけの軽装《けいそう》である。片手に乗馬用の鞭《むち》を持つのは、これ一本で十万の大軍を動かす軍師の証《あかし》であった。

かつてダイラム地方の領主であったナルサスは、アルスラーン王より十二歳の年長で、ちょうど三十歳になる。以前からの約束どおり、彼は新国王によって宮廷画家に任じられ、友人である黒衣の騎士ダリューンに無言で天をあおがせたのであった。

公式文書に彼の名と官職が記されるとき、

「副宰相《フラマート》にして宮廷画家たるナルサス卿」と書かれると、ナルサスは無言でペンをとって書きあらためるのである。

「宮廷画家にして、一時は副宰相たるナルサス」

いま、まじめくさって彼は国王に一礼した。

「いささか血なまぐさいながら、即位記念日の勝利、祝着《しゅうちゃく》に存じます」

「いつもながら、おぬしのおかげだ」

「いえ、彼らの働きあればこそで」

ナルサスが軽く鞭をあげる方角に、一羽の鷹《シャヒーン》と二騎の人影《ひとかげ》があった。鷹はアルスラーンの翼ある友、

「告死天使《アズライール》」である。

「告死天使《アズライール》」はすでに若鳥と呼ばれる年齢ではない。解放王アルスラーンの征戦《せいせん》にしたがって、人間にまさる武勲《ぶくん》をかさねた老練《ろうれん》の勇士である。その勇士がいま宿り木にしているのは、黒衣をまとった雄将の肩であった。黒衣の万騎長《マルズバーン》ダリューン。この年三十一歳。無双の驍勇《ぎょうゆう》は円熟の度を増し、鋭く精悍《せいかん》な顔だちには沈着さを加えて、大陸公路における最強の戦士としての風格をそなえている。

彼の横に馬を並べているのはファランギースであった。

黒絹の髪、緑玉《りょくぎょく》の瞳《ひとみ》、白珠《しらたま》の肌《はだ》、糸杉《いとすぎ》の身体《からだ》。女神官《カーヒーナ》ファランギースは三年前に変わらず美しく、美の女神アシがりりしく武装した姿にまごうほどである。アルスラーンの即位後、いちど彼女はフゼスターンのミスラ神殿に帰ったが、ほどなく召し出され、宮廷顧問官《ブラフマーン》と巡検使《アムル》と、ふたつの官職を与えられた。ともに定まった職務があるわけではなく、事あるときに国王の相談役となり、また特命をおびて国王の代理をつとめる。彼女にふさわしい役であるかもしれぬ。

ダリューンとファランギースは若い国王の前で馬をおりて敬礼し、「告死天使」は優雅にはばたいてアルスラーンの差しのべた手に飛びうつった。

アルスラーンがパルス王国の統治者として功績をあげた第一の点は、何といっても、強大な外敵を撃ちしりぞけたことである。西のルシタニア、東のトゥラーン。ともに大軍をもって侵攻し、パルスの富を却掠《ごうりゃく》しようとしたが、みじめな失敗をとげた。ルシタニア国王イノケンティス七世も、トゥラーン国王トクトミシュも異郷の土と化し、彼らの軍旗は倒れたままふたたび立たぬ。

「英雄王カイ・ホスロー以来の武勲である」

と、吟遊詩人《ぎんゆうしじん》たちが感歎《かんたん》するのも当然であった。

この巨大な武勲と、麾下《きか》の兵力とは、パルス全土を圧倒した。くわえて海港都市ギランの豪商たちが豊かな富をもってアルスラーンの兵力をささえた。パルス暦三二一年九月、アルスラーンがささやかな即位式を挙行したとき、王都エクバターナには貴族の九割以上が参集し、内心はともかく、新国王に対して盛大な拍手を送り、うやうやしく忠誠を誓ったのであった。

「旧時代を破壊してくれたルシタニアに感謝するとしよう。彼らはパルスにたまった埃《ほこり》を払ってくれたのだから」

ナルサスがそう語ったことがある。かなり皮肉をこめた発言ではあるが、一面の真理であった。

悪虐な侵略者は、しばしば、侵略された国の旧《ふる》い社会秩序を破壊し、結果として、その国の再生に力を貸す場合がある。あくまでも結果として、である。ルシタニアは領土と富を求めてパルスを侵略したが、結局、アルスラーンの登極《とうきょく》とパルスの再生とに力を貸してしまうことになった。旧体制をささえていた貴族や諸侯《シャフルダーラーン》は力を失い、奴隷制度は廃止され、腐敗していた神官《ムーベド》は一掃されてしまった。

これらの貴族や神官は、アンドラゴラス王以前の特権を回復しようとしたのだが、アルスラーンもナルサスも彼らを相手にしようとしなかった。自分たちに何の功績もないことを忘れて、彼らは新体制を怨《うら》んだ。

だがそれらの不満分子を糾合《きゅうごう》し指導できるような者はいなかった。アルスラーンの統治を理論的に批判し、それに対抗するための政策をたて、組織をつくり、諸外国とひそかに連絡をとって包囲網を築きあげる。そんな芸当ができる者はいなかったのだ。

「いや、ひとりだけいる」

と語るのはダリューンで、彼の指先がさすのはナルサスである。たしかにナルサスの権略をもってすれば、アルスラーン王の治世《ちせい》をくつがえすことは可能であろう。だがナルサスは、すくなくとも現在のところ、くつがえすのではなく、つくりあげるほうに熱心であった。

「ところで、ファランギースどの、先刻はおぬしの矢に助けられた。あのとき何やらいわくありげに敵陣を見ていたようだが」

ダリューンが美貌《びぼう》の女神官《カーヒーナ》に問いかけると、ファランギースはうなずいて反問した。

「それじゃ、おぬしに心あたりはないか」

ファランギースは神技を誇る弓の達人であり、当然ながら視力はきわめて鋭い。彼女は戦場で奇妙な敵を見た。ミスル軍の一員であるが、よそおいがミスル人のものではなかったし、馬の騎《の》りかたはパルス風であった。顔だちの細かい部分まではさすがに見えなかったが、ぎらつく両眼と、すばやく顔を隠した身ぶりとが、ファランギースに悪《あ》しき印象を与えたのである。

ダリューンは小首をかしげた。

「おれには心あたりがありすぎる。何者やら見当もつきかねるな」

この四年間、ダリューンが剣光の下に葬りさった雄敵は数知れぬ。彼らの生国《しょうこく》もまた、パルス、ルシタニア、シンドゥラ、トゥラーンの四か国におよび、今日またミスルがそれに加わった。死霊《しりょう》や復讐者の存在を気にしていては際限がない。

「残念なのは、あのミスル人に報いをくれてやりそこねたことだ。アルスラーン陛下を僭王《せんおう》呼ばわりするとは、舌も性根《しょうね》も腐りはてた奴。再戦のときにはたっぷり反省させてくれよう」

ダリューンの眼光にマシニッサが再会することがあれば、舌が凍《い》てつく思いをすることになりそうであった。ファランギースは端麗《たんれい》な口もとに微笑のかけらをこぼした。

アルスラーンが旧王家の血を引いていない。その事実を公表するに際して反対論もあった。エラムも、ひかえめながら反対論をとなえたひとりであったのだ。ナルサスは怒らなかった。

「秘密にしておくからには、それなりの利益があるはずだ。アルスラーン陛下が先王の実子でないという事実を隠して、どのような利益があるのかな、エラム」

師に問われて、エラムは「そらきた」と思い、なるべく理路整然と説明した。

「無用な波乱をおこさずにすむと思います。何と申しても、王家の血というものを人は貴《とうと》ぶものです。

また、陛下が旧王家の血を引かぬことを口実にして、他国がわが国に干渉してくるおそれもありましょう」

「一理ある。だがな、エラム、この場合、隠しておくほうが害は大きいのだ」

新国王に出生の秘密があれば、反対派はかならずそれを探りだそうとする。探りだした秘密を武器のごとく振りかざし、それによって新国王の権威を傷つけようとするであろう。そうなったとき、隠しておいたこと自体が新国王の弱みになる。そうなってから「血統になど何の意味もない」といったところで説得力を持たないであろう。

「アルスラーン陛下には後ろぐらい秘密など何もない。たしかに旧王家の血を引いてはおられぬが、王太子として先王アンドラゴラス陛下に公認された御身。王統を継ぐに何の不つごうがあろう。それを否定するのは、先王のご意思を否定するもの。臣下としてあるまじきことと思われるが、いかが？」

これが国の内外に対するナルサスの論法であった。最初から公開されている秘密は、脅迫者にとって価値を失う。「みんな知っていることだ。それがどうしたというのだ」といわれればそれまでである。民衆にとって、善政をしく現在の国王を追い出し、正統の国王を迎えることなど何の意味もない。解放してもらった奴隷たちには、なおさらのことだ。民衆の信頼を厚くし、国力を強化する。それこそが新国王の権威を正当化する唯一の道である。

「よくわかりました、ナルサスさま。それでもいまひとつ気になる点があります」

エラムがいうのは、アンドラゴラス王に遺児がいること、名乗りでれば母君たるタハミーネ王太后に再会させ、王族として厚く遇《ぐう》する、とナルサスが公表したことであった。

「もし、アンドラゴラス王の遺児と名乗る偽者《にせもの》がつぎつぎとあらわれたら、どうなさいます。それこそ無用な混乱を招くことになりませんか」

するとナルサスは軽く笑いすてた。

「つぎつぎとあらわれてほしいものだ。そうなれば、真の遺児であるという信頼度は薄くなる。また偽者があらわれた、ということでな。アルスラーン陛下にはまったく傷がつかぬ。そうではないか」

「あ、なるほど」

エラムは首肯《しゅこう》し、赤面した。自分が未だ師父《しふ》に遠くおよばぬことは自覚しているが、このような問答のたびにそれを痛感するのだ。

アルスラーンが旧王家の血を引いていないという事実は公然のものであったが、同時に奇妙な伝説も流布《るふ》していた。じつは古代の聖賢王《せいけんおう》ジャムシードの正統の子孫こそ、アルスラーンである、というものである。蛇王《へびおう》ザッハークと、カイ・ホスローの血統の支配を経《へ》て、いま聖賢王の治世が復活したというのだ。

そのばかばかしい伝説を、ナルサスは禁じなかった。それはアルスラーンが新王朝の始祖として認められたも同然のできごとだからである。

「あのような伝説、ナルサスが流布させたのではあるまいな」

一度アルスラーンが問いかけたことがある。ナルサスは指先についた絵具の汚れを布で拭きとりながら、平然と答えた。

「ご冗談を、陛下。このナルサスが画《はか》ったのであれば、もっと気のきいた話を用意いたします。聖賢王の子孫がどうのこうの、おろかしい血統崇拝ではございませんか」

「なるほど、たしかにそうだ」

むろんナルサスは冗談以外のこともいう。

「人の世に完全を求めることはなさらぬように。完全を求める政事《まつりごと》は、多くの罪人をつくりだし、密告を増やし、人の心を暗くいたします。どうか陛下ご自身も、不可能なことをお求めになりませぬように」

理想の灯をかかげつつ、現実の道を歩む。ナルサスが王者の師として説《と》くことはつねにそれであった。アルスラーンは統治者であって宗教家ではない。天上ではなく地上に王国を築かねばならぬ。人を殺すことは大いなる罪であるが、外敵が攻《せ》めてくれば戦って退《しりぞ》けねばならぬ。人をだますことも罪ではあるが、敵を破るためには詐略《さりやく》を必要とする場合もある。政事をおこなう以上、あらゆる人間とあらゆる道徳とを満足させることはできぬのだ。

ナルサスに学びつつ、アルスラーンはこれまで大過なくパルスを統治してきた。

未発に終わった叛乱や、公式記録に残されない陰謀などがいくつもあり、「解放王の御世《みよ》は完全に安定していたわけではない」ともいわれる。むろん、完全に安定している治世などありえない。改革をおこなえば、かならず敵をつくる。これまで特権の上にあぐらをかき、富を独占していた者たちは、改革者を激しく憎むであろう。

「誰からも憎まれたくなければ、何もなさらぬことです。いえ、それでさえ、何もしなかったと非難される因《もと》になりましょう。それもおいやなら王冠をお捨て下さい。そうすれば、王権の重みに耐えかねて逃げだした、という悪口以外はいわれずにすみます」

「悪口をいわれないだけの人生」がいかに無意味なものであるか、アルスラーンはすでに学んでいた。むろんやたらと敵をつくる必要もないことだが、すべての人間を味方にすることもできないのである。

アルスラーンは奴隷制度を廃止し、人身売買を禁止した。これはパルス国内にとどまらず、諸外国にとってもおどろくべきことで、まずミスル王国が軍隊をもって反対の意思をあらわしたわけである。それを撃退したのはよいが、奴隷制度をつづける国と廃止した国とが隣りあわせているからには、今後も戦争の火種は残るにちがいなかった。

「奴隷たちは多くが広い視野を持ちません。目先の欲にまどわされ、また自分たちさえよければそれでよい、と思っております。これは彼ら自身の罪ではなく、彼らに教育と目的とを与えなかった者の罪です」

かなりの国費が、奴隷たちを自立させるために使われた。おもに荒野《こうや》を開拓して農地をひろげ、用水路や家をつくる費用である。解放された奴隷たちを集団に分けて指導者を選出し、開拓した土地は三年後に開拓者の私有地となる。そのような制度をナルサスはととのえ、一方で、戦乱で消えさった大貴族の荘園《しょうえん》も開放をすすめた。「自作農を育て、中産階級を増加させて王権を安定させる」というナルサスの統治法は、急速に実を結びつつあった。

V

「国王アルスラーン陛下、ディジレ河畔《かはん》においてミスル軍を破りたもう。敵の戦死は二万、名だたる勇将カラマンデスも、ふたたび陣頭に立つことなし」

その報がもたらされて、夜を迎えたパルスの王都エクバターナは歓喜の声につつまれた。ディジレ河畔からエクバターナまでは百二十ファルサング（約六百キロ）、大陸公路に沿《そ》ってナルサスが築いた烽《ほう》火台《かだい》と伝書鳩の連絡網により、わずか半日で報告はもたらされたのである。

宰相《フラマータール》ルーシャンと大将軍《エーラーン》キシュワードが手配し、王都の市民に対して一万樽《たる》の葡萄酒《ナビード》がふるまわれた。広場には数千の松明《たいまつ》がともされ、笛や琵琶《ウード》が陽気な音楽をかなで、歌や踊りが披露された。国王アルスラーンが十日後に凱旋《がいせん》する旨《むね》、宰相ルーシャンが市民に告《つ》げると、わきおこった歓声が夜空の星々をたたいた。

宰相《フラマータール》のルーシャンは、ナルサスの絢爛《けんらん》たる智略の光彩を前にしては影が薄くなる。アルスラーンが王位を得るに際しても、彼の働きはめだつものではなかった。前王アンドラゴラスの威圧と迫力に押され、何もできなかったように見えたのである。そのころはただ無力な老貴族でしかなかった。

それにもかかわらず、即位と同時にアルスラーンはルーシャンを宰相に任じた。ルーシャンの穏健で中正ともいうべき為人《ひととなり》に好意をいだいていたし、ナルサスも彼を推薦したのである。

「ルーシャン卿はパルスの旧勢力にあって、もっとも人格的に信頼できる御仁《ごじん》です。ルーシャン卿を宰相の座に据《す》えておけば、旧勢力も諸外国も不安を持ちませんし、私などもやりすぎをへらすことができましょう」

国家制度の変革にせよ、諸外国との外交や戦争にせよ、事実上はナルサスが立案と指導をおこなうのだ。宰相は国王の近くに腰をすえ、祭典や儀式をつかさどり、宮廷の役人たちを指導し監督し、法と慣習にもとづいて国王のおこなう裁判に助言する。諸外国の大使を接待し、公平な人事をおこなう。それらのことを、ルーシャンはまじめにやってくれた。それで充分だった。

お祭りは地上だけではない。王都に近い水路には、百艘《そう》近い小舟が漕《こ》ぎ出し、それに乗った人々が松明を振って「アルスラーン王ばんざい」を叫んだ。夜の水面に火が映り、幾万の宝石をつらねたような美しさである。これを演出したのは、王都を警備する将軍ザラーヴァントであった。

ルシタニア軍によって破壊された貯水池と水路の修復工事を指導したのが、このザラーヴァント卿である。この若い大男は、思いもかけぬ異才の所有者であることが判明した。土木工事が得意なのだ。地形を案じ、図面を引くのも得意だが、工事を指導するのがじつに巧みであった。本来、国家的な土木工事に駆りだされるのは民衆にとって迷惑なことである。だが、水路を復旧しないことには、王都エクバターナ全体が渇きによって死に絶えてしまうであろう。一日も早く工事を完成させねばならなかった。ザラーヴァントは自分から名乗りでて工事の指導を引き受けたのだ。

まず多額の報酬を出すと布告して、ザラーヴァントは三万人の労働者を集めた。さらにこの三万人を、二千人ずつ十五の集団に分け、ひとつの集団を百人ずつ二十の組に分けた。それぞれの組と集団に統率者をおき、分担して工事を進めさせた。早く工事を完成させた組には賞金を出し、たがいに競争させたのである。もともと水利土木の技術に関して、パルスはルシタニアよりはるかに進歩していた。こうして、ルシタニア人の技術者が「三年はかかる」と観《み》ていた水路の復旧工事は四か月で完成したのであった。完成の当日は、千頭の羊と五千樽の葡萄酒《ナビード》がふるまわれ、約束より一割ましの報酬が支払われて、エクバターナにはお祭り気分があふれたのである……。

アルスラーン王の勝報が王都にとどいたこの夜、一軒の酒場で、七人の男が顔を寄せあい、市民たちの陽気な歌声に耳をふさぐ態《てい》で暗い杯《さかずき》をかわしあっていた。絹のりっぱな服を着た壮年の男たちだが、せっかくの絹服にも汚れやほころびがあり、すさんだ印象である。ルシタニアの侵略と、アルスラーン王の即位によって落ちぶれてしまった名門の男たちであった。

「まったく新国王《シャーオ》もいろいろとやってくれる」

「このままではパルスの富も栄光も、無学な奴隷どもに食いつぶされてしまうぞ」

「われら名門出身者たちをないがしろにするにもほどがあるというものだ」

彼らの声には陰惨《いんさん》なひびきがある。先祖たちから伝えられた特権を奪われて、それを回復できぬ者の声であった。時代が変わったのに、それを認めることができぬ。あたらしい時代に対応することができず、といって旧《ふる》い時代にもどすだけの実力も意志もない。落ちぶれた者どうしで額を寄せあい、若い国王《シャーオ》とその廷臣たちをののしり、昔をなつかしむだけであった。べつに彼らは新国王から排除されているわけではない。「仕事をする気のある者は名乗り出よ」といわれているのだが、身分の低い者たちといっしょに仕事などする気がないのだった。

「やれやれ、なさけない。悪政に反抗する気力もなく、ぐちばかりか」

その声は隣の卓から発せられ、一同の耳ばかりでなく心をも突きとおした。

声の主は自分の位置をたくみに計算しているようであった。灯影《ほかげ》のとどくぎりぎりの範囲に座を占《し》め、フードを目深《まぶか》にかぶり、表情を隠している。だが声の調子を隠そうとはしなかった。あからさまな嘲《ちょう》笑《しょう》が、落ちぶれた貴族たちの肥大した自尊心を傷つけた。ひとりが両眼を血走らせ、無礼な男をにらんだ。

「下賤《げせん》の輩《やから》め、何を笑うか。われらは由緒《ゆいしょ》ただしきパルスの名門だ。不当な侮辱《ぶじょく》を受けて、そのままにはしておかぬぞ」

「ほう、怒るか。怒ることができるか。いや、闘って権利をとりもどすこともできず、酔って不平を鳴らすだけのおぬしらでも、怒るふりぐらいはできるというわけかな」

「こやつ!」

わめいて躍り立った男が、腰の短剣《アキナケス》に手をかけた。だが抜き放つことはできなかった。暗灰色《あんかいしょく》の衣をまとった男が袖《そで》をひるがえすと、一枚の細長い布が宙をすべって、蛇のごとく相手の顔に巻きついたのである。短剣の柄《つか》をつかんだまま、相手は床に立ちつくし、二瞬の後、だらしなく尻から床に落ちた。長々と伸び、手足をひきつらせ、すぐに動かなくなる。

「案ずるな、気絶しただけだ」

暗灰色の衣が穏やかな嘲弄《ちょうろう》をこめて小さく揺れた。落ちぶれ貴族たちは声も出ぬ。権威でも実力でも圧倒できぬことをさとり、怯気《おじけ》づいて腰を浮かせた。

「さて、これからが肝腎《かんじん》な話だが……」

フードの奥で両眼が錆《さ》びついた光を発した。

「アルスラーンは人だ」

「な、何をわかりきったことを」

「まず聞け。アルスラーンは人の身じゃ。つまり不死の生命を持ってはおらぬ。いずれは死に、彼奴《きゃつ》の治世も終わる」

「そ、それはそうだが……」

落ちぶれ貴族たちは鼻白《はなじろ》んだ。男の真意を測《はか》りかねたのである。その場から逃げ出すこともできず、遠くの卓から投げかけられる不審の視線を気にしながら、ようやく別のひとりが声を出した。

「だが国王《シャーオ》は若い。まだ十八歳だ。老いて亡くなるまでに、たっぷり時間がある。それまでに伝統あるパルスの礎《いしずえ》は根こそぎくつがえされ、奴隷どもはわが世の春を楽しむだろう」

するとフードの奥から笑声がもれた。陰気に湿った、だがたしかに笑声であった。

「何がおかしい」

「むろん、おぬしのくだらぬ思案《しあん》がおかしいのじゃ。おっと、そう血相を変えずともよい。なるほどアルスラーンは若いが、古来、若くして死んだ王者は幾人もおるではないか」

　男の声は、一同に不吉な記憶をもたらした。まさしく彼のいうとおりで、パルス歴代の国王のなかには早逝《そうせい》した者も多い。第六代のゴタルゼス一世はただひとりの子ワルフラーンを生後半年で失い、自らもその直後に没したため、王統は従弟《いとこ》のアルタバスにうつった。第七代アルタバスも早逝し、王統は遠い一族のオスロエス三世が継ぐに至った。王位をめぐる陰謀や内乱、叛逆《はんぎゃく》、暗殺、処刑のかずかずが、パルスの歴史に埋めこまれている。それは多くの人が知りながら公言できぬ、血のパルス文字《ァレフバー》であった。

　男たちは酔いをさまし、悪寒を背中いっぱいにひろげた。暗灰色の衣をまとった男は、武力または暗殺によってアルスラーンを打倒せよ、といっているのだ。落ちぶれ貴族たちは恐れずにいられなかった。アルスラーンを打倒できればよい、とは思いつづけてきたが、成功するとは思えなかったのだ。彼らにはナルサスの智謀もダリューンの武勇もなく、そもそも勇気がなかった。彼らは顔を見あわせ、ひとりがようやく口を開いて弁解した。

「アルスラーン王は宝剣《ほうけん》ルクナバードによって守護されておる。とうてい手が出せるものではない」

「ではあの宝剣ルクナバードを奪いとってしまえばよいではないか」

　無造作に、暗灰色の衣をまとった男はいってのけた。市場の店先から果物《くだもの》をかすめとるかのような口調であった。一同は半ば放心したように動かず、卓上の料理は手もつけられぬまま、むなしく冷めていくだけであった。

　宝剣ルクナバードは国王アルスラーンを守護する神器《じんぎ》であり、玉座の背後の壁に飾られている。すなわちそれは開国の祖カイ・ホスローの霊がアルスラーンの王権を認め、その身を守護する、ということであった。ナルサスはそれを無条件のものとは見ない。宝剣はどこまでも象徴であるにすぎず、王権は王者の善政と民衆の支持によってのみ成立する、と、ナルサスはいう。ただし、ものわかりの悪い、旧《ふる》い権威ばかりありがたがる輩に対しては、宝剣の存在がものをいうのだ。

その宝剣がアルスラーンの手から失われたら、どのようなことになるか。畏怖《いふ》のあまり麻痺した一同の耳に、毒液が声となってそそぎこまれてきた。

「どうだ、誰ぞやってみぬか。もし宝剣ルクナバードを手に入れることができたら、その者こそがパルスの国王《シャーオ》となれるのだぞ。見よ、現にアルスラーンめは王家の血を引かぬ下賤《げせん》の身ではないか。おぬしらのうち誰が奴にとってかわっても、何の不思議もありはせぬ。のう、そうではあるまいか……」

やがて夜半もすぎ、酒場も閉じる時刻となった。酒場の主人は、店の隅で長々と密談していた客たちを追い払うように送りだしたが、彼らがさして暴飲したわけでもないのに正体を失って亡霊のようにふらついているのを怪《あや》しんだ。何やら国王陛下を誹《そし》っていたようでもあるので、役所に訴え出ようかとも思ったのだが、一番最後の客が主人の顔に冷たい息を吹きかけると、床にへたりこんでしまった。そして翌朝、目がさめると、自分がなぜ店の床で寝こんでしまったのか、どうしても思いだすことができなかったのである。

仮面兵団

第二章

狩猟祭《ハルナーク》

8

I

　ディジレ河畔においてミスル軍を敗退せしめ、国《シャ》王《ーオ》アルスラーンが王都エクバターナに帰還したのは十月八日のことである。宰相《フラマータール》ルーシャン、大将軍《エーラーン》キシュワード、王都警備隊長ザラーヴァントらの出迎えを受けて、アルスラーンは王都の門をくぐった。すでに夕刻であり、民衆は数万の松明《たいまつ》をともして王の武勲をたたえた。そして一夜が明けた十月九日、朝のうちにアルスラーンは軍をひきいて今度は東へ向かった。あわただしい行動であった。

　一説によれば、王宮にいると宰相のルーシャンが二言めには結婚を勧《すす》めるので、それがわずらわしかったからだ、といわれる。アルスラーンも十八歳になったのだから、結婚してよい年齢ではあった。結婚して子をもうけねば、王位を継承する者がいない。「アルスラーン二世」の誕生を、ルーシャンらが待望していたのは事実である。そして、彼らのすすめる縁談のかずかずに、アルスラーンが閉口していたこともまた事実であった。

　だが今回の件では歴然《れっき》とした理由があった。隣国シンドゥラの国王《ラージャ》を迎え、シャフリスターンの野において盛大な狩猟祭《ハルナーク》をもよおす予定があったのである。シャフリスターンはパルス五大猟場のひとつであった。そしてパルス暦三二一年五月には、この野と、近くの聖《サン》マヌエル城とにおいて、パルス軍とルシタニア軍が衝突《しょうとつ》し、甲冑を着用した猛獣どもが武器をふるって血を流しあったのだ。パルス解放戦《せん》役《えき》における重要な戦場のひとつである。

　パルス人のみならず、騎馬の民にとって狩猟はきわめて重大な行事である。軍隊の訓練としても、宮廷や宗教上の行為としても。そして外交の道具としてもである。ゴタルゼス大王の御世《みよ》には、六か国の王が狩猟祭に招待され、パルスの繁栄と大陸公路の平和とを祝い、たがいの友好を誓いあったものであった。

　平和と友好の誓いとは、残念ながら永続しないものである。その後、パルスは、周辺諸国のすべてと戦い、血を流すことになった。だが、永遠につづく戦いもない。今回、シンドゥラ国王《ラージャ》ラジェンドラ二世を招くのは、かつて結ばれた和平条約を延長させる話しあいもかねてのことであった。

したがってアルスラーンは王宮に一泊し、その間、露台《バルコニー》から民衆の歓呼に応えたのみで、翌朝すぐシャフリスターンの野へと出立《しゅったつ》したのであった。

かつて豪壮華麗をきわめた王宮は、ルシタニア軍の破壊と劫略《ごうりゃく》によって荒廃《こうはい》に帰した。だがルシタニア軍もその後自分たちの王宮兼総司令部としていちおう修復したし、王位についたアルスラーンも三年がかりで手を入れて、ひとまず大国の王宮として恥ずかしくないていどに、その威容《いよう》は回復している。アルスラーンは贅沢《ぜいたく》を好まぬが、戦後の人心を安定させるためにも、あるていどりっぱな王宮は必要なのである。

アルスラーンが行軍していく公路には、二ファルサング（約十キロ）ごとに烽火台《ほうかだい》が築かれていた。外敵の侵攻があるときは、国境にもうけられた城塞群が住民を収容して固く門を閉ざし、ひたすら防御に徹する。一方、公路にそった烽火台が烽火をつらねて半日で王都エクバターナに急を知らせる。王宮に駐留する騎兵部隊がただちに進発して国境に駆けつける。それが副宰相としてナルサスが考案した新王朝の軍事制度であった。現にミスルが侵攻してきたとき、この制度が生かされたのである。

パルスは強兵の国であるが、ルシタニアの侵攻によって多くの兵と歴戦の指揮官とを失った。戦後もまず国土と経済の復興からはじめねばならず、半減した兵力を有効に使う必要があった。いつおこるか知れない戦役に具《そな》えて、東西の国境に十万二十万の兵力を貼りつけておく余裕はない。したがって、必要な場所にできるだけ早く兵を送る。機動力がきわめて重要なのである。

「アルスラーン王の十六翼将《よくしょう》」と呼ばれる人々は、すべて騎兵の指揮官である。かつてパルスの歩兵は奴隷《ゴラーム》であったが、奴隷制度が廃止されて自由民となった。となると俸給《ほうきゅう》を支払わねばならず、おのずと兵数も制限されることになる。

なお「十六翼将」と呼ばれる人々は、パルス王国の制度として存在していたわけではない。吟遊詩人が「解放王とその戦士《マルダーン》たち」の事蹟《じせき》を謳《うた》いあげるとき、とくに十六人の名があげられる。彼らは聴衆にむかって、「十六翼将の名を知るや」と問い、聴衆は指おり算《かぞ》えて答えるのだ。

「ダリューン、ナルサス、ギーヴ、ファランギース、キシュワード、クバード……」とつづき、「……エラム」で終わる。エラムが末席であるのは、彼が最年少であるからだ。だがパルス暦三二四年十月の時点で、アルスラーンに臣属《しんぞく》する者は十五名。まだ全員が顔をそろえてはいなかった。また彼らのうち、ジャスワントはシンドゥラ人、ジムサはトゥラーン人で、異国人もアルスラーンのもとで戦ったのである。

いわゆる「十六翼将」のなかで最年長者は片目のクバードである。パルス暦三二四年の秋に、彼は三十五歳であった。本来であれば最年長者として全体をとりまとめねばならぬところだが、クバードにはそんな気はない。大将軍《エーラーン》の座もキシュワードにゆずった。正確には押しつけたのだ。「柄《がら》じゃない」というのがその理由で、この自己評価には誰も反論できなかった。

キシュワードは家門《かもん》からいってもパルスで最高の武人である。彼は「解放戦における最大の武勲はダリューン卿こそ」といって大将軍《エーラーン》職を固辞した。だがダリューンは、キシュワードより年少で万騎長《マルズバーン》としての閲歴《えつれき》も浅いという理由でそれを謝絶した。アルスラーンの裁断によってキシュワードが大将軍《エーラーン》となり、武将たちの首席をつとめることになったのである。

大将軍《エーラーン》の座をめぐって三人の万騎長《マルズバーン》の間で争いがおこらなかったので、人々は安心し、ダリューンとクバードを「無欲の人だ」といって賞賛した。それは一面の事実ではあるが、クバードは「いまどき大将軍になって兵制改革で苦労するのはごめんだ」というのが本音であったし、ダリューンもなおしばらくは野戦の陣頭に立ちたかったのである。だが、地位はどうであれ、結局のところパルス軍の最高指導部はこの三人によって構成されるしかないのだ。かくしてキシュワード以外のふたりが「大将軍格《エル・エーラーン》」と称されることになった。

ダリューンの豪勇は、ルシタニア・トゥラーン・シンドゥラ、各国の軍隊が骨の髄《ずい》まで思い知るところである。だがミスル軍は、ダリューンの武名を噂として聞きつたえるだけで、実態を知ってはいなかった。むろん今度はちがう。勇将カラマンデスを討ちとり、マシニッサに逃走を強いた黒衣の騎士は、ミスル軍にとっても「黒い恐怖」として語りつがれることとなろう。

「おれはこれ以上強くはならんが、ダリューンはまだ上にいくだろうよ」

とクバードが語ったが、実際ダリューンの武勇は一日ごと一戦ごとに磨きがかかるようであった。

いまだ妻帯《さいたい》せず、王宮の門外に邸宅をたまわったが、年の半ばを王宮内で当直している。解放奴隷の老夫婦が邸宅の留守をまもっていた。ときとして妓《ぎ》館《かん》に足を向けることもあるが、さだまった女はいない。その点ナルサスも同様であるはずだが、彼の場合、アルフリードという存在がある。

アルフリードは祖母以来の慣習を破ってしまった。今年二十歳になるのだが、まだ結婚していないのだ。身体《からだ》つきも少女から成人した女性のものになり、どことなく色香《いろか》らしきものも漂《ただよ》わせるようになったが、言動が淑《しゅく》女《じょ》らしくなるでもなく、往古《むかし》と変わらぬ口調で、ナルサスとの関係を語るのだった。

「いいんだよ、ナルサスとあたしは魂が結びついてるんだからさ。世俗的な形式なんかどうでもいいんだ。まあ、いずれはきちんとしないとけじめがつかないけど、あわてることはないよ」

アルフリードとの件に関するかぎり、ナルサスは優柔不断と謗《そし》られても弁明できぬであろう。いちおう彼はアルフリードにむかって言いはしたのである。むこう幾年かは国事に専念する、国家より恋や家庭を優先するわけにはいかぬ、と。それでアルフリードはすなおに諒承《りょうしょう》して、幾年か将来《さき》を楽しみに待っているという次第であった。

「いいか、エラム。おれは一日も早く、埃《ほこり》っぽい俗世間から逃れて、美と真実の世界に定住したいのだ。だから早く一人前になって、おれの重荷を肩がわりしてくれよ」

ナルサスがしみじみいうと、エラムはやや皮肉っぽく答える。

「とるにたりぬ身ですが、できるだけのことはいたします。でも、ナルサスさま、あのお荷物だけはお引きうけできません」

あのお荷物とは、むろんアルフリードのことである。ナルサスが反応にてまどっていると、ダリューンがすまして口を開いた。

「恋愛は一瞬、後悔は永遠。たしかおぬしの持論だったな、宮廷画家どの」

さて、恋だの愛だのということになると、女神官《カーヒーナ》ファランギースは、問われてつぎのように答える。

「わたしはミスラ神につかえる者。身は地上にあっても、心は地上にない。また耳に精霊《ジン》の声は聴《きこ》えても、不実《ふじつ》な男どもの戯言《ざれごと》は聴えぬ」

「さようさよう、ファランギースどのはおれの雅歌《がか》さえ聴いて下さればよい。俗塵《ぞくじん》でその美しい耳を汚《けが》すにはおよばぬぞ」

あいかわらず女神官にまつわりつくギーヴが熱心にいうと、ファランギースはひややかな視線を横に流す。

「おや、俗気がかたまって服を着ると、いつのまにやら口もきけるようになると見えるな。しかも長い舌が五、六枚はあるらしい」

「それはファランギースどの、誤解と申すもの。おれは髪の先から足の爪先まで、誠意と謙遜《けんそん》だけでできあがった男だ。それが証拠に、心の清らかな乙女だけがおれの真価を見ぬくことができる」

「心は清らかでも目が曇っていては、不実な男の餌《え》食《じき》となるだけ。あわれなことじゃ」

彼らの会話がアルスラーンの耳にとどくと、彼の唇《くちびる》がほころびる。彼が歳月をともにしてきた仲間たちは変わっていない。いつまでもこのようであってほしい。そう思わずにいられなかった。

「このごろ何か珍しい話はないかな、ご両所」

ダリューンが話に加わる。ファランギースが応じる。

「そうじゃな、奇妙な陵墓盗掘者《はかあらし》の話があるのじゃが」

「墓あらし?」

「ギーヴが先日、エクバターナの近くで出会うたそうな」

それはつぎのような話であった。

II

アンドラゴラス王の陵墓《りょうぼ》は豪奢《ごうしゃ》なものではなかったが、質素にすぎるということもなかった。父王ゴタルゼス二世、兄王オスロエス五世の陵墓と並び、エクバターナの北方五ファルサング、アンヒラークと呼ばれる丘に彼は埋葬されている。この丘はかつてルシタニア軍によって荒《あ》らされ、諸王の財宝は略奪されたが、二年前に修復工事が終わった。かつてのような豪奢な雰囲気は失われたが、樹林や花壇がととのえられ、幾種類かの鳥が放されて、閑雅《かんが》な場所となった。王者たちの永い眠りをさまたげることがないよう、さまざまな配慮がなされている。

これらの陵墓を管理するために役人がいる。王墓管理官《ニザル・ハラーフル》といって、その地位は宮廷書記官と同等である。いってしまえば墓守《はかもり》だが、王墓近くの神殿におさめられている財宝を守り、「アルタバス王の死後二百年祭」などという場合には式典をつかさどる。なかなか重要な役職であるから、それなりに格式のある貴族がこの職に就くことが多かった。財宝をねらう盗賊どもを防ぐため、二百名ほどの武装兵も指揮下においている。

アルスラーン王のもとで王墓管理官をつとめる者は、フィルダスといった。宰相《フラマータール》ルーシャンの一族で、とりたてて才気に富んでいるわけではないが、職務に忠実で、その地位を名誉に思っている。「功績をたてて出世してやるぞ」などと考える型の人物は、このような職には向かないであろう。

　フィルダスは五十歳で、もうこれ以上、他人を押しのけて出世しようとも思わない。無事につとめを終え、悠々《ゆうゆう》と老後をすごすことが望みであった。

　十月六日の夜のことである。フィルダスは灯火を手に自宅を出た。灯火は酒精《アルコール》を燃やす種類のもので、青銅でつくられており、把手がついている。王墓を一巡した後、眠りにつくのが彼の日課であった。死者の眠りをさまたげぬよう静かさをたもたねばならぬので、兵士はともなわない。だが首から笛をさげており、危急のときはこれを鳴らせば、兵士たちが駆けつけてくる。

　ほぼ満月であった。フィルダスはゆっくりと月下の道を歩んでいく。糸杉の並木にそってゴタルゼス王の墓をすぎ、アンドラゴラス王の墓へ近づいたとき、彼の平穏は破られた。最初は錯覚かと思った。だがたしかに音が聴《きこ》えた。夜は深い眠りにおちているはずの鳥たちが、不安げにざわめいている。それにまじった異様なひびきは道具を使って土を掘る音だ。フィルダスは息をのんだ。黒い人影が、アンドラゴラス王の墓の上でうごめいている。

「ま、まさか、まさか……」

　フィルダスの胃の底が氷結し、皮膚が鳥肌だった。ひざが慄《ふる》え、直立することができなくなって、糸杉の幹にしがみつく。逃げだすか、笛を鳴らして兵士を呼ぶべきであったが、どちらもできなかった。

　ただの墓あらしが相手であれば、これほど恐怖はしなかったであろう。何とも表現しがたい陰惨な冷気が、目に見えぬ鎖となってフィルダスの身と心をしばりあげたのだ。腰がぬけたまま、フィルダスは、神々と王者とを冒瀆《ぼうとく》する行為を夜の帳《とばり》ごしに見守った。月光の下で黒い人影は動きつづける。深海を泳ぎまわる怪魚《かいぎょ》の姿に似ていたかもしれない。たゆむことなく着実に、人影は土を掘りかえし、墓をあばきつづけた。土をけずり石を打つ音が延々とつづき、その音がフィルダスをこの世ならぬ場所に引きずりこむようであった。

　突然、肩に手を置かれたとき、フィルダスはあやうく気絶するところであった。凍《い》てついたような頸《くび》をかろうじて動かす。月光の下にたたずんでいるのは、ななめに帽子をかぶり、剣を帯びた旅装の男であった。優美さのなかに強い発条《ばね》を秘めた身体つきが、雪豹《ユーズ》を思わせる。顔のつくりまでは見えなかったが、ひそめた声は若々しかった。

「アルスラーン陛下より知遇《ちぐう》をたまわり、かたじけなくも巡検使《アムル》の官位をいただいたギーヴと申す者。事情をご説明ねがえれば幸いだが」

　巡検使ギーヴの名をフィルダスは承知していたが、それが安心には結びつかなかった。一般的にギーヴの評判といえば、

「火を消してくれるかわりに洪水をおこす」

というものであって、しかもどういうものか男だけが洪水に流されてしまうのであった。だがこの際この男があらわれてくれたのは、フィルダスにとって神々の助けである。

「は、墓あらしでござる。何やら怪異《かいい》な者が先王陛下の墓をあばこうとしておるのでござる。宝物は神殿にあり、墓に埋《う》められてはござらぬのに、何が目的やら」

　必死の努力で、ようやくそれだけを語った。ギーヴは無言だが、闇のなかでわずかに眉をひそめたらしい。糸杉の幹に半ば身を隠しながら、月下の光景をすかし見た。彼はパルスで屈指の弓の名手であり、視力はフィルダスよりはるかにすぐれている。

　このときこの場に彼があらわれたのは、じつは正義の使者としてではない。気ままに旅をかさね、狩猟祭《ハルナーク》に参加するため王都へもどる道、旅費をつかいはたした。このようなときには巡検使の身分がありがたい。一夜の宿を求めて王墓管理官の門前へ来たところ、この事態に直面したのである。

「さてさて、財宝もなしに王墓をねらうとは、趣味のよくない奴。正体をたしかめてやるとしようか」

　ギーヴにはギーヴの論理がある。埋められた財宝をねらって墓をあばくというのであれば、それはり

っぱな商売である。そもそも、死者に財宝など必要ないものであるのに、柩《ひつぎ》にいれてあの世まで持っていこうなどという性根《しょうね》のほうが、よほどあさましいではないか。

だが財宝をねらうわけでもないのに墓をあばくとは、どういう意図であろう。食屍鬼《グール》でもないかぎり、そのような所業をするはずはない。

この三年、ギーヴは巡検使《アムル》としての身分を持ちながら、たまにしか王宮にあらわれず、パルスの国土を旅してまわっていた。アルスラーンとしても、この気まぐれな楽士を籠《かご》に閉じこめようとは思わず、帰ってきた彼から旅の話を聞くことを好んだ。ギーヴは王都エクバターナで身体を休め、当然のような表情《かお》で巡検使としての俸給《ほうきゅう》を受けとると、また旅に出ていくのである。パルス暦三二四年の十月に、彼は二十六歳であったという。

月下の道に彼が歩み出ると、敷《し》きつめられた玉砂《たまじゃ》利《り》が鳴った。黒い人影は動作をとめた。瘴気《しょうき》が敵意をともなって吹きつけてきたが、ギーヴは悠然《ゆうぜん》として恐れる色もない。

「墓あらしが悪いとはいわんが、やるなら見つからないようにすることだ。獲物を横どりされたら、せっかくの苦労が水泡《すいほう》に帰するというものだぞ」

横どり名人のギーヴがいうのだから説得力に満ちている。だが相手は感動しなかった。敵意にみちた瘴気はさらに強まって、後方に隠れているフィルダスは必死に嘔吐《おうと》感をこらえた。ギーヴは眉も動かさぬ。内心がどうであれ、敵に弱みを見せることはけっしてない男だった。

変化は急激だった。黒い人影の手もとから蛇が躍《おど》って、ギーヴの顔面をおそった。ギーヴの手元からは閃光《せんこう》が走る。鞭《むち》を鳴らすような音が夜空をたたいて、蛇は両断され、地にとぐろを巻いた。そのときすでに黒い人影は一陣の風と化して夜の奥へと走り去っている。

追おうとしてギーヴは足をとめた。剣をのばし、地上の蛇をはねあげる。生命を持たぬ細長い布が宙を舞い、ふたたび地に落ちた。

「ふふん……魔道《まどう》の類《たぐい》か」

ギーヴはわずかに目を細めた。三年半前、ペシャワールの城塞で出会った怪異《かいい》な人影の記憶がよみがえった。あのときギーヴは敵の片腕を斬り落とし、濠《ほり》の底に沈めてしまったのだが、正体をたしかめることはできなかったのだ。

「なるほど、あのときどうやらおれたちは毒草を刈りとって根を残してしまったらしいな。あやつらの根はどこへつづいているのか？」

剣とともにつぶやきをおさめて、ギーヴはフィルダスをかえりみた。

「ところで、王墓管理官どの、重要な質問がひとつあるのだが」

「は、何でござろう」

「お宅には娘御《むすめご》はおいでであろうか」

「娘はふたりおりましたが、どちらももう他家に嫁ぎました」

「何だ、そうか。そいつはぜひもない」

興味を失った態《てい》でギーヴはいったものである。フィルダスの邸宅で酒食のもてなしを受け、やわらかい寝台で女ぬきの一夜をすごすと、さっさと立ち去った。フィルダスのほうは、荒らされた墓を大いそぎで修復させるとともに、王都に使者を出して事情を宰相ルーシャンに報告した。ルーシャンもこの事件に不気味さを感じたが、アルスラーン王には簡単な報告しかできなかった。何分にも、えたいの知れぬ事件であり、いそいで結論を出せるものではなかったのだ。

それが「奇妙な墓あらし」の一件であった……。

III

シンドゥラ国王ラジェンドラ二世は、アルスラーンよりちょうど十歳の年長である。異母兄弟との争いに勝利をおさめ、登極したのは、アルスラーンより半年ほど早かった。王位をえるにあたって、ラジェンドラはパルス軍の力を「ほんのちょっと」借り、以後、両国は和平条約を締結して、うるわしい友情をむすんだ。そしてラジェンドラはアルスラーンのもっとも信頼し敬愛する親友となり、今後も何かとアルスラーンを助けるであろう。

というのが、ラジェンドラ二世によって語られる両国の関係であった。彼に「ほんのちょっと」力を貸したパルスの武将たちがそれを聞けば、「九割がほんのちょっとか」と腹をたてるにちがいない。

だがパルス人たちの白眼《はくがん》など、ラジェンドラは歯牙《しが》にもかけなかった。金銀珠玉《しゅぎょく》で人も馬も飾りたてた彼は、アルスラーンに対して陽気に挨拶《あいさつ》すると、パルス国王の傍《そば》にひかえるシンドゥラ人に声をかけた。

「ジャスワントか、久しいな。パルスで幸福に暮らしておるか？」

「おかげをもちまして」

鄭重《ていちょう》に、ジャスワントは故国の王者に一礼したが、とりようによっては皮肉きわまる返答であった。ラジェンドラが異母兄弟のガーデーヴィと王位を争い、国を二分させるようなことがなければ、ジャスワントは国を去らずにすんだのである。

「パルスの料理が口にあわなくなったら、いつでも帰国してまいるがよい。おぬしの力量にふさわしい地位を与えるぞ」

「ありがたいお言葉ですが、このところパルス料理のほうが口にあうようになりまして」

「女もパルスのほうがいいかな」

ラジェンドラは大笑した。今回の狩猟祭《ハルナーク》に彼がひきつれてきたシンドゥラの将兵は六千、象が十二頭である。いっぽうパルス軍は二万四千を算《かぞ》え、三分の一が騎兵であった。八千のパルス騎兵が整然と行進するさまをラジェンドラは馬上から見た。

「いやいや、勇壮きわまる光景だ。パルス軍の強さ、目に焼きつくというものだな」

ラジェンドラの感歎《かんたん》は、無意識の警戒をふくんでいる。パルス軍の強さを、ラジェンドラは熟知していた。敵としても味方としてもである。強いからといって、だが、ラジェンドラはパルス軍を恐れてはいない。味方としてはその強さを利用すればよいし、敵としてはその強さを発揮させぬようにすればよいのである。いずれにしても、彼の吹く笛によってパルス軍を踊らせてやればよい、と、ラジェンドラは思っているのであった。そして彼がそう思っていることを、パルスの宮廷画家は正確に知っている。

「強いだけでなく華麗さもこの上ない。おお、大陸公路でもっとも美しい勇者がお通りだぞ」

　大きすぎる緑玉《エメラルド》をつけたターバンに手をやって、ラジェンドラが愛想よく挨拶する。それを受けたのはファランギースであった。緑玉と同じ色の瞳から表情を消し、完璧な礼儀を守って挨拶を返す。

「いや、あいかわらずの美しさ。御身《おんみ》の心をえるためならば、カーヴェリー河の底をおおうほどの珠玉をさしあげように」

「うるわしのファランギースどの」は冷然として、シンドゥラ国王のたわごとを風に乗せ、軽やかに馬を走らせていく。

「ナルサス卿とはちがった意味で、ファランギースどのも罪なことだ」

と、ギーヴがいったことがある。ファランギースに言い寄る男はギーヴ以外にも幾人となくいたが、成功した者はひとりもいない。ファランギース自身に受けいれられぬのは当然だが、ギーヴもせっせと恋敵《こいがたき》たちの足もとに穴を掘っては突き落としていたのであった。

ファランギース、そは月の異名
男どもを冷たく照らすなり
万人の目が彼女を見あげても
指先に触れることはかなわぬ

当時歌われた四行詩《ルバイヤート》であるが、作者がギーヴであるかどうかは不明である。

狩猟祭《ハルナーク》がはじまって、どれほど時をへたころであったろうか。長槍《ちょうそう》をたずさえて馬を進めるアルスラーンであったが、馬の歩みがにわかにとまった。叢《くさむら》がざわめき、空中に躍ったのは巨大な獅子《シール》の影であった。反射的にアルスラーンは長槍をひらめかせた。わずかな手ごたえとともに獅子のたてがみが数本、宙に舞った。獅子は巨体を宙でくねらせ、人間の攻撃をたくみにかわして、草の上に着地している。アルスラーンは馬首と槍をめぐらし、獅子と正面から相対した。威嚇《いかく》のうなり声が白い牙の間からほとばしり出る。

「気圧《けお》されるな」

自分自身にアルスラーンは命じた。彼はこれまで幾度も敵刃《てきじん》に相対した。多くの場合、敵の力量はアルスラーンにまさった。今回、人と獣とのちがいはあるにしても例外ではない。

「気迫が技倆《ぎりょう》の未熟をおぎなう、などと考えてはなりません。経験をかさね、技術を向上させることが第一。ですが、落ちついて対処するのはそれ以前に有効なことでござる」

キシュワードに剣《けん》を学んだとき、アルスラーンはそういわれたことがある。彼は獅子の黄色く光る両眼から視線をそらさず、右手にした長槍の感触をたしかめた。腕の筋肉にこわばりはない。一撃でしとめる。それがかなわぬときは左手で咽喉《のど》をかばい……。

ふたたび獅子が躍った。アルスラーンの右腕は持主の意思どおりに動いた。閃光が獅子の口に突き刺さる。

アルスラーンの長槍を噛み折ろうとして、獅子《シール》は失敗し、咽喉の奥《おく》まで突きぬかれた。鈍《にぶ》い咆哮《ほうこう》と大量の血が宙に噴きあがり、大地へと落ちかかる。それに一瞬おくれて、獅子自身の巨体が宙で一転し、地ひびきをたてて落下した。

自分の呼吸と鼓動《こどう》の音をアルスラーンは聴き、汗が湧くのを感じた。右手にしびれがあるのは、獅子に槍をもぎとられた衝撃であった。地に伏した獅子のたてがみから、血ぬれた槍の穂先が突き出ているのが見えた。

「獅子狩人《シールギール》アルスラーン！」

そう呼ぶ声がして、アルスラーンの眼前で黒衣の騎士が黒馬から降りたった。獅子《シール》に歩み寄り、口をつらぬいた長槍の柄を引きぬく。まだ凝固せぬ血が、あらたに草をぬらしてひろがった。ダリューンは両手で槍をかかげ、うやうやしく馬上の国王《シャーオ》に差し出した。アルスラーンがそれを受けとると、集まってきた将兵が歓呼とともに剣や槍で天を突きあげた。十八歳にして、アルスラーンは名誉ある「獅子狩人《シールギール》」の称号をえたのである。

「おみごと、アルスラーンどの、じつにおみごと」

必要以上の大声で、ラジェンドラ二世が激賞する。彼にとって人生とは神々の劇場であり、主役はつねに彼自身であるかのようだ。いうことなすこと、ひとつひとつ演技じみているが、それがどこまで政治的な効果をねらっているのか、それとも無邪気《むじゃき》なものであるのか。

「ご本人にもわからぬだろう」

というのが、ナルサスの評である。ナルサスにいわせれば、ラジェンドラのざれごとにひとつひとつ反応していては、かえって惑《まど》わされる。彼が何を望んでいるか、正確なところはわかりきっているので、それさえ押さえておけばよい。

ふたたび黒馬にまたがったダリューンが、ナルサスのほうに馬を歩ませてきた。アルスラーンと馬を並べたラジェンドラの後姿を見やり、ナルサスが冗談めかして語りかけた。

「そろそろシンドゥラの国王《ラージャ》陛下は陰謀の虫が騒ぎだす時期ではないか、という気もするな」

「さかりの時期が来たか」

「おいおい、仮にも一国の王だぞ」

「おぬしやおれの王ではない」

ダリューンはかつてシンドゥラの「神前決闘《アディカラーニャ》」でラジェンドラの代理をつとめ、死闘の末、王冠をラジェンドラにもたらした。恩人であるが、その後、自分の行為をしばしば後悔しているのであった。

さらに狩猟祭はつづき、三頭の獅子《シール》がしとめられた。アルスラーンは途中で一度、疲れた馬を交替させ、野を駆けめぐり、いつしか部下たちとはぐれた。彼にしたがうのは鷹《シャヒーン》の「告死天使《アズライール》」だけとなっていた。

「告死天使《アズライール》」が鋭い警告の叫びをあげた。同時にアルスラーンの目は、殺到《さっとう》してくる騎影《きえい》をとらえた。

狂奔《きょうほん》する馬、それを駆る人間の憑《つ》かれたような表情、喚声《かんせい》をあげるために開かれた口。その口から叫びが放たれたが、それは単なる音のかたまりにすぎず、言葉として意味をなしていない。

アルスラーンは剣を抜いた。十四歳以来、連日、戦場を往来し、敵刃《てきじん》に身をさらしてきたアルスラーンである。不審を感じたとき、すでに身体《からだ》が反応していた。おそいかかる閃光をかわし、駆けぬけようとする相手の胴《どう》に白刃《はくじん》をたたきこんだ。人血《じんけつ》が陽《ひ》にかがやいた。

IV

一騎を馬上から斬って落とすと、アルスラーンは馬腹を蹴って包囲網の一角を突破した。さらに数本の白刃が若い国王めがけて追いすがってくる。叢《くさむら》を駆けぬけ、なだらかな稜線《りょうせん》を躍りこえて、アルスラーンは味方に急を知らせた。

「暗殺者《アサッシン》だ！」

それは大陸公路諸国の民にとって共通の名詞であった。稜線のむこうがわにいたパルス人もシンドゥラ人もいろめきたった。アルスラーンの部下で、もっとも彼に近い場所にいたのはエラムであった。彼は視線を移動させ、獣《けもの》でなく人を狩《か》ろうとする一団を発見した。

「陛下！」

叫《さけ》ぶと同時にエラムは腰間《ようかん》の剣を引きぬき、馬を躍らせた。突進していくと、気づいた暗殺者のひとりが馬上で振りむいた。敵意の視線をエラムに突き刺し、弓に矢をつがえる。射放した瞬間、エラムは馬を斜行させ、馬上に身を伏せた。矢はうなりを生じてエラムの頭上を飛び去った。

エラムがふたたび身をおこし、突進する。彼が軽装で甲冑をまとわぬことを確認すると、暗殺者は弓を振りかざし、投げつけた。エラムが剣でそれを打ちはらう。暗殺者はわずかに時間をかせぎ、自分の剣を引きぬいた。だがそのときすでにエラムは敵に肉薄《にくはく》している。

エラムの剣が暗殺者の右肘《ひじ》に撃ちこまれ、関節をくだいた。暗殺者の右腕は一本の腱《けん》と皮膚だけを残して切断された。

暗殺者は馬上からもんどりうった。剣をつかんだままの右手に引きずられたような姿勢で。彼が大地に衝突したとき、彼の同志たちはアルスラーン王の部下たちの白刃によって包囲されていた。ジャスワントがひとりの咽喉《のど》を斬り裂き、アルフリードがひとりの頸部《けいぶ》に致命傷を与え、ダリューンがひとりの胸を刺しとおして、ほとんど一瞬の間に暗殺者たちは全滅した。

「陛下、ご無事で?」

「大丈夫だ、傷ひとつない」

アルスラーンが元気よく答え、部下たちの労に感謝した。ナルサスやギーヴも駆けつけてきたが、もっともにぎやかな音と声をたてて駆けつけたのはラジェンドラであった。乗馬の一歩ごとに、飾りたてた金銀宝石が揺れて鳴りひびく。

「いやはや、パルスの国王《シャーオ》を害しようとは、神々を畏《おそ》れぬ奴らだ。仮にアルスラーンどのの政事に不満があるなら、堂々とその旨《むね》申し述べればよかろうに」

両手をひろげてラジェンドラは歎息《たんそく》し、それをおさめると陽気な声になった。

「だが心配なさるにはおよばんぞ、アルスラーンどの。パルスにおぬしの敵がいても、シンドゥラにはおぬしの味方がおる。この上なく頼もしい味方がな」

「いったい誰のことだ」

と言いたかったにちがいないが、国賓《こくひん》に対する儀《ぎ》礼《れい》を守って、ダリューンはどうにか沈黙をたもった。当のアルスラーンはというと、

「ラジェンドラどのの御好意《ごこうい》、いつもながらありがたく存じます」

微笑《びしょう》をふくんで答えた。ごく自然に外交術を心得ているようでもある。暗殺者たちの出現は不祥事

ではあったが、彼らの目的は未遂に終わった。狩猟祭は中断されず、続行されることになった。

暗殺者たちの死体がかたづけられた後、ラジェンドラは白馬から白象に乗りかえた。シンドゥラ国にも狩猟祭《しゅりょうさい》の様式がある。狩るのは獅子ではなく虎だが、王者は象に乗るようさだめられていた。ラジェンドラがつれてきた白象は、即位以来ずっと愛用している象で、気性が温順であった。ところがラジェンドラが宝石だらけの輿《こし》に乗ったとたん、白象は狂ったように咆哮《ほうこう》し、あばれだしたのだ。

ラジェンドラ二世を乗せたまま、白象は暴走を開始した。地がとどろき、埃や草が人の背よりも高く舞いあがる。前方に展開していたパルス、シンドゥラ、両国の兵士たちがおどろいて道を開いた。逃げおくれたシンドゥラの歩兵がひとり、不運にも踏みつぶされる。

「誰か予を助けよ！　予を助けよ！　予を助けた者にはアルスラーンどのが充分なほうびを下さろうぞ！」

必死に象を馭《ぎょ》するべく試《こころ》みながら、ラジェンドラが叫ぶ。アルスラーンにほうびを出させようというあたり、この危機にあって、ラジェンドラはまだまだ冷静さを残しているようであった。パルスの武将たちは顔を見あわせた。

「彼《か》の御仁《ごじん》が落命したところで、さして心痛むわけではないが……」

ナルサスが苦笑する。エラムがまじめくさって意見を述べた。

「ですが国賓の身に危険がおよんでは、アルスラーン陛下の御威光《ごいこう》に傷がつきましょう」

「そのとおりだ。ま、助けてさしあげるとしよう。目の前で象に押しつぶされるのもお気の毒だ」

いまひとつ、ラジェンドラを助けるべき理由がナルサスにはある。ラジェンドラがいなくなれば、ナルサスはシンドゥラ国に対する外交と戦略の基本方針を練りなおさなくてはならない。ラジェンドラは国内では暴君ではなく、気さくな人柄が庶民に好まれ、その治世はかなり安定したものであった。それはアルスラーンとパルス国にとっても悪い条件ではない。

「狼に育てられた者《ファルハーディン》」という異名を持つ、若く剽《ひょう》悍《かん》なイスファーン将軍が、アルスラーンの指示を受け、ラジェンドラを救うために馬を飛ばした。二十騎ほどの部下がそれにつづく。彼らのうち四騎は一辺十ガズ（約十メートル）ほどの大きな網をひろげ、その四隅《よすみ》を片手に持っていた。荒れ狂う猛獣をつつんでとらえるための網だが、これをひろげ、ラジェンドラを象の背から飛びおりさせようというのである。イスファーンは白象に並んで馬を走らせながら、象上の国王《ラージャ》に大声で呼びかけた。

「ラジェンドラ陛下！　この網めがけてお跳び下さい。たしかに受けとめてさしあげますゆえ」

ラジェンドラとしても、暴走する象から安全に逃げ出す術《すべ》が他になかった。一瞬ためらったが、思いきって玉座から身を乗りだす。イスファーンの指揮する騎兵たちが、大きく網をひろげた。

ラジェンドラは跳んだ。風を切って落下し、網の上に身を投げ出す。網は大きく揺れたが、シンドゥラ国王の身体を地上寸前でささえた。白象は濛々《もうもう》たる砂煙を残して走り去り、シンドゥラの兵士たちがそれを追っていく。傷ひとつ受けずにすんだラジェンドラが、安堵《あんど》の溜息《ためいき》をついて網の上から地に降りたった瞬間であった。何気なく近づいたパルス人のひとりが、にわかに短剣《アキナケス》を抜いてラジェンドラの咽喉《のど》に押しつけたのだ。ラジェンドラははがいじめにされてしまった。

「きさま、何をするか」

イスファーンが剣の柄《つか》に手をかけると、狂気の灯火を両眼にちらつかせながら男はわめいた。

「さわぐな！　シンドゥラ国王の生命を救いたくば、宝剣ルクナバードをよこせ」

「何？」

「シンドゥラ国王の生命と、宝剣ルクナバードとを引きかえだ。アルスラーン王にそう伝えろ！」

「あほうか、お前は」

思わずイスファーンは正直な反応をしてしまった。

彼だけでなくパルスの武将たちにとって、シンドゥラ国王の生命など、宝剣ルクナバードの鞘《さや》にぬられた塗料《とりょう》のくずにもおよばない。彼がラジェンドラを救おうとしたのは、アルスラーンの命令があったからで、けっして進んでのことではないのだ。

「ルクナバードを渡さねば、こやつを殺しておれも死ぬまでだ！」

暗殺者の短剣《アキナケス》がラジェンドラの浅黒い咽喉に突きつけられた。細く鋭い切尖《きっさき》がわずかに鎖骨《さこつ》上方にくいこむ。ラジェンドラがわめいた。

「おい、パルス人、アルスラーンどのに交渉してくれ。夜ごと安らかな眠りにつくためには、親友を救うべきだ、と」

ちょうどそこへ駆けつけたアルスラーンは、事情を知ると一議なくうなずいた。

「ラジェンドラどのは、わが盟友。そのお生命《いのち》は何物にも代えられぬ」

「へ、陛下！」

「受けとれ、ルクナバードだ」

アルスラーンが腰の剣を鞘ごと抜きとった。ナルサスやダリューンが一瞬、表情を動かした。イスファーンが身動きしようとするのを、無言でエラムが制止する。

アルスラーンが鞘ごと剣を投じた。暗殺者の頭上めがけて。暗殺者が狂喜の叫びを放ち腕を伸ばしてそれをつかみかけた。指先が鞘に触れた瞬間、表情が激変した。「ちがう」と叫ぶ形に口が開かれ、開いたままの口から苦痛と怒りの絶叫が放たれて暗殺者は地に倒れた。胸に深々と矢が突き立っている。ギーヴが放った矢であった。倒れた暗殺者の身体《からだ》に、剣が落下した。ただの剣である。宝剣ルクナバードではない。暗殺者の注意をそらすため、とっさにアルスラーンが演技したのであった。無害となった死者をにらんで、ダリューンがナルサスにささやいた。

「こやつの面《つら》、見おぼえがある。何とやらいう貴族の子弟だ。あらたな政事《まつりごと》を逆恨《さかうら》みしてのことか」

「そのあたりだろう。だが、こいつらに弑逆《しいぎゃく》をなすだけの勇気があるとは思わなかった」

あるいは何者かに使嗾《しそう》されたか。想像するにつれ、ダリューンの眉はけわしくなる。

「いや、アルスラーンどの、おかげで助かった。おみごとな才覚、感銘《かんめい》いたした」

ラジェンドラの賛辞に礼をもって応えながら、アルスラーンはやや心楽しまぬようすであった。やむなしとはいえ、彼に似あわぬ詐略《さりゃく》を用いてしまった。それに、自分の政事をこのような形で否定されるのも衝撃的であった。

「背後の事情をくわしく調査させましょう。イスファーン卿を任にあたらせます」

ナルサスの声で、気をとりなおしたようにアルスラーンはうなずく。ナルサスは暗殺者の死体の傍に片ひざをついた。エラムがやはり片ひざをついて師を手伝おうとする。自分自身にともエラムにともつかず、ナルサスがつぶやいた。

「背後にたとえ何者がひそんでいようとも、アルスラーン陛下の政事が確固として正しいものであれば、彼らが世を覆《くつがえ》すことはできぬ。反対を恐れて志《こころざし》をつらぬけぬことこそ恐れていただきたいものだ」

あらためてナルサスは愛弟子の名を呼んだ。

「エラム」

「はい」

「人が人の世を治めるからには、至らぬところも当然出てくる。だがそれに乗じて世を乱そうとする輩につけこまれぬよう、お前にもしっかり頼むぞ」

「はい、できるだけのことはいたします」

ナルサスはエラムに暗殺者の死体をかたづけさせた。ほどなく白象がとらえられ、玉座と象の背との間に、棘《とげ》を持つ木の枝《えだ》がさしこまれていたことが判明した。一連の不祥事にアルスラーンは眉を曇らせた。

狩猟祭が終わりに近づき、本陣にもどってきたとき、ナルサスが、直接いまの事態には関係のないことをアルスラーンに問いかけた。

「もしミスル国の奴隷が逃亡してディジレ河を渡り、陛下に、ミスル国の奴隷すべてを解放するために攻めこんで来てくれと願い出たら、いかがなさいますか」

　仮定の話にすぎないのだが、真剣な表情でアルスラーンは考えこんでしまった。ダリューンにいわせれば「陛下の長所」であるが、場合によっては短所となるであろう。

「気の毒だが、応じるわけにはいかない。ミスルと全面的に戦うことは避けねばならぬ」

「けっこう。それでその逃亡奴隷はどうなさいます？」

「家と土地を与えよう」

「お甘い」

　静かに、だが鋭くナルサスは断じる。ミスルとの和平という選択をなした以上、事は徹底せねばならぬ。逃亡奴隷は苦痛を与えずに殺し、首をミスルに送りとどける。そうしてこそミスルの信用をえることができるだろう。

「奴隷解放は侵略の大義名分になりえます。唯一神イアルダボートに対する信仰が、ルシタニアにとって、他国に攻めこむ大義名分となったように」

「私は他国に攻めこみなどしない」

「承知しております。ただ、諸外国がどう思うか、それはべつのことでございます」

　パルスは奴隷制度を廃止した。諸外国が恐れるのは、奴隷制度廃止の大波が自分たちの国をのみこみ、社会制度をくつがえすのではないか、ということである。

「陛下はパルス国の統治者であられます。まずパルス国の平和と安寧《あんねい》を守りたもう責務がございます。奴隷制度を廃止するのは正義ではございますが、他国に正義を押しつければ争乱となり、血が流れます」

　ナルサスは小さく頭《かぶり》を振った。

「正義とは酒に似ております。まことに心地《ここち》よく人を酔わせてくれますが、ひとたび度をすごせば、自分を滅ぼし、他人を巻きぞえにいたします」

「注意しよう。ナルサスも巻きこまれたくないだろう？」

「他人が巻きこまれるのを見物するのは好きでございますが」

ナルサスが答えたとき、シンドゥラ語の叫びがあがった。シンドゥラ兵がラジェンドラ王のもとに旅《りょ》装《そう》の男をつれてきたのだ。何やらあわただしげな会話が、シンドゥラ人たちの間でかわされると、ジャスワントが緊張した表情でアルスラーンに告げた。

「シンドゥラの国都よりラジェンドラ王のもとに急使がまいりました。どうやらチュルク国がにわかに兵をおこし、カーヴェリー河の上流に攻めこんできたようでございます」

V

チュルクは地理的にパルスの東、シンドゥラの北、トゥラーンの南に位置する。草原と熱砂にはさまれた山岳《さんがく》の国で、パルスとシンドゥラの国境をなす大河カーヴェリーはこの国に源を発する。高山が万年雪と氷河を抱き、その間に谷間や盆地をかかえこみ、地形はまことに複雑である。

もともとチュルク人はトゥラーン人と祖先を同じくし、大陸の奥地を集団で移動しつつ牧畜を営《いとな》んでいた。それが五百年ほど昔、族長の地位を争って二派に分裂し、追われた一派が草原から山間へと逃げこんだ。山地は不毛だが、谷間や盆地は比較的肥《ひ》沃《よく》で、岩塩や銀も産し、チュルク人は安住の地をえて国力を充実させた。各国と外交関係も結び、シンドゥラやトゥラーンと同盟してパルスに侵攻したこともある。この四、五年ほどは対外的には鳴りをひそめ、国境をかためて孤立していた。パルスにはチュルクの国情をさぐる余裕もなかったが、王位をめぐってかなり深刻な暗闘があったらしい。結局、現在の国王カルハナが王位を守りきったのだが、その間、国内の混乱をついに他国に知られなかったあたり、カルハナの器量もすぐれているのであろう。

ひさしぶりにチュルク軍が動いた。しかも兵を動かすとともに、カーヴェリー河の上流から毒を流し、人や羊を殺しているという。

「上流から毒を流す？　そこまでやるか！」

　ラジェンドラは黒い顔を赤くして叫んだ。彼は厚《こう》顔《がん》で狡猾《こうかつ》な男だが、けっして無用に残忍《ざんにん》ではないので、そのような話を聞くと義憤《ぎふん》に燃えるのである。ただし、その燃料となるのは、打算であることが多い。

「アルスラーンどの、シンドゥラとパルスは盟友。盟友とは共通の敵を持ち、たがいに助けあうものだ。チュルクに対し、手をたずさえて起《た》つことこそ、盟友の証《あかし》ではあるまいか」

「おっしゃるとおりです」

　部下たちがしきりに目くばせしたり頭《かぶり》を振ったりするのに気づいてはいたが、アルスラーンはそう答えた。何よりもチュルク軍のやりくちが気にいらぬ。

「カーヴェリー河に毒を流されたりしては、わが国の開拓農民たちにも害がおよびます。いずれチュルク宮廷と交渉するにしても、さしあたり、攻めこんできた軍隊を追いはらわねばなりますまい。ただちに兵を動かしましょう」

「おお、アルスラーンどの！　さすがわが心の友じゃ」

　パルスの名だたる武将たちは顔を見あわせた。彼らの主君はこういう人であった。


　大河カーヴェリーも河口から二百四十ファルサング（約千二百キロ）をさかのぼると、さすがに河幅が狭くなる。とはいっても、五十ガズ（約五十メートル）から百ガズの広さはあり、矢を射ても対岸にとどくとはかぎらない。シャフリスターンの野に展開したパルス軍とシンドゥラ軍は、そのままふたりの国王に統率され、カーヴェリー河西岸を北上していた。

「先月はディジレ河でミスル軍と戦い、今月はカーヴェリー河でチュルク軍と戦うか。来月はどこで何者と戦うか、やれやれ、見当もつかぬわ」

　ダリューンがいう。彼が戦いを恐れるわけもないが、主君であるアルスラーン王がラジェンドラと行動をともにしている点について多少いいたいこともある。

「陛下はお人がよすぎる」

そう思うが、アルスラーンの長所がまさにその点にあることをダリューンは知っている。油断のない偏狭《へんきょう》なアルスラーンなど、ダリューンは考えたくもない。ナルサスやダリューンがきちんと補佐していけばよいことだ。そう結論づける黒衣の騎士であった。

十月十五日、パルス軍とシンドゥラ軍は、チュルク軍に遭遇した。先行したエラムの偵察により、一万人近いチュルク軍が渡河しつつあることを知り、その場に急行したのだ。

「鉄門《カラ・テギン》でございます」

ダリューンがアルスラーンに説明する。かつての絹の国《セリカ》に旅した経験から、ダリューンはパルス東部国境一帯の地理にくわしい。鉄門とはよく名づけたもので、鉄分を多量にふくんだ黒い巨岩が壁のように河の両側にそそりたっている。岩は高さ百ガズ（約百メートル）にもおよぶ断崖となって河面に落ちこみ、河流は全力疾走する馬よりも速く、かつ荒々しい。

鉄門は、パルス、シンドゥラ、チュルク、三国の国境が接する地上の点だが、パルス側はとくに守備兵をおいてはいなかった。鉄門に橋はなく、この断崖と激流とをこえて侵攻してくるとも思えなかったのである。だが、いま、チュルク軍はこの難所をあえて選び、渡河攻撃をしかけてきたのだった。

チュルク軍の投石器が、馬の頭部ほどもある大きな石をつぎつぎと空中にうち出す。石は太い革紐《かわひも》で縛《しば》られている。重い音をたてて石は対岸の地面に落下する。すると河面に張りわたされた革紐をつたって、チュルク兵が渡ってくるのだ。小さな車輪を革紐にすべらせ、車輪からさがる鉤《かぎ》に片手をかけて、つぎつぎと渡ってくる。まるで曲芸であるが、感心してもいられない。平地を走るより速くチュルク兵は河を渡り、みるみるその兵力は増強されていく。

一方、にわかには算《かぞ》えることもできぬ数の小舟が河面に群らがり、チュルク兵が渡河してくる。舟で鉄門の急流を渡るのは不可能に近いが、鎖を谷に渡し、舟からその鎖に太い綱をかけ、鎖にそって舟を漕ぐのである。

「用意周到なことだ。よほど以前からたくらんでおったと見えるわ」

ラジェンドラが舌打ちし、兵に命じて、チュルク軍に激しく矢を射かけさせた。「鉄門《カラ・テギン》の戦い」がこうしてはじまった。

当然のことチュルク兵も矢を射返してくる。ポプラに細い山羊《やぎ》の革を巻きつけ、山羊の油にひたして乾《かわ》かした短弓を使う。しかも鏃《やじり》には毒がぬってあるので危険きわまりない。パルス軍とシンドゥラ軍は盾《たて》を並べてチュルク軍の矢をふせがなくてはならなかった。ナルサスが若い国王に進言する。

「長いことつきあってはおられませぬ。先のことはともかく、ここは多少あざといやりくちでも、早目《はやめ》に勝っておくといたしましょう」

国王が王都を留守にして国境で長いこと戦っていては、国政全般によくない影響を与える。まして最初から征戦《せいせん》の計画をたてていたわけではなく、狩猟が戦闘に変わったのである。二万余の兵をやしなう食糧も不足している。ナルサスとしては、このように準備不足の戦いを長期化させるわけにはいかなかった。

「ナルサス、申しわけないが頼む」

アルスラーンがいうと、やや苦笑まじりにナルサスは一礼し、エラム、アルフリード、ジャスワント、イスファーンらを集めて何やら指示を与えた。

渡河に成功したチュルク軍は、ひときわりっぱな甲冑をまとった指揮官の指示ですばやく隊形をととのえ、槍先をそろえて攻めかかってきた。アルスラーンは知らなかったが、この人物はゴラーブといい、チュルク軍における高名な将軍のひとりであった。

パルス軍とシンドゥラ軍は盾を並べて壁をつくり、ふせぎつつ後退した。中央部隊が正面から敵と戦って引きつけている間に、エラムら四人は三百人の弓箭兵《きゆうせん》をひきいて上流へまわった。風上の高い岩場からまず谷めがけて油をまき、チュルク軍の革紐を油にぬらしておき、それをめがけて火矢を放たせた。

火は油に燃えうつり、革紐をつたって走った。チュルク兵の手に火がつき、皮膚から煙があがる。苦痛と恐怖の絶叫が岩々に反響し、チュルク兵はつぎつぎと転落していった。革紐自体が異臭とともに焼けきれると、何十人ものチュルク兵が紐にしがみついたまま落ちていく。下は岩を噛《か》む激流である。チュルク兵は水面に激突し、流れに運び去られていく。

革紐の橋百本ほどがすべて焼け落ちてしまうと、カーヴェリー河の西岸に到達したチュルク兵三千人あまりは孤立してしまった。もはや味方の援軍は来ず、退路も絶《た》たれてしまったのである。アルスラーンは降伏するよう呼びかけたが拒絶されたので、ダリューンに攻撃を命じた。

ダリューンの斬撃《ざんげき》は、鋼《はがね》の雷光《らいこう》となってチュルク兵を撃ち倒した。ジャスワントとイスファーンがそれにつづき、敵中に馬を乗りいれ、左右に白刃《はくじん》を振りおろす。チュルク軍の甲は山羊革《やぎ》でつくられ、刃がとおりにくいので、顔面や頸《くび》すじをねらって斬りつけ、噴きあがる人血が岩場を赤黒く染めた。

「出番なしだな、これは」

見物しながら、ギーヴが前髪をかきあげる。どうせ戦うなら目立たねば損だ、と、この吟遊詩人は思っているのだった。この戦いではどうやら彼にふさわしい出番はなさそうであった。ファランギースもアルスラーンの傍《そば》に馬をたてて、黙然《もくぜん》と血戦場を見おろしている。だが無言のまま、にわかに弓をとって矢をつがえ、チュルク軍の一角めがけて射放した。

岩の上に立って兵士を指揮していたチュルク軍の将軍ゴラーブがうめいた。百歩をへだてて、ファランギースの矢は彼の右手から大刀をはね飛ばしたのである。

さらにイスファーンが槍を投じた。風を裂き、うなりを生じて槍は飛び、ゴラーブ将軍の胸甲《きようこう》に命中した。鈍い音をたてて槍がはね返る。山羊の革をかさねて間に鎖を編みこんだチュルクの甲は、みごとに槍先を防いだのだ。だがさすがに衝撃をすべて吸収することはできなかった。肋骨《ろっこつ》に痛みをおぼえて、ゴラーブ将軍は岩の上でよろめいた。そこへダリューンが黒馬を乗り寄せ、ゴラーブの襟首をつかんで後方へ投げ飛ばした。

ゴラーブは地にたたきつけられ、パルス兵がそれにむらがってたちまち縛りあげてしまった。ゴラーブとしては、じつにみぐるしいとらわれかたとなってしまったが、ダリューンの豪剣に斬りさげられずにすんだのは幸運というべきであった。

ゴラーブが捕虜となったことが判明すると、生き残りのチュルク兵は抗戦の意志を失った。半数は武器をすてて降伏し、半数はカーヴェリー河の流れにそって逃げ散った。パルス軍とシンドゥラ軍はチュルク兵千人あまりの首級《しるし》をあげ、凱歌《がいか》をあげたのである。

アルスラーンとラジェンドラのもとに、捕虜となったゴラーブ将軍が引きずってこられた。ふてくされたような表情のチュルク人にアルスラーンは問いかけた。

「何ゆえに境を侵し、罪なき民を害したか。チュルク国王の意図は何か。申してみよ」

「知らぬ」

というのが返答である。山羊革の甲をまとったチュルクの将軍は、国王の命令を受けて奇襲をかけてきただけで、戦いの目的が奈辺にあるか教えられていなかった。

「聞きたくば、われらが国王に聞け」

傲然《ごうぜん》といい放って、縛られたまま胸をそらす。死ぬ覚悟はできているのであろう。ラジェンドラは、ゴラーブの首を蜜蠟漬《みつろうづ》けにしてチュルク王のもとへ送りつけることを提案した。アルスラーンは彼を制した。殺す以外にないとしても、ナルサスが最善の方法を考えるであろう。

疑念がある。これまでパルスの東西両方向に位置する国々が、同盟してパルスに侵攻した例はない。同盟を結ぶための使者がパルス国内を通行せねばならず、それはきわめて困難なことであった。だが今回はどうか。西のミスルと東のチュルクとが、ほぼ同時に兵を動かしたのは偶然なのだろうか。

「まったく急に事件《こと》が多くなったものじゃ」

女神官《カーヒーナ》ファランギースが、鉄門の巍々《ぎぎ》たる岩壁をながめやりながらつぶやいた。

「さよう、あるいは午睡《ひるね》の時がすぎたのでもござろうか」

そう応じながらギーヴは考えている。チュルクの女に美人はいるだろうか。それも、できれば財布が重すぎて困っているような美女は、と。

仮面兵団

第三章

野心家たちの煉《れん》獄《ごく》

8

I

パルス王国の西北方に境を接するマルヤム王国においては、この当時なお不運と災厄《さいやく》とが黒々とした翼をひろげて国土をおおいつくしている。

マルヤムはパルスほど富強の大国ではなかったが、それなりに安定した歴史と実力を築いてきた。周辺諸国との外交関係もよく、パルスとは長く友好をたもってきた。マルヤムはイアルダボート教を信仰する国であったが、穏健《おんけん》な東方教会が宗教を指導していたのである。異教徒ともまじわり、彼らの居住も認め、共存をつづけてきた。

その平和が破れたのは、ルシタニアの侵略によってである。同じくイアルダボート神を信仰するはずのルシタニアは、兄弟の国を攻め滅《ほろ》ぼし、ニコラオス王をはじめとする王族と聖職者を殺戮《さつりく》した。王弟ギスカールがいた間は、政治的必要と見せしめ以上の殺人はなかったが、総大主教ボダンがパルスより帰ってからは、殺戮の暴風がマルヤムにおいて吹き荒れるにいたった。異教徒が殺され、彼らと交際や取引をしていた者たちが背教者《はいきょう》として殺された。密告が奨励《しょうれい》され、「異教徒と親しくしていた」と噂されただけでとらえられる。拷問《ごうもん》にかけられ、耐えかねていつわりの告白をすれば火刑《かけい》。告白せねば結局、拷問によって殺された。十万人あまりが殺されたころ、パルスからギスカールが帰ってきたのだ。

ルシタニアの王弟ギスカールは、パルス暦三二四年、三十九歳である。王弟とはいっても、国王イノケンティス七世は三年前にパルスで死亡し、現在のところ空位《くうい》時代にはいっていた。ギスカールが新国王を名乗ってもよいはずであったが、そうはならなかった。イノケンティス七世の死はパルスの新王アルスラーンによって公表されたが、「異教徒の虚言《きょげん》である」としてボダンがそれを認めず、教会法によってイノケンティスはまだ生存しているということになっているのだ。

かつてギスカールは王弟としてルシタニアの政権

と軍権とを一手《いって》に掌握《しょうあく》し、事実上の国王であった。むしろだが、梟雄《きょうゆう》としての本領を発揮したのは、パルスの半兄の死後であったかもしれない。一度はパルスの半ばを支配しながら、十か月後にはすべてを失ったギスカールであった。パルス軍は彼を完敗させ、身体《からだ》ひとつでマルヤムへと追放したのである。殺さなかったのは、パルスの宮廷画家とやらいう人物が、ギスカールに利用価値を見出したからであった。彼をマルヤムに帰し、ボダンの勢力を牽制《けんせい》させようというのである。

ギスカールとしては、パルス人たちの思惑《おもわく》に乗らないかぎり、前途というものがない。マルヤムに帰り、ボダンと対決して自分の権力を回復しようとした。

彼がマルヤムに帰ったのは、パルス暦にすれば三二一年秋のことである。麾下《きか》の大軍をことごとく失ってしまったので、大きな顔もできず、ひそかに国境をこえた。旅をつづけながら、どのようにボダンを失脚させようか、と策をめぐらしたのだが、よい思案も浮かばぬうちに、巡察のルシタニア兵にとらわれてしまった。下級の兵士たちはギスカールの顔を知らず、あやしげな旅人を乱暴にあつかったが、身分の高い騎士が王弟殿下の姿を見ておどろくことになる。「王弟殿下ご帰還」の報は、マルヤムの都イラクリオンにとどいた。いまや大司教ではなく「教皇《きょうこう》」と称するボダンは、強力な政敵を滅ぼす方法を考えた。

ボダンが考えだした方法は、邪悪なほど狡猾《こうかつ》なものであった。彼はおもだった聖職者や貴族を集め、おごそかな表情でつぎのように告げたのである。

「王弟ギスカール公はパルスで異教徒どもと戦って死んだ。壮烈なる戦死、否《いな》、神の栄光を護《まも》るために、崇高《すうこう》なる殉死《じゅんし》をとげたのである。いまギスカール公と名乗ってこのマルヤムにあらわれた流浪の男は、王弟に似ているだけの、まっかな偽者《にせもの》である。こやつは異教徒の命を受け、われらイアルダボート教徒の間に分裂と抗争の種をまくためにやってきたのだ。とうてい赦《ゆる》すわけにはいかぬ。重罪人としてあつかうべし」

ギスカールはイラクリオンに送られず、そのまま牢《ろう》に放りこまれてしまった。トライカラの城塞《じょうさい》に送りこまれ、地下《ちか》牢に放りこまれてしまった。トライカラの城塞は湿気の多い荒涼《こうりょう》とした谷間にあり、夏は蒸《む》し殺されるような熱湿《ねっしつ》、冬は骨を凍《こご》えさせるような冷湿《れいしつ》の不《ふ》健康地《けんこうち》であった。ここに送りこまれた囚人は一、二年で衰弱《すいじゃく》死《し》するのが常であった。

これでよし、と、ボダンはほくそえんだ。マルヤムにおける彼の勢力と権威は圧倒的なものであった。だが完全ではなかったのだ。ボダンに対して反感を持つ者もいたし、ギスカールが真物《ほんもの》の王弟ではないかと考える者もいたのである。彼らは少数派であったが、ギスカールが指導者となってくれれば、その権威と実力とによってボダンの恐怖政治をくつがえしてくれるだろう。そう彼らは期待した。

ランチェロという騎士がいる。いちおう伯爵家の出身である。彼は一家の長男であったが、母親の身分が低かったため、弟が家督《かとく》をついだ。ランチェロにしてみれば、当然自分のものであるのに、当主の地位を横どりされたのである。納得できなかった。せめて財産を二分するよう願ったが、それも受けいれられなかった。教会には、ランチェロの弟から多額の寄進《きしん》がなされていたのである。騎士の身分はようやく守ったものの、ランチェロはほとんど一文なしになってしまった。

「このまま教皇の支配がつづけば、とうていおれは浮かびあがることができぬ。いっそ、おれの人生を、ギスカール公と名乗る男に賭《か》けてみようか。事がうまく運べば、あの男はマルヤムとルシタニアの新国王。そしておれは宰相だ！」

どれほど宗教的権威と恐怖とでしめあげても、人間の野心や気骨《きこつ》を消しさってしまうことはできない。騎士ランチェロは決意をかため、ギスカールを救出すべく計画をたて、同志を集めた。

集まった者は意外に多数であった。ボダンの支配がつづくかぎり浮かびあがれぬ、と考える者は、至るところに息をひそめていたのだ。彼らはギスカールのもとで出世する夢をいだき、熱心に準備をすすめた。資金を出す者がおり、武器を提供する者がいて、計画は順調に進んでいった。だが。

ランチェロは勇気と慎重さとの均衡《きんこう》に、やや欠けるところがあったようだ。彼が信頼して何かと相談した相手は、ウェスカという騎士であった。能弁《のうべん》で才覚のある男であったが、じつは彼はボダンに通じていたのだ。「このままでは浮かびあがれぬ」と考えていた点では、彼はランチェロと同様であった。ただ、ランチェロはボダンに反逆することで浮かびあがろうとしたが、ウェスカはそのランチェロを裏切ることで浮かびあがろうとしたのである。

ウェスカの密告によって、ランチェロはボダンの部下にとらわれ、すさまじい拷問《ごうもん》にかけられた。爪の間に焼けた鉄釘を突きさされ、歯を引きぬかれた。ランチェロは耐えたが、三本めの歯を引きぬかれたとき、ついに屈して、血まみれの口で白状した。計画についてしゃべり、同志についてしゃべった。

ボダンの配下はランチェロの仲間たちを急襲した。半数を殺し、半数をとらえた。殺されたなかにランチェロの弟もいた。彼は無実を叫び、逃げ出そうとしたところを背中に投槍を突き刺されて即死したのである。

ランチェロは処刑されなかった。拷問によって衰弱していた身体は、火の気のない牢獄の寒気に耐えきれなかったのである。彼が肺炎によって死んだのは、処刑予定日の前夜であった。彼の遺体は埋葬されず、城外の野に棄《す》てられて、野犬や鴉《からす》の餌にされた。

ランチェロは結婚していなかったが、愛人はいた。ルシタニア人とマルヤム人との間に生まれた女で、容貌はどうにか美人といえるていどだったが、踊りがうまく、気性が烈《はげ》しかった。彼女はランチェロの復讐《ふくしゅう》をとげるべく計画をたてた。正式に結婚していなかったため、連座《れんざ》せずにすんだのが幸いした。彼女は長い金髪が自慢だったが、それを短くして黒く染め、踊り子としてウェスカに近づいた。ウェスカは彼女の踊りと、それによって鍛《きた》えられた肢体《したい》に惹《ひ》かれ、彼女を自邸の寝室に呼びこんだ。

舌を嚙《か》みきられたウェスカの死体が、従者によって発見されたのは、その翌朝である。窓が開け放たれ、寝台の柱には引き裂かれたシーツが結びつけられて窓の外まで伸びていた。何ごとが生じたか明白であった。ウェスカの部下たちは犯人の行方をけんめいに探しまわったが、ついに発見することができなかった。彼女は復讐の目的をはたして自殺したとも、尼僧院《にそういん》に匿《かく》まわれたとも、小舟に乗ってマルヤムから脱出したとも、さまざまに噂されたが、真相は不明である。

とにかくランチェロが死に、ウェスカが殺され、関係者が多く処刑されて、一件は落着したかに見えた。ボダンは安心し、いよいよ「神を畏《おそ》れぬ偽《にせ》の王弟」を殺害する準備にとりかかった。公然と処刑するのではなく、牢内で毒殺しようというのである。

だが、その寸前にギスカールは牢から脱出したのだ。

トライカラの城守はアリカンテ伯爵といい、ボダンの命令をひたすら守るだけの凡庸《ぼんよう》な男だった。彼は夫人との間に子が生まれなかったので、夫人の甥にあたるカステロを相続人とした。ところがアリカンテ伯爵がマルヤム貴族の娘を愛人にしたところ、男児が出生したのである。アリカンテ伯爵は狂喜し、カステロから相続権をとりあげてしまった。むろんカステロは怒った。そして結局、カステロが第二のランチェロとなったのである。

もともとカステロはギスカールの境遇に同情していたこともあり、牢内の彼とひそかに連絡をとって、ついに逃亡を成功させた。これがパルス暦でいうと三二二年四月のことである。

ギスカールの脱出を知ったアリカンテ伯爵は蒼白《そうはく》になった。彼はボダンの怒りを恐れるあまり、虚言《きょげん》を用いて、ギスカールが病死したと報告した。ボダンは喜んだが、その喜びが怒りに変わったのは六月のことである。マルヤムの西部海岸にあるケファルニスの城塞《じょうさい》がギスカールによって占拠され、そこに三千人の反ボダン派が結集したのだった。

アリカンテ伯爵を都に呼びつけて処刑し、ようやく怒りがおさまると、ボダンは戦慄《せんりつ》した。最大の敵《てき》手《しゅ》を野《や》に放ってしまったのだ。ギスカールは王族として生まれ、長じては政治と軍事とに力量をしめし、兄王にまさる人望をえた。そしていま復讐者としてボダンの前に立ちはだかってきたのである。

「かのギスカールと称する者は偽者《にせもの》である。だまされてはならぬ」

　ふたたびボダンは宣言したが、ギスカールから「ボダンを打倒せよ」との檄文《げきぶん》を受けとった者たちの間には動揺がひろがった。それはたしかに王弟殿下の筆跡《ひっせき》であったからだ。

　ギスカールとしては、ボダンごときと互角な立場で権力を争うなど、恥辱《ちじょく》のきわみでしかない。かつてルシタニア軍の総帥として四十万の大軍を統率した身が、何と落ちぶれはてたことか。ケファルニスの城壁から海をながめながら、彼は自嘲《じちょう》するのだった。

　だが過去の栄光をかえりみても無益なことであった。ボダンを斃《たお》してマルヤム全土を手にいれる。すべてはそれからだ。人生の前半を空費してしまったようだが、後半生の目的ができたと思えばよい。

　牢獄での苦労から回復すると、いちだんと精悍《せいかん》さをましたギスカールは、まず手紙による外交攻勢に出た。一日に何十通も手紙を書いて有力者のもとにとどけさせ、「ボダンを打倒せよ」とけしかけた。ケファルニスの城は、陸にも海にも通じている。あらゆる通路を伝って、ギスカールの密書はマルヤムの国内各地にとどけられ、反ボダンの気運が高まっていった。

　もともとボダンに、地上の王国を統治するための構想などなかった。旧マルヤム王国の法律は廃止されたが、それに代わるあたらしい法律は制定されぬままである。地方に派遣された司教たちが、知事と裁判官を兼任し、イアルダボート教の聖典と自分の判断にもとづいて行政と裁判とをおこなっていた。犯罪や叛乱《はんらん》に対しては軍隊をさしむけるわけだが、それにも聖職者が同行し、ああせよこうせよと指図するので、騎士たちのなかには嫌気《いやけ》がさした者も多くいたのである。

ギスカールはボダンとの間に一戦を望んだ。一戦してギスカールが勝てば、ボダンの権威など、雨に打たれた砂の城も同様である。離反者が続出し、あっという間に崩壊してしまうであろう。

ギスカールは彼に忠誠を誓った者のなかから十二名を選び、書簡をそえて、故国ルシタニアに赴《おもむ》かせた。事情をくわしく説明し、救援《きゅうえん》の兵力を求めたのである。彼らは船をしたててマルヤムの海岸から出発した。

だがルシタニア本国から救援の兵はやって来なかった。どうにか事情が判明したのは一年後のことである。

使者たちの船は嵐や海賊や壊血病《かいけつびょう》に悩まされながら、四か月をかけてようやくルシタニアの港に到着した。ここで使命は半ば成功したはずであったが、ルシタニアの状勢は想像よりはるかに悪化していた。王族と四十万の軍隊が国を留守にした後、いちおう十人の貴族と聖職者とが摂政会議をつくって国を統治していたのだが、一年で箍《たが》がゆるんだ。二年で弾《はじ》けた。領地争いのもつれから感情的な対立がおこり、派閥が生じて抗争となった。二派が四派にわかれ、四派が八派となり、それぞれが打算によって連合し、千人単位の軍隊どうしで戦いをおこす。領地争い相続争い、その他あらゆる争いが党派と結びついた。

マルヤムからの使者たちは歓迎されるどころか、疑われ、攻撃され、苦労も実らず、ほうほうの態《てい》でギスカールのもとへ帰ってきた。無事に帰りついたのは、出発した人数のようやく半分であった。

「援軍を出すどころではございませぬ。むしろ心ある者はギスカール殿下のご帰国を待ち望んでおります。殿下でなくては、ルシタニアの混乱を鎮めることと、とうていかないませぬ。いっそマルヤムはボダンめのなすにまかせ、ご帰国なさってはいかがでございましょう」

一年待ったあげくがこの報告である。ギスカールは失望せずにいられなかった。使者たちの進言にしたがい、ルシタニアに帰国しようか、とも考えた。だが、四十万の大軍をこぞって国を出ながら、手ぶらで帰国するなどとうていできるものではない。せめてマルヤムだけでも手に入れねば、ルシタニアに残された者たちも承知せぬであろうし、ギスカールの誇りも許さぬ。負け犬のままではいられない。ギスカールは腹をすえた。

II

腹をすえると、ギスカールは精力的に活動しはじめた。ボダンを倒《たお》し、正式にマルヤム国王として戴《たい》冠《かん》し、いずれはふたたびパルスをうかがってくれよう、というのである。

ルシタニアへ送った使者の帰還を、彼は一年間待ちつづけた。その間、城にこもって昼寝をしていたわけではない。どのようにしてボダンに勝つか、勝った後どうするか、考えぬいていたのだ。そして毎日のように、手紙を書いて、およそ地位と影響力のあるルシタニア人にかたはしから送りつけた。ボダンの専制的な支配や一方的な裁判に不満のある者に対しては、「自分がマルヤムを統治するようになったら、裁判をやりなおし、おぬしに有利にとりはからおう」と申し出た。

それだけではない。ボダンの忠実な支持者に対しても密書を送った。「自分にしたがえば厚く報いるぞ」という内容のものだが、さまざまな細工をほどこしたのだ。「すでに誰それは自分に服従すると申し出ている」とか「誰それは何月何日に叛乱をおこす予定だ」とかいう内容の密書を、特定の人物にとどけたり、わざと落としてボダン派の手にはいるように仕組んだ。このような策は、それにおぼれる危険性もあるが、ギスカールは心をくだいて事にあたった。その結果、ボダン派の有力者ふたりまでが、ギスカールに内通する者とみなされ、あいついで暗殺されるにいたった。ボダン派がたがいに猜疑《さいぎ》しあい、動揺するのを見すまして、ギスカールはつぎのような布告を発した。

「教会の所有する領地は、半分を王室のものとする が、半分は功績ある者に分与する。また金銀財宝の 類は、すべて、手にいれた者の所有権を認める。以 上、ルシタニア王室の名において約束するものであ る」

教会に対する略奪行為を、ギスカールはけしかけたのであった。まさしく神を畏《おそ》れぬ行為であったが、清貧《せいひん》を旨《むね》とする教会が金銀財宝をためこんでいるほうがおかしいのだ。神につかえる聖職者たちが、騎士や農民より贅沢《ぜいたく》な生活をしていることこそ奇怪《きかい》というべきなのだ。慢性的にくすぶっている聖職者たちへの不満を、ギスカールはたくみに利用したのであった。

こうして二か月の間に、百をこす教会がギスカール派におそわれた。大小の宝石をちりばめた祭壇、黄金づくりの燭台《しょくだい》、金貨、絹、小麦や馬など、教会が所有していた多くの財産が掠奪され、建物には火が放たれた。おそわれずにすんだ教会も動揺し、一部がギスカール陣営に加担した。

ギスカールは聖職者たちのなかから適当な人物を選び、大司教の称号を与えた。ボダンが聖職者の任免権を独占していたが、それに対して公然とさからってみせたのである。ボダンの権威が絶対不可侵などではないぞ、ということを国じゅうに宣言してみせたのだ。

ルシタニア人たちは動揺をつづけていた。彼らに支配されているマルヤム人たちは息をのんで事態を見守った。そして掠奪を受けた教会は、悲鳴をあげて教皇ボダンに救いを求めた。ボダンとしては、幾重にもにがにがしい。彼は権威と権力には執着したが、金銀財宝に対してはそれほどでもなかった。教会が財産をためこむことには感心しなかったのである。

「破門された背教者どもには神罰《しんばつ》が下るであろう。だが聖職者も心せねばならぬ。地上の富など、神の僕《しもべ》には必要なきもの。奪われたことを歎《なげ》くでない」

そうお説教し、あらためて「偽《にせ》ギスカール」に破門を宣言した。ギスカールは平然としていた。

「このおれが健在であること、それ自体が証拠だ。神の名を騙《かた》るボダンなどに破門されたところで、神罰など下らぬ。それどころか、欲の深い堕落した聖職者どもから不浄の財をとりあげることは、神の御心にかなうものだ。そのことはボダンでさえ認めておる。おおいにやるべし」

ギスカール派はさらに教会への襲撃をつづけた。彼らだけではない。ルシタニア人の支配に反感をいだくマルヤム人の集団、さらには盗賊たちまで、ギスカール派の名を使って教会をおそった。むろんボダンは軍隊を派遣して「背教者ども」を討伐《とうばつ》しようとしたが、すっかり士気は低下している。形ばかり出動したあげく、自分たちで教会の財産を奪い、村を焼いて農民を殺し、彼らの首をとって「背教者どもを討ちとった」と報告するありさまだった。ボダンの身辺にいる聖職者たちは、そういった事態に対処する能力がなく、たがいに責任をなすりつけるばかりである。

これ以上、手をつかねて傍観していれば、ボダンの権勢は蚕《かいこ》が葉を食いつくすように、ぼろぼろにされてしまう。決戦を引きのばしてきたボダンも、ついに決意して軍を呼集した。「神と教皇とにそむく背教者どもを討て」という教書《きょうしょ》が、マルヤム全土のルシタニア人にむけて発せられた。

「十万人は集まろう」

そうボダンは予測していたが、十日の間に集まった将兵は四万人でしかなかった。他の者は、というと、ギスカールの軍旗のもとに駆けつけた、というわけではない。病《やまい》だの服喪《ふくも》中だの、適当な理由をつけて城門を閉ざしている。要するに形勢を観望し、勝利したほうにつこう、というわけである。

「日和見《ひより み》とは狡猾《こうかつ》な奴らめ。神が見すごしたもうと思うのか」

ボダンは歯ぎしりした。彼は、出兵してこぬ貴族のひとりを討伐して世の見せしめにしようとしたが、側近の騎士たちに制止された。この時機にそのようなことをしては、畏怖《いふ》よりも反発を買うのが落ちである。ひとつの城館を攻め落として不信心者ひとりの首をとったところで、残る中立派をギスカールの陣営に追いやってしまうだけのことだ。

「とにかく諸悪の根はギスカール殿下の名をかたる、あの偽者《にせもの》でござる。正々堂々の戦いで彼奴《きやつ》の首をあげてしまえば万事おさまりましょう」

「いさましいことをいうが、勝てるのであろうな、そなたら」

「これはしたり、教皇猊下《きょうこうげいか》。真物《ほんもの》のギスカール殿下であれば武略の達人。われらが敗れることもございましょう。ですが偽者など恐るにたりず。かならず彼奴《きやつ》の生首を、教皇猊下の御前に持ってまいりますとも」

騎士たちの壮語《そうご》を聞いて、ボダンはじつに複雑な表情をしたが、口に出しては何もいわなかった。いえなかったのだ。

こうして、パルス暦でいえば三二三年の秋、「ザカリヤの戦い」がルシタニア人どうしでおこなわれるのである。

教皇ボダンの軍は四万。ギスカールの軍は一万八千。数からいえばギスカールに勝算はない。それでもギスカールが正面決戦を決定したのには充分な理由があった。

「四万とはいっても、衷心《ちゅうしん》からボダンのために戦う意思があるのは一万五千から二万というところだ。残りは葦《あし》のごとく強い風になびく。恐れることはない」

集まった騎士たちに、力強くギスカールは断言した。

ここ数年の労苦《ろうく》で、ギスカールはやや痩せて髪の半分が灰色になった。だが老けこんだようには見えない。両眼が鋭く烈しく光り、むしろ精悍《せいかん》さが増したようにすら見える。集まった騎士たちは威《い》に打たれ、王弟が真物《ほんもの》であることを、あらためて確信した。

パルスでの戦いで、ギスカールは、モンフェラートやボードワンのような有力な将軍を失った。彼らが健在であれば、より自信と勝算をともなった戦いができるにちがいなかった。だが、いまギスカールは、自分自身で最前線の指揮をとる。危険だと制止する者もいたが、ここでボダンに敗れて死ぬようなら、それまでの生命《いのち》だ、と思いさだめた。

いっぽうボダンも軍の士気を高めるため、自《みずか》ら戦場におもむいてきた。十二名の屈強な兵士に輿《こし》をかつがせ、傍《そば》にイアルダボート教の神旗をかかげ、マルヤムの首都を進発した。家の窓をわずかにあけて、マルヤムの民衆は、ひややかな目で教皇を見送ったのである。

III

ザカリヤの野は四方に遠く山を望む石ころだらけの荒地で、羊をねらう狼《おおかみ》すら姿を見せぬといわれる。水もとぼしく、気流のせいか悪天候の日が多い。将来も開拓《かいたく》などはおこなわれず、不毛のままであろう。

ギスカールとボダンとの戦いがおこなわれる前夜も、冷たい雨が降りつづき、道は泥濘《でいねい》のつらなりと化した。兵士たちは白い息とともに天候への罵声《ばせい》を吐《は》きだした。

このようなろくでもない場所が戦場に選ばれたのには、いちおう理由がある。ザカリヤの野はマルヤムの国土のほぼ中央にあり、三本の主要な街道が近くを通って、誰がどう軍を動かすにしても、いちおう確保しておくべき位置にあったのだ。かつてはマルヤム軍の監視塔が建てられていたが、ルシタニア軍が侵攻したときに焼き打ちされ、煤《すす》けた石のかたまりが廃墟となって残るのみである。

戦場にあらわれたボダンは、彼なりにはりきってはいた。敵軍の数が味方の半分以下と聞いたせいもあるだろう。両軍が布陣《ふじん》を終えると、ボダンは輿と神旗を陣頭に進めた。大声でギスカール軍に呼びかける。いま悔《く》いあらためて武器をすて、神旗の前にひざまずけば、神は汝《なんじ》らの罪を赦したもうであろう、さもなくば背教者として地獄の炎《ほのお》に焼かれるぞ、と。

ギスカールは返答する気にもなれぬ。無言で片手をあげ、振りおろすと、いっせいにボダン軍めがけて矢を放たせた。ボダンの輿にも二本の矢が突き刺さり、教皇猊下は輿の上でよろめいて手をついた。

「罰あたりどもめ！　彼奴《きやつ》らに神罰を与えよ！」

こうして戦いは開始された。ひとしきり矢が飛びかうと、つぎは槍と剣の闘いにうつる。両軍は泥にまみれながら前進し、正面から激突した。

「神よ、護《まも》りたまえ！」

「イアルダボートの神よ、ご照覧《しょうらん》あれ！」

唯一絶対の神につかえる者どうしが、武器をふるって殺しあうのだ。剣が首を切断し、槍が咽喉《のど》をつらぬき、棍棒が背骨をたたき折る。ザカリヤの空は雲とも霧ともつかぬ寒々しい灰色におおわれ、太陽は白黴《しろかび》のはえた小さな銅貨のように宙づりになっている。兵士たちの吐く息は白く煙り、それに血の赤がまじった。

ルシタニアの甲冑はパルスのそれより重い。馬上からたたき落とされた騎士は起きあがって逃げ出すこともできず、馬蹄《ばてい》に踏まれ、棍棒で殴りつけられる。必死になって甲冑をぬぎすてようとする者もいるが、ようやく半ばぬぎかけたところを槍で突き殺されるという悲惨なありさまだ。

ボダン軍の騎士たちの幾人かが気づいたことがある。ギスカール軍はいずれも軽装で、甲冑のかわりに盾《たて》で矢や槍をふせぎ、しかも大多数が徒歩であった。天候を案じたギスカールは、泥濘《でいねい》のなかで動きやすいよう、全軍の服装をととのえたのである。それを遠望したボダン軍は、「偽《にせ》の王弟の軍には、甲冑をそろえる資金《かね》もないと見える」と嘲笑《ちょうしょう》したものであった。だが戦いがすすむにつれ、重装備のボダン軍は動きが鈍りはじめた。

重装備の騎兵隊は泥濘に馬の足をとられ、まともに前進することができぬ。甲冑をまとった人間を乗せているだけで、馬にとっては大きな負担である。それに泥濘が加わっては動くに動けぬ。悲しげにいななないて立ちすくんでしまう。

「動け、動かんか、この役たたずども！」

人間どももあせる。動けない騎兵隊など、単なる肉と鉄のかたまりでしかない。そこへギスカール軍が矢を射かける。人ではなく馬をねらうのだ。無慈悲だが効果的な戦法であった。つぎつぎと馬が倒れ、騎士たちは泥濘のなかに投げだされる。神の祝福を受けたはずの甲冑が泥にまみれ、起きあがろうとしても容易ではない。倒れた馬に脚《あし》や胴《どう》をはさまれると、甲冑のわずかな隙間から泥水が浸入する。たまりかねて冑《かぶと》をはずすと、そこへ矢が飛んでくる。泥まみれの死地から、それでも数百騎がどうにか脱出し、ギスカールの本陣に迫って白兵戦をいどんできた。

ギスカールは自ら戦斧《せんぷ》をふるい、四人の騎士を馬上からたたき落とした。五人めはなまやさしい敵ではなかった。重い長槍《ちょうそう》を伸ばして、やや疲労したギスカールの手から戦斧を撃ちおとす。彼にとっても重い長槍をすてると、剣をふるってギスカールの頸部《けいぶ》に斬りつけてきた。かろうじて、ギスカールは盾でふせいだ。三度まで騎士はギスカールの盾に剣をたたきつけ、盾には亀裂が生じた。そこへギスカール軍の歩兵が駆けつけ、槍で騎士の脇腹を突いた。槍先は甲《よろい》を突きとおすことができなかったが、騎士は馬上で平衡《へいこう》を失ってよろめいた。すかさずギスカールは剣をぬき、ねらいすまして相手の咽喉《のど》を突いた。したたかな手ごたえが、致命傷を与えたことを教えた。甲と冑との合間から赤黒い血が湧き、騎士はまっさかさまに落馬して大地を抱擁《ほうよう》した。

最高指揮官が剣をふるって血戦《けっせん》しているのだ。ギスカール軍の士気は高まった。彼らは槍先をそろえてボダン軍に突きかかり、確実に敵の数をへらしていった。

ボダン軍は敵の二倍以上の兵力をそろえながら、それを生かすことができなかった。軽装のギスカール軍がすばやく、たくみに進退するのについていけず、右往左往しつつ討ちへらされていく。味方のふがいなさを見たボダンが、思わず天をあおいだ。

「おのれ、ギスカールめ、狡猾《こうかつ》な狐《きつね》め！　イノケンティス王がさっさと彼奴《きゃつ》めをかたづけておけば今日の苦労はなかったものを！」

この怒声が戦いの帰趨《きすう》をさだめることになろうと

は、ボダンは想像もしなかったであろう。ところがそうなってしまったのだ。ボダンの本陣にひかえていたコリエンテ伯爵《はくしゃく》という人物が、ボダンの怒声を耳にしておどろいた。彼はボダンの宣告を信じ、ギスカール公は偽者だと思いこんでいたのである。

「何と、ギスカール公は真物《ほんもの》であったのか。とすれば話はちがってくるぞ。おれたちは教皇にだまされていたということになる」

もともとコリエンテ伯爵は喜んでボダンにしたがっていたわけではない。自立してわが道を往《ゆ》くだけの勢力がないから、強者についていただけのことである。だがこのとき、彼の心を一陣の風が吹きぬけた。一生に一度の賭《か》けを断行する時機が来た、と思った。

コリエンテ伯爵の兵は二千人。これがいきなり「ギスカール殿下にお味方する」と叫んで、ボダン軍の左側背からおそいかかったのである。ボダン軍が一致団結して戦えば、このていどの裏切りはとるにたりなかった。だがコリエンテ伯爵の動揺《どうよう》と変心は、奔馬《ほんば》の勢いで全軍に伝染した。彼を迎撃《げいげき》すべき諸侯の部隊が、つぎつぎと矛《ほこ》をさかさにして、ついた先刻までの味方におそいかかっていった。これは一見、偶発的なできごとに思えるが、結局のところ、たまりにたまっていた不満と不信の池が、ただ一滴の水によって決潰《けっかい》したのであった。

一挙にボダン軍は潰乱《かいらん》状態となった。

「おのれ、背教者どもめ、罰あたりどもめ！」

灰色の空をあおいでボダンはののしった。前方ではギスカール軍の攻勢をささえかねた武将たちが伝令を飛ばし、ボダンの指示をあおいだ。だがもともとボダンは戦場の雄ではない。的確な指示を下しようもなく、輿の上にいすくむだけである。その間、勢いに乗ったギスカール軍は最後の予備兵力を投入し、ボダン軍の陣列を斬りくずして、教皇の近くに迫った。霰《あられ》のような音をたてて矢が降りそそぎ、輿に五、六本が突き立つと、ボダンの虚勢もついえた。

輿をかつぐ兵士たちをどなりつけると、ボダンは逃げだした。イアルダボート神のご加護を、どうやら信じることができなかったようである。

「教皇がお逃げあそばす！」

悲鳴に近い声があがって、ボダン軍の戦意は、神のまします空の彼方《かなた》へ飛び去ってしまった。このときボダン軍の兵力は、あいつぐ寝がえりで一万五千ほども減少している。減少した数は、そのままギスカール軍の増強分となり、兵力比は逆転してしまっていた。

血と泥にまみれた戦いが終わったとき、ザカリヤの野には一万五千の死体がころがっていた。そのうち一万二千までがボダン軍の将兵であった。ギスカール軍は教皇ボダンを追いまわしたが、いますこしというところでとり逃がした。ボダンは輿から飛びおり、徒歩で逃げ去ったのである。空の輿は戦利品としてギスカールのもとへ運ばれてきた。

「いつもながら逃げ足の速い奴め。だが、つぎの戦いのときには、奴の両足を槍で大地に縫《ぬ》いつけてやるぞ」

泥と霧雨《きりさめ》に汚れた顔で、ギスカールは大笑した。パルスを追われて以来の苦難と屈辱とを、ギスカールはこの笑いで吹きとばしたのである。

彼の足もとにひざまずいて戦勝を祝う者がいる。コリエンテ伯爵であった。それと知ると、ギスカールは馬から飛びおり、恐縮する伯爵の手をとった。ここは一世一代、政治的な演技を人々に見せつけるべき場面である。

「よく正道《せいどう》にたちもどってくれた。亡《な》きわが兄も、王室に対するおぬしの忠誠を喜んでくれるであろう。偽教皇《にせきょうこう》のボダンめを打倒したあかつきには、おぬしに厚く報いるぞ」

そして、なおボダン陣営に属するコリエンテ伯の知人たちを説いて寝返らせるよう頼んだ。喜んでコリエンテ伯は承知し、さっそく十通もの密書をしたためて、各地の知人のもとへとどけさせた。

「ザカリヤの戦い」によってマルヤムの国内状勢は大きく動いた。息をひそめて形勢を観望していた諸侯が、なだれをうってギスカールの陣営に加わった。

それでも一挙にボダンが破滅しなかったのは、何といっても国都をおさえ、さらにイアルダボートの神旗をかかえこんでいたからである。

IV

こうしてパルス暦三二四年の段階で、マルヤムは二分された状態にある。北には教皇ジャン・ボダンの支配する神聖マルヤム教国、南には仮王ギスカールの統治する領域だが、こちらがいまや国土の七割を占《し》めていた。

ミスル国王ホサイン三世のもとに、海路《かいろ》ボダンから の親書がとどけられたのは、パルス暦でいえば三二四年の秋、つまりホサイン三世がディジレ河畔でパルス軍に破れた後のことであった。王宮で、宰相から親書を差し出されたホサイン王は、一読《いちどく》すると大きく舌打ちの音をたてた。

「ふん、教皇はミスルの国軍を自分の傭兵《ようへい》にでもするつもりか。人にものを頼むにしては、頭《ず》の高い奴め」

「いかがなさいます、陛下」

「マルヤムの半分などもらっても使途《つかいみち》がないな。まして、この条件では、予の武力でもってギスカール公を打倒せんことには、ひとかけらの土も手にはいらんではないか」

ボダンからの密書を、ホサイン三世は床に放りだした。ギスカールを打倒してくれればその占領地をミスル国に与えるというのがその内容である。

海からの援軍がギスカール軍の背後をつく。戦術としてはけっして悪くないが、わざわざ船団をしたててマルヤムまで往《ゆ》くミスル軍こそご苦労な話である。マルヤムまで海路八日から十日、一万人の兵を派遣するとすれば、三十万食の糧食を用意せねばならぬ。上陸してからも糧食はいるし、冬にむかって衣服も必要になる。そうおいそれと兵を動かすわけにはいかぬ。

「マルヤムの領土など、出兵して占領するだけの価値はない。軍費と人命を浪費するだけだ。だが……」

ホサイン三世は考えこんだ。マルヤムを支配しているルシタニア人に対して、政治的優位を確立しておく。これは悪くない選択だ。だがマルヤムが二派に分裂している以上、どちらの派に味方するか、これが大きな課題となる。ボダンに味方してマルヤムの南半分を割譲《かつじょう》させれば、ミスルの領土は拡大するし、西と北の海路も手にいれることができるだろう。しかしギスカールと戦って勝てるとはかぎらぬし、勝てたとしても損害をこうむることはまちがいない。そうなったとき、ボダンが最初の約束をきちんと守るだろうか。異教徒を人間と思っていないボダンのことだ。弱体化したミスルとの約束を破り、それどころかミスル軍に攻めかかって海へ追い落としてしまうかもしれぬ。

「とうていボダンなどに手は貸せぬ。とすると、ギスカールと組む策《て》だが、こちらから申しこんでも足もとを見られるだけかな。いや、待て、願ってもない土産《みやげ》があったわい」

ホサイン王はひざを打った。

ボダンからの使者はとらえられ、鉄の檻に放りこまれた。ホサイン王は軍船を一隻したて、とらえた使者をマルヤムに送還させた。ギスカールのもとへである。苦しまぎれにボダンが派遣した使者は、ミスル国の外交の道具として使われるはめになったのだった。

パルス国の海港としてギランがあるように、シンドゥラ国にも名高い港町がある。マラバールがそれで、海外からの旅人と貨物はここに上陸し、運河と街道を使って二日後に国都ウライユールに到着する。

ミスル国からの船が入港してきたのは、十一月のとある日であった。港の総督に対し、ミスル国王ホサイン三世からの使者が来訪したとの報告がなされた。使者なる人物は、シンドゥラ国王ラジェンドラ二世陛下への謁見《えっけん》を望み、ミスル金貨五百枚を総督に進呈《しんてい》した。総督は誠意をこめて万事をとりはかららい、国都ウライユールへと使者を送りこんだ。

「ほう、ミスル国王からの使者？」

ラジェンドラは目を光らせた。彼はチュルク軍との戦いから帰還し、ケシの花が咲き誇る中庭の一画で昼食をとっていた。南国シンドゥラも十一月ともなれば朝夕は冷えこみ、そのかわり昼間は涼気《りょうき》がこころよい。ラジェンドラの額《ひたい》や頸《くび》には、香辛料《スパイス》のきいたスープを飲んだために汗の玉が浮いている。それを侍女《じじょ》にぬぐわせながら、ラジェンドラは、王宮警護隊長のプラージヤ将軍に問うた。

「そやつの身分にまちがいはないか」

「黄金づくりの身分証は、たしかに持っておりました。国王からの親書は直接にお渡しすると申しております」

「よし、通してみよ。何ごとをさえずるか、聞くだけは聞いてつかわそう」

中庭に通されたのは使者ひとりだけであった。それに先だち、シンドゥラ国王陛下への献上物はすでにとどけられている。八十人の職人が四年がかりで織りあげた絨毯《じゅうたん》、ミスル特産の香油、竜涎香《りゅうぜんこう》、黄金細工《きんざいく》などであった。物をもらえば、その点に関するかぎり、ラジェンドラはすなおに感謝する男である。

「いやいや、いきとどいたこと。ミスル国王ホサイン陛下によしなに」

機嫌よくいいながら、ラジェンドラは使者を観察した。生まれついてのミスル人ではないな、と、彼は見てとった。ミスル人がやたらと好きな香油を塗《ぬ》っておらず、服の色彩もおとなしげである。めだつのは右の頬に深い大きな傷があることだった。

シンドゥラ国王とミスルからの使者との対話がはじまったが、使用される言語はパルス語である。何しろそれが大陸公用語であるからしかたない。逆にいえば、パルス語さえ会得《えとく》していれば、いずれの国とも外交や貿易がおこなえるのである。そして使者は用件を切りだした。ミスル国と攻守同盟を結び、パルス国を東西から挟撃《きょうげき》してほしい、というのである。シンドゥラ国にしてみれば、外交方針の大転換ということになる。ラジェンドラはむろん簡単に承知したりしなかった。

「仮にだ、ミスル国と手を結んだとして、いったいどのような利益がわが国にもたらされるのかな」

「パルス国の手から、大陸公路の支配権を奪いとれましょう」

「ふふん？」

と、ラジェンドラは口もとをゆがめた。

「それだけのことか、埒《らち》もない」

「大陸公路は巨億の富をパルスにもたらしております。それだけのこと、とは、おそれながら、過小評価と申すべきでございましょう」

「かさねていうが、それだけのことよ」

今度は声に出して、ラジェンドラは嘲笑《ちょうしょう》してみせた。

「巨億の富というのはたしかだが、パルスに吐《は》きださせるだけのこと。ミスルの懐《ふところ》はまるで痛まぬではないか。恩着せがましくいわれる筋はないと思うが、どうかな、使者どの」


使者が即答しないので、ラジェンドラは何くわぬ表情の下で思案をめぐらせた。

パルスを東西から挟撃するといえばひびきはいいが、現実性はきわめて薄い。パルスの広大な国土をへだてて東西で連絡しあうのはきわめて困難である。パルスから見れば、その国土自体を障壁として、東西の敵を分断することができるのだ。

ミスルがシンドゥラをけしかけてパルスと戦わせる。そしてミスル自身もパルスと戦う、というのであれば、それはまあよい。だが、パルスがミスルに対して有利な条件で講和を申しこみ、それをミスルが受けたときはどうなるか。パルスは後背《こうはい》の危険を断ち、全力をあげてシンドゥラに攻めこむであろう。得をするのはミスルだけ、踊らされたシンドゥラは存亡の危機に立たされるはめになる。うかうかとミスルの申し出などに乗れるものではない。最低限度の条件として、まずミスル国が本格的にパルスと戦い、パルスの兵力の大部分を西方に引きつける。それぐらいの誠意は示してもらわねばなるまい。

シンドゥラは北にも油断ならぬ敵をひかえているのだ。チュルク国王カルハナが何をたくらんでいるのか、まだ不分明であるが、仮にシンドゥラに対して全面攻勢に出てくるとしたら、パルスの武力を味方にしておく必要がある。軽々しくパルス包囲網などに加担できるものではなかった。最初にパルスがたたきのめされ、さてそのつぎがシンドゥラ、などという事態になったりしたら目もあてられぬ。

「使者どの、ご存じかな。このラジェンドラと、パルス国のアルスラーン王とは、兄弟といってもよいほどの親しい仲なのだ」

「存じております」

「ふむ、それを承知で、パルスを討てとおれに勧《すす》めるのか。兄弟に讐《あだ》をなせ、と」

「それではこちらからうかがいますが、ラジェンドラ陛下、実のご兄弟はいまどちらにおいでてございますか」

いやな奴だ、と、ラジェンドラは思った。彼が即位前に異母兄弟ガーデーヴィと争い、処刑したことを、使者は諷《ふう》しているのである。

「さて、どうしたものかな。おぬしの言葉は蜜《みつ》のごとく甘いが、それを食《しょく》したあげくが虫歯の痛みに泣かされるのでは、後悔してもはじまらぬな」

ガーデーヴィの件は無視して、ラジェンドラは笑顔をつくった。生前のガーデーヴィが憎んでいた笑顔である。「あのいかにも無邪気そうな笑顔の下で、奴は、他人をおとしいれる算段《さんだん》をめぐらしているのだ」と。そのとおり、それがどうした、と、ラジェンドラは思っている。彼がだます相手は王侯貴族ばかりで、貧しい民衆をおとしいれたことは一度もない。

わずかに使者は身を乗りだした。

「大義名分がこちらにあることもお考え下さい。パルスの国王と称しているアルスラーンめは僭王でございます。王を僭称《せんしょう》する簒奪者《さんだつしゃ》なのです。彼奴《きゃつ》を討ち滅ぼすのは正義ではございませんか」

つまらなさそうな表情をラジェンドラはつくった。

「僭王僭王とおぬしはいうが、アンドラゴラス王が死去して王太子が即位しただけのこと。法的に何ら問題はあるまいが」

「アルスラーンは王家の血を引いておりません」

「だからどうだというのだ。そんなことはアルスラーン自身が公表しておること。弱みにはならんぞ」

ラジェンドラは意地悪く笑った。アルスラーンがアンドラゴラスの実子ではない、と知らされたとき、ラジェンドラもさすがにおどろいたのだが、考えてみれば公表してしまったほうがよいのである。秘密は隠されてこそ武器になるので、みんなが知っていれば「それがどうしたのだ」ということになるのだ。第一、パルス周辺諸国の王家にしても、系図を見なおせばいろいろと怪《あや》しげな点やまずい点があるので、それほどえらそうなことはいえないのである。

沈黙した使者に、ラジェンドラは語をかさねた。

「ミスルに向かうべきパルスの鋒先《ほこさき》が、わが国に向けられるようなことになっては目もあてられんな。何しろパルスは強い。それを一番よく知っとるのはルシタニアとやらいう遠い国の連中だろう」

ラジェンドラは侍女《じじょ》にむけて手をのばした。銀の皿にパパイヤなど四種類の果物が盛られ、蜂蜜と乳酪《ヨーグルト》がかけられたものを、侍女がうやうやしく差しだす。それを受けとると、ラジェンドラはひそかに視線で命令した。こころえた侍女のひとりが、さりげなく起《た》ちあがって建物のなかへ姿を消した。銀の匙で果物をすくいながら、ラジェンドラはことさら陽気な声をだした。

「ま、なかなかおもしろい話を聞かせてもらったが、一国の主としてあまり無責任な約束もできかねる。ミスル国王のお考えはよくうけたまわっておくから、今後ともよしなにな」

贈物《おくりもの》はありがたくもらっておくが、申し出には応じぬ、というのである。ぬけぬけと、とはこのことであろう。

「では辞去させていただくしかございませんな」

「辞去してどこへ行く？」

使命に失敗しておめおめとは帰れまい。そういいたげにラジェンドラは問うた。

「パルス国王のもとへ」

男はいい、表情をころしてラジェンドラの顔をうかがった。ラジェンドラはだまって、空になった果物の皿を卓上に置いた。

「パルス国王に、こう告げることにいたします。シンドゥラ国王ラジェンドラ陛下《へいか》は、パルスとの和平条約を破棄《はき》し、ミスルとの間に同盟を結ばれた。すぐに兵を出してシンドゥラをお討ちあれ、と。いかがでございます」

男の両眼が底光りしたようだ。

「ちとおもしろすぎるな」

ラジェンドラはわずかに目を細め、それに比例させるかのように声を低めた。彼は他人をだますのは好きだが、だまされるのは嫌いだったし、脅されるのはもっと嫌いだった。右頬に傷のあるミスルからの使者は、シンドゥラ国王の宮殿に乗りこみ、主を脅迫しようとしているのである。ラジェンドラは一歩踏みこんだ決断を下した。こういう気にくわぬ男が眼前にいるとすれば、さっさとかたづけてしまうべきだ。後に悔いを残すようなことがあっては、神々に申しわけがない。

「この場でおぬしを殺すことにしよう。そうすれば、舌をみだりに動かすこともできまい」

「できますかな」

右頬に傷のある男は落ちついていた。二十人ほどのシンドゥラ兵が、刃の湾曲《わんきょく》した刀や棍棒《こんぼう》をかまえて彼を包囲する。むろんこれは、ラジェンドラの目くばせにしたがって侍女が侍衛《じえい》の兵士たちに指示したのである。

「私が二日後の夜明けまでにマラバールの港町に帰らぬときには、船はただちに出帆《しゅっぱん》し、パルス国のギラン港に逃げこむことになっております。そして告げます。ラジェンドラ王はミスル国と手を組んでパルス国に敵対するご所存、と。それでもよろしいのですか」

男の言葉を、ラジェンドラは笑いとばした。

「そのていどの威迫《おどし》に、誰が乗るかよ。おぬしの死体をパルスの王都に送りとどけて、事情はこうと説明すれば、アルスラーンはおれを信じるに決まっておる。第一、生かしておいてもパルス国王のもとに駆けこむというのであれば、殺してしまったほうが、おれの腹《はら》もおさまるというものだ。ちがうか？」

「……………」

「よい退屈しのぎにはなった。だが、おれひとり説得できぬようでは、パルスをどうこうするなど、痴人《ちじん》の妄想にすぎぬよ。ミスル国王にとってはいい教訓だろうて」

　ラジェンドラが指を鳴らす。それを合図に兵士たちが動いた。ミスルからの使者めがけて殺到する。だが彼らより迅速《じんそく》に動いた者がふたりいた。

　ミスルからの使者が腰帯《こしおび》を抜きとり、鋭く振る。ラジェンドラは危険をさとっていた。椅子《いす》ごと後方にのけぞってそれをかわす。腰帯にあたった皿上の果物がもののみごとに切断され、宙に舞った。腰帯に細刃《ほそば》がしこまれていたのだ。ミスルからの使者は国王斬殺《ざんさつ》よりも自分の逃走を優先した。刃のとどく範囲から逃れ去ったラジェンドラを追わず、身をひるがえして腰帯を横に払う。鋭い音と鈍い音が連続し、兵士のひとりが頸部を両断された。さらに棍棒を持ったままの右手首が宙に飛んで、中庭には悲鳴と怒号が飛びかう。それらの声も、建物や樹木にさえぎられて小さくなっていった。ラジェンドラは緊張をとき、ふたたび椅子に腰をおろす。ほどなく王宮警護隊長のプラージヤ将軍が、巨体をちぢめるような姿勢で王のもとへやってきた。

「逃がしたか」

「面目次第もございませぬ。ただちに騎兵を動かして奴を追いますれば」

「いや、そこまでする必要もあるまいて」

　ラジェンドラは手を振った。奇妙な使者を追いはらって、アルスラーンへの義理は果たしたのだ。せっかく種ができたのだから、奇術《きじゅつ》ひとつも披露したいものではないか。ラジェンドラはそう思う。パルス、ミスル、それにチュルク。どの国と組み、どの国と戦うか、いろいろと技巧《ぎこう》をこらす楽しみができたというものであった。今日はミスルとの間が破《は》綻《たん》したように見えるが、ミスルがにわかに大船団をしたてて海上から攻撃してくるとも思えず、修復の余地はいくらでもある。今日のところはありがたく贈物をちょうだいしておくとしよう。

「ああ、それからな、プラージヤ将軍」

「は、陛下《へいか》、何でございましょう」

「曲者をとり逃がしたによって、おぬしは罰金として金貨五百枚を支払うように」

「寛大なご処分、ありがたく存じます」

プラージヤ将軍は深く頭をさげた。投獄や降等もやむをえぬところである。罰金ぐらいですめば、ありがたいものであった。

さらにラジェンドラは、ミスル国からの使者に殺された兵士たちを鄭重《ていちょう》に葬《ほうむ》り、遺族に慰弔金《いちょうきん》を与えるよう命じた。こういう点に関して、けちってはならぬ。兵士たちの人望こそ王者にとって最大の宝であることを、ラジェンドラはアルスラーンから学んでいた。

V

チュルク王国の首都ヘラートは、国内でもっとも広く肥沃《ひよく》な谷間に位置する。四方は万年雪と氷河の山々によってかこまれ、六本の峠道《とうげみち》と一本の水路によって外界に通じる。この七つの通路をわずかな兵力でかためれば、とうてい外敵は侵攻できず、谷間全体が難攻不落の要害となって、十年はもちこたえることができるといわれていた。

晴れた日、遠く雷鳴のようなひびきが伝わってくるのは、山々のどこかで雪崩《なだれ》がおきているからである。朝には西の山々が朝陽《あさひ》をあびて薔薇色《ばらいろ》にかがやき、夕には東の山々が夕陽《ゆうひ》を受けて紫色に染まり、「天上の都のようだ」と住民たちは自慢する。

王宮はヘラートの市街を眼下にのぞむ北よりの高台にある。斜面にそって石づくりの建物が層をかさね、それが十六層にもおよぶ。

「ヘラートの階段宮殿」と呼ばれるのがこれだ。最上層は空中庭園となって、低木《ていぼく》や芝や草花が植えこまれ、羽の一部を切りとった孔雀《くじゃく》が放され、池にはあざやかな色彩の淡水魚が泳ぐ。その一角に、大きな水晶の窓を持つ建物がある。国王の書斎である。

チュルク国王であるカルハナはすでに五十代半ば、青黒く痩せた顔にとがった鼻と細い両眼、黒々とした顎鬚《あごひげ》、そしてずばぬけた長身を持つ。異相《いそう》といってよい。もともと一武将であったが、先々代の国王の長女を娶《めと》り、宰相《さいしょう》からさらに副王を経て即位した。

カルハナの前に客人がたたずんでいる。年齢は三十歳前後と思われ、均整のとれた長身には歴戦の戦士の迫力と風格があった。顔だちも端整《たんせい》といってよかったが、顔の右半分を薄い布でおおっている。その男は非のうちどころのない礼儀を示してカルハナに一礼した。

「おかげをもちまして、無事に妻の葬儀をすませることがかないました。陛下のご厚情《こうじょう》には何と御礼を申しあげるべきか、非才の身には言葉もございません」

カルハナはゆったりした微笑を返し、かるく手をあげてみせた。

「いやいや、予の今日《こんにち》あるも、おぬしの武勇と機略に救われたからこそ。奥方もはかないことではあったが、どうか気を落とさぬよう」

今度は無言で男は一礼した。布におおわれぬ左の眼が、万年雪の山嶺《さんれい》を見はるかす。黄昏《たそがれ》が近く、かたむいた陽《ひ》が紫色の影を山嶺に投げ落としている。山の一角に、男は、若くして病死した妻の遺体を葬った。妻の胎内《たいない》に在《あ》ったわが子とともに、である。その事情をカルハナ王は知っていた。彼は客人に椅《い》子《す》をすすめ、男がそれにしたがうと、話題をあらためた。

「この国では静かに暮らしてこられたが、胸奥《きょうおう》に燃える火が消えさったわけではあるまいのう、ヒルメス卿」

名を呼ばれた男は、「は」と最短の返答をしたのみで、カルハナ王の言葉に自分の意見をつけ加えようとはしなかった。熱をこめて、カルハナはさらに説いた。

「おぬしはまだ三十代にはいったばかり。世を棄《す》てて去るには早すぎよう。奥方も、おぬしが世棄人《よすてびと》となることは望まれまい。心の整理ができたところで、予の客将としてつとめてはくれまいか」

みたびヒルメスは一礼した。

「おそれいります。私はさいわいにして陛下のご厚情をいただき、この土地で翼を休めることができました。非才ながら、つとめさせていただきます」

ヒルメスは微笑したが、自嘲《じちょう》とも歎息《たんそく》ともつかぬものが微笑にこもった。

「妻が健在であれば、マルヤム王国の故地《こち》を回復するために戦うという名分もたちましたが、もはや詮《せん》なきことでござる」

「そうじゃの。マルヤムは遠方ゆえ、くわしいこともわからぬが、支配者であるルシタニア人どうし殺しおうて、血泥《けつでい》のただなかにあるとか。手を出しても腐臭《ふしゅう》がまつわりつくだけのことであろうよ」

冷笑まじりに、カルハナはそう評した。ヒルメスはべつの話題を持ちだした。

「先日、鉄門《カラ・テギン》の方角へ出兵なさったとうけたまわりました。パルス、シンドゥラ両国の兵勢を見るにはよい試みと存じますが、どのようにごらんになりましたか」

「パルスはなかなかに強い。おいそれと劫掠《ごうりゃく》することもできぬようじゃ。とすれば北へ出て、弱体化したトゥラーンをおそうか、南へ進んでシンドゥラを討つか、だが……」

チュルク国王カルハナは思案するようすである。ヒルメスの冷静な視線を受けて、やがて彼は口を開いた。

「とにかくこの山間の地に逼塞《ひっそく》しておっては、大陸全土の趨勢《すうせい》に遅れてしまう。今後の発展も望めぬ。予一代のうちに、チュルク百年の大計を基礎だけでもたてておきたいのだ」

水晶の窓ごしに夕陽がさしこみ、主人と客人の影を石の床に長く伸ばす。高地のこととて、早くも夜の冷気が忍びよってくるようだが、カルハナ王の声は熱気をおびている。

「わが国は海までは遠いが、シンドゥラ方面へ南下してカーヴェリー河の自由航行権を手にいれることができれば、直通路が開ける」

「シンドゥラ国王との間に、対話をもってそれを要求することはできませぬか」

「おぬしはシンドゥラ国王ラジェンドラの為人《ひととなり》を存じておるか？　銅貨を黄色く塗《ぬ》って金貨に見せかけるようなくわせ者よ。航行権をくれぬか、と礼をつくして申し出たら、かさにかかって何を要求してくるかわからぬ」

「そのような者を、なぜパルス国王アルスラーンが信用し、盟約を結んだのでござろうか」

「パルス国王がお人よしだからだ」

　吐きすてるように断言してから、カルハナは表情を変え、自らの前言《ぜんげん》を否定してみせた。

「……と世評《せひょう》ではいうであろうが、お人よしだけの人物があらたな王朝などつくれるわけもない。よく部下どもを馭《ぎょ》しておるし、兵士の信望も厚いようだ。軽んじてはとんだ火傷《やけど》を負うであろうよ。ルシタニアのように」

「御意」

　答えたヒルメスの声を、カルハナは注意ぶかく聴いた。ごくわずかな苦みが声にこもっていたようにも思われるが、さだかではなかった。

「頼もしく思うておるぞ、ヒルメス卿」

　カルハナ王は、客将の手をとらんばかりの熱意をこめていった。

「わが事が成ったあかつきには、おぬしはけっして粗略《そりゃく》にあつかわぬ。王族としての待遇を約束しようし、おぬしに独自の志《こころざし》があれば、全力をあげて手助けしよう」

「……おそれいります」

「では今日はもう休まれよ。お疲れであろうから。くわしい話はまた明日にでもあらためて」

　カルハナ王の御前から退出したヒルメスは、黙然《もくぜん》として空中庭園を歩んだ。空は急速に暮色《ぼしょく》をまし、王宮につかえる奴隷たちが庭園の各処に灯《ひ》をともしはじめる。山羊《やぎ》の脂《あぶら》に香料をまぜた灯火の匂いにも、ヒルメスはもう慣れた。

「所詮おれは敵将としてしかパルスにもどることはできぬと見える。運命とやらの小道具にされるのはごめんだが、しばらくはこのまま歩んでみるか」

胸中につぶやきながら、パルス旧王家の最後の生き残りは階段へと歩いていった。

仮面兵団

第四章

王都の秋

8

I

「解放王の裁き」といえば、後世のパルスでは「公正な裁判」を意味する言葉になる。裁判はだいたい総督までの段階ですまされるのだが、ときとして、やっかいな訴訟が国王の法廷にまで持ちこまれることがあった。王太子時代、アルスラーンはギランの港町で多少、裁判の経験をつんだことがある。

アルスラーンは、世情を知ってそれを政事《まつりごと》に生かすために、ずいぶんと努力した。身分が低いといわれる人々の代表を王宮に招いて話を聞いた。そのとき特殊な織りかたをした垂簾《たれまく》を間にはさんで、人々からは自分の顔が見えないようにした。これはもったいぶってそうしたわけではない。アルスラーンはしばしばエラムやジャスワントをともなって王宮の外へ微行《びこう》し、自分の眼で世情を調査したから、近くで顔を見知られては困るのであった。

宰相《フラマータール》ルーシャンなどは、立場からいっても、アルスラーンの微行をあまり好ましくは思っていなかった。国王の身に思わぬ危害が加えられては困る。もっともな心配であるが、副宰相《フラマート》ナルサスはそれほど気に病《や》んではいなかった。

「まあ、あれは陛下の唯一の道楽だからな。エラムやジャスワントもついているし、めったなこともあるまい」

「そうとも、ナルサスの道楽とちがって、他人に害をおよぼすわけでもないからな」

「どういう意味かな、ダリューン」

「おや、そんなにわかりにくいことをいったか、おれは」

「わかりにくくはないが、心にもない台詞《せりふ》だろうと思ったのでな」

「心の底からの台詞なのだがなあ」

とにかく、アルスラーン王の微行はつづいていた。民衆は、「身分を隠した王さま、ないしは王子さま」というものが、どういうものかたいへん好きである。パルスの吟遊詩人たちも、聖賢王ジャムシードや英雄王カイ・ホスローが在位中に身分をかくして微行したという伝説を語りつたえている。ジャムシード王は神のごとき明察《めいさつ》の裁判官であり、「ジャムシードの鏡を見よ」といえば、「正義と真実はかならず明らかにされる」という意味で、パルスでは裁判のときにかならずこの台詞《せりふ》が使われるのである。

ところで「解放王」というアルスラーンの異名は、即位直後から誰ともなく使うようになっていたが、あまり偉《えら》そうな称号なので、アルスラーンは平然と受けいれることができなかった。

「陛下は国土をルシタニア軍から解放なさいました。奴隷制度を廃止なさいました。この二点だけで、解放王の名に値します」

ダリューンなどは力説するのだが、どうしてもアルスラーンは気恥《きは》ずかしい。聖賢王や英雄王も、そう呼ばれて気恥ずかしかったのではないだろうか、という気がする。もっとも、このふたりの王は、その名にふさわしいだけの実力と業績があったのだが。彼らと並んで呼ばれるなど、アルスラーンにはだいそれたこととしか思われぬ。

とにかくこの秋、西にミスルを撃破し、東にチュルクを敗退せしめたものの、手にいれたものといえば多少の遺棄《いき》物資だけである。一歩の領土も一枚の金貨も得たわけではないのだ。勝った勝った、と喜んでばかりもいられないのであった。

「チュルクの侵攻は小規模のものではあったが、どうも根は深いように思われる。注意を払う必要があるな」

ダリューンやキシュワードにそう語って、ナルサスは調査をすすめていた。

ミスルとチュルクとが共謀してほぼ同時に事をおこしたとは、ナルサスには思えない。両国はたがいに遠すぎて密接に連絡をとりあうことはきわめて困難である。パルスが弱体化すれば、ともに利益をえることはできるが、共通の目的とするにはあまりに抽象的だ。

期せずして、それぞれ独自に行動をおこした。そう見るべきであろう。「期せずして」という点が、じつはナルサスを深刻にする。

シンドゥラは唯一の同盟国であるが、何といってもラジェンドラ王のことである。パルスの旗色悪し、ということにでもなれば、顔色も変えずに掌《てのひら》をひるがえすだろう。そうさせてはならぬ。すくなくとも、「ひるがえすならご自由に」といえるほどの態勢をこちらがととのえるまでは。

鉄門《カラ・テギン》の戦いで、パルス軍はチュルクのゴラーブ将軍を捕虜とした。王都エクバターナまで連行し、監禁するいっぽうでいろいろと尋問《じんもん》してみたが、それほど重大な成果はえられていない。ただひとつの点を除いては。そのひとつの点がナルサスを思案させている。

パルスが戦争ないし外交の相手とすべき国は五つある。シンドゥラ、チュルク、トゥラーン、ミスル、そしてマルヤム。このうちトゥラーンは三年前の潰《かい》滅《めつ》状態からまだ立ちなおっていない。「狂戦士」と異名をとる国王《カガーン》イルテリシュの生死が不明であることが気になるていどである。マルヤムでは、ナルサスの期待どおりギスカールとボダンとの抗争がつづいている。シンドゥラは先述《せんじゅつ》のとおり。残る二国、チュルクとミスルとに心せねばならぬ。何しろこの二国は、パルス暦三二〇年から翌年にかけての列国の争覇戦に参加せず、それだけ国力を温存しているのだ。

ナルサスの教えを受けながら、ふとアルスラーンは、他人の運命に思いをはせることがある。

「ヒルメスどのも、どこでどうしておられるのか」

アルスラーンは予言者でも千里眼でもない。マルヤムの王女イリーナ姫とともにパルスを去ったヒルメスが、いまチュルク国にあり、客将としてあらたにパルス周辺の経略に乗り出そうとしていることなど知りようもなかった。ヒルメス卿がパルスに帰って来れば王族としての待遇をしてさしあげよう、と、アルスラーンは考えている。だが、過去の経緯《いきさつ》をすててのこのことヒルメスが帰国できるわけもない。それぐらいは「お人よし」のアルスラーンでもわかる。善意と好意だけで世を治めることはできぬし、国を守ることもできぬのである。

それでもアルスラーンは、自分のほうからは融和《ゆうわ》の姿勢をくずしたくなかった。彼はアンドラゴラスのあとを継いでパルスの統治者となったのだ。武断にかたよったアンドラゴラス王とは、異《こと》なる方法でパルスを統治していこうと思っている。

アンドラゴラス王だけが悪いのではない。三百年にわたる旧王家の統治が矛盾《むじゅん》や不公正を蓄積させ、身動きがとれなくなったところへルシタニア軍が来襲した。嵐が老弱の樹々《きぎ》をなぎたおすように、ルシタニアはパルスの旧《ふる》い秩序を破壊した。破壊の後の再建。それがアルスラーンの仕事だった。

ある日、調査の報告書をまとめながら、ナルサスがダリューンに話しかけた。

「聞いたか、ヒルメス王子がミスル国王の帷幕《いばく》にあって、パルスとの戦いを主導しているという噂だが」

「真実か」

「噂だ。だがひとりだけの口からではない。異国人がミスル国王の身辺にある、という話は昨年あたりから耳にしている」

ダリューンは小首をかしげた。

「かの御仁は、パルスの王位を断念なさり、国外へ去られたはずだが」

「永遠に断念なさったとはかぎらぬ」

ナルサスはわずかに眉をひそめ、自分の思案を追うようすである。

「それにご本人が断念なさっても、周囲が煽《あお》るかもしれぬ。とにかく、かの御仁は旧王家の血を引いておられることは事実だし、その事実を政治的に利用したいと考える者はいくらでもいるだろうよ」

「たしかにそうだが、ヒルメス王子という名が噂に出てきた、その根拠は何なのだ」

「頬の傷さ」

指先でナルサスは右頬に線を引いてみせた。ヒルメス王子、ナルサス、ダリューンの三者にはそれぞれの因縁がある。ヒルメス王子はダリューンにとっては伯父ヴァフリーズの仇《かたき》にあたるのだ。黒衣の騎士も腕を組んで考えこんだ。

II

「ところがここにいまひとつ、おもしろい報告がある」

ナルサスが机上《きじょう》の書類をとりあげた。表紙は羊《よう》皮紙《ひし》で、なかは絹《セリカ》の国の紙である。

「チュルクのお客人が」

と彼が呼んだのは、鉄門《カラ・テギン》で捕虜となったゴラーブ将軍のことだ。将軍の口にかかった見えざる鍵をあけるために、ナルサスはごく古典的な手段をとった。美女と美酒とで、ゴラーブ将軍の敵愾心《てきがいしん》は、陽《ひ》なたの薄氷《うすごおり》のごとく溶《と》けてしまったのである。

「チュルク国王カルハナのもとに、顔の右半分を布でおおった異国人が客として滞在しているそうな。かの国を訪れたときには女づれであったと」

なかなか驍勇《ぎょうゆう》武略に富み、カルハナ王の信頼が厚いそうだ。そうナルサスは告げた。

「もはや銀仮面はご着用なさらぬと見える。風とおしもよくないことだしな」

「ミスルでの噂と矛盾する話だ」

「ヒルメス王子はなかなかの偉材《いざい》ではあるが、翼をお持ちとは聞かぬ。同じ時期に、ミスルとチュルクと、ふたつの国に存在するのは不可能だな」

「どちらかが偽者《にせもの》か」

「あるいはどちらも、な」

ナルサスは愉快そうである。現在の状況を楽しんでいるだけでなく、どうやら敵対勢力を手玉にとるような策略を考えついたようだ。そのことをダリューンは推察した。

「ふたりのヒルメス王子を嚙みあわせるのか、ナルサス？」

「おお、わが悪友よ」

楽しげに宮廷《きゅうてい》画家は笑った。

「おぬしはまったくよく物事の見える男だな。それだけよい眼を持ちながら、芸術に関してだけはまるでよしあしがわからぬというのはどういうわけだ」

「亡き伯父ヴァフリーズの教育でな。まずい食事やへたな絵に接していては感受性が鈍る、近づかぬようにせよ、と、そういわれてきただけだ」

「で、ヒルメス王子の件だが」

やや強引に、ナルサスは不利になりかけた舌戦《ぜっせん》を中断させた。

「ゴラーブ将軍の使途《つかいみち》ができた。あの客人はチュルクに返す」

「それはよいが、送還は誰にまかせる」

「このナルサスとともにパルスの芸術をになう男だ」

「……本人が何というか聞きたいものだな」

「適役だろう？」

「異存はない」

こうして、ゴラーブ将軍をチュルクに送還する使者として、巡検使《アムル》であるギーヴが選ばれたのであった。鉄門《カラ・テギン》でチュルク軍と戦ったとき、彼は、チュルクにも美人がいるかどうか気にしていたから、この使命は望むところであったかもしれない。ギーヴは三百名の兵士を統率することになり、正使《せいし》ギーヴの補佐役として副使にジャスワントとエラムが任じられた。エラムを選んだのは、異国の地理を観《み》てくるように、というナルサスの配慮である。ジャスワントのほうは、彼の存在によってシンドゥラとパルスとの同盟関係をチュルクに見せつける、という政略的な意味があった。むろん、ギーヴが一夜の恋にでもいそがしくなれば、三百名の兵士を統率する実務はジャスワントの肩にかかってくるであろう。

「みんな無事に帰って、チュルクがどんな国であったか私に教えてくれ」

旅が好きだが玉座にあっては思うにまかせぬアルスラーンである。内心エラムがうらやましい。若い国王《シャーオ》が三人の使者にはなむけの言葉を贈ると、ギーヴが意味ありげに答えた。

「おまかせあれ。よくよくかの国じゅうを見てまわり、陛下の御為《おんため》によき女性をさがしてまいりましょう」

廷臣の一部に低いざわめきがおこった。国王の御前でたしかに不謹慎な冗談であった。だが、戦いと冗談とに鍛えられた若い国王は、闊達《かったつ》に笑って応じた。

「そいつは楽しみだ。どうせチュルク一の美女はギーヴが自分のものにする気だろうから、私は二番めでいいぞ」

　これには、片目のクバードをはじめとする武将たちの間からも哄笑《こうしょう》が湧きおこり、パルス一の色事師は「恐縮恐縮《ラフールラフール》」とつぶやいて御前を退出した。

　一行の出立を十一月二十日とさだめて、アルスラーンは謁見《えっけん》の間から自分の部屋にもどった。書斎と談話室を兼ねる部屋は、王太子時代から使っているもので、厚い絨毯の上に刺繡《ししゅう》のついたクッションがいくつも置かれ、絹《セリカ》の国の黒檀《こくたん》の机、天球儀《てんきゅうぎ》、細密画、食盆《ハーン》などが配置されている。居心地のよい部屋がだいたいそうであるように、中庭の噴水を見おろすこの部屋も、適度にちらかっていた。クッションのひとつに腰をおろすと、アルスラーンは何やら考えこむようすになったが、ほどなく扉が開いてエラムが顔を出した。

「飲物でもお持ちしましょうか、陛下」

「ありがたいけど、エラムはそれどころではないだろう。旅のしたくはいいのか」

「ご心配なく。陛下に飲物をお持ちするぐらいの時間はございます」

　エラムの手には、すでに銀製の水差《みずさし》があった。うなずいて、アルスラーンは温かい緑茶の一杯をもらうことにした。緑茶の湯気をあごに受けながら、思いだしたように若い国王が口を開く。

「ギーヴ卿の冗談を、廷臣《ていしん》たちはどう思っているのかな」

「宰相《フラマータール》のルーシャン卿は、やれやれ困ったものだ、といいたげなお表情《かお》でした」

「ルーシャンはそうだろうな。あれは私に花嫁を迎えるよう毎日いっている。私が早々と結婚したりしたら、生きがいがなくなってしまうのではないかな」

「安心して引退なさりましょう。そして後事はナルサスさまに。そういうところではございませんか」

　エラムはナルサスから話を聞いたことがある。国王の結婚は政治上のできごとであり、好き嫌いだけではどうにもならぬ。どうせ政略結婚であるなら先王の遺児と、という選択もあろう、と。

　アンドラゴラス王とタハミーネ王妃との間に生まれた女児が結婚してさらに子を産み、その子が男児であれば、王位を継承する資格がある。そしてその子の父親がアルスラーンであれば、新旧ふたつの王朝は血によって確実に結びつくことになる。「正統の血脈」などというものを、ナルサスはばかばかしく思っているが、政治的に無意味ではないことを知ってもいた。憎みあい抗争していたふたつの王家が、婚姻によって融和したという例は諸国にある。

　その件に関して、ナルサスとダリューンはこのとき王宮の廊下を歩みながら低声《こごえ》で語りあっていた。彼らもギーヴの冗談に意味を見出していたのだ。ダリューンがいう。

「おれは思うのだがな、ナルサス。アルスラーン陛下の御心《みこころ》には、すでに誰か住んでいるのではないか」

「ルシタニアの騎士見習のことか？」

　無造作にナルサスが答えると、ダリューンは苦笑した。

「何だ、おぬしも気づいていたのか」

　ルシタニアの騎士見習エトワール、それはアルスラーンと同年齢の少女エステルであった。聖マヌエル城攻防戦のおり、まだ王太子であったアルスラーンは彼女と出会い、忘れがたい印象を受けたようである。エステルはルシタニア国王イノケンティス七世の遺体を守って故国へと旅立った。それから三年。エステルのことを口に出したことは、アルスラーンは一度もない。心に秘めておいでなのかと、ダリューンは気にかかるのだが、ナルサスの意見はやや異《こと》なる。

「あれは恋などと呼ぶ以前のものだ。はしかのようなものだ」

「そうかな」

「あれが結婚に結びつくのであれば、ギーヴなど一年に五百回ぐらいは結婚式をあげねばなるまいよ」

「例が極端すぎるのではないか」

「例というものは極端なほうがわかりやすいからな」

国王の私室の前でナルサスとダリューンは立ちどまり、当直の将であるトゥースに来意を告げた。無口な鉄鎖術《てっさじゅつ》の達人は礼儀ただしく、やはり無言のうちに扉の前からしりぞいて、ふたりを奥へ通してくれた。

「やあ、パルスきっての陰謀家ふたりがそろってお出ましだな。今夜は何をたくらんでいるのだ」

親しくアルスラーンは雄将と智将を迎えいれた。エラムをふくめてこの四人は、かつてバシュル山の山荘でパルス再興の計画を語りあった同志である。第一次アトロパテネ会戦直後のことだ。すでに四年前のことになる。

エラムが温かい緑茶と砂糖菓子を用意した。この部屋での談話は、アルスラーンにとっては非公式の重大な会議となるのである。

「あれからまったくいろいろあったな」

回想するアルスラーンの声に、ナルサスが応じる。

「さよう、いろいろございました。これからもいろいろございましょう」

「すくなくとも退屈せずにすみそうだな」

アルスラーンは笑った。自分を不幸だとは思わない。よき友にめぐまれ、おもしろい人生ではないか、と思う。運命を押しつけられた、とは考えたくない。それを乗りきる楽しみを与えられた、と考えたい。

市井《しせい》で平凡な一生をつつがなく送りたかった、という気もするが、自分の政事によって世が変革され、市井の平凡な人々につつがない生活を保障してやれるのは、喜ばしいことではないだろうか。

即位の三年間は平穏だった――即位前の一年間にくらべれば、の話である。いくつもの政治的な事件があった。記憶に残る裁判のかずかず。記録に遺されぬ陰謀や犯罪の数々。きわどいところで防がれた叛乱《はんらん》。それらに関係して流された噂、つくられた伝

説。アルスラーンと十六翼将のさまざまな物語が産みだされている。

カシャーンの城主であったホディール卿の娘にからむ怪事件。ダリューンを訪ねてはるばる訪れた絹《セリカ》の国の旅商人。蜃気楼《しんきろう》のごとく砂漠のただなかにたたずむ「青銅都市」の妖異譚《よういたん》。記憶を失ったギランの富豪にまつわる犯罪。ルシタニア軍が王都を占領していた時代に源を発する、凄惨《せいさん》な復讐劇。ラジエンドラ二世に招待されて、アルスラーンがシンドゥラ国を訪問したときに遭遇した密林での事件。パルスの海岸に漂着したナバダイ国の難破船をめぐる事件。あげればきりがない。

めでたいことも数多くあった。いくつかの結婚や誕生。とくにキシュワード卿の結婚と男児誕生はアルスラーンを喜ばせた。

キシュワードは大将軍《エーラーン》就任後、妻を迎えたのである。その女性は第一次アトロパテネ会戦のときに戦死をとげた万騎長《マルズバーン》マヌーチュルフの娘で、パルスでも有数の武門どうしが結びついたわけであった。花嫁の名はナスリーンといい、祖母はマルヤム人であった。きわだった美女というわけではないが、ルシタニアの侵略、父の死という逆境にあって、国内を転々としながら病の母と幼い弟妹《ていまい》を守りぬき、ついに王都回復の日を迎えた。その勇気と思慮《しりょ》をキシュワードは気にいったという。男児が生まれると、アルスラーンが名付親となり、「アイヤール」と命名した。これは「義俠心《ぎきょうしん》ある勇者」という意味である。

なお、第一次アトロパテネ会戦に参加した万騎長八名のうち、マヌーチュルフとハイルの二名に関しては戦死の証言がえられた。クルプとクシャエータの二名は今日まで遺体が発見されず行方不明となっているが、戦死したことは疑いない。シャプールとカーラーンの二名は、会戦後にそれぞれ別の場所で異なる死にかたをした。ダリューンとクバードの二名は生き残って、国王《シャーオ》アルスラーンの廟堂に列している。参加しなかった四名のうち、ガルシャースフ、サーム、バフマンの三名は非業《ひごう》に斃《たお》れ、生き残ったキシュワードがアルスラーンのもとで大将軍《エーラーン》に叙任《じょにん》された。かつてパルス最強の戦将として並び称された人々に、天上の神々はさまざまな運命を分け与えたのである。

即位後、アルスラーンはアトロパテネの野に碑《ひ》をたてて、亡くなった人々の霊をなぐさめた。その碑の文面はナルサスが考えたものである。死者をたたえた後、ナルサスは最後につぎのように記すのを忘れなかった。

「アトロパテネの敗戦は、永く残るべき教訓である。兵の強さに驕《おご》り、戦いによってすべてを解決しようと図《はか》る愚者《ぐしゃ》は、アトロパテネで流された血に思いを致《いた》せ」

とはいうものの、ナルサスは、武力そのものを否定しているわけではなかった。「最小限の武力で最大限の効果を」というのが、現実に対するナルサスの姿勢であった。

この日、非公式会議で最初に持ちだされた話題は、ヒルメス王子のことであった。ミスルとチュルク、東西ふたつの国に出現したといわれる彼を、放置してはおけない。

「それでどちらのヒルメスどのが真物《ほんもの》なのだ」

そう問いかけた後、アルスラーンは、自分で解答を見出した。ナルサスは、ギーヴら三名をチュルクに送り出すことにし、ミスルのほうはさしあたって放置している。チュルクのほうを重要視しているのだ。勘だけで判断するのはナルサスのやりかたではない。ミスルからの噂よりも、チュルクのゴラーブ将軍の証言を、ナルサスは重視したのだった。ナルサスのみるところ、ミスルからの噂にはやや流言工作の匂いがするのである。

「するとミスルにいるというヒルメス王子の正体は何者だ」

「ダリューンよ、おぬしはパルス随一の勇者だ。翼なき身としてはな。さて、翼ある身としてパルス一の勇者は……」

ナルサスの視線が窓のほうに動く。そこに止《と》まり木《ぎ》があって、翼を持つ勇者が得意そうに胸を張った。

「告死天使《アズライール》」である。

「告死天使《アズライール》がどうかしたのか」

ダリューンが問うのももっともで、このときナルサスの話法はいささかまわりくどかった。

「告死天使《アズライール》の爪に右頬をえぐられて傷ついた男がいただろう」

「そうか、思いだした。ギランの港町にいたあの男か」

ダリューンがひざをたたき、ナルサスは無言でうなずいた。ギランの港町にいた男、それはナルサスの旧友でシャガードといった。かつてはナルサスとともに国政改革の理想を語りあった仲である。だがいつか変心し、海賊と組んで人身売買をおこない、不義の財を積んでいた。アルスラーン襲撃に失敗して、告死天使《アズライール》の爪に右頬をえぐられ、とらえられた。死刑にされても文句がいえないところであったが、アルスラーンは彼の生命をとらず、一年間だけ奴隷として苦労するよう命じたのである。たしかにシャガードであるなら、顔の傷といい、アルスラーンを憎んでいることといい、ミスルの男の条件に一致すると思われた。

「殺すべきところを生かしておいたばかりに後で苦労することになる。今後はさっさと殺してしまうとしよう」

かつてルシタニアの王弟ギスカール公が、難局のなかでそう決意したことがある。アルスラーンにつかえて以来、ダリューンも、ときとしてそう思うことがあった。シャガードにしても、あっさり殺してしまっておけば、外国で策謀をめぐらすような所業《まね》もできぬであろうに。だが、アルスラーンが眉ひとつ動かさず、とらえた敵を殺してしまえるような人物だとしたら、ダリューンやナルサスが心をくだいて補佐《ほさ》する必要もないであろう。

「長所と短所はひとつのものだ。陛下の短所をあげつらって長所をつぶしてしまうほうがよほどこわい」

ダリューンはそう思う。その点をむろんナルサスは心えており、「シャガードを殺しておけば」とはいわない。何といっても旧友である。同時に、彼が生きて策動《さくどう》しているとあれば、パルス国のために利用しようという冷徹さもナルサスにはあるのだ。

「その者がシャガードであるかどうか、完全なところはまだわかりませぬ。ですが想像するに、ミスル国王は、その者をヒルメス王子にしたて、彼を陣頭に押したてて攻めてまいりましょう。旧王家を復活させ、パルスを事実上ミスルの属国にする。そのあたりがミスルのねらいであろうと存じます」

「だがそんなことになれば、真物《ほんもの》のヒルメス王子がだまってはいないだろう」

　アルスラーンがいうと、ナルサスは、先刻ダリューンに告げた構想を国王に語った。

「そこで両者を噛みあわせます。人が悪いようですが、われらが仕組まなくとも、ふたりのヒルメス王子は抗争せざるをえませぬ。陛下にはお気になさいますすな」

　ヒルメス王子の存在はひとつの鍵だ。チュルクにせよミスルにせよ、現在のパルスをくつがえすためにヒルメス王子を利用しようとするなら、かならず失敗する。パルスはすでに旧王家の復活を必要としていない。それなのにチュルクやミスルが旧王家を復活させ、パルスに押しつけようとすれば、民衆の反感を買うだけである。

　現在のパルスをくつがえそうとするなら、政策をもってせねばならぬ。奴隷解放や土地改革や商業振興よりもすぐれた政事《まつりごと》がある、ということをパルスの民衆に知らせ、信じさせねばならぬ。それをせず、ただ旧王家の血だけを振りかざして、パルスをくつがえすのはむりというものだ。

「諸外国がそう錯覚し、それにもとづいてどのような攻撃をしかけてきましょうとも、かならず失敗させてごらんにいれます。ご心配はいりません」

　ナルサスの静かな自信を、アルスラーンはたのもしく思うが、べつのことが気にかかる。

「ヒルメスどのご自身はどうなのだろう。やはり王位を望んでおいでなのだろうか」

　ダリューンとナルサスは顔を見あわせた。いかにナルサスでも、この時点でそこまではわからぬ。今後の動きを見てからでなくては、ヒルメスの心情を正確に察することはできぬのである。

「いずれにしても、こちらが踊らされることのないようにいたしましょう」

顔に傷がある、とか、右半面を隠している、とか聞くと、パルスの武将たちはすぐにヒルメス王子を想《おも》いおこす。実際にヒルメスの顔だちをくわしく知る者はそれほど多くはない。右半面の火傷《やけど》の印象があまりに強烈であるため、他の部分は記憶に残らないのだ。

巡検使《アムル》にして宮廷楽士たるギーヴは、ヒルメスとは何かと因縁のある仲だが、銀仮面をかぶった姿しか見ていないので、ヒルメスの無傷な左半面を見せられたとしても、誰のことやらわからないであろう。

「声を聴《き》けばわかるさ」

そうギーヴはいう。事実そうであろう。ギーヴは楽士であり、聴覚も音感もきわだってすぐれている。そのようなこともあって、ナルサスは、チュルクへの使者にギーヴを選んだのだ。彼がチュルクからどのような報告を持ち帰るか、それによってナルサスの政略と武略もさだまるであろう。

「ギーヴが帰国してからのことだ」

いちおうそう結論づけて、ナルサスは話題を転じた。

「さて、王墓管理官《ニザル・ハラーフル》から報告のあった、奇怪な墓あらしの件だが」

「何をねらっていたのだ、そやつは」

ダリューンは首をかしげる。アルスラーンも同感である。深夜にあやしげな音をたて、偶然とはいえギーヴにまで知られるとは、いささか間がぬけているようだ。

「本気ならもっとうまくやったろう。ことさら見つかるようにふるまっていたのではないかな」

「何のために?」

問いはしたが、ダリューンにはすぐ答えがわかった。一種の陽動《ようどう》である。知られることが目的だったのだ。奇怪な事件をつぎつぎとおこし、噂を流し、パルス国内の人心を不安におとしいれる。挑戦でもある。王室の権威など認めぬ、という暗い意図が感じられるのであった。

III

「何か対策をたてるか、ナルサス」

「どうしようもなかろう、いまのところは」

「相手の出かたを待つのか」

「まあこちらから動いて、弱みを教えてやる必要もあるまい」

騒げば騒ぐほど、相手はほくそえむ。騒ぎをおこすことが相手の目的なのだから。そ知らぬ表情《かお》でとおし、相手があせって手を伸ばしすぎたときに、その手首をひっつかんでしまえばよい。

「いずれにしても、墓地を荒らされるのは、いい気分ではないな。王墓管理官のフィルダスをとがめる必要はないが、今後、厳重に警備してもらうとしよう。それでよいかな」

「けっこうと存じます、陛下」

アルスラーンの判断力がかたよらず、安定していることをナルサスはうれしく思っている。

くどいほどにナルサスが若い国王に念を押したのは、「正義に酔うな、正義に目がくらんではいけない、自分の正義を他者に強制するな」ということである。むろんナルサスは、不公正や弱者虐待に対する素朴な正義感を否定しているわけではない。権力者には自省と自制とが必要である、といっているのだ。国王と軍師は、つぎのような対話をしたこともあった。

「正義はかならず勝つ、という考え方は、力が強い者がかならず勝つ、という考えより危険でございます」

「だが正義が勝つと信じなければ、人は正しさを求めて行動したりしなくなるのではないか」

「それはひとりひとりの心の問題。現実を見れば、かつて聖賢王ジャムシードは蛇王ザッハークと戦って敗れさりました。正義、あるいは善というものが勝つとはかぎらぬ一例でございます」

さらにナルサスは冷厳な事実をアルスラーンに告げる。

「国王の理想に殉じるような民衆はおらぬとお考え下さい。民衆は聖者ではございませぬ。国王が神ではないように。まず彼らに利益を与えます。つぎに、その利益が奪われれば困るだろう、ということをわからせるのです」

アルスラーンの存在が民衆の利益にかなうものであれば、民衆の支持を受けることができ、パルスは安定するであろう。だがこれにも程度というものがあって、むやみに利益を与えすぎると、民衆を堕落させることにもなりかねない。まことに、人の世を治《おさ》めるということはむずかしいが、それがまた王者の楽しみでもあろう。

「パルスはいちおう奴隷制度を廃止することに成功いたしました。その理由は何でしょうか？　奴隷制度廃止が正義であり、正義はかならず勝つからでしょうか。残念ですがそうではございません」


ルシタニア軍がパルスの旧《ふる》い支配体制を破壊し、貴族や神官などの勢力をたたきつぶしてくれた。ミスルやチュルクなど周囲の国々は国内をかためる必要があり、干渉してくる余裕がなかった。改革者としてのアルスラーンやナルサスにとっては、皮肉な幸運であった。もしルシタニアの侵攻がなければ、パルスではアンドラゴラス王の治世がつづき、神官の特権や奴隷制度がつづいていたであろう。

運がよかったのだ。

むろん運だけではない。運を生かすためには多くのものが必要だった。あたらしい政事の構想。それを実行する技術。そしてそれらを守る力。そういったものが。

アルスラーンの王権が急速に確立した理由のひとつは、軍隊の支持が強固だったことである。キシュワード、クバード、そしてダリューン。先王の御世、大陸公路に驍名《ぎょうめい》をとどろかせた万騎長《マルズバーン》十二名のうち、生き残った三名が、あたらしい国王《シャーオ》に忠誠を誓《せい》約《やく》した。

この強大な武力を背景として、アルスラーンは国政改革を推しすすめた。奴隷解放がとくに騒がれるが、貴族や諸侯の荘園《しょうえん》を解体して農民に土地を分け与《あた》え、神官の特権はほとんど廃止し、国内の通行税をへらして商業を発展させるよう努《つと》めた。多くの者が、アルスラーンの改革によって利益をえることができた。それがつづくかぎり、アルスラーンは支持される。

奴隷制度を廃止したパルスが安定することは、むろん他国にとってうれしいことではない。現にミスルやチュルクが兵を動かした。今後も、パルスをおさえつけるため、数か国が大同盟を結ぶということもありえる。

「なるほど、反パルス大同盟か。案はよいが、実現するのはむずかしかろう。気にするほどのことはあるまい」

「いや……」

ダリューンの言葉に、ナルサスは頭《かぶり》を振った。智者というより、いたずらこぞうと呼ぶにふさわしい表情が、宮廷画家の顔に浮かんだ。

「むしろおれは反パルス大同盟ができあがってくれるよう願っているのさ。できあがればそれをたたきこわすことができる。だが、最初からばらばらでいられては、こわしようもないからな」

敵の団結をくずし、内部崩壊に追いこむ。軍師ナルサスのお得意技である。かつてアンドラゴラス王の御世に、シンドゥラ・チュルク・トゥラーン三か国の連合軍を、ナルサスは舌先ひとつで追いはらってしまったのだ。

「では、そのときを楽しみにしておこう」

アルスラーンがいい、ダリューンが話題をうつした。

「あれから三年といえば、王太后殿下の娘御はまだ見つからぬようですな」

王太后とは先王アンドラゴラスの妃《きさき》であったタハミーネのことである。夫の死後、出身地であるバダフシャーンに引きこもり、世に出ようとしない。生別した娘に再会することだけが彼女の望みであるようだった。アルスラーンは母后《ぼこう》のために、気候と風光のよい地を選んで館を建て、以前から彼女につかえていた女官たちをそこに配し、充分な年金を送った。祝祭のたびに贈物《おくりもの》をとどけ、またタハミーネの娘をさがすためには全力をつくしている。

いっぽうアルスラーン自身の父母については、血縁を探してはいるが、ほとんど期待はしていない。自分は肉親とは縁が薄いのだ。そう思って半ばあきらめている。何もかも手にいれることはできない、と自分に言い聞かせていた。むしろタハミーネの娘を探しだすことで、自分が肉親と縁が薄いということを忘れようとしている。そんな一面がある。

ナルサスが一言ありげにアルスラーンを見やった。

「王太后の娘御を探しだして、陛下はどうなさるおつもりですか」

「むろん母上と再会してもらう」

「そのあとは？」

「私にとっても義理の姉妹にあたる人だ。王族としての待遇をあたえ、いずれ幸福な結婚をしてもらうつもりだが」

「結婚とはどなたと？」

「先走るのだな、ナルサスは」

さすがにアルスラーンがあきれると、苦笑まじりにダリューンが事情を説明した。アンドラゴラス王とタハミーネ王妃との間に生まれた娘を、アルスラーンと結婚させ、新旧両王家の血を結びつける、というナルサスの構想があることを。

「そんなことは考えてもみなかった」

アルスラーンは正直におどろいた。そもそも、タハミーネの娘をまったく知らないのだから、むりもない。ナルサスにしても、こういう考えがある、というだけで、強制しているわけではなかった。アルスラーンがその気になったところで、相手が承知するとはかぎらぬし、また相手が容姿《ようし》はともかく性格が悪すぎたりしたら困るというものである。アルスラーンもいやであろうし、そのような女性を王妃とあおぐ国民《くにたみ》も迷惑である。

「いま申しあげたことは、すべて政略から来ております。ですが、政略において正しいことが、人倫《じんりん》においては正しいとはかぎりませぬ」

「人倫というと？」

「陛下ご自身の御意が問題。お好きな女性《にょしょう》がおありなら、その方《かた》と結ばれるのが人倫と申すもの」

「そのような女《ひと》はおらぬ」

「存じてはおりますが今後はどうなるか。政略結婚をおこなった上、お好きな女性は愛妾《あいしょう》に、というようなことができるほど、陛下はご器用ではいらっしゃいませんからな」

当人の前で主君をあげつらう。世にこれほどの楽しみはない、というのが、ナルサスの語るところであった。

「むしろ当分、独身《ひとりみ》であられるほうが、外交的にはよろしいかもしれませぬ。陛下のご結婚を、諸国に高く売りつけることもできますからな」

パルスが今後ますます富強の大国となり、その国王が独身ということになれば、周辺諸国はどうするか。戦って勝つことが不可能であれば、和を結ぶことを考えるであろう。それには婚姻政策が一番よい。諸国列王はあらそってアルスラーンに縁談を申しこんでくるであろう。そうなればパルスがわはよりどりみどり、どこの国の王女でも選ぶことができる。

「なるほど、高く売れそうだな」

アルスラーンは苦笑せざるをえない。

「だがそうなるとむずかしいぞ。どのみち誰かひとりを選ばなくてはならないだろう。とすると他の国からは当然うらまれるし、外交もやりづらくならないか」

するとナルサスは急に何かに気づいたようすで頭をかいた。

「陛下、どうやらわれわれは、まだ咲いてもおらぬ花の色について議論しているようでございますな。ほどほどにしておくといたしましょうか」

すましてアルスラーンがうなずく。

「そうだな、ダリューンとナルサスがそれぞれ妻を迎えたら、私も真剣に考えよう。それが順序というものだろう。おぬしらは私より十以上も年長なのだぞ」

ずっと沈黙していたエラムがくすくす笑いだす。ダリューンとナルサスはみごとに痛いところをつかれ、敗北を認めざるをえなかった。

「ああ、陛下は王太子時代より、はるかにお人が悪くなられた！　ひとえにダリューンめの吐《は》きだす毒気のためでございましょう。まこと、側近《そっきん》は慎重に選ぶべきでございますな」

「毒気のかたまりが何をいうか。おぬしが絵に描《か》けば花もしおれてしまうという、もっぱらの評判だぞ」

「評判をたてているのはおぬしだろうが！　芸術の敵めが」

「いやいや、天の声というものだ。つつしんで聞くべきだぞ」

パルスをささえる智将と雄将の会話とも思えぬ。アルスラーンとエラムは笑いすぎて苦しくなったほどであった。

……そのような会話がおこなわれた後、数日は平穏にすぎて、ギーヴ、エラム、ジャスワントの三名は、ゴラーブ将軍と三百名の兵士をともない、チュルクへの旅に進発した。アルスラーンは彼らを城外まで見送り、無事を祈った。そしてさらに三日がすぎ、エクバターナ城外の貯水池で湖上祭がもよおされる夜となった。

IV

貯水池の広さは東西一ファルサング（約五キロ）、南北半ファルサングにおよぶ。いまそこに三百艘《そう》の舟が浮かび、それぞれの舟に灯火がともる。灯火は玻璃《ガラス》製で、表面には色が塗られている。ある舟の灯火はすべて紅、ある舟の灯火は青。黄、緑、紫と各種の色彩がそろって、黒い水面に無数の宝石をばらまいたようだ。

それらの灯火は湖畔《こはん》にも並び、露店《ろてん》の群を照らしだしている。露店の数は三百におよび、三万人の客にさまざまな酒、料理、菓子、玩具《おもちゃ》、装飾品などを売りつける。大道芸人、踊り子、占術師《うらないし》、楽士なども集まって、エクバターナの広場のにぎわいが水辺に持ちこまれたようだ。

この祭りは、貯水池の修復を記念することと、冬をむかえて収穫《しゅうかく》を祝うこと、ふたつの意義をかねて三年前からおこなわれるようになった。全体をとりしきるのは、お祭り好きのザラーヴァントである。

十一月も後半であり、水は冷たい。歩くよりも早く乗馬をおぼえるというパルス人だが、水に対しては苦手《にがて》という気分がある。それがないのは南方の港町ギランの人々だ。この湖上祭の夜も、ギランから千人をこす人々が国王《シャーオ》に招かれていた。彼らは舟をあやつり、また大きな筏《いかだ》の上で歌舞音曲《かぶおんぎょく》や軽業《かるわざ》を披露《ひろう》してエクバターナの市民から喝采《かっさい》をあびた。

アルスラーン政権が経済上、とくに重視したのは、パルスの南北をつなぐ交通路の整備だった。大陸公路の中枢であるエクバターナと、南方海路の要地であるギラン。この二か所をかたく結びつけ、人と物資の往来を盛んにし、商業を一段と発展させるのだ。これまでいささか疎遠《そえん》だったエクバターナとギランの市民が、同じ場所で交歓《こうかん》する。これもだいじなことであった。

「にぎやかだな。どうやらみんな楽しんでくれているようだ」

湖面を見おろす台座で、アルスラーンがいうと、葡萄酒《ナビード》にここちよく酔ったナルサスがお説教癖《ぐせ》を出した。

「暴君の治世を誰も寿《ことほ》ぎません。陛下がよき政《まつり》事《ごと》をなされればこそです」

「心しておくよ、ナルサスやダリューンに見すてられないように」

アルスラーンがきまじめに答える。ここでナルサスをからかったのはダリューンである。

「さよう、陛下の政事がナルサスの絵のようになったあかつきには、このダリューン、どこぞの山に引きこもることにいたします。えせ芸術が国を滅ぼした悲劇を書物にまとめ、後世のいましめといたしますぞ」

何といい返してやろうか、と、ナルサスが考えるうちに、ふたたびアルスラーンがいった。

「ギーヴが浮かれて踊りだしそうな夜だな。チュルクに送りだすのは、この祭りがすんでからにしてやればよかった」

冬の山道を不平たらたら旅しているであろうギーヴの姿が想像され、一同は笑いをさそわれた。ようやくナルサスがダリューンに対する反撃の台詞《せりふ》を考えつき、口を開こうとしたとき、アルスラーンが手をあげて舌戦を制した。彼の眼は、三十歩ほど離れた座のすみに向けられた。

笛の音が月光に乗ってゆるやかに舞う。

女神官《カーヒーナ》ファランギースが奏《そう》する水晶の笛である。俗人にはわからぬが、彼女の周囲を精霊《ジン》たちが飛びかい、踊りまわっているのであろう。周囲の人々は女神官をさまたげるようなことはせず、ひっそりと息をころした。

やがて笛をおさめると、ファランギースは国王の御前に進み、うやうやしい一礼につづいて言上《ごんじょう》した。

「精霊《ジン》たちが口々に申します。今宵《こよい》の楽しみをねたむ者どもが、夜陰《やいん》に乗《じょう》じて悪戯《わるさ》をたくらもうとしておるゆえ注意せよ、と」

「悪戯とは？」

「ひとつには幾艘《いくそう》かの舟を沈《しず》めて騒ぎをおこし、いまひとつには水中に毒を投じて人々を苦しめようとしておる由《よし》にございます」

「ふせげるか」

「ご心配にはおよびませぬ」

念のため兵士をつれていくようアルスラーンは指示した。湖上や湖畔《こはん》の灯火をながめやって、彼は美貌《びぼう》の女神官にささやいた。

「なるべく民衆に不安を与えぬようにしてくれ」

「心えました」

ファランギースは一礼して若い国王《シャーオ》の御前から退出し、ただちに馬上の人となった。一連の動作が舞うように優雅で、人々の感歎《かんたん》をさそうのは、いまにはじまったことではない。

「あのまねはいつまでたってもできないよ」と、アルフリードなどは溜息《ためいき》をつくのである。

ダリューンやナルサスは国王の左右を離れぬ。アルスラーンの身辺を守る必要もあるし、彼らがあわただしく国王のもとを離れたりしたら、人々が何ごとかと思うであろう。

ほどなく騒ぎがおこった。湖上で月を愛《め》でつつ歌いさわいでいた舟の一艘が、にわかにひっくりかえったのである。悲鳴がおこり、歌声が中断した。さらにもう一艘が大きく揺れてくつがえる。「水中に何かいるぞ」との叫びがおこり、湖畔にいた人々があわてて水ぎわから離れた。万騎長《マルズバーン》クバードも、湖畔の座で酒を楽しんでいたが、この騒ぎに眉《まゆ》をしかめた。

「せっかくの祭りに、騒ぎをおこすのはどこの無粋《ぶすい》者《もの》だ」

銀杯《ぎんぱい》を放りだしてクバードは立ちあがった。酔うほどにはまだ飲んでいない。せいぜい他人が泥酔する量の五割ましというところである。彼は酒豪《しゅごう》であり、彼をしのぐ者がアルスラーンの宮廷にいるとしたらファランギースくらいのものであろう、という評判である。

そのファランギースが、かろやかに馬を走らせてきたので、クバードも自分の馬にまたがった。大剣《たいけん》を腰に佩《は》く以外、武装はしない。体内で酒精《アルコール》が燃えているので寒さも感じなかった。ほらさえ吹かねば、勝利の神ウルスラグナさながらに威のある男である。

「女神官《カーヒーナ》どの、何ぞおぬしでなくては手に負えぬ人妖《ばけ》でも出てきたか。先だっては、王墓《おうぼ》が荒らされたとやらいう話も聞いたが、これもそやつらの悪戯《わるさ》かな」

「可能性はある」

馬の足をゆるめず、ファランギースが答える。

「王墓あらしの件、ギーヴの申すことゆえ、いささか割り引いて聞いておった。あの男にとっては、つまらぬ事実よりおもしろい虚構《きょこう》のほうがたいせつじゃからな」

「その態度は、まあ、あながち誤りとはいえんな」
先王の御世《みよ》から「ほら吹き」という異名をとるクバードは、まじめくさってギーヴを弁護《べんご》した。めずらしいことである。宮廷では、ギーヴとクバードはファランギースをめぐる恋敵《こいがたき》と目《もく》されていた。賭けまでおこなわれている。「どちらがファランギースどのを射とめるか」ではなく、「どちらが早くファランギースどのにふられるか」というのが賭けの内容である。男どもにとってはさぞ不本意なことであろう。

現在ギーヴが王都に不在であるのは、クバードにとって好つごうであるはずだが、ファランギースのほうは男どものつごうにあわせる気などないらしく、周囲に透明な壁をきずいて男どもを寄せつけないのであった。

ファランギースとクバードは馬を並べて夜の湖畔を駆けた。二十騎ほどがそれにつづいている。雲が流れ、月は地上に白銀色の縞《しま》を投げかけた。湖上では、ひっくりかえった舟の周囲を他の舟がかこみ、人々の騒ぐ声が波と風に乗って伝わってくる。

やにわにファランギースが馬上で弓をかまえた。流れるような動作で矢をつがえ、射放した。クバードの眼には、夜のただなかに向けて射たようにしか思えなかったが、一瞬の後、ごくわずかな硬《かた》い音がクバードの耳にとどいた。それにつづいて、おどろきと狼狽の気配がつたわる。闇にひそんでいた何者かが、ファランギースの神技によって、服を樹木の幹に縫《ぬ》いつけられたのであった。

大剣を抜き放ち、馬をあおってクバードは突進した。布地の裂《さ》ける音が、馬蹄《ばてい》のとどろきにかさなった。闇にひそむ者は、服地の一部を犠牲にして、どうにか身体の自由を回復したのだ。だがそのときには、クバードの騎影《きえい》が眼前に立ちはだかっていた。立ちすくんだ人物が、いそいで片袖《かたそで》で顔をかくす。

「魔性の身にしてそれを誇示し、世の平穏《へいおん》を乱すか」

「………」

「ま、平穏ばかりでも活気に欠ける。騒がすのもときにはよいが、どうせならもうすこし堂々とやれ。おぬしらのやりようは陰険でいかん」

へらず口をたたきながら、クバードの身ごなしにはすきがない。そのことは異形《いぎょう》の者どもにもよくわかったと見えて、むやみに斬りかかってはこなかった。憎悪と敵意に満ちた息づかいが、クバードの前方と左右で夜気を乱す。

それも長くはなかった。音もなく黒影が跳躍《ちょうやく》した。クバードの大剣が宙にうなった。黒影を両断したかに見えた。だが黒影は大剣の刃《やいば》の上に立っていたのだ。半瞬の空白。黒影がクバードの開いた右眼に向けて細刃を突きたてようとしたとき、夜風が裂けた。もんどりうって黒影は地に跳《は》ねた。ファランギースの第二矢が、曲者《くせもの》の左腕を射ぬいていた。すばやく曲者は起ちあがったが、フードがずれて、若い、蒼ざめた顔がまともに月光にさらされた。

ファランギースが声を放った。

「グルガーン⁉」

その声はクバードに意外の感を与えた。美しく誇り高い女神官がとりみだすことがあるとすれば、この事態がまさにそれであった。ファランギースが第三射を中断させたため、相手は落命をまぬがれた。すかさず反撃すれば、ファランギースに傷をあたえることができたにちがいない。だが相手はファランギース以上に動揺した。呆然《ぼうぜん》と立ちすくむばかりで、逃げることさえできぬ。とっさにクバードは手首をひるがえした。大剣の刃でなく平《ひら》で、曲者を殴《なぐ》りつけようとしたのだ。頸《くび》すじにしたたかな打撃をくらって、グルガーンと呼ばれる曲者は大きくよろめいた。身体をささえきれず、ぶざまに地に転がる。馬からとびおりたクバードが曲者を組み伏せようとしたとき、蛇に似た数本の影が宙を走ってきた。クバードの大剣が、三本までそれを斬り払う。四本めがクバードの右手首に、五本めが顔にあわや巻きつこうとする。細い刃が月光をはじき、くねった布が死んだ蛇のように地に落ちた。ファランギースの剣に両断されたのである。

荒々しい息づかいが闇のなかを飛びかい、ふいにかき消えた。夜風が音をたてて走りぬけ、男女ふたりの戦士が後に残された。異形の者たちが逃げさり、追ってもむだなことは明らかであった。

「女神官どのは、かの異形《いぎょう》の者をご存じか」

クバードは問いつめる気はなかった。ファランギースが否定すれば、そうかとうなずくだけである。ファランギースは白《しら》はきらなかった。

「あの者の兄を存じておった」

冷静な声であったが、クバードの思いこみであったろうか、微妙《びみょう》な揺《ゆ》らぎが感じとれたのである。

「ま、大事にいたらず幸いというものだ」

大剣を鞘《さや》におさめて、クバードは馬首をめぐらした。無言でファランギースもそれにならった。

クバードのいうとおり大事にはいたらなかった。三艘の舟がくつがえされ、六十人が水中に投げだされたが、全員が救助されて水死者は出なかった。国《シャ》王《ーオ》からは、彼らに対して見舞の銀貨《ドラフム》と葡萄酒《ナビード》が贈られた。民衆は若い国王の気前よさをたたえ、たちまち不祥事は忘れさられた。

祭りは夜半すぎまでつづき、民衆の満足のうちに終わった。国王《シャーオ》の近臣たちの間では、何やらささやきかわされたが、その声は外部には洩れなかった。ファランギースのようすも、とくに変わったことはなかった。王都エクバターナは静かに冬をむかえようとしており、アルスラーンたちは日常の政事《まつりごと》をおこないつつ、ギーヴたちの帰国を待つのであった。

V

パルスの王都エクバターナが湖上祭でにぎわっている夜。西方ミスル国の首都では、国王ホサイン三世が、お祭りとは無縁の表情で王宮の奥まった一室に座している。

「なるほど、シンドゥラ国王ラジェンドラ二世は、おぬしの口車に乗らなかったか」

海路帰国した使者を王宮に迎えて、ミスル国王ホサイン三世は口もとをゆがめた。表情には失望がむきだしになっている。右頬に傷を持つ男の機略に、ホサイン三世はけっこう期待していたのであった。

口ほどもない奴と思った。マシニッサも意外に器量が小さいと見えるし、彼の両翼となるべき者どもがこうも頼みにならぬのでは、ミスル百年の計もこころもとないかぎりである。どうやら国王がひとりで策をめぐらし、思いのままに部下どもを道具としてあやつる。それ以外になさそうであった。

「まことに面目ございませぬ。この不名誉をつぐなうために、つぎの機会をお与えいただければ幸いですが、罰を受けましても陛下をお怨《うら》みはいたしませぬ」

怨まれてたまるか、と、ホサイン三世は思ったが、口には出さなかった。ただでさえ人材がすくないのだから、これ以上へらすわけにはいかぬのだ。それにしても困った。

ホサイン三世のみにとどまらぬ。パルスの周辺諸国が危惧するのは、「奴隷制度廃止」の波がそれぞれの国をおそい、のみこみ、社会に大混乱がおきることであった。ゆえに、パルス国王アルスラーンを打倒してパルスに奴隷制度を復活させる。その共通の目的によって、諸国は団結できるであろう。ただ、そのなかで主導権をにぎるには、切札《きりふだ》が必要であった。切札がなければ自分の手でつくるだけのことだ。このまま手をこまねいていては、パルス国をくつがえすことはできぬ。安全だけを求めていてもしかたがない。思いきって行動すべきではないか。ホサイン三世は口を開いた。

「おぬしの正体は、パルス旧王家の生き残りであるヒルメス王子ではないのか」

ホサイン三世の問いはあまりに唐突であったから、男は表情だけでなく全身をこわばらせた。いや、問いかけたホサイン三世のほうでさえ、内心で、早まったか、という気になっていた。

だが口に出してしまうと、ホサイン三世の頭脳は急速に活動をはじめた。どう考えても他に方法はない。とすれば先手をとって事態を主導したほうがよかろう。そう思い、たたみこむように言葉をつづけた。

「どうじゃ、予を信じて告白してくれぬか。けっして悪いようにはせぬ。おぬしにもよかれと思うていうておるのじゃ」

即答はなかった。だが答えは決まっているようなものだった。

「仮にそうだと申しあげたらいかがなさいます」

ホサイン三世はその答えにとびついてみせた。

「なるほど、やはりそうか。だが、ヒルメス王子の顔の傷は火傷《やけど》であるそうな。だがその傷、焼けたものとは見えぬ。真におぬしはヒルメス王子なのだな」

ホサイン三世の演技は巧妙だった。右頬に傷のある男にしてみれば、「さよう」と答える以外に途《みち》はない、という気分にさせられたであろう。そして、そう答えた後いったいどういう運命が自分を待つか、思いをめぐらせずにはいられなかった。だが充分に考えるには、時間的にも心理的にも余裕がなかった。ついに彼は答えた。

「まことにヒルメスでござる」

「よろしい。それを聞いて予も安心した」

ホサイン三世はうなずき、左右の掌《てのひら》を打ちあわせた。御前にかしこまった侍従を近く呼びよせ、低声で何ごとかを命じる。おどろきの表情をたたえて侍従は引きさがった。

ほどなくあらわれたのは、マシニッサ将軍と屈強な兵士八名、それに医師の帽子をかぶった三人の男だった。マシニッサはホサイン王に深く一礼すると、何やら奇妙な目つきで、右頬に傷のある男をながめやった。男は、目に見えぬ不吉という名の鳥が、冷たい羽先で彼の背すじをなであげるのを感じた。ホサイン三世がいう。

「まことのヒルメス王子であれば、顔の傷は火傷でなければならぬ。だがそうは見えぬ以上、そう見えるようにせねばなるまいて。のう、ヒルメス王子」

右頬に傷のある男は蒼《あお》ざめた。彼に顔を焼け、と、ホサイン三世は強要しているのである。

「おぬしは断言したのだ。覚悟を決めよ。予は考えておるのだ、ヒルメス王子をパルスの玉座につけ、奴隷制度を復活させ、しかる後にわが王室の娘《むすめ》を娶《めあ》わせて、両国の絆《きずな》を永遠のものにしよう、とな」

「パルスの玉座……」

男はうめいた。両眼に熱っぽく野望の灯火がともる。男の表情を観察しつつ、ホサイン三世は心にうなずいた。彼の陰謀は成功に向かっていた。

「まあそこにすわるがよい。胸襟《きょうきん》をひらいて話しあいたいものじゃからな」

ホサイン三世が男に飲ませようとしたのは魂《たましい》の毒酒であった。椅子に腰をおろした男に、ホサイン三世は語りかけた。

「現在のパルス国王アルスラーンは、旧王家の血を引かぬと公言しておる。血統が問われぬのであれば、何びとがパルスの玉座をえてもよいはずだ。ましておぬしが真にヒルメス王子であるなら、正統性はおぬしにこそある。そして予は正義に与《くみ》しようと思うておる」

ホサイン三世の底光る眼が、男の額に浮かぶ汗の玉をとらえた。

「で、おぬしの覚悟だ。簒奪者アルスラーンと戦って奴を打倒し、玉座をえるだけの覚悟があるか」

「………」

「なければしかたない。予としても、不覚悟者《ふかくごもの》ひとりにミスルの国運を賭けるわけにはいかぬ。金貨の百枚もくれてやるから、明日じゅうにこの国を去れ」

ホサイン三世がマシニッサにむけて手を伸ばすと、肉の厚い掌《てのひら》にマシニッサが金貨の袋をのせた。それをホサイン三世は男の足もとに投げだした。

重苦しい沈黙は、長くつづかなかった。男は口を開き、かすれた声を咽喉《のど》から押しだした。

「覚悟ならござる」

「後悔はせぬな？」

「いたさぬ。パルスの玉座をわが手に」

「よろしい」

ホサイン三世はうなずき、はじめて破顔《はがん》した。

「ではこの酒を飲め。阿片《あへん》がはいっておってな、苦痛をやわらげる」

国王が医師にむけて指を鳴らすと、男の前に陶器の杯が運ばれてきた。満たされた黒い液体を、男はほとんどひと息に飲みほした。

杯を卓におくと、男はマシニッサにうながされ、床に敷きつめられた絨毯の上にあおむけに横たわった。左右の手足を、兵士がひとりずつかかえこんで押さえつけ、五人めが腹の上にまたがった。六人めが頭を押さえつける。残る二名の兵士は医師の指示で油薬や包帯の用意をはじめた。そしてマシニッサは火のついた松明《たいまつ》を持って、男の傍にひざをついた。

「ヒルメス殿下、お赦《ゆる》しあれ。これも主命《しゅめい》でござれば」

「早くすませてくれ」

「ではごめん。お怒りと憎しみは、どうかパルスの簒奪者めにお向け下さいますよう」

かかげられた松明が下に向けられた。すさまじい悲鳴が部屋をゆるがした。肉の焼ける悪臭がホサイン三世の鼻を刺し、ミスル国王は眉をしかめて、香油の小瓶《こびん》を鼻に近づけた。


……やがて舞台は別室にうつり、治療をすませた医師たちが、うやうやしい一礼をのこして控えの間にしりぞいた。寝台では、顔を包帯につつまれた男が低いうめき声をもらしつづけている。枕頭《ちんとう》には、看護にあたる奴隷女《どれいおんな》がひっそりとひかえていた。マシニッサが息苦しさを振りはらうように、ホサイン三世に語りかけた。

「それにしても思いきったことをなさいましたな、陛下」

「別にそれほど思いきったわけでもない。他人の顔だ。予自身の顔なら焼く気にはなれなかったであろうよ」

そっけなくホサイン三世はいいすて、寝台に近づいた。乾いたひややかな眼で包帯の男を見おろす。顔を近づけ、「ヒルメス卿」と呼びかけると、うめき声がとまった。とりつかれたような声がミスル国王に応えた。

「パルスの玉座を……」

「わかっておる。約束は守る。おぬしを遠からずパルスの国王《シャーオ》ヒルメスとして即位させてやろうぞ」

　ホサイン三世はわずかに語調を変え、ささやくように問いかけた。

「ところで参考のために尋《き》くが、おぬしのほんとうの名は何というのだ」

「シャ……」

「ほう、シャ？」

「シャ……ガ……ちがう、わが名はヒルメス！」

「ふむ、なるほど」

　苦笑してホサイン三世は身を起こした。思ったより性根のすわった男かもしれぬ。いったんヒルメス王子と名乗ることを決意したからには、それで押しとおそうというのだ。

　マシニッサが両眼を光らせた。

「真実を告白させせましょうか、陛下」

「真実はいまおぬしも聞いたとおりだ。この御仁はパルスの王族ヒルメス殿下だ」

　ホサイン三世は声に威圧をこめた。

「マシニッサよ、そのつもりでこの御仁に対せよ。将来のパルス国王に対して非礼は許されぬぞ。心しておけ、よいな」

「か、かしこまりました」

　深く一礼するマシニッサを退出させると、ホサイン三世は思案をめぐらした。野心のために顔まで焼いたこの男には、さっそく誰ぞミスル王室の娘を嫁にくれてやろう。男児が生まれれば、将来はパルス国王となるはずだ。

「そうなればヒルメス二世以降、パルス王室にはわがミスル王室の血がまじることになる。何とめでたいことではないか」

　低くホサイン三世は笑った。その笑声は壁や天井に達するより早く、空気に吸いこまれて消えてしまい、誰の耳にもとどかなかったのである。

第五章

仮面兵団

8

I

　ギーヴ、エラム、ジャスワントの三名が、三百名の兵士や捕虜《ほりょ》とともにチュルクの国都ヘラートに到着したのは、十二月十五日のことである。すでに冬にはいって、山国の寒気は厳しく、道は凍《こお》って旅人たちを苦労させた。峠では霧と雪がかわるがわる渦《うず》を巻き、雪崩《なだれ》にも遭遇した。死者が出なかったのが幸いであった。

「こういう日は若い女の肌で温《あたた》めてほしいものだ。百枚の毛皮より、千杯の葡萄酒《ナビード》より、そのほうがありがたい」

　しみじみというギーヴの隣でジャスワントは慄《ふる》えている。恐怖のためではない。南国うまれのジャスワントは、暑熱《しょねつ》には強いが寒冷は苦手であった。この点、ジャスワントを使者のひとりとしたのは最善の人選ではなかったが、外交技術の点からはやむをえぬことであった。

　チュルクの国土は全体的に標高がたかく、陽光が強烈であるため、人々の肌は浅黒く灼《や》けている。チュルク女性の外見に対するギーヴの採点はきびしかった。

「それに匂いがなあ。山羊《やぎ》の脂《あぶら》の匂いがどうも好きになれぬ。やはり女はパルスが一番いいようだ」

「絹《セリカ》の国の女性もずいぶん美しいと聞きますが」

　からかうつもりでエラムがいうと、ギーヴはまじめくさって記憶の糸をたぐった。

「ギランの港町で絹《セリカ》の国の女も愛《め》でてみたが、いい味でも最高とはいえなかったように思うぞ。やはり絹《セリカ》の国の本国に行ってみないとなあ。ダリューン卿なんぞが行っても、宝の山にはいって手ぶらで帰るようなものだ」

　ギーヴの口数が多いのは、ひとつには、寒さで舌の回転が鈍《にぶ》らないようつとめているのである。ジャスワントはとうに舌が凍《こご》えてしまったらしく、鉄鎖《てっさ》術《じゅつ》の名人トゥースのように無口になっていた。たまに口を開くと、パルス語とシンドゥラ語で「寒い

寒い」とくりかえすばかりである。

灰色の曇空であったため、ヘラート市民が自慢する夕陽《ゆうひ》は見られなかったが、階段宮殿の偉容《いよう》は、パルス人たちの目をみはらせた。彼らは王都エクバターナの栄華に慣れているが、これほど天にむけてそびえたつ巨大な建物は見たことがない。高い塔ならエクバターナにもあるが、階段宮殿は幅も広く奥行もある。数千の窓が陽を受けてきらめき、エラムには、千眼の巨魔《エフタロキア》が勝ち誇ってパルス人たちを見下しているようにも感じられた。

「窓のひとつごとに女がいるとしたら、チュルク国王もかなりの好き者だな」

どこまでも自分を基準にしてギーヴはいったが、案内のチュルク兵にみちびかれて宮殿にはいると、パルス国王の使者らしく、もっともらしい表情になった。その気になれば、ギーヴはいくらでも上品かつ優雅にふるまえるのである。

謁見《えっけん》の大広間で、ギーヴたち三名はチュルク国王カルハナと対面した。石の床が温かいのは、床下に管をめぐらし、炉《ろ》であたためた煙を流しているからだという。玉座は木製の台で、雪豹《ユーズ》の毛皮が敷かれていた。型どおりの挨拶。上等の葡萄酒《ナビード》や真珠《ベイラ》などの贈物《おくりもの》。そしてカルハナ王はすぐに本題にはいった。

「では当然の質問をさせてもらおう。パルスと和平することによって、わが国にどのような利益がもたらされるのかな」

「申しあげるまでもないこと。和平そのものが利益でございましょう。賢明な陛下にはとうにおわかりのはずと心えます」

ギーヴが愛想よく答えると、カルハナ王は皮肉っぽく口もとをゆがめてみせた。

「誰にとって有利な和平か、それが肝要《かんよう》なところではないかな。パルスが必要としておるほどに、わがチュルクは和平を望んではおらんのだ」

「陛下はお気が強くていらっしゃいますな。ですが……」

ギーヴに舌をふるう時間を与えず、カルハナはいいつのった。

「パルスが本気でわがチュルクとの和平を望んでいるのであれば、せめてチュルク語をしゃべれる使者を派遣してきたらどうだ。予はこうしてパルス語をしゃべっておるが本意ではない。だが、まずパルス国王からの贈物《おくりもの》は受けとっておこう」

カルハナ王が「贈物」を見やった。葡萄酒や真珠ではなく、平伏して慄《ふる》えているチュルク人の将軍を。

「ゴラーブよ、よく帰ってまいったな」

「は、は……」

「まったく、よく帰ってまいった。帰れば何かよいことでもあると思うてのことか」

カルハナ王の声は氷片となって広間に降りそそぎ、パルスからの使者たちも背に悪寒をおぼえた。会話はチュルク語であったが、事情を知るさまたげにはならなかった。

カルハナ王が何ごとか侍臣《じしん》に命じると、パルス人たちにとって奇妙な光景があらわれた。扉のひとつが開くと、少年たちが広間にはいってきたのだ。人数は八人、年齢は十歳から十五歳と思われた。腰に剣をさげ、山羊《やぎ》の革を紐のように細くして編みあげた軽い甲《よろい》を着こんでいる。なかのひとりが、パルス人たちに敵意をこめた視線を突き刺しながら、両手にかかえた棍棒《こんぼう》をゴラーブ将軍の足もとに投げだした。

「汝《なんじ》が非才《ひさい》無能なるによって、みすみすパルス兵どもに殺された兵士らの子じゃ。父親の無念を晴らし、敗将の罪を問い、パルスに対する憎しみをふたたび確認するために予が呼びよせた」

カルハナ王は、敗北した将軍に強烈《きょうれつ》な叱咤《しった》をあびせた。

「ゴラーブ、棒をとれ！」

鞭《むち》うたれたように、ゴラーブ将軍は床に落ちた棍棒をひろいあげた。チュルクでも有数の武将であるはずだが、顔に血の気はなく、全身が慄《ふる》え、棒を持つ手もおぼつかない。

八人の少年が剣を手にゴラーブを包囲した。その剣はパルスの短剣《アキナケス》よりは長いが、長剣というほどではない。剣の刃はわずかに反りかえっている。それを振りかざし、無言のうちに包囲の環《わ》をちぢめた。

　奇声を発して、少年のひとりがゴラーブに突きかかった。ゴラーブは棒をふるって剣を払いのけた。強烈な力で少年がよろめく。すかさずゴラーブは棒で少年の脚《あし》を払った。少年が床に横転する。それより早く、べつの少年がゴラーブの背に飛びかかった。ゴラーブは反転して、少年の剣を棒でうち落とす。広間じゅうに奇声と刃音が満ち、十八個の沓《くつ》が石の床を鳴らしてとびはねた。

　さすがに少年たちの手には負えないか、と思われたのだが、棒で打たれた少年のひとりが床に転がりながら剣を横に払った。刃がゴラーブの右足首に喰いこんだ。ゴラーブがよろめき、棒を床に立てて身をささえる。少年たちが前後からゴラーブにむらがり、剣を突きたてた。引きぬいてはまた突き刺す。苦鳴と血が飛び散り、しだいに低くなり、ついにゴラーブは人間の形をした血のかたまりとなって床にくずれた。


　八人の少年が血ぬれた剣を床に立ててひざまずくと、満足そうにカルハナ王はうなずいた。

「パルスの使者たちよ、これがチュルクのやりかたじゃ。厳格であればよいというわけではないが、無能にして任を果たしえなかった者は、当然、罰を受けねばならぬ。そうではないか」

　声をかけられたギーヴは、せいぜいすずしげな表情をつくって答えた。

「私めのように非才な者には、パルスのほうが住みやすうございますな」

「ほう、パルスの新王は無能者に対してやさしいか」

「無用にお厳しくはあられませぬ。たとえば、ゴラーブ将軍にも子がいることを、わが国王《シャーオ》ならばお忘れにはなりますまい」

　カルハナ王のやりかたは厳酷《げんこく》ではあるが、一面では筋が通っている。敗軍の将を処刑するにあたり、戦死した兵士の遺族にそれをやらせる。むなしく兵を死なせた罪に対しては、そのやりかたがたしかにふさわしいかもしれない。だが、と、エラムは思った。

「一面の筋は通っているかもしれないが、好きにはなれない。この王は臣下を恐怖で支配しようとしている。アルスラーン陛下とはちがう」

パルス人たちの反応を、カルハナ王は冷笑で受けとめた。少年たちを退出させ、ゴラーブ将軍の血みどろの遺体を運び去らせると、パルス人たちに向きなおる。あいかわらず冷笑をたやさぬ。

「どうせパルスと戦うのであれば、おぬしらを鏖殺《おうさつ》して宣戦《せんせん》の証《あかし》としてもよいのだ。そうなりたいか」

「そいつは小人《しょうじん》の業《わざ》と申しあげるべきですな。一国の王のなされようとも思えませぬ」

ギーヴは平然としている。すくなくともチュルク人たちの眼には、こづらにくいほど平然として見えた。彼を使者としてナルサスが選んだ理由のひとつがそれである。

「カルハナ陛下、陛下が英雄でいらっしゃるのなら、無力な使者たちを殺して快哉《かいさい》を叫ぶようなことはなさいますまい。歓待《かんたい》して送り出すこそ王者の度量と申すもの」

「おぬしは陽気な曲にあわせて葬式の歌をうたう男のようだな。まあよい、すこしさえずってみよ」

「わがパルスとシンドゥラとは、かたい同盟によって結ばれております。かくのごとく、使者のうちにシンドゥラ人もふくまれております」

「存じておる。寒いなかをご苦労なことよの」

カルハナ王の皮肉を、ギーヴは無視した。

「チュルク一国で同時に二国を相手に戦えると、そうお考えですか」

「戦えぬこともあるまい。策はあるぞ。教えてやるわけにはいかんがな」

カルハナ王は薄く笑った。異相であるだけに、そのような表情をつくると、ギーヴですら鼻白むほど邪悪な影がゆらめく。カルハナ王は単に邪悪な人物というわけではない。必要とあれば邪悪にも冷酷にもなれる人物なのだ。

「この国王とヒルメス王子とが本気で組んでいると

すれば、かなり危険だぞ」

エラムはそう思わずにはいられなかった。ヒルメス王子がこの国にいるかどうか、質問したところでまともな答えが返ってくるとも思われぬ。よほどに注意して、必要なことを探りださなくては。そう決意しつつ、エラムは注意ぶかく表情を消していた。

II

パルスからの使者たちは宿舎に案内された。

宿舎の周囲に、それほどの兵力は配置されていない。だからといってチュルク国王が友好的であるという証明にはならなかった。峠ごとの砦《とりで》が門を閉ざして道を遮断すれば、パルスの使節団は谷から出ていくことはできぬ。

宿舎の建物は石づくりで窓が小さく、壁が厚い。陰気な感じではあるが、寒気がきびしい土地であるから、こういう建築方式になるのはしかたない。

「陛下が私どもを使者にお選び下さったのは、みすみす敵の手のうちに落ちはすまい、というお考えからでしょう。何とか目的を達して脱出し、チュルク王をくやしがらせてやるとしましょう」

ジャスワントがめずらしく口を開いて力説した。どうにもチュルクの国王が好きになれないようすである。その気分は、エラムにもよくわかった。ギーヴはというと、荷物を部屋に置くが早いか、さっさと外出しようとしている。

「ギーヴ卿、どこへ？」

「知れたこと、チュルクの風俗を視察してくるのさ。おぬしらも同行するか」

ギーヴが関心のある風俗といえばどういうものか、エラムにもジャスワントにもよくわかっている。ほうっておくと非常にかたよった視察の結果が出そうなので、ふたりは同行することにした。兵士たちには休息するよう命じて、ジャスワントは毛皮の上衣を着こんだ。

宿舎は高台にあり、市街へは坂道を下らねばならなかった。冷たく乾いた空気のため、咽喉《のど》や鼻が痛くなってくる。道はむきだしの土で、歩くたびに埃《ほこり》がたつ。「ろくでもない街だな」と不平を鳴らしたギーヴが、空に視線を向けた。黒々とした鳥の群が灰色の空に舞い、その下に石の塔がそびえている。不審そうなギーヴの表情に、ジャスワントが答えた。

「死者の塔と呼ばれるものでしょう。チュルクには鳥葬《ちょうそう》の風習がありますから」

「するとゴラーブ将軍の遺体もあそこに？」

「さて、それはどうでしょうか」

ジャスワントは首をかしげた。他国人の目からは奇怪な風習に見えるとしても、鳥葬は神聖な儀式であるはずだ。ゴラーブ将軍は敗戦の罪を問われて処刑された、いわば罪人であるから、鳥葬にしてもらえるかどうかわからない。寒空を舞う鳥の群から眼をそらせると、三人は埃っぽい坂道を街中へと歩いていった。

パルスの使者たちがチュルク風俗の視察に出かけている間、カルハナ王は自室に客将ヒルメスを呼んで語りあっていた。ミスル国のホサイン王にくらべると、カルハナ王は謀将《ぼうしょう》にめぐまれているといえる。

パルスからの使者たちの件は、あとまわしになった。北方国境を巡察して、ヒルメスはトゥラーン国の状勢をさぐってきたばかりのところである。

三年前、パルス侵略に失敗したトゥラーンは、精鋭の大部分を喪《うしな》った。猛将タルハーンをはじめとして戦死した宿将は数知れず、当時の国王トクトミシュまで死者の列に加わった。もっともこれは王族のイルテリシュに弑殺《しいさつ》されたのだが、そのイルテリシュも敗軍のなかで行方不明となり、トゥラーンは指導者不在となってしまったのである。そのトゥラーンを手のうちにおさめることからはじめよう、と、ヒルメスは提案したのであった。

カルハナ王は小首をかしげた。

「だがトゥラーンは貧しい土地。攻略してもあまり意味はあるまい」

「逆でござる」

と、ヒルメスはいう。トゥラーン本土を攻略するのではなく、トゥラーン生き残りの戦士たちを雇《やと》ってチュルクの傭兵《ようへい》とするのだ。多くの精鋭を喪《うしな》ったとはいえ、生き残った者や、侵攻に参加せず本土防衛にあたっていた者を集めれば、一万や二万にはなる。彼らも、彼らの家族も、これから将来生《さき》きつづけねばならぬが、トゥラーン本土には遊牧以外に産業があるわけでもない。彼らは困窮しており、しかも大規模な侵攻ができる態勢にはないので、細々と掠奪をしてまわるしかない。そこでチュルク国王が彼らに報酬を与え、パルスやシンドゥラを襲撃させるのだ。他国にとっては大きな脅威となるであろう。

「なるほど、良策じゃな。だが、トゥラーンの宿将はことごとくパルスのために敗亡《はいぼう》してしまった。一万以上の騎兵《きへい》を指揮統率できるような人物がおるか」

カルハナ王がその点を懸念《けねん》すると、ヒルメスがすぐに応じた。

「おまかせ願えれば、私めがその任にあたらせていただきましょう」

「おぬしがやってくれるか。それこそ願ってもないこと。全権をゆだねるゆえ、思いのままにやってくれ」

カルハナは、無能と思う者に対しては厳酷だが、いちど信頼してまかせれば太っ腹であった。ヒルメスとしては、この信頼関係が長くつづいてくれることを願っている。だが、ぎりぎりのところでは、たがいに自分自身の立場を優先させることになるのであろう。

「資金も必要なだけ費《つか》ってくれ。何ぞとくに望みはないか」

「ではお言葉に甘えて、銀色の仮面を百個ほどつくっていただきたく存じます」

「仮面を？」

「さよう、百騎ごとに指揮者をおき、彼らにそれをかぶらせます。パルスの者どもは、それを見ておどろき惑《まど》いましょう。どれが真物《ほんもの》のヒルメスか、と」

「おもしろい、さっそくつくらせるとしよう。チュルク国開闢《かいびゃく》以来の仮面兵団というわけだな」

カルハナ王は手を拍《う》った。ヒルメスはさらに告げた。すでにトゥラーンとの国境で、金貨千枚をトゥラーンの長老たちに渡し、戦士をすぐってチュルクの都へラートに送りこむように求めた、と。

「ほう、それは迅速《じんそく》なことだ」

感心したようにうなずいたが、カルハナ王の両眼が半瞬《はんしゅん》だけ針のような光を放った。表情を消して、ヒルメスはその眼光を受けとめた。あまりに手ぎわがよすぎると、よけいな警戒心を持たれるかもしれぬ。さりげなく彼は話をつづけた。

「年が明ければ、ただちに一万の騎兵団を編成し、シンドゥラ国に攻めこむことができましょう」

「だがこれから長い冬にはいる。山岳地帯をこえてシンドゥラに征《ゆ》くのは困難であろう？」

「冬なればこそ」

それがヒルメスの返事である。冬、雪と氷と冷風をついてチュルク国から出撃してくるとは、シンドゥラがわでも思っていないであろう。虚《きょ》を突《つ》くことができる。

温暖なシンドゥラを劫掠《ごうりゃく》してまわり、風のごとくチュルクに撤退する。寒冷に弱いシンドゥラの兵が、雪山をこえてチュルク国内まで追ってくることは不可能だ。せいぜい国境をかためて、それ以後のチュルク軍の南下を阻止するだけのことしかできぬ。シンドゥラ国王ラジェンドラ二世は、自軍の損耗《そんもう》をさけるため、パルス軍の応援を依頼するであろう。そうなったとき、事態はつぎの段階にうつる。

「楽しみなことだ。ところで」

カルハナ王は話題を転じた。パルスから来た使者についてである。彼らが宮殿にはいってきたとき、ヒルメスはその姿を蔭《かげ》から目撃した。旧知の者か、と、王は問うた。

「あの者であれば見おぼえがござる。旅の楽士だの吟遊詩人だのと称して、いつのまにやらアルスラーンの側近にいすわってしまった男」

「ふむ、道化者か」

カルハナ王が鼻に皺《しわ》をよせて軽蔑《けいべつ》の表情をつくっ

た。ヒルメスは静かに頭《かぶり》を振って、カルハナ王の即断をたしなめた。

「舌も達者《たつしゃ》なれど、剣と弓はそれにまさるやもしれませぬ。かの者を使者に選んだのは、おそらく軍師のナルサスと申す者でござろう。アルスラーンの宮廷には、なかなか、道化めかした異能の者が多うござれば」

ヒルメスの声には単純ではないひびきがあった。ひとりの部下もない自分の身をかえりみたのであろう、と、カルハナ王は推察した。カルハナ王はヒルメスに館を与え、従者もつけたが、幕僚《ばくりよう》は貸さなかった。かえってやりにくかろう、と思ったのだ。

かつてヒルメスにはザンデという幕僚がいた。万騎長《マルズバーン》カーラーンの息子であり、何かと役に立ってくれたが、幾年も音信がとだえている。トゥラーン人のなかから有能な人物を選んで幕僚とすることになりそうだった。それに、チュルク人の軍監《ぐんかん》をつけてくれるよう、カルハナ王にこちらから頼む必要があるであろう。それが政治的配慮というものであった。

III

トゥラーンから千人の戦士がヒルメスを訪ねて来たのは、十二月十九日のことである。ヒルメス自身も「ほう」とおどろいたほど、トゥラーン人の反応はすばやかった。北方の厳しい冬が、風に乗ってトゥラーン本土を支配しつつある。家族とともに生きのびようとするなら、ああだこうだと論議などしている余裕はなかった。ヒルメスの提案に飛びつくしかなかったのである。

ヒルメスはさっそく彼らを引見《いんけん》した。

二十代から四十代にかけての年齢の者はすくない。パルス侵攻の失敗が、トゥラーンにとってどれほど重大なものであったか、よくわかる。働きざかりの青年や壮年が、パルスの野に累々《るいるい》と死屍《しし》を並べたのである。

「よく来てくれたが残りの者は？」

ヒルメスが問うと、パルス語に通じているらしい初老の男が一同を代表して答えた。現在、伝令が国じゅうを駆けまわり、志願者を募っている。千騎あつまるごとに隊列を組んでチュルクへと向かっている。年内に一万騎をこすであろう、と。

「わかった。一万騎がそろったところで、チュルクには食糧と衣服を送らせよう。兵士にはひとりあたりチュルク銀貨五十枚を与える。また今後、掠奪した物資の半分はチュルク国王陛下に献上することとして、残りはおぬしらで分配せよ」

初老の男がヒルメスの言葉をトゥラーン語に通訳すると、歓声があがった。

「ところで、おれが思うに、おぬしらの父親や兄弟たちがパルス軍に敗れたのは、パルス軍より弱かったからだ。それを認めるか？」

ヒルメスが口調をあらためて問うと、トゥラーン人たちは不満の表情に変わった。自分たちは武勇においてパルス人に劣らぬ、敗れたのは詐略《さりゃく》ゆえだ。そう彼らの表情が語っている。

「ちがうな。かさねていうが、おぬしらの父兄が敗れたのは、パルス軍より弱かったからだ」

冷然とヒルメスは断言した。

「実力では負けておらぬが、詐略に敗れた。あるいは運がなかった。そんな風に思っているかぎり、いつまでも勝てはせぬ。勝った者が強いのだ。それこそトゥラーン人の信条ではなかったのか」

反論はなく、戦士たちは苦しげに沈黙した。

チュルクとトゥラーンとは、遠い祖先を共有する。だが長い時をへて、文化的にも風俗的にも多くの差異《ちがい》がうまれた。遊牧生活をつづけるトゥラーン人は、山間に定住したチュルク人を、ともすれば見下す傾向があり、チュルク人は逆にトゥラーン人を「根なし草」と蔑《さげす》む。いま困窮《こんきゅう》してチュルク国王から俸給《ほうきゅう》を受けねば生きていかれぬ、というのは、トゥラーン人としては不本意なことであろう。

「むりにチュルクのためと思うことはない。おぬしらがおれの命令に忠実であれば、おのずとチュルクのためになり、何よりもトゥラーンのためになるのだ」

「心えております。御意のままに働かせていただく所存でございますが、長たるあなたさまをどのようにお呼びすればよろしゅうございますか」

「そうだな、銀仮面卿とでも呼べ」

かつて同じような会話をザンデとかわした、そのことをヒルメスは想いおこした。トゥラーン人たちはヒルメスの顔をながめやって、やや不審な表情をつくった。だが代表者が問うたのは、べつのことである。

「われらはまず、いずこの国と戦うことになりましょうか」

「南下してシンドゥラを討つ」

ヒルメスは言い放ち、トゥラーン人一同を見わたした。

「シンドゥラを苦しめればパルスが出てくる。かならず出てくる。大地を撃《う》つ鎚《つち》がはずれぬように、この予測はかならず的中する」

「パルス人どもに報復できますか？」

少年のように若いトゥラーン人が、ぎごちないパルス語で尋《たず》ねた。

「世に返り討ちということもあるからな。パルスに報復したいのであれば、一万騎が完全におれの指先ひとつで動くようになることだ。単に勇者が一万人集まっただけではパルス軍のよい獲物にされるだけのことだぞ」

その日、カルハナ王のもとから百個の銀仮面がヒルメスのもとにとどけられた。さらに一万の木綿《もめん》の頭巾《ずきん》もとどいた。銀仮面はかつてヒルメスがかぶっていたのと同じもので、士官が着用する。頭巾は両眼と口の部分だけが開いており、兵士がかぶることになっていた。

こうして仮面兵団の編成が進んだ。トゥラーン人によって編成され、パルス人によって指揮され、チュルク国王によって養われる、それは異形の軍隊であった。

いっぽう、パルス人たちは宿舎で半ば軟禁状態にある。彼らが街に出てトゥラーン人の姿を見かけたらまずいことになる、というので、カルハナ王が彼らの外出を禁じたのであった。ただ一度の外出で、理想の美女とめぐりあえなかったギーヴは、広間で炉《ろ》の炎を苦々しげにながめていた。

「どうも策《て》づまりだな。奴らが時間をかせいでいることは明白だが、といってこちらから飛び出すわけにもいかん」

薪《まき》を炉に放りこみながら、エラムが応じる。

「何のために時間をかせぐのか、それも知りたいところですね」

「まあどうせ人泣かせの悪事をたくらんでいるに相違ないが」

まるで善人のようなことをギーヴはいった。さらに毒づいて、カルハナ王の顔まであげつらう。

「第一、国王のあの面を見ろ。極悪非道と手をとりあって双生児《ふたご》で生まれてきたという面だ。あんな奴をのさばらせておいたら、世のなかの女はみんな不幸になってしまうぞ。すててはおけんな」

さしあたり男たちが不幸になっても、ギーヴとしては何ら痛痒《つうよう》を感じないのであった。だがどうやら神々の罰が下ったらしい。ほどなくカルハナ王の使者が訪れて、ギーヴは不幸な目にあうことになるのである。

広間にはいると使者はすぐ用件を告げた。

「国王陛下よりのお達しでござる。パルス使者団におかれては、明日の夜明けまでに宿舎を引き払われ、帰国の途《と》につかれたい」

いきなり退去を求められて、エラムはおどろくと同時に腹をたてた。

「帰れとの御諚《ごじょう》であれば帰りますが、カルハナ王より国書《こくしょ》でもいただけるのでしょうか」

「陛下はむだなことがお嫌いでござれば」

「すると、いまいちど謁見《えっけん》をお願いしても、どうせだめでござろうな」

これはギーヴである。皮肉の棘《とげ》も、使者の厚い面《めん》皮《ぴ》を傷つけることはできなかった。

「お察しのとおりでござる。国王陛下はすでに避寒《ひかん》のため離宮におもむかれてござれば。ではたしかにお伝えいたしましたぞ」

使者が去った広間で、ギーヴたち三名は憮然《ぶぜん》たる顔を見あわせた。

「チュルク国王は、かたじけなくも、どうやらわれわれを都から追い出し、凍死するという名誉をたまわるおつもりらしいな」

「パルスと本格的に戦う覚悟があってのことでござろうか」

ジャスワントが眉をあげると、エラムがそれに答えた。

「もしパルス軍が攻めこんでも、天険に拠《よ》って撃退する自信があるのでしょう」

いずれにせよ、こうなっては帰国を急ぐ必要がある。これから一日ごとに寒気はつのり、雪の量も多くなる。山道の旅はさらに困難となるだろう。チュルク国王の悪意が判明した以上、いすわるのは無用というものであった。

「よし、今回のところはおとなしく引きあげてやろう」

ギーヴが結論を出した。

「おれたちに判断がつかぬことでも、宮廷画家どのならわかるだろう。生きてパルスに還り、なるべく正確に事情を報告することだ」

ギーヴのいうことは堂々たる正論であった。エラムもジャスワントも感心したのだが、すぐに楽士は私心《ししん》をあらわした。

「とにかく、おれはパルスの佳《よ》き女たちに再会するまで死ぬ気はない。こんな山羊脂《やぎあぶら》の匂いのたちこめる国で一生を終わったりしては、ファランギースどのに申しわけないわ」

エラムやジャスワントには、それほど山羊脂の匂いは気にならないのだが、何しろギーヴは女性ひとりひとりの体香《たいこう》をみごとに嗅《か》ぎわける男である。いったん気になると、女性を賛美する心情も萎《な》えてしまうのだった。

ただちに出立の準備をととのえることになって、ジャスワントの指示を受けた兵士たちがあわただしく動きはじめた。荷物をまとめ、馬を引き出して並べる。ギーヴとエラムは炉の前で対策を話しあった。

パルスからつれてきた兵士たちは、とくに強健《きょうけん》で機敏《きびん》な者を選んである。戦いかたによっては千人の敵と渡りあえるだろうが、地形と気象とが大きな障害となりそうであった。

「それに食糧も必要です。外の店で買い求めてきましょう」

「売るなという命令が出ているのではないかな」

ギーヴは危惧《きぐ》したが、エラムは無事に大麦粉や乾肉《ほしにく》を多量に入手することができた。もっとも、この成功はむしろエラムの疑惑を誘った。油断させておいて、帰途を急襲するつもりではないか。そうすれば、いったん売りつけた食糧を回収することもできるのだから。

エラムの疑惑は正しかった。同時刻、ヒルメスは、仮面兵団の千騎に出動を命じていた。パルス人たちを山間で襲撃するのだ。カルハナ王の意を受けてのことである。

「全員を殺しますか、銀仮面卿」

「その必要はない」

トゥラーン兵の質問に対し、いったんそう答えたものの、ヒルメスはすぐに訂正《ていせい》した。

「いや、全員を殺すつもりでかかれ」

パルス兵は強いし、その指揮者はふざけた男ではあるが異数《いすう》の剣士である。鏖殺《おうさつ》する気で戦って、どうにか戦果をあげることができるであろう。ことに若い兵士に実戦を経験させるという目的がある。また、トゥラーン兵は平原での乗馬技術は無双だが、雪の山道での乗馬には慣れていない。仮面兵団の実戦能力を、ヒルメスはまとめて確認するつもりだった。

IV

チュルクの山道を騎乗《きじょう》しつつ、ギーヴは不機嫌であった。暗くはならないが、とにかく機嫌がよくない。何のために、佳《よ》き麗《うるわ》しきパルスの国から、こんなろくでもない国に来たのか。

カルハナ王の悪意を象徴するように、暗い空から雪片が舞い落ちてきた。よほどギーヴはうっとうしい気分になったらしい。灰色の天をあおいで、ひどい喩えを持ちだした。

「こいつはたまらん。性悪《しょうわる》の女に金銭《かね》を巻きあげられたあげく、悪い病気をうつされたようなものだ」

「そういう経験があるのですか」

いささか意地わるくエラムが問う。ギーヴは女から金品を巻きあげたことはあっても、その逆はないはずだ。

「いちいちあげ足をとるなよ。ものの喩《たと》えというものだ。おれが女だったら逆のことをいうさ」

ジャスワントが前方から馬を返してきた。エラムやギーヴより一枚よけいに毛皮の服を着こんで、丸々と着ぶくれしている。褐色の顔がこわばっているのは、寒さのせいだけではなかった。

「気づいておいででござるか、先ほどから奇妙な一隊があちらの道を進んでおります。われわれと同じ方向に、同じ速度で」

道の右側は谷間。その向こうがわにも道がある。ちらつく雪をすかして、騎馬の隊列が見える。その先頭に馬を進める騎士は、どうやら頭部に仮面をかぶっているようだ。

「銀仮面!?」

エラムは息をのんだ。

師のナルサスから、ヒルメス王子がチュルクの客将となっている可能性については充分に告げられている。心していたつもりである。それでも、実際にその姿を見るのは、やはり衝撃であった。たがいの距離は二百ガズ(約二百メートル)ほど。谷間がなければ、馬を駆ってたちまち白兵戦《はくへいせん》となるであろう距離である。

「おやおや、ついにお出ましか」

皮肉っぽくいいながら、ギーヴは、服から雪を払い落とした。

「しかし最後までもったいぶって隠れているかと思ったら、この期におよんでのこのことあらわれたか。

何をたくらんでのことやら」

　ギーヴは言葉を切り、わざとらしい動作でエラムをかえりみた。

「おい、エラム、このいまいましい国は、おれの眼まで悪くしてしまったらしい。銀仮面が幾人もいるぞ」

　おどろいてエラムは谷の向こうがわを見なおした。風が吹きぬけて雪が白い幕をひるがえす。それがおさまったとき、エラムは見たくもない光景を見てしまった。騎馬の隊列の各処に、銀色の仮面が鈍《にぶ》い光を放っているのだった。五個まで算《かぞ》え、ばかばかしくなってやめてしまう。

「どれが真物《ほんもの》……？」

「あるいはすべて偽者《にせもの》かな」

　ギーヴの声は明るい。陰気な寒さよりも、目に見える強敵と渡りあうほうが、ギーヴにとってはよほど好ましかった。いったんこの男が陽気な戦意をいだく状態になると、百万の大軍でさえ、この男を恐怖させることはできない。


　エラムも敵を恐れはしなかった。だが何とも不気味な敵だ。銀仮面をかぶらない者も、何やら黒っぽい頭巾をつけて顔を隠している。どうやらチュルクの正規軍ではなさそうだが、ではいったいどこのどんな軍隊か。見当もつかなかった。

「右側に盾を向けておけ。矢を射かけられるかもしれんぞ」

　ジャスワントが指示し、パルス兵たちは隊列の右側に盾を並べた。雪の降りかたはしだいに強くなり、谷をはさんでの両軍の行進は二千を算える間つづいた。

　それが終わったのは、谷の幅がいちじるしくせばまったからである。巨石の上に木材を組んで、美しくはないが頑丈な橋がかかっていた。手摺《てすり》のないその橋を、仮面の軍隊が渡ってきたのだ。橋板をとどろかせ、馬上に剣を抜き放ち、敵意をあらわに殺到してくる。

　用意はしていた。ジャスワントの命令で、パルス兵は盾の陰に身をかくし、橋上の敵に矢をあびせた。

十頭ほどの馬が倒れ、橋から転落し、血と雪にまみれて兵士がころがる。だが左から右へ強い谷風が吹いているため弓勢《ゆんぜい》がそがれ、たいした損害は与えられなかった。白兵戦になった。ギーヴの眼前に、銀仮面の騎士が躍り立つ。

「……ヒルメス王子⁉」

返答があった。声ではなく剣で。鞘鳴《さやな》りにつづいて刀身が銀色の閃光を放った。高く鋭く、とぎすまされた金属が衝突する。銀仮面の斬撃《ざんげき》はギーヴの剣にはじきかえされていた。たてつづけに五、六合を撃《う》ちあって、いったんギーヴは刃《やいば》を引き、馬をしりぞかせた。

「こいつ、ヒルメス王子ではない」

そうギーヴは判断した。声を聴く必要はなかった。銀仮面の剣勢《けんせい》は強烈であったが、技の洗練に欠けていた。ヒルメス王子であれば、もっと円熟した、隙のない剣技を披露するであろう。

猛然と銀仮面が斬りつけてきた。撃ちこまれる白《はく》刃《じん》を巻きこみ、手首をひねる。金属音が耳を刺し、銀仮面の剣は持主の手から離れて宙を飛んだ。銀仮面も体勢をくずし、よろめき、馬上からもんどりうって雪道に落ちた。すかさず斬りおろそうとしたが、騎手を失った馬がギーヴの乗馬にぶつかったので、その間に銀仮面は雪にまみれつつ味方の列に逃げこんだ。

このときギーヴの視線が宙の一点をとらえた。雪山の一角から濃い灰色の空へ向けて、黒煙が立ちのぼっている。何ごとか、と思う間もなく、強風が黒煙を吹きとばしてしまい、渦まく雪と風のなかでさらに斬りあいがつづいた。

エラムは橋の近くに馬を立て、弓をかまえ、橋上の敵をつぎつぎと射落としていた。ジャスワントの剣も右に左にひらめいて敵を馬上から斬って落とす。しばらくは敵味方が橋と道とのせまい空間にひしめいて混戦をつづけた。そしてギーヴが剣の血雫《ちしずく》を振りおとしたとき。

またしても銀仮面の男があらわれた。馬蹄に雪を蹴《け》散《ち》らしてギーヴに近づく、その手綱さばきが自信に満ちている。斬ってかかったパルス兵が、一合の火花を散らすこともかなわず、ただ一刀で雪の上に斬り落とされた。ふたりめの兵があごの下から血の虹を走らせ、鞍上《あんじょう》からもんどりうつ。銀仮面は呼吸もみださず三人めの相手と刃をまじえた。それがギーヴだった。

刀身が擦《す》れあい、異音とともに火花を噴きあげた。銀仮面の手首がひるがえり、すさまじい刺突《しとつ》がギーヴの咽喉《のど》をねらう。手首と同時に胴体をひねって、ギーヴはそれを受け流した。ふたたび火花が散乱し、銀仮面の表面がそれを受けてあわい虹色にきらめいた。

「もしかして、こいつは真物《ほんもの》……？」

戦慄《せんりつ》の氷刃が、大胆不敵な楽士の背すじをすべりおりた。だが圧倒されてばかりはいないのが、ギーヴの持味である。

「お痛わしや、ヒルメス殿下。流浪のあげくこのような辺境で剽盗《ひょうとう》に落ちぶれなさるとは。アルスラーン陛下に慈悲をこえば、王宮の門番ぐらいにはして下さろうものを！」

銀仮面が怒りの声をあげれば正体が知れる。そう思っての挑発であったが、銀仮面は無言のまま斬撃をあびせつづけた。斬りこみ、はねかえし、激闘二十余合におよんだとき、風の音を圧して角笛《つのぶえ》の音がひびきわたり、谷間に渦をつくった。それに馬蹄のとどろきがかさなった。疾走してくる騎馬の群。その先頭に黒い旗がひるがえっている。

「ゾットの黒旗だ！」

エラムが叫んだ。自分自身のおどろきと喜びを、彼は味方の兵に投げつけた。

「見ろ、ゾット族がわれわれを救いに来た。援軍が来たぞ！」

歓声があがり、風に乗って谷間を走った。

実際、白と灰色とが支配するこの世界で、雪風にはためく黒旗は、パルス兵にとって神々の聖なる衣服に見えたのである。

仮面の部隊はたじろいだ。彼らはトゥラーン人であり、ゾット族の名を知りはせぬ。だが統率のとれた剽悍な戦士の群であることは一目瞭然であった。

　ギーヴはさとった。先ほど雪空に黒煙が立ちのぼるのが見えたのは、ゾット族がチュルク軍の砦《とりで》に火を放ったからである。これは偶然のことではありえなかった。アルスラーン王なりナルサス卿なりが、あらかじめ策《て》を打っていたにちがいない。

　ゾットの黒旗をかかげて一騎が走る。それに並んで走る一騎は、馬上に弓を横たえ、仮面の軍隊とすれちがうつど、近矢《ちかや》で射落としていく。ギーヴにさほど劣らぬほどの技倆《ぎりよう》であり、いかにも不機嫌そうな若々しい顔に、エラムたちは見おぼえがあった。ゾット族をひきいるメルレインである。

　この若者にはかなり頑固なところがあって、いまだに「自分は仮《かり》の族長」という態度をくずさない。彼にいわせれば、妹のアルフリードこそが女ながら族長となるべきであるのに、王都に住みついて、宮廷画家と結婚するやらしないやら、けじめがつかぬ。しかたなく彼が留守をまもり、一族をとりまとめているというわけだった。


　声をかけようとするエラムに目もくれず、メルレインは混戦の渦を騎馬でつっきった。ギーヴと勝負がつかぬまま、銀仮面が人馬の波で分けへだてられている。メルレインは矢を放った。

　矢は寒風を裂いて飛び、銀仮面の乗馬の頸に命中した。悲痛ないななきと雪煙をあげて馬は横転する。やった、と、メルレインは思った。弓を放りすて、剣を抜き放つと、自分の馬を駆った。馬蹄の左右に雪を蹴散らして、落馬した敵にせまる。銀仮面の男は、四年前にメルレインの父ヘイルターシュを殺した仇であった。正体が王子であろうと何国人であろうと、メルレインには関係ない。

　だが、メルレインの剣尖が銀仮面に触れる寸前、横あいから斬撃がおそいかかった。激烈な一合の直後、メルレインは思わず声をあげてしまった。銀仮面を守った相手は、やはり銀仮面だったからである。

「何の茶番劇《ハザージ・エ・ムジュタッス》だ!」

　メルレインがののしるうちに、混戦は潮が引くように終熄《しゆうそく》していった。仮面の兵団は騎乗したまま地上から味方の戦死体をすくいあげ、橋を渡って退却した。むろんパルス軍は深追いしなかった。

剣を鞘におさめて、ギーヴが礼をいうと、おもしろくもなさそうにメルレインは答えた。

「宮廷画家どのの依頼でな、おぬしらより十日おくれて国境をこえた。今回、正規軍を動かせぬからということでな」

「なるほど、もっともだ」

ギーヴは諒解した。正規軍をチュルク国内に侵入させれば何かと問題がおきる。ゾット族が勝手に国境をこえたということであれば外交的に弁解がたつ。たとえ事実が見えすいていても、体裁をつくろっておいたほうが、この場合はよいのである。

味方の損害を調べる。三百名の兵士のうち戦死者二十一名、重傷者十三名、軽傷者八十名であった。激闘のわりにすくない犠牲ですんだのは、皮肉なことに寒さのおかげであった。甲冑の上からさらに着こんだ毛皮が敵の刃や鏃《やじり》をふせいでくれたのである。ジャスワントなど、寒い上にいちばん着ぶくれしていたせいで動きが鈍くなり、十四か所も斬りつけられたが、軽傷ひとつですんだ。さしひき損得なしというところである。死者は雪のなかに埋め、遺《い》髪《はつ》のみを祖国へ持ち帰ることになった。ゾット族をふくめて五百人あまりに増強されたパルス軍は、重傷者を守ってすばやく引きあげていったのである。


仮面の兵団も、半ファルサング（約二・五キロ）ほど離れた山中で損害を調べ、隊をたてなおした。これ以上パルス兵を追う必要はない。帰国した彼らは仮面の兵団について語り、パルス軍はその正体についで当惑するであろう。

「先ほどはよく助けてくれた。礼をいうぞ」

ヒルメスが声をかけたのは、若いトゥラーン騎士であった。脇に銀仮面をかかえ、素顔を寒気にさらし、雪の上に片ひざをついている。二十歳にはなっていないようだ。甲冑に赤い斑点《はんてん》がついているのは返り血であり、勇戦のほどをしめすものであった。

「名を聞いておこう、何と申す」

「ブルハーンと申します」

彼をとりまくトゥラーン人たちの、やや冷淡な表情にヒルメスは気づいた。ほめられた者に対するねたみでもなさそうだ。何か事情がありそうだ、と思って問いをかさねたところ、若者は告白した。彼の兄はジムサという名で、トゥラーンの勇将のひとりに算えられていたという。

「わが兄は不覚者でございます。パルス人の奸計《かんけい》にはまり、味方を大敗にみちびいたあげく行方知れずになりはてました。信じとうはございませぬが、おめおめとパルスの宮廷につかえているとも聞きおよびます。私は未熟非才ではございますが、銀仮面卿のおんもとで武勲をあげ、さらにパルス国王を討って、兄の汚名をそそぎたく思っております」

ぎごちないパルス語がヒルメスの記憶をよみがえらせた。チュルクの都ヘラートで「パルス軍に報復できますか」と問うた声である。もともとそれほど多弁《たべん》な若者とも思えないが、これまでよほどいいたいことをこらえていたのであろう。大きくうなずいて、ヒルメスは若者を激励した。

「よくわかった、今後の働きを楽しみにしておるぞ」

さらにトゥラーン兵一同に向かい、兄の罪を弟につぐなわせるような態度をつつしむようさとした。ブルハーンは感動したのであろう。さらに深く、雪が髪につくほど頭をさげた。

V

ミスル国の冬は、チュルク人から見ればとても冬という名に値《あたい》しない。北方の海から風は吹きつけてくるが、暖流の上を渡る風だから、身を切るような冷たさはなかった。空は瑠璃《るり》色に晴れわたり、野は常緑樹の葉におおわれて、緑が絶えることはない。ミスル人をうらやまずにすむのはシンドゥラ人ぐらいのものであろう。それでもさすがに服の袖《そで》は長くなるし、家々の炉《ろ》には火がいれられる。

王宮の奥まった一室で、ミスル国王ホサイン三世がひとりの人物に語りかけていた。

「どうだな、ヒルメス卿」

そう呼びかけられた男は、広い豪奢《ごうしゃ》な寝台《しんだい》にあおむけに横たわっている。顔じゅうが包帯につつまれ、両眼と鼻孔、口の部分だけが外気にさらされていた。ホサイン三世に向けて視線が動き、口も動いたが、声は発せられなかった。ホサイン三世はべつに返事がほしいわけでもなかったようで、持参してきた木の箱を寝台の端におき、蓋《ふた》をひらいた。

「おぬしのために、これを用意させた。パルスの王冠を頭上にいただくまでは、これがおぬしの被《かぶ》りものじゃ」

ミスル国王ホサイン三世が箱から取りだしたもの、それは頭部全体をおおう仮面であった。黄金でつくられており、ホサイン三世の掌《てのひら》にはさまれて、それは燦然《さんぜん》とかがやいた。

「風聞《ふうぶん》ながら、ヒルメス卿はかつて銀色の仮面をかぶって戦場を疾駆し、パルス兵やルシタニア兵の胆《きも》を冷《ひ》やしたとか。このたびは黄金の仮面によって、王者の威光をしめし、僭王《せんおう》アルスラーンめをおびやかしてやるがよい」

銀より黄金がまさるというわけである。このあたり、ホサイン三世の美的感覚はかなり俗っぽい。ナルサスやギーヴが聞けば鼻先で笑うであろう。だがホサイン三世には彼なりの思案があった。どうせ真物《ほんもの》のヒルメスがかぶっていた銀仮面と、まったく同じものがつくれるわけがない。実物を見たミスル人はいないのだから。だとすれば、いっそ徹底的に演劇《しばい》じみてみるべきだ。どうせこれは偽者《にせもの》にパルスの王位を与え、ミスル王家の血統によってパルスを乗っとるという大しばいなのだから。

「ヒルメス王子」は包帯の隙間から黄金の仮面を見つめた。両眼は煮えたぎる坩堝《るつぼ》で、野心と、やり場のない憤怒《ふんぬ》とが噴きこぼれそうである。彼は短いうめき声をあげると、両手を伸ばして黄金仮面を受けとった。

ホサイン三世は病室を出た。「ヒルメス王子」が完全に彼の支配下にあることを、彼は確認したのである。満足であった。だが、「ヒルメス王子」が健康に活動できるようになるまで十日はかかるだろう。その間、ホサイン三世は国王としてさまざまな政務を処理せねばならない。彼には八人の妃《きさき》がおり、彼女らを公平にあつかわねばならないというのも、国王としての義務である。

十枚ほどの詔書《しょうしょ》を読んで署名した後、ホサイン三世は謁見《えっけん》の間で六十人ほどの男女と会い、贈物《おくりもの》を受けとったり陳情を聞いたりした。なかのひとりが奇妙な客であった。筋骨《きんこつ》たくましい男で、ひげ面だがまだ年齢は若いようだ。その男はパルス人であると名乗り、思いもよらぬことを語りはじめたのである。

「私はザンデと申す者。父子二代、ヒルメス殿下におつかえ申しあげてござる。殿下がパルス国を去られてより、私も諸国を放浪しておりました。このたびヒルメス殿下がミスル国の客将として滞在しておられると聞きおよび、馳《は》せ参《さん》じたしだいでござる」

微力《びりょく》ではあるがヒルメス殿下のお役に立ちたい、お目どおりさせていただきたい。そう告げて、ザンデと名乗るパルス人の青年は、額を床にこすりつけた。表情からも言葉からも、この青年のヒルメス王子に対する忠誠心に偽りはない。そうホサイン三世は看てとった。感動はせぬ。かろうじてホサイン三世は舌打ちをこらえた。このような忠臣があらわれたのでは、「ミスル国にいるヒルメス王子」が偽者だと見ぬかれてしまうではないか。せっかくの謀略《ぼうりゃく》が成立しなくなってしまう。

殺すか。

その決意がホサイン三世の胸に湧きおこった。だが御衛《ぎょえい》の兵士たちに命じる寸前、さらに狡猾な考えがひらめいた。ホサイン三世は咳ばらいして声と呼吸をととのえ、頭をあげるようザンデに声をかけた。

「おぬしの忠誠心、見あげたものだ。ヒルメスどのもさぞ心強く思われよう。いや、まったく、予もヒルメスどののようによい部下がほしい」

「ではヒルメス殿下に会わせていただけますするか」

ザンデが眼をかがやかせると、ホサイン三世は手をあげておさえた。重々しく彼はパルス人に告げた。
ヒルメス王子は先日、不慮の事故にあい、顔を傷つけた。もとからの火傷《やけど》の場所なので、顔そのものの傷は大事ない。だが傷が声帯におよんだので、うめき声しか出なくなった。しばらく治療と静養が必要なので、面会させることはできぬ。十日もすれば会わせてやるから、しばらく客館で待機しているがよい。

「お痛わしいことでござる。くれぐれも殿下のご治療をよろしくお願いいたてまつる。御恩は忘れませぬゆえ」

涙を流してザンデは頼みこんだ。ホサイン三世は同情をこめて承知してみせ、侍従に命じてザンデを客館に案内させた。

国王の傍《かたわら》で沈黙していたマシニッサ将軍が、声をひそめて進言《しんげん》した。

「あの者、生かしておくわけにはまいりますまい。今夜にでも私めが兵を引きつれ、客館を焼きうちいたしましょう」

「誰もそんなことは命じておらぬ。よけいなことをせずともよい」

「は、ではございますが……」

「あのパルス人は役に立つのだ。まあだまって見ておれ。軽挙は許さんぞ」

マシニッサはやや不満げに退出した。ホサイン三世はさらに数人との謁見をすませ、その日の政務を終えた。

ホサイン三世はザンデの忠誠心を利用するつもりであった。口をきかない仮面の男を、ザンデはヒルメス王子と信じ、忠誠をつくすであろう。そして、以前からの忠臣がつかえているということで、仮面の男が真物《ほんもの》のヒルメス王子であるという信憑《しんぴょう》性が増す。ホサイン三世にとって願ってもないことである。

「いずれあのザンデという男、真実に気づくかもしれぬ。そのときこそ殺せばよい。いまヒルメス王子の忠臣を殺せば、よけいな疑惑をまねくからな」

ホサイン三世は玉座から立ちあがり、私室へと歩みはじめた。たしか今夜は二番めの妃《きさき》とともに夕食をとり、そのあと寝室にはいる予定になっていた。二番めの妃はかつては美しく才気に富んでいたが、最近やたらと脂肪《しぼう》と嫉妬《しっと》心がふえ、あつかいにくくなっている。正直あまり気乗りしないのだが、他の妃と同様に愛しんでやらねばならぬ。国王の私生活もなかなかたいへんなのであった。

VI

パルス国王の宮廷画家にして副宰相《フラマートト》であるナルサス卿が、何やら考えこんでいる。王宮は新年祭の準備でいそがしいのだが、式典の実務はナルサスの任ではないから、彼はかえって暇であった。それで王宮内の自室に絵の道具をひろげ、画布《がふ》にむかって筆を動かしているのだが、どこか心ここにあらずの態《てい》であった。やはり暇なアルフリードが昼食をつくって差しいれに来る。アルフリードの料理は、すくなくともナルサスの絵よりはるかにうまい、というのがダリューンの評価である。うるさいエラムが異国に行っている間に、アルフリードはナルサスの身辺の世話をするつもりだった。

「ナルサス、何を考えこんでるの。エラムのことだったら心配いらないよ。五、六回殺されなきゃ死ぬような子じゃないさ」

「いや、心配するくらいなら送り出したりせぬ。べつのことなんだ」

ナルサスが語ったのは、とうの昔にかたづいたはずの王墓あらしの件であった。

「どうもこのごろ気になるのだ。何かだいじなことを忘れているようでな」

「でも土がすこし掘り返されていただけで、柩には手がつけられてなかったって聞いたけど」

「そうだ。柩の表面は何ごともなかった。だが柩の内部はどうだっただろう。アンドラゴラス王の遺体はほんとうに無事だったのか」

アルフリードの顔に不安が翼をひろげた。それを見てナルサスは苦笑した。

「ばかばかしい、おれはいったい何を気に病《や》んでいるのかな」

「そうだよ、ナルサスらしくもない」

そこへ、これまた暇なダリューンがやってきた。ナルサスの絵をひと目見るなりいったものである。

「ほう、あたらしい絵か。題名をあててやろうか。『混沌』というのだろう?」

「まだ決めてはおらん」

「それ以外に決めようがないと思うがなあ」

そういわれた瞬間、ナルサスは筆をとり落とした。呆然《ぼうぜん》と宙をにらんでいる。不審に思ったダリューンが床に落ちた筆をひろいあげ、「どうした」と尋《たず》ねた。絵の悪口をいわれたくらいでナルサスが自失《じしつ》するはずがない。かなり長い沈黙の後、うめくようにナルサスは口から声を押し出した。

「……してやられたかもしれぬ」

「おぬしがしてやられた?　どういうことだ」

「何かが頭脳《あたま》の隅にひっかかっていたのだ。その正体がようやくわかった。地行術《ガーダック》だ」

「地行術?　何だ、それは」

ナルサスは説明した。それはアルスラーン王太子の一行が合計六名にすぎず、ペシャワールの城塞《じょうさい》めざして危険な旅をつづけていたときのことだ。カシャーンの城塞を出た後、仲間とはぐれてナルサスは単独の騎行をつづけ、途中でゾット族の少女アルフリードと出会った。同行して旅するうち、人の死に絶えた村で一夜をすごした。その村で奇怪な魔道の技をつかう人物と戦って斃《たお》した。その人物は地中を自由に動きまわる術「地行術《ガーダック》」を使い、村人を皆殺しにしたのであった。

「思いだしたよ。あれはほんとに気味の悪い術だったよね」

元気なアルフリードがうそ寒そうに首をすくめた。ダリューンが眉をひそめる。ナルサスは立ちあがり、上衣《うわぎ》を手にした。

「地行術を会得《えとく》した者が他にもいれば、地中から柩を破ることができる。柩を地上に掘り出す必要はない。王墓管理官は柩が地下に埋まったままだから、それ以上は調べなかったのだ」

あわただしくナルサスは若い国王《シャーオ》の御前に参上した。せいぜいおだやかな口調と表現を用いたものの、求める内容は王墓を掘りかえすことである。アルスラーンがおどろき、即答しかねたのも当然であった。だが、ためらいはしても、ナルサスに対する信頼がまさる。アルスラーンは自らペンをとって、王墓管理官《ニザル・ハラーフル》フィルダスあての書状を記した。ただちにナルサス、ダリューン、アルフリードは王墓へと馬を走らせた。

王墓を掘りかえすと告げられて、フィルダスは動転したが、勅命である。ただちに五十名の兵士を動員し、神官に死者の霊をなぐさめる誦文《ファートム》をとなえさせてから作業をはじめた。

こうして、ダリューン、ナルサス、アルフリード、フィルダス、四名の高官が立ちあって、アンドラゴラス王の墓が掘りかえされたのである。

「祟《たた》りがあれば、おれが引き受ける。恐れるな」

と、ダリューンは兵士たちをはげまし、彼自身も道具をとって土を掘った。

熱心に、というより、いやな作業は早く終わらせたい、という兵士たちの気持からであろう、意外に早く柩が掘り出された。ひとつ呼吸をととのえると、ナルサスが柩に手をかけ、蓋をあけた。

柩は空であった。そして棺の底には大きな穴があいていた。穴は暗い土中へとつづいていたが、やわらかい土が穴を埋めており、どの方角へどれほど長く伸びているか確認できなかった。王墓管理官フィルダスは半ば気を失い、穴に落っこちそうになってナルサスに抱きとめられた。

「ちっ」とダリューンが強く舌打ちの音をたてた。

「冬の風ゆえと思いたいが、おれとしたことが寒気を感じてならぬ」

わずかに首をすくめる動作をダリューンがしてみせた。雲の流れが速く、光と影があわただしく地上をうつろい、北風が墓地を吹きぬけ、ただならぬ雰囲気であった。元気なアルフリードも、左右にナルサスとダリューンがいてくれるのが、たいそう心強かった。彼女ひとりなら夢中で逃げ出したにちがいない。

「墓の上で騒いだのは、墓の下で何がおこったかを匿《かく》すためか。だが最初から騒がねば、何がおこったかは永久にわかるまいに」

ダリューンが不審がると、半ば自嘲《じちょう》するようにナルサスが答えた。

「それは、いつかは知られると思ってのことだろう。さしあたり時間をかせげればよかったのさ。実際おれがうかつだったばかりに、二か月近くも奴らに時間をかせがせてしまったな」

「奴らって、いったい何者？」

アルフリードの問いは当然のものだったが、ナルサスはそれに答えることができなかった。地上のことならナルサスはどんな難問にも答えることができるだろう。天上のことは神官が答えるべきである。だが地下のこととなると、見当もつかぬところがあった。

「いずれにせよ、陛下にご報告申しあげねばならんな」

思考の迷路にはいりこむ危険をさけるようにダリューンがいって、ナルサスとアルフリードをうながした。フィルダス卿に後の処理を頼み、兵士たちには厳しく箝口《かんこう》令をしく。そして三人はふたたび騎乗し、王都エクバターナへ駆けもどった。途中で「黒い巨大な翼《シャブカーミル》」つまり夜が地上におりてきて、アルフリードは王都の門をくぐるまで、えたいの知れぬ不安をぬぐいさることができなかったのである。


ナルサスたち三人が留守をしている間、アルスラーンは遊んではいられなかった。文官の代表である宰相《フラマータール》ルーシャン、武官の代表である大将軍《エーラーン》キシュワードらとともに、国政の処理にあたっていたのだ。どれほど王者が心をつくし、善政をしいても、やっかいごとは持ちあがる。この日アルスラーンをこまらせたのは、貧しい平民が解放奴隷と激しい争いをした、ということだった。法的な処理は簡単にすんだが、背景について考えさせられたのだ。

一部の貧しい平民にとって、奴隷制度の廃止はこころよいものではなかった。「おれたちより惨めな奴らがいるから安心していたのに、みんな平民になってしまった。おもしろくない」という気分なのである。まちがった考えなのだが、人間の心のもっとも暗い部分に根ざしたことだから、さとしてもなかなか効果がない。「解放奴隷のくせに大きな面をしやがって」と思えば、なぐりつけたくもなるだろう。むろんもう一方の人々が、だまってなぐられていなくてはならない義務はない。

「人の心ほどやっかいなものはないな。それを社会制度が助長《じょちょう》してきた。人の心にまで立ちいるな、と、ナルサスはいうけど……」

アルスラーンの師であるナルサスは、「国王とは民衆に奉仕すべき存在である」と教えたが、民衆を神聖化することもなかった。

「民衆は利益を求めるものです。陛下が彼らに利益を与えつづければ、民衆は陛下を支持するでしょう」

ナルサスの言葉には二面性がある。民衆の利己性に媚《こ》びるだけでは政事はできぬ。人の心に立ちいってはならぬが、彼らの生活を安定させ、教育制度をととのえ、学校をつくり、人身売買や奴隷制度の悪を教えることはできるし、またやらねばならないのだ。かつて教わった文章を、アルスラーンはふと思いだした。

「王者の野心とは舟のようなものだ。歴史の流れにさからえばくつがえり、それに乗っていた人々を水中に投げ出してしまう。権力が強まるほど害は大きくなる」

「野心か……」

アルスラーンの野心とは何であろう。彼は王家の血を引かずして国王となった。諸国の歴史上、梟《きょう》雄《ゆう》と呼ばれるほどの人物が、武勇や権謀のかぎりをつくし、死と憎悪をまきちらして、何十年がかりでようやく達成できる目標だ。それを十五歳でアルスラーンは手にいれてしまった。だからアルスラーンは、他人の終着点から出発して遠い高峰をめざさなくてはならない。

「そうそう、グラーゼのもとから使者が来ております」

キシュワードが告げた。グラーゼは港町ギランの海上商人であった。知勇胆略《ちゆうたんりやく》かねそなえたといって過言ではない男で、話術もたくみである。自分自身や部下が海路で経験し、あるいは見聞したことを、記録にまとめ、またアルスラーンに語って聞かせる。アルスラーンは彼から話を聞くことを楽しみにしていた。

事実上、グラーゼはパルスの海軍司令官であり、海上諜報《ちようほう》の責任者である。ギランの港について、諸外国の状勢について、気候や気象の変化について、海賊どもの動静について、あらゆる情報がグラーゼのもとに集まってくる。パルス人は、パルス語が諸外国に通じるものだから、外国の言語をなかなか学ぼうとしない悪癖を持っているが、グラーゼや彼の部下たちはいくつもの外国語を自在にあやつって商売し、情報を集めるのだ。

そのグラーゼが、腹心の部下ルッハームを通じてひとつの報告をもたらした。シンドゥラの珊瑚細工《さんございく》とともに、ルッハームが、グラーゼの報告書を若い国王《シャーオ》にさしだしたのだ。それによると、つい先日、ミスル国王からの使者が海路シンドゥラをおとずれ、どうやら同盟を申しこんだらしい。だがシンドゥラ国王ラジェンドラ二世は贈物《おくりもの》だけを受けとり、ミスルの使者を追い帰したようだ、というのであった。

「ラジェンドラどのからは、とくに何もいってこないが……」

「かの御仁、何やらまた小細工の粘土をこねあげて、欲得《よくとく》という像をつくりあげるつもりのようでござるな」

その声にアルスラーンは顔をほころばせて振りむいた。ダリューンが王宮に帰ってきたのだ。彼につづいてナルサスとアルフリードが入室してくる。ダリューンたちも報告をたずさえていた。ひとつは王墓に関することである。何者かがアンドラゴラス王の柩をあばき、遺体を運びさった。その報告はアルスラーンに息をのませた。宰相ルーシャンや大将軍キシュワードも、声なく報告に聞きいるばかりである。

報告を聞きおえて、アルスラーンはまず一同にいった。

「王墓管理官のフィルダスに罪はない。彼をとがめぬように」

「さっそく伝えて安心させてやりましょう」

若い国王《シャーオ》の思いやりをうれしく感じながらダリューンが答えた。アルスラーンは間をおいてさらに告げた。

「こと魔道がらみのこととなると、われわれには知識がなさすぎる。近いうちにファランギースをまじえて相談しよう。良い策を考えてくれるはずだ。それまでこの一件は伏せておくように」

湖上祭でのできごとについて、アルスラーンは報告を受けている。ファランギースを詰問することはなかった。ひとたび信頼した部下を無用に疑うことは、アルスラーンはけっしてなかった。それがとほうもない美点であり、多少の才気や武勇など問題にならない長所であることを、ダリューンもナルサスもよく知っている。

みごとな髭《ひげ》をなでながら、キシュワードが溜息《ためいき》をついた。

「来年はたいへんな年になるかもしれませぬな」

「何、毎年たいへんさ」

アルスラーンは笑った。

けっして事態をあなどっているわけではないが、王太子時代の体験が、若い国王《シャーオ》に余裕を持たせている。生命の危機に幾度さらされたか、算《かぞ》えるうちにばかばかしくなってやめてしまったほどだ。もともと生命も王位も望外のものと思えば、恐怖や不安より希望のほうが大きい。

「もうひとつの報告。ギーヴたちは無事に国境をこえた由にございます。新年祭にはまにあいませぬが、楽しみにお待ちください」

　ナルサスが吉報を告げ、アルスラーンはうれしそうにうなずいたのだった。

VII

　四つの影が薄闇のなかにうずくまっている。王都エクバターナの地下にひろがる、狭い異形の世界であった。細いランプの光がゆらめくのは、通風孔《こう》の存在をしめしている。その風は瘴気《しょうき》をはらんで地下をめぐり、恐怖と毒とをしたたらせてまわるのだった。

　四年前、ここには八つの影がうずくまっていた。その後の一年間に人数が半減した。死んだ四名は、ことごとく、アルスラーンとその部下によって殺害されたのである。解放王の治世にあって、生き残りの者たちは地下にひそみ、憎悪を糧《かて》として、時が到るのを待った。その時はまさに到りつつある。だが、思いもかけぬ亀裂が、四名の間に生《しょう》じたようであった。ひとりが詰問の声を発した。


「グルガーンよ、気がつかなんだのか、あの女神官《カーヒーナ》に」

「あの女、以前は髪《かみ》を短くしていた。それに何分にも、十年以上も昔のことだ」

　グルガーンは答えたが、自分を正当化するには力の欠けた声だった。彼の仲間たちは陰気な視線をかわしあった。なかのひとりが、質問とも苦情ともつかぬいいかたをした。

「おぬしの亡き兄者が邪神《じゃしん》ミスラにつかえる神官であったことは存じておったが……」

　ミスラはパルス神話に登場する神々のなかでも、もっとも尊敬される神である。契約と信義の神であり、守護神でもある。だが蛇王ザッハークを信仰する魔道士たちにとって、ミスラも、美の女神アシも、その他すべての神々が邪神であった。

　苦しげにグルガーンはうなずいた。

「たしかに兄はいつわりの神につかえていた。あまつさえジャムシードやカイ・ホスローのごとき邪教徒どもを尊敬しておった。だがおれはちがう。兄が報いを受けて滅《ほろ》びた後、おれは正しい道に立ちもどり、おぬしらとともに尊師におつかえしたのだ」

「そうであったな。われらはともに正しい道に帰依《きえ》したのであった」

仲間の声は意味ありげなひびきをふくんでいた。すくなくともグルガーンの耳にはそう聴えた。もともと蒼ざめた顔に冷たい汗の粒をつらねて、グルガーンは、孤独な審問に耐えていた。

「グルガーンよ、おぬしを信用してよいのだな」

あらためて仲間に厳しく問われ、グルガーンは声をかすらせた。

「もしおれが蛇王ザッハークさまや同志たちに背信《はいしん》の行為があったとしたら、生きながら火に焼かれ、脳を蛆《うじ》に喰われ、骨のかけらにまで呪いをかけられてもかまわぬ。おれを信じてくれ」

「……よかろう」

仲間たちはうなずきあった。彼らとしてもこれ以上、仲間を喪《うしな》うのは好ましくなかった。もしグルガーンが裏切ったり変心したりすれば、たちどころに蛇王か「尊師」の怒りが下り、彼を苦痛と汚辱《おじょく》のなかにたたきこみ、もっとも残酷な死を与えるはずであった。

グルガーンをふくめて、四人の魔道士は音もなく立ちあがった。これからきわめて重大な行為をせねばならなかった。蛇王ザッハークの再臨に先だって、彼らの「尊師」を冥界《めいかい》から呼びもどさねばならぬのである。

「アンドラゴラスの小せがれめは、三年にわたって世の春を楽しんできた。もう充分であろう。つぎは奴も奴の臣民も、千年の冬に苦しむべき順番だ」

彼らから見れば、アルスラーンはどこまでも「アンドラゴラスの小せがれ」なのである。蛇王ザッハークを追討したのは英雄王カイ・ホスローであり、その子孫こそがパルスの旧王家であった。アルスラーンが旧王家の一員でないとすれば、ザッハークの信徒たちにとって、復讐の対象ではなくなってしまう。魔道士たちのゆがんだ憎悪は、復讐の正当性を必要とした。ゆえにアルスラーンは現在でも「アンドラゴラスの小せがれ」と呼ばれているのである。

魔道士のひとりが別室から何かを押して運んできた。車輪のついた寝台だ。ひとりの男がそれに横たわっている。

それは三年前に行方不明となったトゥラーン国王《カガーン》イルテリシュの身体であった。生と死とのいずれともつかぬ。表情も筋肉も硬《かた》く凍《い》てつき、蜜蠟《みつろう》づくりの人形のようであった。その姿が寝台に横たわったまま、魔道士たちにかこまれてもうひとつの部屋に運びこまれると扉は閉ざされた。闇と沈黙が残った。

女神官《カーヒーナ》ファランギースは王宮内の自室の露台《バルコニー》にたたずんでいる。手にした水晶の笛をもてあそびつつ、黙然と、夜の奥へ視線をただよわせていた。

パルス暦三二四年十二月末。青銀色の半月が女神官の優美な姿を照らしつつ、中空からかたむきはじめている。

アルスラーン戦記外伝

東方巡歴

耳ある者よ、聞けよかし
美《うま》き国パルスの物語を
心ある者よ、想いおこし
解放王アルスラーンの御宇《みよ》を

解放王頌詩《しょうし》　第一九四
作者不詳

I

凍《い》てついた月が青銀色《せいぎんしょく》の粉を地上にふりまく冬の夜であった。パルス王国の王都エクバターナは、新国王《シャーオ》アルスラーンの即位後、はじめての寒冷季を迎えている。破壊と略奪《りゃくだつ》をほしいままにしたルシタニア軍は、国境の外へとたたき出され、平和が回復した。侵略者たちがもたらした荒廃は、なお市街に濃い翳《かげ》りを残していたが、南方の港市ギランから運びこまれる物資が市場を彩《いろど》り、市民は飢えと寒さをまぬがれることができるようになった。エクバターナの市場経済がギラン商人の手に握られることを不快がる声もあるが、それはまた別の問題である。

　隣国シンドゥラよりの使者を迎えて宴《うたげ》が開かれた夜。いまだ完全に修復されていない王宮の露台《バルコニー》で、酔いをさますつもりか、ふたつの人影が夜気に身をさらしている。

「月の夜には柄《がら》にもなく過ぎし日の事どもを想いおこします」

「……絹の国《セリカ》のことか」

　会話をかわしているのは、十五歳の誕生日から三か月ほどをすごした国王アルスラーン、そして彼の麾下《きか》にあって無数の武勲をたてた万騎長《マルズバーン》ダリューン卿である。冬用の厚ぼったい礼服で、腰に剣をさげただけの姿だが、どのような服装をしていても、ダリューンがパルスの詩や歴史書に登場するときには、「黒衣の騎士」と呼ばれるのだった。

アルスラーンの問いは、やや性急すぎたようだ。礼儀ただしい黒衣の騎士が即答しなかった。お寒くはございませんか、と反問してから、彼は国王《シャーオ》の問いを肯定した。

「つい先年のことですが、もはや百年も往古《むかし》のことであったかのように感じられます」

ダリューンの視線が、ふたたび銀色の月に向けられた。二千ファルサング（約一万キロ）の距離をへだてて、おなじ月が異なる国を照らしだしているはずである。対岸も見えぬほどの大河。地の涯《はて》までもつらなる長い長い城壁。桃や李《すもも》の香にむせかえる晩春の花苑《はなぞの》。反《そ》りかえった形の屋根に瑠璃《るり》色の瓦《かわら》をしいた巨大な宮殿。パルスには存在しない、草とも木ともつかぬ不思議な植物――竹。パルスには生存しない、優美で誇り高く危険な動物――虎。豊かに実った水田から垂直に天へ伸びたような形の山。人間の子供ほどもある淡水魚の群。米からつくられた白い酒。上から下へと縦に書かれる表意《ひょうい》文字。箸《はし》と呼ばれる二本の細い棒をたくみにあやつって、人々は食事をとる……。無数の映像が音もなく一度に押しよせてきて、ダリューンは気の遠くなる思いにとらわれた。

……砂嵐の最後の咆哮《ほうこう》が消え去ると、砂漠は一転して音のない世界に還《かえ》った。見わたすかぎりうねる砂丘の群は、永い時を埋葬《まいそう》した墳墓《ふんぼ》のように見える。ごく小さな砂丘のひとつが不意にうごめいた。砂がはじけて、宙へ突きだされたのは人間の手だ。手首まで黒い甲《よろい》につつまれている。つづいて黒い大きな布がはねあがり、かなり大量の砂をはらい落とした。マントを手に起ちあがったのは、砂嵐による死をかろうじてまぬがれた人間だ。たくましい長身を黒衣黒甲につつみ、年齢は二十代半ばと思われる。

この年、パルス暦でいえば三一七年の五月。ダリューンは二十四歳であった。

彼が砂の一端に手をかけると、さらに大きな布が砂をはらって、その下で息をひそめていた生物たちが起きあがった。馬が二頭、驢馬《ろば》が一頭、それに人間の男がひとりである。

「やれやれ、助かりました」

砂粒と吐息《といき》とを、男は同時に吐きだした。両手をあわせて、パルスの若者に一礼する。

「ダリューン卿は生命《いのち》の恩人です。ご恩は返させていただきますで、忘れずにいてくだされ」

「おぬし自身が憶《おぼ》えていればよかろう。いずれ、おたがいさまで、恩に着てもらう必要もないが」

「いやいや、小生《しょうせい》はあちこちで調子のいいことを触れまわっておりますでな、いちいち憶えておりませんて」

ぬけぬけといいながら、男は完全に立ちあがって身体《からだ》の各処《かくしょ》をたたいた。そのつど、こまかい埃《ほこり》が舞いあがり、ダリューンはわずかに眉《まゆ》をしかめた。思いもかけぬ砂嵐で、本隊とすっかりはぐれてしまった。絹の国《セリカ》の皇帝に献上する財宝をつんだ驢馬の一頭が行方不明になり、それを探しまわった末に、このありさまである。

この年、絹の国《セリカ》へおもむくパルスの使節団は、使節団長マーカーン卿以下、文官が十名。留学生が二十名。医師と彼らの助手とが合計八名。荷物を運ぶ驢馬や駱駝の世話人が五十名。料理人が八名。それに、車輪を修理する職人、馬具を修理する職人、弓職人などがいて、非戦闘員の合計は百二十名に達した。彼らを守る護衛隊の隊長がダリューン、副隊長をバーヌという。

ダリューンたちの統率する騎兵は三百騎。選びぬかれた精鋭だが、むろんこれで大軍に対抗するのは不可能である。ただし、パルスから絹の国《セリカ》へ派遣された使節団を攻撃するような者は、両大国からの報復を覚悟しなくてはならない。バーヌはダリューンより年長で、弱輩の下風《かふう》に立つのをこころよく思ってはいないようだったが、それを露骨《ろこつ》にあらわすほど心が狭くはなかった。これまで、とくに問題もなく、ふたりは協調してきていたのだ。

砂嵐がおさまった直後、周囲の地形は一変していた。無数につらなる砂丘の群は、大地にとっては生まれたての乳児も同様だ。風にしたがって移動し、まれには豪雨で溶けるようにくずれさる。これらを目印にしていたのでは、永久に砂漠から脱出することはできない。ダリューンたちも助かったのだから、使節団の本隊が全滅したとは思えなかった。ダリューンたちのことを半ばあきらめつつ、砂漠を出る足をいそがせているにちがいない。

とにかく東へ進めば、反対方向ということはないはずだ。最悪の場合でも、絹《セリカ》の国の帝都で本隊に合流することができるだろう。さいわい、いまや空は晴れあがって、太陽の位置ははっきりとわかる。それに加えて、通訳兼案内役のムルクがいてくれるから心づよい。ムルクはパルス人ではなく、ファルハール人であった。最後の埃《ほこり》をはらって、彼はいった。

「ま、砂漠もそろそろ終わりです。今日明日にも国境に着きますで、ご安心を」

絹《セリカ》の国人もパルス人も、国際交易が盛んなわりに外国語に通じない。自国語でほぼ用がたりてしまうからである。したがって、大陸公路に沿《そ》って点在する小さな都市国家の民に、通訳や案内役を依頼することが多い。今回、パルスの使節団は、ファルハールという都市国家の住民を五名やとっていた。

東西各国の血がいりまじっているためか、ファルハール人の容貌《ようぼう》は個人差が大きい。親子や兄妹でも、たがいに似ていないので、「みんな浮気のしほうだいさ」という、いささか危ない冗談もかわされる。大陸公路で、もっとも美男美女の多い土地ともいわれるが、それも混血のゆえであろう。

二十歳をこしたファルハール人は、最低でも三か国語に通じている。ファルハール語、パルス語、絹《セリカ》の国語である。ムルクは年齢不詳の男で、「花もはじらう十八歳」などと、とぼけて自称しているが、トゥラーン語、チュルク語、シンドゥラ語、さらにはミスル語にまで長じていた。地理や習俗《しゅうぞく》にもくわしく、通訳や案内役としては、この上ない男である。

絹《セリカ》の国について、どういうわけか、ムルクはあまり好意的ではなかった。東へと馬を歩ませながら彼はダリューンを見やった。

「建物が大きく、りっぱでも、室内は埃《ほこり》だらけということもありますでな」

批判めいたことを、ムルクは口にした。

「絹の国《セリカ》は富み栄え、強く、芸術と学問の華《はな》が咲き誇っております。ですが、住民のすべてが聖人ではございませんでな」

「おぬしよりあくどい輩《やから》もいるか」

「ご冗談を。小生は善良でだまされやすい人間でございましてな」

ダリューンは推測した。どうやらムルクは絹の国《セリカ》の商人に「してやられた」経験があるらしい。一方的にだまされたのではなく、ぬけめなさを競いあって敗れたのだろう。ムルクが聖人だとはダリューンは思っていない。

パルス人の内心をよそに、ムルクは話をつづける。

「絹の国《セリカ》では、前《さき》の皇帝が六年前に退位なさって、太上皇《たいじょうこう》と称されました。皇太子があらたな皇帝となられたわけです。天下は泰平《たいへい》、国家の礎《いしずえ》もかたく、めでたしめでたしと思われたのです。が……」

いささか演技《しばい》くさく言葉を切った。ダリューンはしかたなく相手の手に乗ってみせた。

「ところが、残念ながらそうはならなかったというわけだな」

「ご明察《めいさつ》」

ムルクは重々しくうなずいた。単なる通訳兼案内人というより、無知な生徒に知識をさずける教師、という印象である。さほど腹がたたないのは、このファルハール人に奇妙な愛敬《あいきょう》があるからであろう。

毬《まり》のように丸い身体をしているが、不思議と、たるんではいない。本人にいわせると、砂漠で何日も飲まず食わずでいられるように、栄養を体内にたくわえているのだという。駱駝なら背中のこぶに栄養をたくわえるが、人間はそうもいかないから、というのだった。彼はまた、パルス使節団から受けとる報酬を、金貨でも銀貨でもなく真珠にしてほしいと望んだ。

「真珠がそんなにいいのか」

「四月の雨に打たれた真珠でお願いいたしますよ」

どのような理由からか、パルス産の真珠で最高級のものはそう呼ばれるのである。大陸の奥地では、鉱山から採掘されるさまざまな宝石よりも、真珠のほうが珍重《ちんちょう》される。海がないから当然のことだ。

その真珠を内陸でつくろうというのが、ムルクの願望だった。

他人から見ればまともな思案《しあん》とはとても思えないが、当人は大まじめである。内陸に点在する塩湖《えんこ》のなかから、もっとも条件のよい湖を選んで、そこで真珠貝を養殖するというのが彼の計画である。そのためには、時間と資金と技術が必要で、ムルクはパルスと絹《セリカ》の国の両国で資金を集め、技倆《うで》のよい養殖家を募《つの》って、「大陸公路きっての真珠王になるのだ」と豪語《ごうご》していた。他のファルハール人たちはあきれたように首を振るだけだが。

ムルクは、さらに絹《セリカ》の国の国内の事情を語った。

現在、帝位をめぐって宮廷内で抗争が生じている、というのである。

絹《セリカ》の国の皇統《こうとう》は約千年、五十二代にわたってつづいている。現在の太上皇《たいじょうこう》は五十一代めで、四十年間帝位を占めた。箍《たが》のゆるんだ国政を引きしめ、五度にわたって外敵をしりぞけ、財政を再建して名君と称された。皇后は早く亡《な》くなったが、太上皇となって後、藍妃《ランフー》という愛人に男児が生まれた。これが火種になった。

藍妃《ランフー》にしてみれば、自分が生んだ子を帝位に即《つ》けたい。だが、現状では、彼女の子は皇帝の異母弟《いぼてい》であるにすぎず、帝位継承の順位はきわめて低い。このままでは単なる宮廷貴族として生涯を終えることになろう。

そこで彼女は太上皇を復辟《ふくへき》させようとしている。つまり、もういちど皇帝にもどそうというのだ。皇太子をさだめる権利は皇帝にしかないから、藍妃《ランフー》が生んだ子を後継者として宣告させようというわけである。本来、筋のとおらない話なのだが、老いた太上皇は藍妃《ランフー》を愛していたし、老いて生まれた子がかわいい。太上皇は困惑した重臣たちが諫《いさ》めるのを振りきり、息子である皇帝に対し、帝位を返上するよう要求してやまないのだった。

「平地に乱をおこすとはこのことだな。おれのような異邦人《いほうじん》がいうのは出すぎたことだが、退位なさった後に自分の名声を自分でそこなうことになるとは」

ムルクは、そういうダリューンを見返した。

「そうお思いで？」

「思う」

そもそも帝位を父から子へ、子から孫へと世襲《せしゅう》させるのは何のためか。帝位継承の原則をたて、帝権《ていけん》を安定させるためであろう。いったん退位した先帝が復辟し、現在の皇帝が玉座《ぎょくざ》を追われるというのでは、帝権の権威がゆらぎ、信頼がそこなわれるだけではないか。そのようなことが事実なら、ムルクがいうとおり、絹の国《セリカ》の内情もほめたものではなかった。

II

大陸公路の民なら誰でも知っていることだが、絹の国《セリカ》の北と西とをくぎる国境線には長大な石の防壁が築かれている。それは「長城」と呼ばれ、総延長はパルスの里程《りてい》で二千ファルサング（約一万キロ）におよぶといわれる。五十万人の兵士がそれを守り、城門の数は千、望楼《ぼうろう》の数は三千、城壁の上は道路になっており、馬車が三台並行《へいこう》して走れる、とダリューンは聞いていた。それほど壮大な建築物が地上に存在するとは、にわかには信じられない。だが、いまムルクが手をあげて指《さ》ししめすのは何だろう。

「あれです、ダリューン卿、あれが絹の国《セリカ》の長城でさ」

ひたすら平坦だった荒野の彼方《かなた》に、低い起伏《きふく》がつらなっている。絹の国《セリカ》の北と西の国境をくぎる山脈だ。その稜線《りょうせん》には、どこか自然でないものが感じられた。ダリューンは目をこらした。それはたしかに城壁だった。信じられないほど長く長く延びた石の壁だ。ところどころが小高くなっているのは望楼であろう。馬を歩ませるにつれ、伝説的な長城の姿は、はっきりとパルス人の目に映ってきた。最初は茫然としていたダリューンも、慣れてくると、武将として観察をはじめた。

「よくつくられている」

ダリューンは感銘《かんめい》を受けた。長城は、ただ規模が大きいだけではない。それは山々の尾根の上に築かれているので、長城を攻撃するときには、山上へ向かって駆けあがらねばならない。城壁にたどりついたときには、人も馬も疲労しきっている。息を切らしてへたりこんだところへ、城壁上から矢や石をあびせられ、なす術《すべ》もなく撃退されてしまうのだ。しかも、城壁上から地上を見おろすと死角《しかく》がなく、稜線の外側には樹木がなくて草だけだから、あびせられる矢や石を防ぐこともできない。

「これは難攻不落《なんこうふらく》だな。城内から裏切者でも出ないかぎり、とうてい攻め落とすことはできまい」

「そうでしょうな。あの長城を境界として、気候さえちがいます。長城の彼方は絹の国《セリカ》の本土で、樹木が豊かに茂《しげ》っておりますが、こちらは砂漠と草原で……」

絹の国《セリカ》の北には、まだ国家として組織されていない遊牧の民族がいくつか存在する。彼らにしてみれば、長城は、富める文明国と貧しい自分たちとを冷たく区別する存在なのだ。彼らは長城を憎み、あの壁をこえて豊かな民から略奪《りゃくだつ》することを夢見ている。

「半日で長城に着きます。城壁にそって歩けば城門のひとつに……」

ムルクの声がとぎれた。ダリューンは馬上で振りむいた。彼らの後方は砂地の多い平坦な荒野で、そこにひとすじの砂煙があがっている。砂煙をあげているのは一個の騎影《きえい》で、さらにその後方に七、八本の砂煙が走るのが見えた。一騎を追って数騎が疾走している。それはわかった。わからないのは、そうなった事情である。

騎影はみるみる近づいてきた。いまや馬上の人間の姿がはっきり見える。紅《あか》い房のついた絹《セリカ》の国の冑《かぶと》、腰には束帯《そくたい》をあて、銀色の甲《よろい》を着用している。だが顔は見えなかった。

騎士は後ろむきに鞍にまたがっているのだ。追撃してくる敵と、正面から向かいあった姿勢だ。いかに平坦な地形とはいえ、後ろむきに騎乗《きじょう》して馬を疾走させるとは、大胆さもきわまるといってよい。

その姿勢で、騎士は弓をかまえ、弦《つる》を引きしぼった。隙《すき》もなく、乱れもない。完璧なまでの騎射の型である。

弦音《つるおと》が風を引き裂いた。

追跡者のひとりが両手と両足をはねあげ、馬上からもんどりうった。目に見えない巨人が彼を突きとばしたように見えた。だが、砂上を転がる彼の胸には、垂直に矢が突き立っている。

騎手を失った馬は、にわかに荷重《かじゅう》が減ったので均衡をくずし、よろめいて横転《おうてん》した。他の七騎は怒りの叫びとともに、なお疾走をつづけた。だが、ひとかたまりに走るのをやめ、左右へ馬首をそらして散開《さんかい》する。ひとりふたりがさらに射落とされたとしても、他の者がその間に肉薄《にくはく》して斬りつけようというのである。

「あの逆乗《さかの》りをしている騎手は女ですな」

ムルクがいったとき、ダリューンは長剣の柄《つか》に手をかけていた。追われる者が、ダリューンのすぐ近くまで来ていた。疾走する馬が速度をゆるめたので、騎手が振りむいた。白皙《はくせき》の顔に、おどろきと緊張の色が走った。別の敵が待ち受けていた、と思ったのであろう。

速度を落としつつ、女騎士の馬はダリューンの傍を走りぬけた。わずかに数瞬の差で、追跡者たちが殺到《さっとう》してきた。ひとたび散開したのが、網をしぼるように馬首を収束《しゅうそく》させてきたのだ。革《かわ》の甲《よろい》を着け、羊毛の帽子をかぶった彼らは、あきらかに絹《セリカ》の国人ではなかった。ダリューンを敵のかたわれと見たのであろう、奇声《きせい》をあげ、彎刀《わんとう》をかざしてダリューンに斬ってかかった。

対応を選んではいられなかった。言葉が通じるとも思えない。ダリューンの長剣がうなり、光と血の軌跡《きせき》を宙に描いた。羊毛の帽子が血にまみれて空を舞い、彎刀をつかんだままの手が地に転がった。

敵はすばやかった。勝算《しょうさん》なし、と、一瞬にしてさとると、重傷を負った味方ふたりをささえ、風をくらって逃げ去っていく。夢からさめた気分で馬首を転じたダリューンは、助けたはずの女騎士が彼をにらみつけ、逆乗りの姿勢のままで矢のねらいをダリューンの咽喉《のど》もとにつけていることに気づいた。

弓をかまえた敵に対しては、左へまわりこむのが鉄則《てっそく》である。敵から見れば右側へまわりこまれることになる。弓は右手で弦を引いて左方向へ矢を放つような構造になっているから、右側へまわりこまれると、にわかに対応できない。対応するには、自分が右へ向きなおらねばならない。

ダリューンが弧《こ》を描いて左へまわると、相手はそれに応じて右へまわる。両者がそれぞれ大小の円を地上に描いて、しばらくまわりつづけることになった。生命《いのち》がけの行為だが、はなれて第三者の目から見ると、かなり滑稽《こっけい》に見えたであろう。まして、一方は後ろ向きに騎乗している。ダリューンの正面には、つねに相手の馬の尻《しり》があって、その上方で、緊張しきった表情の女が鏃《やじり》を向けている。

「やあ、もうおやめなされ、御両人。遺恨《いこん》があるわけでもないのに、生命を的ににらみあうとは愚かしいことだて。まず剣を引き、弓をおさめて、話しあいをなさってはいかが」

ムルクの大声であった。パルス人騎士は大きく息を吐きだした。

「ムルク、その御仁《ごじん》に伝えてくれ。おれは西のかたパルス王国よりこの地へ到《いた》った者。害意はない。このとおり剣をおさめるゆえ、そちらも弓をおろしてほしい、と」

ダリューンが話し終えるより早く、ムルクは勢いよく舌を回転させはじめた。女騎士の表情から鋭い敵意が消え、ゆっくりと弓をおろした。

III

馬上で前後の向きを変え、まともな騎乗の姿勢をとると、興味ぶかげに、絹《セリカ》の国の女騎士はダリューンを観察した。それも長くはない。本来のものらしい闊達《かったつ》な笑顔をつくった。

「赦《ゆる》せよ、異郷《いきょう》の騎士。黒ずくめの姿ゆえ、鴉軍《あぐん》の者かと思うたのじゃ」

「パルス語が使えるのか」

ダリューンの声は、おどろきを隠しきれない。完璧に近いパルス語を、絹《セリカ》の国人の口から聞こうとは思わなかったのだ。

「絹《セリカ》の国のおもだった都市には、パルス人が多数おる。宮廷や役所につかえる者もな。彼らから教わったのだ。異国語をひとつ修得《しゅうとく》すると、おどろくほどに世界が広がる」

そう説明してから、ふたたび女騎士の表情が変わった。何やら重要なことを思いだしたらしい。そもそもどのような理由で追われていたのか。彼女は馬首をめぐらしつつ声をかけた。

「パルス人よ、さっさと来い。お前に武勲《ぶくん》をたてさせてやるから」

「武勲？」

「皇帝陛下より感状《かんじょう》をたまわるほどの、な」

皇帝の名を出されて、ダリューンは当惑した。

「公主《こうしゅ》殿下が」

と、彼女はいう。公主とは絹《セリカ》の国で皇族の女性に与えられる称号だと、ダリューンは学んでいた。皇帝の娘で星涼《シンリアン》公主という女性が、辺境の巡行中に遊牧民の剽盗《ひょうとう》の一団におそわれた。彼女はその護衛の者で、急を知らせに長城へと馬を走らせてきたのだが、いそいで救いにもどらねばならぬ、という。

「かってに決められてはこまる」

「はて、戦いを恐れるような者とも見えぬが」

「戦いを恐れはせぬ。無益な戦いに巻きこまれるのを忌《い》むのみだ」

「ほ！　さかしげな」

「そもそも、おぬしが正しい陣営に属しているという証拠はないぞ。どう証明する？」

このように理屈《りくつ》をいいたてるのは、本来、ダリューンの気質ではない。だが、パルス王国の使節として来た以上、うかつに剣戟《けんげき》に巻きこまれるわけにはいかなかった。

「この目を見よ、波斯人《パルス》」

「………？」

「この目を見よというておる。正義と真実の光が溢《あふ》れておろうが。お前にはわからぬか」

「……あのな」

「わからぬとすれば、お前の目は死んだ魚も同様、膜《まく》がかかっているにちがいない。頼むにたりぬ役立たずよ。いつまでもそこに馬を立てて、右か左かと思い悩んでおればよい」

言いすてると、女騎士は馬を走らせはじめた。

「ふむ、パルス語であれほど悪口雑言《あっこうぞうごん》をたたけるとは、たいしたものだ」

妙なことに、ダリューンは感心した。彼本来の気質が、ためらいに打ち勝った。どうせすでに巻きこまれたのだ。女性に救いを求められて拒絶するなど、武人の道に反するであろう。

ダリューンが馬を駆って女騎士の後を追うと、何やら大声をあげてムルクもその後にしたがった。彼と別れるのは心細いらしい。片手の綱で驢馬《ろば》を引いているので、全力疾走というわけにはいかなかった。

千を算《かぞ》えるほどの時間の後、ダリューンたちは戦いの場に達した。高く低く、角笛の音がひびきわたる。それは明らかに一定の音律《おんりつ》を持っていた。その音によって、部隊の全員が一糸みだれず行動するのだ。兵数は五十騎ほどだが、地に伏して動かぬ影がいくつもあるところを見ると、最初はもっと多かったにちがいない。襲撃者は百騎ほど。革《かわ》の甲《よろい》をまとった、あきらかに先ほどの追跡者と同じで、北方遊牧民の一団である。

「なるほど、洗練されている」

ダリューンは感心した。数でまさる襲撃者たちが、なかなか防御の環《わ》を突破できずにいる。環の中心には、半円形の筒《つつ》の形をした絹張りの大きな馬車があり、十二頭もの馬に引かれていた。あの馬車のなかに、公主殿下とやらが乗っているのであろう。矢が何本も突き刺さっているが、車内には達していないようだ。

それらのことをすばやく観察すると、ダリューンは鞍《くら》にかけてあった盾《たて》をはずして左手にかまえた。奇妙なことに気づく。防御する兵士たちはいずれも女ではなかろうか。

「公主殿下を守りまいらせる娘子軍《じょうしぐん》だ」

女騎士が説明し、ダリューンはおどろいた。絹《セリカ》の国には、女性だけで編成された軍隊があるのだ。皇帝の後宮《こうきゅう》だけでも三千人から五千人の美女がいるという。彼女たちを護衛するために女性だけの軍隊が存在しても、不思議はないのかもしれない。

女騎士は剣を抜き放つと、馬を煽《あお》った。「殺《シャア》！」という叫びがほとばしる。それはパルス語の「全軍突撃《ヤシャスィーン》！」にあたる言葉のようであった。彼女に半馬身おくれて、ダリューンは馬を疾走させ、彼女に並び、抜きさった。眼前に血と砂の煙が舞いくるっている。

ダリューンは左手に盾をかざし、右手に重い長剣をかまえて、足で馬腹を蹴《け》りつけた。あおられた馬は、たけだけしく乱戦の渦中《かちゅう》に踊りこんだ。閃光の滝が宙空《ちゅうくう》から落ちかかり、まさに女兵士の咽喉《のど》を突き刺そうとしていた敵兵の首を地にたたき落とした。

首を失った胴体がよろめくのを無視して、ダリューンはさらに突進し、ふたりめの敵を血煙のもとに斬って落とした。犠牲者の身体が完全に地に落ちるより早く、パルス人の強靭《きょうじん》な手首がひるがえり、三人めの顎《あご》の下から鮮血が噴きあがる。盾が強烈な異音《いおん》を発した。四人めが重い戦斧《せんぷ》をふるって、横なぐりの一撃を送りこんできたのだ。この男だけは羊毛の帽子ではなく、房のない丸い冑《かぶと》をかぶっていた。強烈な打撃をあびて、盾の上部が割れとんだ。飛散《ひさん》した破片が礫《つぶて》のようにダリューンの額《ひたい》を打つ。

第二撃がおそいかかってきた。落雷にも似た勢いで、それを受けたダリューンの盾はまっぷたつに割れた。だが、鞍上《あんじょう》に身を沈めたダリューンは、死の旋風ともいうべき第三撃に空を斬らせると同時に、鋭い突きをくりだしていた。たくましい腿《もも》を突き刺された相手は、咆哮《ほうこう》をあげて馬上でよろめく。つづく一撃が冑を強打し、目がくらんだ相手はまっさかさまに落馬していった。

狼狽《ろうばい》の叫びがあがり、ダリューンの身辺から刀槍《とうそう》のひびきが退きはじめた。ダリューンが負傷させた男は、どうやら襲撃者たちの指揮官であったらしい。まっさかさまに落馬して頸骨《けいこつ》を折ることもあるが、すぐにふらふらと起きあがったところを見ると、かなり頑丈《がんじょう》な人物のようであった。せっかく起《た》ちあがったのに、気の毒ではあったが、ダリューンは彼の後頭部を剣の平《ひら》で一撃して、ふたたび地に昏倒《こんとう》させた。

その男が意識を回復したとき、革紐《かわひも》で厳重にしばりあげられた自分自身を発見することになった。周囲には彼の仲間が四十人ほどいたが、呼吸している者はひとりもいなかった。皇族を襲撃した罪はきわめて重く、男は帝都に連行されて断罪されることになるであろう。

もっとも、絹の国《セリカ》の法は法として、ダリューンには別の考えがある。彼は女騎士にともなわれ、馬を下りると、半円筒型の馬車の前に立って深々と一礼した。馬車の入口には厚い錦《にしき》の幕がかかっていたが、それが開くと今度は羅《ら》の幕があらわれた。その内側で影が動き、女性の声が短く流れ出てきた。当然ながら、ダリューンは声の主に興味をそそられた。女騎士をかえりみる。

「お顔を見せていただくわけにはまいらぬか」

「論外《ろんがい》である」

一言のもとに、ダリューンの要請は拒絶された。絹の国《セリカ》の皇族の女性は、夫と父子兄弟以外の男に素顔を見せることはない、というのであった。

「だが、そなたの助力を心より感謝する、との仰せである。帝都において、かならずや労に酬《むく》いるであろう」

かたくるしい表情がここで変わって、女騎士は親しげに語りかけた。

「おかげで助かった。おぬしが来てくれねば、防ぎきれなかったかもしれぬ」

「いやいや、たいしたお手柄で」

いったのはムルクであった。ちゃっかりしたこの男は、血なまぐさい戦闘が終わってから、この場に到着したのである。ムルクは、何か貴重品がないかと周囲を探しまわったが、そんなものを遊牧民が遺《い》棄《き》していくわけもなく、彼の手には槍《やり》に似た武器があるだけだった。ダリューンは興味をひかれた。柄《え》の先に、三叉《みつまた》にわかれた剣が付いている。

「この武器は何だ？」

「戟《げき》というものだ。斬るも突くも自由で、槍より応用がきく」

「ふむ、おもしろいな」

あらためてダリューンは初見《しょけん》の武器をながめやった。刃の左右に突き出た銀色の枝が、役に立ちそうである。敵の剣や槍を受けやすいし、ただ受けるだけでなく絡《から》めとってへし折ることもできるだろう。

絹《セリカ》の国の本土でよき師をえて、技を学びたいものだ。そうダリューンがいうと女騎士は笑ってうなずき、心あたりがあるから紹介しよう、といった。

このときはじめて、ダリューンと女騎士とは名を名乗りあった。といっても、彼女のほうは、花冠《かかん》将軍と名乗り、それは本名ではなく娘子《じょうし》軍《ぐん》の隊長としての称号だということだった。いま気づいたわけではないが、花冠将軍は娘子軍のなかでももっとも美しく、両眼のきらめきが黒真珠さながらだった。鼻も口も、名工《めいこう》が心をこめて彫りあげたような秀麗さである。一瞬、まぶしさを感じたダリューンは、やや唐突《とうとつ》に話題を変えた。

「おれの友人に変わった奴がいて、事情さえ許せばこの国を訪れたい、と言っていた。すくなくとも五年は滞在して、あらゆる知識を吸収したい、と」

「学者か、武人か？」

「いや……画家だ」

ダリューンは短く苦笑して、友人の姿を想い浮かべた。大貴族としての身分と、若くして宰相がつとまるほどの力量とをあわせ持ちながら、一本の画筆《えふで》に生涯の夢を賭《か》けたがっている男だ。ダリューンが絹《セリカ》の国から帰った時、どのような表情で彼を迎えてくれるか、楽しみでもあり、いささか不安でもあった。

IV

公主の車をかこんで、娘子軍は長城へと歩みはじめた。ムルクもふくめて全員が騎乗している。遊牧民の首領は縛られたまま、馬上で不機嫌そうに沈黙していた。ダリューンと馬を並べて進みつつ、花冠将軍が問いかけた。

「波斯《パルス》の王とはどのような御仁《ごじん》だ？」

「豪勇の武人で、決断力にすぐれておられる」

パルス国王《シャーオ》アンドラゴラス三世は、登極《とうきょく》した後、宮廷内にはびこっていた怪《あや》しげな予言者や呪術師《じゅじゅつし》を一掃《いっそう》してしまった。外に対しては、バダフシャーン公国を併合して領土をひろげ、東方三か国の連合軍を撃ちしりぞけて、武威をとどろかせている。年齢もまだ四十代で、この国王《シャーオ》が健在であるかぎり、パルス王国の礎は揺るぎようもない。文武の廷臣《ていしん》たちは、ほとんどがそう信じていた。

ダリューンも、たぶんそうだろうと思っているが、全面的に信じこんではいない。それは宮廷書記官をつとめていた友人の影響だった。ダリューンにむかって、彼はこういったのだ。

「アンドラゴラス陛下はお強い。そして、人も国も強くありさえすればよい、と信じておられる。いったんつまずいて転んだときのことが思いやられるて」

「おれには、おぬしの口のほうこそ危うく思える。求めて災厄《さいやく》を招くことなかれ、だ」

ダリューンがいうと、友人は、「わかった、気をつけよう」と答えたが、はたしてどこまで本気だろうか。やさしげな容姿《ようし》に似ず頑固で好戦的な男だから、いまこの瞬間も王宮でもめごとをおこしているかもしれなかった。

花冠将軍の口調は、どこかその友人に似ている。彼女が、パルスの国王についてダリューンに尋ねたのは、自分たちの皇帝と比べてどうか、知りたかったからのようであった。

「おそれおおい申しようながら、皇帝陛下は、偉大な君主であられた太上皇《たいじょうこう》に対し、つねに引目《ひけめ》を感じておられた」

パルスでもあったことだ。どこの国でも、王室でなくとも、あることだろう。偉大な父親の存在は、子にとって負担になる。父をしのぐ才能があればよい。父と異《こと》なる道を選べればよい。だが、どちらも不可能となれば、子にとっては辛《つら》いことになるであろう。

退位した後、太上皇は東都《トンツー》の離宮に住むようになった。東都とは絹《セリカ》の国の東部にある大きな城市《まち》で、皇室の発祥の地である。太上皇は古くなった宮殿を改装し、庭園を整備して梅や桃など一万本もの花木を植え、舟遊びのできる大きな池をつくった。さらに書庫を建てて十万巻の書物を集めた。多忙《たぼう》な政務から解放されて、歴史の研究や散策や歌舞音曲《かぶおんぎょく》の鑑賞に、のんびり日を送るつもりだった。

一年ほどは無事にすぎた。だが、しだいに太上皇は心娯《たの》しまぬようになった。もともと精力的で勤勉な統治者であったから、国政にかかわらなくなると、退屈でしかたなくなるのだ。歴史の研究にしても、政務の合間《あいま》にやるからこそおもしろいので、それに専念すると、たいして楽しくもなかった。

西都《シーツ》にいる新皇帝はといえば、こちらも不本意《ふほんい》な毎日だった。父のさだめた法にしたがうだけで、独自な政策は何もできなかったし、重臣たちはいまだに新皇帝を「幼い皇子」あつかいする。日ごとに、いらだちがつのった。つまり父子ともに不本意な日を送るようになっていたのだ。

離宮には、太上皇の身辺を世話するという名目で、三百人の女官が勤めていた。帝位に在《あ》ったころは、彼につかえる女官は三千人とも五千人ともいわれていたが、年齢が六十をすぎると、さすがにそれほど女色《じょしょく》には興味がなくなる。美貌《びぼう》の女官たちも、ただいるだけという感じであった。

ところが、ある晩春の一日であった。あたたかな陽光と鳥の歌声とに誘《いざな》われて、太上皇は朝食前に庭園を散策する気になった。わずらわしい侍従もつれず、ひとりで、奥まった池の畔《ほとり》を歩いていると、水音と悲鳴があがった。おどろいて太上皇が池を見やると、ひとりの女が池のなかに立っていた。水深は女の膝《ひざ》までしかない。水面に竹の籠《かご》と百合《ゆり》の花が浮いているのを見ると、水辺の花を採《と》ろうとして、女官が足をすべらせたものであろう。太上皇の書斎を花で飾るのは、女官たちの重要な任務であった。

人を呼んで女官を救おう。そう太上皇は思ったが、水深が膝までとあっては、生命の危険はない。女官自身、自分の失態《しったい》がおかしそうに笑っているので、太上皇もひそかに笑った。その笑いに、好色そうな表情がかさなった。女官の衣服は水に濡《ぬ》れて肌に貼《は》りつき、流れるような肢体《したい》の曲線や豊かな乳房が太上皇の目を奪ったのだ。

太上皇は唇をなめると、水辺に歩みよって女官に声をかけた。それが太上皇と藍妃《ランフー》との出会いであり、一年後、彼女は老いた先帝の子を出産するのである……。

話を聞いて、ダリューンは不審をただした。

「最初から計画的だった、と、そう思うのか？」

「まあ、そう疑われてもしかたがないのではないかな」

なるべく公正を期そうという努力の形跡が、花冠将軍の返答には見られた。藍妃《ランフー》が池に落ちたのは偶然だろうか。最初から好機をねらっていたのではなかったか。それは疑問というより確信であるにちがいない。それだけなら、引退した太上皇が最後の愛人をえたというだけのことだが、一方、新皇帝にも問題があった。

「陛下はすでにご兄弟を四人まで死なせておられる」

「殺されたのか、ご兄弟がたは？」

「自殺を命じられた」

ある者は、叛逆《はんぎゃく》の疑いをかけられた。ある者は、素行《そこう》をとがめられた。そして彼らの家族は皇族の身分を剝奪《はくだつ》されて追放されたのだ。

「それというのも、陛下はご自分に自信がないからだ」

花冠将軍の声に憂いがある。

自分の、皇帝としての人望と力量とに自信がないから、高圧的に権威を守ろうとする。誰かが笑い声をたてれば、自分を嘲笑《ちょうしょう》しているのではないか、と思う。誰かが不平をもらせば、叛乱をたくらんでいるのではないか、と疑う。血が濃い者ほど玉座に近いがゆえに、より忌まれることになるのだ。皇族は皇帝にとって頼もしい味方であるはずなのに、猜疑《さいぎ》心に駆られた皇帝には、そうは思えなかった。危険をさとって、皇族たちは恐怖した。彼らを救い、守ってくれる者は太上皇しかいない。彼らはひそかに太上皇に接近し、藍妃《ランフー》の生んだ幼児を将来の皇帝にしようとしている……。

「幼児を帝位につけて、自分が後見役となり、権力を独占しよう——そう野心をいだく者もいそうだな」

「ああ、雷河《ライホー》の砂粒よりもたくさんな」

女騎士は口をとざした。異邦人に対して、語りすぎたと思ったかもしれない。ダリューンもそれ以上は尋《き》けなかった。

不意に、丘陵の上に、黒雲が湧《わ》きおこった。ダリューンの目には、一瞬そう見えた。つぎに彼の目に映ったのは、波うつような反射光のつらなりであった。陽光を弾《はじ》きかえしてかがやきわたるのは、甲冑《かっちゅう》の列であった。光の波は揺れながら娘子軍《じょうしぐん》へと近づいてくる。ダリューンはほどなく完全に確認することができた。黒い甲冑をまとい、黒い馬にまたがった兵士たちの一隊である。千騎ほどはいるであろう。

おどろいたことに、彼らは顔までが黒かった。黒い布の面をかぶっているのだ。それは黒い紗《しゃ》でつくられ、両目の部分だけがあけられていた。多くの者が槍を手にしているが、槍の柄《え》も黒く塗られている。

「見よ、あれが鴉軍《あぐん》だ。全体のごく一部だが、その名にたがわぬ姿であろう？」

たしかにそのとおりである。鴉軍とは「からす部隊」を意味するのだ。沈黙のうちに軽々と馬を走らせてくる彼らの姿は、不吉な鳥の群を思わせた。紗でつくられた覆面は空気をとおし、呼吸にも発声にも問題はないはずであった。

彼らが至近距離に達したとき、女騎士が馬を躍らせ、鋭く叱咤《しった》をあびせた。

「非礼《ひれい》なり！」

すべては当然ながら絹《セリカ》の国語で話され、ダリューンはムルクの通訳で内容を知った。

「武器をたずさえ、馬を躍らせて、皇族の行列をさまたげんと欲《ほっ》するは、そも何者ぞ!? ただちに馬を下り、地に膝《ひざ》ついて非礼を公主殿下に謝したてまつれ！」

形式ばった高圧的な態度は、むろん作戦でもあったろう。彼女は、鴉軍に対して弱みを見せるつもりは、まったくないようであった。

鴉軍の兵士たちは、答えようとしない。黒面にあいた穴から目を光らせて沈黙している。その沈黙が破れた。胃に徹《こた》えるような、力感に満ちた声が後方からひびくと、黒衣黒面の騎士たちは流れるように左右へと退いて道を開いた。馬から下り、地にひざまずく。

開かれた道を、ひとりの男が歩いてくる。左手に乗馬の轡《くつわ》をとり、徒歩で公主の車の前へと近づいて来るのだった。黒い馬、黒衣の人間。どちらもひときわ雄偉《ゆうい》な体格である。この男だけが覆面をつけず、顔をむき出しにしていた。赤銅色に灼《や》けた顔、鋭くたくましい造作《ぞうさ》、太い眉、雷光に満ちた両眼、左頬《ひだりほお》に白く走った刀痕。甲冑の色にとけこんだような、みごとな黒髯《こくぜん》。年齢はダリューンより十歳ほど上か。

大陸公路諸国の軍隊で最強なるはパルス軍であろう。そうダリューンは信じていた。トゥラーンの騎兵も勇猛だが、意外と粘《ねば》りに欠け、守勢《しゅせい》に弱い。チュルク軍は山岳地帯では強いが、平原では語るにたりぬ。パルス軍こそ最強であるはずだった。だが、いま、ダリューンは自信が揺らぐのを自覚した。

男は公主の車の直前で立ちどまり、轡を手放した。地にひざまずき、左手でつくった拳《こぶし》を右手でつかみ、額の前にかざした。鴉軍の全員がそれに倣《なら》った。きびしい目で、花冠将軍は彼らを見すえていた。

「殊勝《しゅしょう》である、公主殿下もそなたらを嘉《よみ》したもうであろう。だが、そなたらの礼節《れいせつ》、今後とも変わる気づかいはあるまいな」

「鴉軍はただ皇室に忠誠を誓うのみでござる」

「皇帝と太上皇と、いずれに？」

これはかなりきわどい質問であったにちがいない。

「失礼ながら、そのようなご質問は不詳《ふしょう》のきわみかと存じまする。帝国において皇統は万世《ばんせい》、皇帝と太上皇の両陛下も一心同体、お分けして考えるなど、臣下の身でできようはずもございませぬ」

静かな声であるが、大河のように底知れぬ深みがあり、異論をとなえる隙もなかった。

この男は、とほうもなく強い。武器を手にして闘わずとも、ダリューンにはそれがわかった。戦慄《せんりつ》の風が、パルス人騎士の体内を吹きぬけた。自分はパルスでも屈指《くっし》の勇者であるという自負《じふ》がある。先年には、豪勇をうたわれたトゥラーンの王弟《おうてい》を、戦場で討ち果たし、周辺諸国に武名をとどろかせた。実績にささえられた自負も、だが、この絹《セリカ》の国人武将の前では、鉄壁に弾《はじ》き返される遠矢《とおや》に似て無力だった。いまこの男と闘えば、かならず負ける。この男の名が銅虎《どうこ》将軍ということを後にダリューンは知ることになるのだが、銅虎将軍のほうは彼をちらと見ただけであった。

「公主殿下も、ご酔狂《すいきょう》はほどほどに……」

いったん言葉を切ってから、つけくわえた。

「このような辺境を、娘子軍のみの護衛で旅行なさるなど、あまりに御身《おんみ》を軽んじるなされよう。臣下の身で僭越《せんえつ》ながら、なにとぞご自重《じちょう》ねがわしゅう存ずる」

一礼すると、銅虎将軍は巨体をゆるがして立ちあがった。彼の後方にひざまずいていた千余人の黒衣の騎士たちが、一斉《いっせい》にそれに倣《なら》った。甲冑や剣環のひびきがつらなって砂に反射した。あらゆる動きが、見る者を圧倒するに充分だった。彼らがふたたび騎乗し、一群の黒雲となって長城の方角へと走り去るのを、ダリューンは声もなく見送ったのである。

V

長城をこえると、たしかに風景が一変した。樹木におおわれた山野の彼方《かなた》に、太い銀色の帯が見えた。それは雷河《ライホー》と呼ばれる大河の支流である。と、ムルクが教えてくれたが、やがて本流の岸に立ってダリューンは啞然とした。

パルスにもいくつかの大河はあるが、これほどの規模のものはない。河幅はパルスの里程にして一ファルサング（約五キロ）を算《かぞ》えるという。しかも、これは絹《セリ》の国《カ》では最大の河というわけではなく、東南を流れる龍江《ロンチャン》の河幅は一ファルサング半にもおよぶといわれる。

岸にそって東へ半日。本流に面して河港があり、そこから一行は用意された船で絹《セリ》の国《カ》の帝都へ直行することになった。水路のほうが陸より安全で速いのだ。

さらにダリューンをおどろかせたのは、大河を渡る船の姿だった。船体の左右に、直径五ガズ（約五メートル）はありそうな巨大な車輪がついている。その車輪が水面で回転すると、高々と飛沫《しぶき》があがり、船は人が地上を歩くよりも速く、河流を横ぎって進んでいくのである。

「地形や水流の関係でな、この河を帆船で横断するのはむずかしいのだ。風は河の上流から下流へと吹くから、帆船は吹きながされてしまう。櫂《かい》を使って漕《こ》ぐとしても、人力の限界がある。だから機械《からくり》を使って車輪を動かす」

説明を受けながら、ダリューンは、外輪船の動きを見守っていたが、ふと視線を動かした。港の一隅に、どこかで見たような旗が何本か立っていたのだ。三角形の旗に獅子《シール》の図は、パルス使節団のものであった。ダリューンは馬を走らせ、ほどなく同胞《どうほう》と再会を果たすことができた。ムルクも、皇帝への献上品をつんだ驢馬を、いささか残念そうにパルス人たちに引き渡した。

「おう、ダリューン卿、それにムルクも無事であったか」

喜びの声をあげたのは、パルス使節団長のマーカーン卿だった。五十歳前後の貴族である。過去に二回に渡って絹の国《セリカ》におもむき、国情に通じている。最初の滞在時に、絹の国《セリカ》の女性と恋愛して、子供もでき、再会を楽しみにしているということであった。むろんパルスには正式に結婚した妻がおり、子供も男女あわせて八人いるが、どうやら、遠い異郷でつくった家庭のほうに愛着を感じているらしい。長い危険な旅も、一日ごとに絹の国《セリカ》に近づくと思えば、楽しいばかりのようであった。

マーカーン卿たちからすれば、ダリューンは十日間も行方不明になっていたわけである。

恐縮して、ダリューンは罪を謝した。彼が不在の間は、副隊長のバーヌ卿が責任を果たしてくれたのだ。つつがなく絹の国《セリカ》に着いたし、献上品も無事だったので、もともと鷹揚《おうよう》なマーカーン卿は、すっかり気分をよくして、ダリューンを深くとがめもしなかった。ひとつには、絹の国《セリカ》の公主の危機を救ったことを告げられたからでもある。それは思わぬ功績であり、絹の国《セリカ》皇帝のおぼえがよくなるにちがいなかった。

これまでの経緯《いきさつ》からなりゆき上、ダリューンとムルクは公主の船に同乗した。船旅は三日つづいた。四日め、河に面してたつ巨大な城壁都市の姿が見えた。

河水が城内に引きこまれて水路となっているのだろう。巨大な穹窿《アーチ》型の門が河に向かって開き、大小さまざまな船が城内へと吸いこまれていく。外輪船が多いが、帆船や手漕《こ》ぎの船もあり、舷《げん》が触れあうほどの混雑である。

「あれが西都永安府《シーツィーアンフ》だ。われらの大いなる都だ」

花冠将軍の声に、ただダリューンはうなずくばかりだった。

　地上において、エクバターナの栄華《えいが》をしのぐといわれる唯一の都市である。北は雷河《ライホー》の流れに面し、他の三方からは街道が集まり、城壁の高さは十五ガズ、総延長は八ファルサング、上空から見ると正方形をしており、城門の数は十一、そのうち三つは水門である。城内の人口は二百万、そのうち三割は東南西北の四方から集まった諸外国の民であり、パルス人だけで三万人に達するといわれていた。

　公主一行の到着は、すでに知られていた。長城をこえたとき、警備の部隊から伝書鳩《でんしょばと》による報告が帝都にもたらされたという。巨大な水門をくぐるとき、彎曲《わんきょく》した石の天井には、宝珠をめぐって争う竜と虎の姿が描かれていた。

　船が城内の港に係留《けいりゅう》されると同時に、槍をかまえた兵士たちが甲板に躍りあがってきた。美々《びび》しい甲冑は近衛兵のもののようであった。花冠将軍とダリューンとを目にすると、彼らは大声をあげた。

「公主殿下の御前である、ひかえよ！」

　ムルクの通訳を受けて、ダリューンは当惑《とうわく》した。非礼をとがめる視線と声は、彼に向けられている。だが、公主はなお船室におり、甲板上に姿を見せていない。まだひざまずく必要はないはずであった。

　ダリューンがひざまずかないのを見て、絹の国《セリカ》の近衛兵たちは怒ったようである。後方から、太い二本の槍が伸び、ダリューンの左右の肩をおさえつけた。力をこめて、無礼な異国人を拝伏《はいふく》させようとする。反抗しようとして、ダリューンは力をぬいた。

　船室から、白と淡紅色の絹衣をまとい、顔を紗《しゃ》で隠した女があらわれたのだ。彼女の行動はダリューンの想像を絶した。いと貴《たか》き身分であるはずの彼女は、うやうやしく花冠将軍の前にひざまずいたのだ。脳《のう》裏《り》に電光がひらめいて、ダリューンはすべてをさとった。この公主は身代りだったのだ。真物《ほんもの》の公主は、いっかいの武人をよそおって自由に行動していたのである。彼女が片手をあげると、ダリューンの両肩をおさえつけていた槍が引かれた。

「あなたが真物の公主殿下か」

「すまぬ、わたくしが星涼《シンリアン》公主だ」

美しく勇敢な絹《セリカ》の国の姫は、あでやかに笑った。

紅白の桃の花につつまれた翡翠《ひすい》の宮殿。そこに住んで小鳥と会話する東方の姫君。童話めいた想像はみごとにくずれて、ダリューンもムルクも立ちつくすしかない。

「銅虎将軍が酔狂と申したが、たしかに、わたくしは傍迷惑《はためいわく》な女でな。深窓《しんそう》でおとなしく琴でも弾《ひ》いていればよいものを、つい長城すらこえて地の涯《はて》まで走りまわってみたくなる」

星涼《シンリアン》公主の笑顔を、ただダリューンは見つめていた。

「よく絹《セリカ》の国に来た」

好意に満ちた声がダリューンの胸に浸《し》みた。

「この広大な国には、人の世でもっとも美しいものと、もっとも醜《みにく》いものと、両方がある。その一部なりとたしかめて、帰国して後、語りぐさにするとよい」

公主はもう一度笑うと、身をひるがえした。何やら体術《たいじゅつ》でも用いたのか、体重のない者のように、彼女の身体は桟橋の上に移動していた。


「……そして絹《セリカ》の国の帝都における生活がはじまったのでございます」

ひとまず語り終えたダリューンの横顔を、若い国王《シャーオ》は月光のヴェールごしに見つめた。

「ダリューン、このようなことを尋《き》いてよいかどうかわからぬが、ずっと絹《セリカ》の国にとどまりたかったのではないか」

ためらいがちの質問に、黒衣の騎士はおだやかな微笑で応じた。アルスラーンの問いを予想していたようでもあった。

「とんでもございません。もし絹《セリカ》の国にとどまっておりましたら、殿下、いえ、陛下の御為《おんため》に働くこともできず、ナルサスに再会することもできませんでした。ギーヴやファランギースに会うこともできず、私の現在も未来も、パルスにのみございます」

力強い誠意に満ちた言葉である。それが真実であることを、アルスラーンは疑わなかった。ただ、それが真実のすべてではないことを、アルスラーンは知る年齢になっており、できればダリューンが絹《セリカ》の国でのできごとについてさらに語ってくれる時《と》機《き》を待ちたいと思ったのであった……。

「アルスラーン戦記読本」（角川文庫）より収載

アルスラーン戦記⑦⑧王都奪還✤仮面兵団は、１９９０年及び１９９１年にそれぞれ角川文庫より刊行されました。
田中芳樹公式サイトＵＲＬ http://www.wrightstaff.co.jp/

◎お願い◎

この本をお読みになって、どんな感想をもたれたでしょうか。「読後の感想」を左記あてにお送りいただけましたら、ありがたく存じます。

なお、「カッパ・ノベルス」にかぎらず、最近、どんな小説を読まれたでしょうか。また、今後、どんな小説をお読みになりたいでしょうか。読みたい作家の名前もお書きくわえいただけませんか。

どの本にも一字でも誤植がないようにつとめておりますが、もしお気づきの点がありましたら、お教えください。ご職業、ご年齢などもお書き添えくだされば幸せに存じます。当社の規定により本来の目的以外に使用せず、大切に扱わせていただきます。

東京都文京区音羽一—一六—六
郵便番号 一一二—八〇一一
光文社 文芸図書編集部

架空歴史ロマン

アルスラーン戦記⑦⑧ 王都奪還《おうとだっかん》 仮面兵団《かめんへいだん》

2003年11月25日 初版1刷発行
2015年5月30日 14刷発行

著者 田中芳樹《たなかよしき》
発行者 鈴木広和
印刷所 豊国印刷
製本所 ナショナル製本
発行所 株式会社光文社
東京都文京区音羽1-16-6
電話 編集部 03-5395-8169
書籍販売部 03-5395-8116
業務部 03-5395-8125
URL 光文社 http://www.kobunsha.com/

落丁本・乱丁本は業務部へご連絡くだされば、お取り替えいたします。

ISBN978-4-334-07543-9

Printed in Japan

「カッパ・ノベルス」誕生のことば

カッパ・ブックス Kappa Booksの姉妹シリーズが生まれた。カッパ・ブックスは書下ろしのノン・フィクション（非小説）を主体としたが、カッパ・ノベルス Kappa Novelsは、その名のごとく長編小説を主体として出版される。

もともとノベルとは、ニューとか、ニューズと語源を同じくしている。新しいもの、新奇なもの、はやりもの、つまりは、新しい事実の物語というところから出ている。今日われわれが生活している時代の「詩と真実」を描き出す——そういう長編小説を編集していきたい。これがカッパ・ノベルスの念願である。

したがって、小説のジャンルは、一方に片寄らず、日本的風土の上に生まれた、いろいろの傾向、さまざまな種類を包蔵したものでありたい。かくて、カッパ・ノベルスは、文学を一部の愛好家だけのものから開放して、より広く、より多くの同時代人に愛され、親しまれるものとなるように努力したい。読み終えて、人それぞれに「ああ、おもしろかった」と感じられれば、私どもの喜び、これにすぎるものはない。

昭和三十四年十二月二十五日

KAPPA NOVELS

カッパ・ノベルス

壮大なる格闘伝説《アルティメット・サーガ》を
今こそ体感せよ。

「獅子の門」完結!

夢枕 獏

1 群狼編

2 玄武編

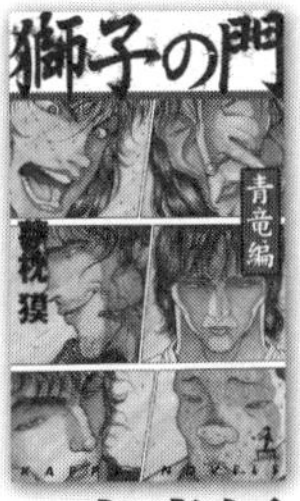

3 青竜編

4 朱雀編

5 白虎編

6 雲竜編

7 人狼編

8 鬼神編

全巻、板垣恵介氏がカバー&挿絵を熱筆!!

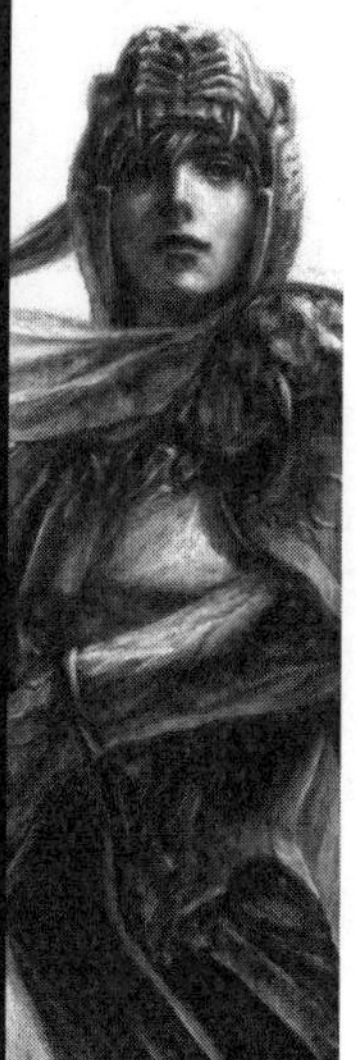

王都炎上・王子二人
田中芳樹

落日悲歌・汗血公路
田中芳樹

征馬孤影・風塵乱舞
田中芳樹